ULLSTEIN

Das Buch

Keith Rothwell war ein unscheinbarer Mann – zurückhaltend und immer freundlich. Der Familienvater arbeitete als Steuerberater, abends ging er hin und wieder in den örtlichen Pub. Aus welchem Grund also wurde er von zwei maskierten Männern bei Nacht und Nebel in der Scheune seines abgelegenen Anwesens in Yorkshire förmlich hingerichtet? Liefern seine häufigen Geschäftsreisen den Schlüssel zu dem Mord? Oder wissen Frau und Tochter mehr, als sie zugeben? Je länger Inspector Alan Banks an der Oberfläche kratzt, desto mehr wundert er sich, was hinter der Maske einer glücklichen, wohlhabenden Familie verborgen liegt. Denn nichts ist so, wie es scheint. Als schließlich sogar sein Intimfeind Burgess von Scotland Yard auf den Plan tritt, setzt der erfahrene Polizist sogar seinen Job aufs Spiel: In einem gnadenlosen Wettlauf gegen die Zeit muss Inspector Banks eine der schwersten Entscheidungen seiner Laufbahn treffen …

Der Autor

Peter Robinson, geboren in Yorkshire, lebt heute in Toronto, Kanada. Mit seiner Serie um Inspector Alan Banks feiert er diesseits und jenseits des Atlantiks große Erfolge und hat zahlreiche Preise gewonnen.

Von Peter Robinson sind in unserem Hause
bereits erschienen:

Ein unvermeidlicher Mord
In blindem Zorn
In einem heißen Sommer
Das verschwundene Lächeln

Peter Robinson

Die letzte Rechnung

Roman

Aus dem Englischen von
Andree Hesse

Ullstein

Besuchen Sie uns im Internet:
www.ullstein-taschenbuch.de

Umwelthinweis:
Dieses Buch wurde auf chlor- und säurefreiem Papier gedruckt.

Ullstein Verlag
Ullstein ist ein Verlag des Verlagshauses
Ullstein Heyne List GmbH & Co. KG.

Deutsche Erstausgabe
1. Auflage Juli 2003

Published by Arrangement with Peter Robinson
Dieses Werk wurde vermittelt durch die Literarische Agentur
Thomas Schlück GmbH, Garbsen.
Titel der englischen Originalausgabe: *Final Account*
(Penguin Books Canada Ltd, Toronto)
Übersetzung: Andree Hesse
Redaktion: Maria Buchwald
Umschlaggestaltung: Thomas Jarzina, Köln
Titelabbildung: Mauritius, Mittenwald
Gesetzt aus der Sabon
Satz: Pinkuin Satz und Datentechnik, Berlin
Druck und Bindearbeiten: Clausen & Bosse, Leck
Printed in Germany
ISBN 3-548-25683-X

Für Sheila

Dry bones that dream are bitter.
They dream and darken our sun.

W. B. YEATS
The Dreaming of the Bones

EINS

I

Um dreizehn Minuten vor drei Uhr am Morgen hob der uniformierte Constable das Absperrband und winkte Chief Inspector Alan Banks durch.

Als Banks auf den holperigen Hof fuhr und anhielt, tanzten seine Scheinwerfer über die Szenerie. Links von ihm stand das gedrungene, massive Wohnhaus mit Mauern aus dickem Kalkstein und einem bemoosten Schindeldach. Sowohl in den Fenstern im Erdgeschoss als auch im zweiten Stock brannte Licht. Zu seiner Rechten bildete eine hohe Steinmauer die Grenze eines Wäldchens, das sich den Hang hinauf ausbreitete, wo sich die Bäume in der Finsternis verloren. Genau vor ihm stand die Scheune.

Vor den geöffneten Toren, hinter denen sich ein Lichtkegel zu bewegen schien, hatte sich eine Gruppe Beamter versammelt. Sie sahen aus wie die Mitwirkenden eines Science-Fiction-Films der fünfziger Jahre, die voller Ehrfurcht auf ein außerirdisches Raumschiff oder ein Wesen von einem anderen Stern starrten.

Als Banks sich näherte, traten sie schweigend beiseite, um ihn durchzulassen. Beim Eintreten in die Scheune bemerkte er einen jungen Constable, der gegen die Außenmauer lehnte und sich auf seine großen Schuhe übergab. Drinnen sah es aus wie auf einem Filmset.

Peter Darby, der Polizeifotograf, war mit Videoaufnahmen beschäftigt; die auf seiner Kamera angebrachte Lichtquelle erzeugte beim Umherstreifen durch das Innere der Scheune ein unheimliches Licht-und-Schatten-Spiel und leuchtete unvermittelt grässliche Details aus. Jetzt müsste nur noch jemand »Action!« brüllen, dachte Banks, dann würde sich der Ort plötzlich mit Leben erfüllen.

Aber keine Brüllerei der Welt hätte wieder Leben in die groteske Gestalt am Boden hauchen können, neben der ein milchgesichtiger junger Polizeimediziner namens Dr. Burns mit einem schwarzen Notizbuch in der Hand hockte.

Auf den ersten Blick erschien Banks die Körperhaltung der Leiche wie die Parodie eines betenden Moslems: Der kniende Mann lag mit dem Oberkörper vornüber gebeugt da, seine Arme waren nach vorn ausgestreckt, der Hintern ragte in die Luft, während die Stirn den Boden berührte und vielleicht gen Mekka zeigte. Seine auf dem staubigen Untergrund ruhenden Hände waren zu Fäusten geballt, und als sie in den Strahl von Darbys Scheinwerfer gerieten, fiel Banks ein goldener Manschettenknopf auf, der mit den Initialen »KAR« verziert war.

Tatsächlich aber war keine Stirn mehr vorhanden, die den Boden berühren konnte. Über dem schwarzen Jackett stand wenige Zentimeter hoch der blutgetränkte Kragen des Hemdes hervor, danach folgte nur noch eine dunkle, geronnene Masse aus Knochen und Gewebe, die sich wie eine Ölspur im Dreck ausgebreitet hatte. Allem Anschein nach eine Schusswunde. Wie abstrakte, expressionistische Muster prangten Flecken aus Blut, Knochen und Gehirnmasse an den weiß getünchten Mauern. Neben einer verrosteten Hacke fing Darbys umherschweifendes Licht etwas ein, das wie ein Teil des Schädelknochens aussah, aus dem ein Büschel blondes Haar spross.

Banks spürte, wie ihm die Galle hochkam. Er konnte noch das an Lagerfeuernächte der Kindheit erinnernde Schießpulver riechen, das sich mit dem Gestank von Urin und Kot und dem Geruch nach ranzigem, rohem Fleisch vermischte, der dem plötzlichen, gewaltsamen Tod eigen ist.

»Um wie viel Uhr kam der Anruf rein?«, fragte er den Constable neben ihm.

»Acht Minuten nach halb zwei, Sir. Constable Carstairs aus Relton war als Erster am Tatort. Er ist noch draußen am Kotzen.«

Banks nickte. »Wissen wir, wer das Opfer ist?«

»Detective Constable Gay hat seine Brieftasche überprüft, Sir. Seine Name ist Keith Rothwell. Und das ist auch der Name des Mannes, der hier wohnt.« Er zeigte hinüber zum Haus. »Arkbeck Farm heißt das Anwesen.«

»Ein Bauer?«

»Nee, Sir, Steuerberater. Auf jeden Fall irgendein Geschäftsmann.«

Einer der Constables fand einen Lichtschalter und machte die nackte Glühbirne an, deren Licht nun zu einer Art Grundierung für den helleren Spot von Peter Darbys Videokamera wurde. Da es schwer war, damit eine gute Qualität zu erhalten, arbeiteten die meisten Reviere nicht mit Video, doch Peter Darby war ein Technikfreak, der ständig neue Dinge ausprobierte.

Banks widmete sich wieder dem Tatort. Anscheinend hatte es sich bei dem Gemäuer einst um eine große, für Yorkshire typische Steinscheune mit Flügeltüren und einem Heuboden gehandelt, die man in dieser Gegend »field house« nannte. Ursprünglich hatte sie wohl dazu gedient, Futter zu lagern und zwischen November und Mai die Kühe unterzubringen; Rothwell schien sie jedoch in eine Garage verwandelt zu haben.

Rechts von Banks war ein silbergrauer BMW geparkt, der, etwas schräg stehend, ungefähr die Hälfte des Platzes in Anspruch nahm. In einer Reihe Metallregale vor der Mauer am anderen Ende, hinter dem Wagen, befanden sich Werkzeuge und allerlei Mittel zur Autopflege: Frostschutz, Wachspolitur, ölige Lappen, Schraubenzieher und Schraubenschlüssel. In der anderen Hälfte der Garage hatte Rothwell das ländliche Erscheinungsbild bewahrt. Er hatte sogar alte landwirtschaftliche Geräte an die weiß getünchte Steinmauer gehängt, unter anderem eine Mistgabel, eine Sense, eine Schaufel und einen Spaten, die alle, wie es sich gehörte, verrostet waren.

Während Banks dort stand, versuchte er sich auszumalen, was passiert sein mochte. Offenbar hatte das Opfer gekniet und vielleicht um sein Leben gebeten oder gefleht. Es sah jedenfalls nicht so aus, als hätte der Mann versucht zu fliehen. Warum hatte er so einfach aufgegeben? Wahrscheinlich hatte er keine Wahl, dachte Banks. Wenn man sich dem Lauf einer Waffe gegenübersieht, widersetzt man sich für gewöhnlich nicht. Und dennoch ... würde sich ein normaler Mann einfach niederknien, sich seinem Schicksal ergeben und darauf warten, dass sein Henker den Abzug drückt?

Banks drehte sich um und verließ die Scheune. Draußen traf er auf Detective Sergeant Philip Richmond und Detective Constable Susan Gay, die gerade um das Gebäude herum kamen.

»Nichts, Sir, soweit ich das beurteilen kann«, sagte Richmond; er hatte eine große Taschenlampe in der Hand. Neben ihm wirkte Susan im Lichtschein, der aus dem Scheunentor drang, sehr blass im Gesicht.

»Alles in Ordnung?«, fragte Banks sie.

»Jetzt geht es wieder, Sir. Ich habe mich nur übergeben.«

Richmond sah so aus wie immer. Für seine Seelenruhe

war er in der ganzen Gegend berühmt; manchmal fragte sich Banks, ob der Kerl überhaupt jemals irgendwelche Gefühle hatte oder ob er mittlerweile schon zu einem dieser Computer geworden war, mit denen er sich die ganze Zeit beschäftigte.

»Weiß irgendjemand, was passiert ist?«, fragte Banks.

»Constable Carstairs hat kurz mit der Frau des Opfers gesprochen, als er hier eintraf«, sagte Susan. »Sie konnte ihm nur erzählen, dass ein paar Männer gewartet hatten, als sie nach Hause kamen, die ihren Mann mit nach draußen nahmen und erschossen.« Sie zuckte mit den Achseln. »Dann ist sie hysterisch geworden. Ich glaube, sie hat jetzt ein Beruhigungsmittel bekommen, Sir. Aber ich habe seine Brieftasche aus der Jacke gezogen«, fuhr sie fort und hielt einen Plastikbeutel hoch. »Demnach lautet sein Name ...«

»Ja, ich weiß«, unterbrach Banks sie. »Hat schon jemand Beweismaterial eingesammelt?«

»Nein, Sir«, antwortete Susan, und dann schauten sie und Phil Richmond weg. Das Sammeln des Beweismaterials war eine der unbeliebtesten Aufgaben bei einer Ermittlung. Es bedeutete, jedes mögliche Beweisstück aufzuspüren und einen lückenlosen Bericht darüber anzufertigen. Normalerweise wurde dieser Job demjenigen aufgehalst, der gerade in Ungnade gefallen war.

»Dann setzen Sie Farnley an die Sache«, bestimmte Banks. Constable Farnley war zwar niemandem auf die Füße getreten und hatte auch keinen Mist gebaut, aber es mangelte ihm an Fantasie und auf dem Revier stand er gemeinhin im Rufe des Langweilers vom Dienst.

Sichtlich erleichtert, marschierten Richmond und Susan zum Spurensicherungsteam, das gerade in einem großen Transporter auf den Hof gefahren war. Als sich die Männer in ihren weißen Overalls aus dem Wagen zwängten, sahen sie aus wie eine Gruppe von Wissenschaftlern, die von der Regierung losgeschickt worden war, den Landeplatz eines Ufos unter die Lupe zu nehmen.

Die Nacht war kalt und ruhig, die Luft feucht und mit einem leichten Jauchegeruch versetzt. Trotz des Schocks durch das, was er gerade in der Garage gesehen hatte, fühlte sich Banks immer noch schläfrig. Vielleicht träumte er nur. Nein. Er dachte an Sandra, die zu Hause im warmen Bett lag, und seufzte.

Detective Superintendent Gristhorpes Ankunft gegen halb vier Uhr verscheuchte seine Träumereien. Gristhorpe humpelte von seinem Wagen herüber. Er trug eine alte, gefütterte Jacke über seinem Hemd, und allem Anschein nach hatte er sich nicht die Mühe gemacht, sich zu rasieren oder seinen wilden grauen Haarschopf zu kämmen.

»Verdammt und zugenäht, Alan«, sagte er zur Begrüßung, »du siehst aus wie Inspector Columbo.«

Das schlägt dem Fass doch den Boden aus, dachte Banks. Aber der Superintendent hatte Recht. Er hatte nur schnell einen alten Trenchcoat übergeworfen, weil er wusste, dass die Nacht kühl werden würde.

Nachdem Banks berichtet hatte, was er bisher herausgefunden hatte, warf Gristhorpe einen kurzen Blick in die Scheune, befragte Constable Carstairs, den Beamten, der als Erster am Tatort gewesen war, und gesellte sich dann wieder zu Banks, wobei sein für gewöhnlich rötliches, pockennarbiges Gesicht nun ein wenig blasser war als sonst. »Gehen wir ins Haus, ja, Alan?«, sagte er. »Ich habe gehört, Constable Weaver setzt einen Tee auf. Vielleicht kann er uns mit ein bisschen Hintergrundwissen versorgen.«

Sie gingen über den ungepflasterten Hof. Über ihnen schienen die Sterne kalt und leuchtend wie Eissplitter auf schwarzem Samt.

Im Inneren des Bauernhauses war es mollig warm, eine angenehme Abwechslung zu der kalten Nacht und dem schaurigen Tatort in der Scheune. Das Haus war so renoviert worden, wie sich Yuppies eine ursprüngliche, ländliche Einrichtung vorstellen: freigelegte Balken und rohe Steinmauern in einem offenen, sich über beide Stockwerke erstreckenden Wohnzimmer, das ganz und gar in erdigen Braun- und Grüntönen gehalten war. In einem Steinkamin glimmten die Reste eines Holzfeuers, daneben stand ein Paar antiker Ständer für Holzscheite und ein dazu passendes Gestell, an dem Schürhaken und Zange hingen.

Vor dem Kamin bemerkte Banks zwei sich gegenüberstehende Lehnstühle. Einer von ihnen war umgefallen oder umgestoßen worden. Neben beiden lagen Seilrollen. Der Sitz des einen Stuhles sah nass aus.

Banks und Gristhorpe gingen weiter in die ultramoderne Küche, die aussah wie einer grellen Broschüre entnommen und in der Constable Weaver gerade kochendes Wasser in eine große rote Teekanne goss.

»Fast fertig, Sir«, sagte er, als er die Beamten der Kriminalpolizei sah. »Ich lasse ihn nur noch ein paar Minuten ziehen.«

Die Küche war mit hellen, rot und weiß gemusterten Kacheln gefliest, und jeder verfügbare Quadratzentimeter war passgenau mit Mikrowelle, Ofen, Kühlschrank, Geschirrspülmaschine sowie Schränken ausgefüllt worden. Außerdem gab es in der Mitte ein frei stehendes Tischelement, das mit hohen Barhockern aus Kiefer flankiert war. Banks und Gristhorpe nahmen Platz.

»Wie geht es seiner Frau?«, wollte Gristhorpe wissen.

»Seine Frau und die Tochter sind im Haus, Sir«, sagte Weaver. »Der Doktor hat sich um sie gekümmert. Beide sind unverletzt, aber sie haben einen Schock erlitten. Kein Wunder, wenn man bedenkt, dass sie die Leiche gefunden haben. Sie sind oben mit Constable Smithies. Anscheinend gibt es noch einen Sohn, der sich gerade irgendwo in Amerika herumtreibt.«

»Wer war dieser Rothwell?«, fragte Banks. »Es dürfte ihm nicht gerade an Kohle gefehlt haben. Wird irgendetwas vermisst?«

»Wissen wir noch nicht, Sir«, antwortete Weaver. Er schaute sich in der makellosen Küche um. »Aber ich verstehe, was Sie meinen. Ich glaube, er war so eine Art Finanzgenie. Diese neumodischen Küchen sind nicht billig, das kann ich Ihnen versichern. Meine Frau hat die Angewohnheit, die Werbebeilage der *Mail on Sunday* immer bei dem einen oder anderen Modell aufgeschlagen liegen zu lassen. Das ist ihr ganz dezenter Wink mit dem Zaunpfahl. Bei den Preisen kriege ich jedes Mal eine Gänsehaut. Ich sage ihr immer, dass unsere Küche vollkommen ausreicht, aber sie ...«

Während er redete, begann Weaver den Tee in die Tassen und Becher zu schenken, die er aufgestellt hatte. Nachdem er den zweiten gefüllt hatte, hielt er jedoch plötzlich inne und starrte zur Tür. Banks und Gristhorpe folgten seinem Blick und sahen dort ein junges Mädchen stehen, deren zierliche Figur von den Türpfosten eingerahmt war. Sie rieb sich die Augen und streckte sich.

»Hallo«, sagte sie. »Sind Sie die Detektive? Ich würde gerne mit Ihnen sprechen. Ich heiße Alison Rothwell, jemand hat gerade meinen Vater getötet.«

II

Sie war ungefähr fünfzehn Jahre alt, schätzte Banks, machte aber im Gegensatz zu vielen anderen Teenagern keinerlei Versuche, älter zu erscheinen. Sie trug ein ausgeleiertes graues Sweatshirt mit dem Emblem eines amerikanischen Footballteams und eine blaue Trainingshose mit einem weißen Streifen auf beiden Seiten. Abgesehen von den wie blaue Flecken aussehenden Tränensäcken unter ihren hellblauen Augen, war ihr Gesicht blass. Ihr dünnes blondes Haar war in der Mitte gescheitelt und fiel in ungekämmten Strähnen auf ihre Schultern. Ihr Mund mit seinen blutleeren, schmalen Lippen war zu klein für ihr ovales Gesicht.

»Könnte ich bitte einen Tee haben?«, fragte sie. Banks bemerkte, dass sie leicht lispelte.

Constable Weaver wusste nicht, wie er sich verhalten sollte. »Nur zu«, sagte Gristhorpe. »Geben Sie dem Mädchen einen Tee.« Dann wandte er sich an Alison Rothwell. »Glauben Sie nicht, dass Sie besser oben bei Ihrer Mutter bleiben sollten?«

Alison schüttelte den Kopf. »Mama kommt schon klar. Im Moment schläft sie, außerdem ist eine Polizistin bei ihr. Ich kann nicht schlafen. Mir geht die ganze Zeit durch den Kopf, was passiert ist. Ich möchte es Ihnen am liebsten gleich erzählen. Darf ich?«

»Selbstverständlich.« Gristhorpe bat Constable Weaver, Notizen zu machen. Er stellte Banks und sich selbst vor und zog dann einen Hocker für sie heran. Alison schenkte ihm ein trauriges, schüchternes Lächeln, nahm Platz und hielt den Teebecher mit beiden Händen vor ihre Brust, als bräuchte sie dringend seine Wärme. Gristhorpe gab Banks unauffällig zu verstehen, dass er die Befragung übernehmen sollte.

»Sind Sie wirklich sicher, dass Sie bereits so weit sind?«, fragte Banks als Erstes.

Alison nickte. »Ich glaube schon.«

»Würden Sie uns dann bitte erzählen, was passiert ist?«

Alison holte tief Luft. Ihr Blick konzentrierte sich auf etwas, das Banks nicht sehen konnte.

»Es war gerade dunkel geworden«, begann sie. »Ungefähr zehn Uhr, vielleicht Viertel nach oder so. Ich habe gelesen. Da meinte ich ein Geräusch im Hof zu hören.«

»Was für ein Geräusch?«, wollte Banks wissen.

»Ich ... ich weiß es nicht. Es hörte sich einfach so an, als wäre jemand draußen. Ein dumpfer Laut, als wäre jemand irgendwo angestoßen oder als wäre irgendetwas runtergefallen.«

»Fahren Sie fort.«

Alison schmiegte ihren Becher noch näher an sich. »Zuerst dachte ich mir nichts dabei. Ich habe weitergelesen und dann hörte ich noch etwas, eine Art Kratzen, ungefähr zehn Minuten später.«

»Und was haben Sie dann getan?«, fragte Banks.

»Ich habe das Hoflicht angeschaltet und aus dem Fenster geschaut, aber ich konnte nichts sehen.«

»Hatten Sie den Fernseher oder Musik an?«

»Nein. Deswegen konnte ich die Geräusche draußen ja auch so deutlich hören. Normalerweise ist es völlig still und friedlich hier oben. Nachts hört man nur den Wind durch die Bäume rauschen, manchmal blökt ein Schaf, das sich verlaufen hat, oder oben im Moor schreit eine Schnepfe.«

»Hatten Sie Angst, so ganz allein?«

»Nein. Ich mag das. Selbst als ich die Geräusche gehört habe, dachte ich, es wird ein herumstreunender Hund sein oder ein Schaf oder so.«

»Wo waren Ihre Eltern zu der Zeit?«

»Sie waren ausgegangen. Es war ihr Hochzeitstag, der einundzwanzigste. Sie waren zum Essen in Eastvale.«

»Wollten Sie die beiden nicht begleiten?«

»Nein. Äh, ich meine, es war *ihr* Hochzeitstag, oder?« Sie zog die Nase kraus. »Außerdem mag ich schicke Restaurants nicht. Und italienisches Essen kann ich erst recht nicht ausstehen. Ich brauche ja auch keinen Babysitter mehr. Ich bin schließlich fast sechzehn. Und es war meine Entscheidung. Ich bleibe lieber zu Hause und lese. Das Alleinsein macht mir nichts aus.«

Banks hatte den Eindruck, dass die Eltern sie nicht eingeladen hatten. »Fahren Sie fort«, sagte er. »Nachdem Sie das Hoflicht angeschaltet hatten, was taten Sie dann?«

»Da ich draußen nichts sehen konnte, habe ich mich nicht weiter um die Sache gekümmert. Aber dann vernahm ich wieder ein Geräusch, als würde ein Stein auf eine Mauer treffen oder so. Mittlerweile hatte ich die Nase voll davon, ewig gestört zu werden, und beschloss, runterzugehen und nachzusehen.«

»Hatten Sie immer noch keine Angst?«

»Ein bisschen vielleicht, inzwischen. Aber ich war nicht wirklich beunruhigt. Ich dachte immer noch, dass es wahrscheinlich ein Tier oder so etwas wäre, vielleicht ein Fuchs. Die tauchen hier manchmal auf.«

»Und was passierte dann?«

»Ich habe die Eingangstür aufgemacht, und kaum bin ich einen Schritt rausgegangen, packte mich jemand und schleppte mich wieder rein und fesselte mich an den Stuhl. Dann stopften sie mir einen Lappen in den Mund und machten Klebeband darüber. Ich konnte nicht mehr richtig schlucken. Der Lappen war ganz trocken und schmeckte nach Salz und Öl.«

Banks fiel auf, dass ihre Fingerknöchel, die den Becher

umschlossen, weiß geworden waren. »Wie viele waren es, Alison?«, fragte er.

»Zwei.«

»Können Sie sich erinnern, wie sie ausgesehen haben?«

Sie schüttelte den Kopf. »Sie waren beide ganz in Schwarz gekleidet, nur dass der eine weiße Turnschuhe angehabt hat. Der andere trug eine Art Wildlederslipper, braune, glaube ich.«

»Ihre Gesichter konnten Sie nicht sehen?«

Alison klemmte ihre Füße hinter die Querstrebe des Hockers. »Nein, sie trugen beide schwarze Kapuzenmützen. Aber keine Wintermützen. Die Dinger, die die beiden aufhatten, waren aus Baumwolle oder einem anderen dünnen Material. Sie hatten kleine Schlitze für die Augen und einen Schlitz unter der Nase, damit sie Luft bekommen konnten.«

Banks bemerkte, dass sie blasser geworden war. »Geht es Ihnen gut, Alison?«, fragte er. »Wollen Sie jetzt lieber aufhören und sich ausruhen?«

Alison schüttelte mit zusammengebissenen Zähnen den Kopf. »Nein, mir geht es gut. Lassen Sie mich nur …« Sie nippte an ihrem Tee und schien sich ein wenig zu entspannen.

»Wie groß waren die Männer?«, fragte Banks.

»Einer war ungefähr so groß wie Sie.« Sie schaute Banks an, der mit einem Meter zweiundsiebzig recht klein war für einen Polizisten – um genau zu sein, erreichte er gerade die vorgeschriebene Mindestgröße. »Aber er war dicker. Nicht richtig fett, aber auch nicht so, Sie wissen schon, drahtig … wie Sie. Der andere war ein paar Zentimeter größer, vielleicht einsachtzig, und ziemlich dünn.«

»Sie machen das sehr gut, Alison«, sagte Banks. »Fällt Ihnen zu den beiden sonst noch etwas ein?«

»Nein, ich kann mich nicht erinnern.«

»Hat einer von ihnen gesprochen?«

»Als er mich zurück ins Haus geschleppt hat, sagte der Kleinere: ›Halt den Mund und tu, was wir sagen, dann geschieht dir nichts.‹«

»Haben Sie seinen Akzent erkannt?«

»Eigentlich nicht. Es klang normal. Ich meine, nicht fremd oder so.«

»Hier aus der Gegend?«

»Aus Yorkshire, ja. Aber nicht aus den Dales. Vielleicht aus Leeds oder so. Kennen Sie den Unterschied, diesen städtischen Einschlag?«

»Ja. Sie machen das ausgezeichnet. Was passierte dann?«

»Sie fesselten mich mit irgendeinem Seil an den Stuhl und setzten sich dann einfach hin und sahen fern. Zuerst liefen die Nachrichten und dann so ein fürchterlicher amerikanischer Film über einen Frauen aufschlitzenden Psychopathen. Das schien ihnen zu gefallen. Einer von den beiden lachte sich halb tot, als eine Frau umgebracht wurde, so als wäre das lustig.«

»Sie haben sie lachen gehört?«

»Nur den einen, den Größeren. Der andere sagte, er sollte die Klappe halten. Er klang so, als hätte er das Kommando.«

»Der Kleinere?«

»Ja.«

»Er hat nur gesagt: ›Halt den Mund‹?«

»Ja.«

»War an dem Lachen des größeren Mannes irgendetwas ungewöhnlich?«

»Ich ... ich ... ich kann mich nicht erinnern.« Mit dem Ärmel ihres Sweatshirts wischte Alison eine Träne aus ihrem Auge. »Es war einfach ein Lachen, mehr nicht.«

»Schon in Ordnung. Machen Sie sich keine Gedanken. Haben sie Ihnen auf irgendeine Art wehgetan?«

Alison errötete und schaute in ihren halb leeren Becher. »Als ich gefesselt war, kam der Kleinere zu mir und legte eine Hand auf meine Brust. Aber der andere brachte ihn dazu aufzuhören. Es war das einzige Mal, dass er etwas gesagt hat.«

»Wie hat er ihn dazu gebracht aufzuhören? Was hat er gemacht?«

»Er hat nur gesagt, das wäre nicht Teil der Abmachung.«

»Hat er genau diese Worte benutzt, Alison? Hat er gesagt, ›Das ist nicht Teil der Abmachung‹?«

»Ja, ich glaube. Ich meine, ich bin mir nicht vollkommen sicher, aber irgendetwas in der Art hat er gesagt. Dem Kleineren schien es nicht zu gefallen, dass der andere ihm sagte, was er zu tun hat, aber er hat mich danach in Ruhe gelassen.«

»Haben Sie irgendwelche Waffen gesehen?«, wollte Banks wissen.

»Ja. Ein Gewehr, so eins, wie die Bauern es haben, mit zwei Läufen. Eine Schrotflinte.«

»Wer hatte es?«

»Der kleinere Mann, der, der das Kommando hatte.«

»Haben Sie irgendwann einmal einen Wagen gehört?«

»Nein. Erst als Mama und Papa nach Hause kamen. Also, ich habe ab und zu Autos auf der Straße vorbeifahren hören, wissen Sie, die Straße, die nach Relton führt und über das Heidemoor ins nächste Tal geht. Aber ich habe niemanden gehört, der auf unsere Auffahrt gefahren ist oder sie verlassen hat.«

»Was passierte, als Ihre Eltern nach Hause kamen?«

Alison hielt inne und schwenkte den Tee auf dem Grund ihres Bechers, als versuchte sie, die Zukunft darin zu lesen.

»Es muss halb zwölf gewesen sein oder kurz danach. Die Männer warteten hinter der Tür, und während der Große Mama packte, hielt der andere sein Gewehr an Papas Hals. Ich habe versucht zu schreien und sie zu warnen, aber mit dem Lappen in meinem Mund ... Ich kriegte einfach keinen Ton heraus ...« Sie fuhr sich erneut mit ihrem Ärmel übers Auge und schniefte. Banks gab Weaver ein Zeichen; der Constable fand auf dem Fensterbrett eine Packung Papiertaschentücher und brachte sie herüber.

»Danke«, sagte Alison. »Es tut mir Leid.«

»Sie müssen nicht weitermachen, wenn Sie nicht wollen«, sagte Banks. »Es hat Zeit bis morgen.«

»Nein. Ich habe ja angefangen. Ich will weitermachen. Außerdem gibt es nicht mehr viel zu erzählen. Sie fesselten Mama genauso wie mich und wir saßen uns gegenüber. Dann gingen sie mit Papa nach draußen. Und dann hörten wir den Knall.«

»Wie viel Zeit verstrich zwischen dem Moment, als sie hinausgingen, und dem Schuss?«

Alison schüttelte abwesend den Kopf. Sie hielt den Becher ganz nah vor ihre Kehle. Die Ärmel ihres Sweatshirts waren hochgerutscht, Banks konnte die wunden, roten Striemen sehen, wo ihr das Seil ins Fleisch geschnitten hatte. »Ich weiß es nicht. Es kam mir vor wie eine Ewigkeit. Ich kann mich nur daran erinnern, dass Mama und ich einfach dasaßen und uns anguckten, ohne zu wissen, was da vor sich ging. Ich weiß noch, dass ich einen Vogel schreien hörte. Keine Schnepfe. Keine Ahnung, was es war. Es kam mir wirklich wie eine Ewigkeit vor, die Zeit zog sich endlos in die Länge, und Mama und ich kriegten nun richtig Angst; es war grässlich, nur so dazusitzen und uns anzustarren, ohne zu wissen, was sich abspielte. Dann hörten wir die Explosion und ... und es war so, als würde alles zusammenbrechen.

In Mamas Augen sah ich etwas sterben, es war so, so …«
Alison ließ den Becher fallen, der über die Tischkante rollte, auslief und ohne in Stücke zu gehen auf den Boden knallte. Die Schluchzer schienen von ganz tief aus ihr herauszukommen, dann begann sie zu zittern und zu weinen.

Banks ging zu ihr und legte einen Arm um sie, und das Mädchen klammerte sich mit aller Kraft ihres Lebens an ihn und weinte an seiner Brust.

III

»Sieht aus wie sein Büro«, sagte Banks, als Gristhorpe das Licht in dem letzten Zimmer im oberen Stockwerk anschaltete.

Zwei große Schreibtische waren in L-Form aneinander gestellt. Auf dem einen standen ein Computer und ein Laserdrucker, auf einem kleinen Tisch daneben ein Faxgerät mit einem an der Vorderseite angebrachten Korb für die abgeschnittenen Blätter. Auf der Rückseite des Computertisches stand ein Schrank an der Wand. Die Fächer waren mit Diskettenschachteln und Softwarehandbüchern gefüllt, von denen die meisten von normalen Betriebssystemen sowie Textverarbeitungs- und Buchhaltungsprogrammen handelten.

Der andere Schreibtisch stand direkt vor dem Fenster, das einen Blick auf den Hof bot. Noch immer gingen dort unten die Beamten der Spurensicherung ihrer Arbeit nach und sammelten Proben von so gut wie allen Dingen, deren sie habhaft werden konnten, maßen Entfernungen, versuchten Abdrücke von Fußspuren zu bekommen und siebten die Erde. In der Scheune hatten ihre hellen Bogenlampen Darbys umherschweifenden Spot ersetzt.

An diesem Schreibtisch hatte Rothwell die handgeschriebene Korrespondenz erledigt und Telefonate geführt, vermutete Banks. Es gab einen Durchschlagblock, der neu aussah und deshalb leider keine praktischen Anhaltspunkte enthielt, ein Marmeladenglas voller Kugelschreiber und Bleistifte, einen leeren Notizblock, eine elektronische Rechenmaschine mit Druckfunktion sowie einen Terminkalender, aufgeschlagen auf der Seite des Mordtages, des 12. Mai.

Es gab lediglich zwei Eintragungen neben der 10-Uhr-Spalte: »Dr. Hunter« sowie »Reservierung bei Mario's 20.30«. Darunter stand in Großbuchstaben quer über den gesamten Nachmittag »BLUMEN?«. Im Wohnzimmer hatte Banks eine Vase mit frischen Blumen bemerkt. Ein Geschenk zum Hochzeitstag? Traurig, wenn Gesten wie diese den Geber überlebten. Er dachte wieder an Sandra, und plötzlich wollte er unbedingt in ihrer Nähe sein, um die Distanz, die in letzter Zeit zwischen ihnen größer geworden war, zu überwinden, um sie zu halten und ihre Wärme zu spüren. Ihn schauderte.

»Alles in Ordnung, Alan?«, erkundigte sich Gristhorpe.

»Bestens.«

»Schau dir das mal an.« Gristhorpe zeigte auf zwei Aktenschränke aus Metall und die Arbeitsregale, welche die einzige undurchbrochene Wand des Zimmers vollständig einnahmen. »Sieht aus wie Geschäftsakten. Irgendjemand wird sie sichten müssen.« Er schaute zu dem Computer und verzog sein Gesicht. »Am besten schaut sich Phil diesen Ramsch morgen mal an«, sagte er. »Ich traue mir nicht zu, das verdammte Ding anzuschalten, aus Angst, ich könnte es in die Luft jagen.«

Banks grinste. Er kannte die Haltung des alten Maschinenstürmers Gristhorpe zu Computern. Banks selbst wusste ihren Wert zu schätzen. Natürlich besaß er nur die rudimentärsten Kenntnisse und schien nie irgendetwas richtig zu machen, aber Phil Richmond, »Phil, der Hacker«, wie man ihn auf dem Revier nannte, sollte dazu in der Lage sein, ihnen das eine oder andere über Rothwells System zu erzählen.

Da sie im Büro momentan keine weiteren interessanten Entdeckungen machten, verließen sie das Haus durch die nach Norden führende Hintertür und fanden sich mit Tau benetzten Hosensäumen im hinteren Garten wieder. Mittlerweile war es nach fünf Uhr, die Dämmerung nahte. Langsam ging im Osten die Sonne hinter einem am Horizont malvenfarbenen Wolkenschleier auf, der während der letzten Stunden aufgezogen war und den Rest des Himmels in einen leichten Dunst hüllte. Er ließ die Landschaft wie ein Aquarell wirken. Ein paar Vögel sangen und gelegentlich durchbrach das Geräusch eines Traktors die Stille. Die Luft roch feucht und frisch.

Sie standen tatsächlich in einem Garten und nicht nur auf einem Hinterhof. Irgendjemand – Rothwell? Seine Frau? – hatte in ordentlich gekennzeichneten Reihen Gemüse angepflanzt: Bohnen, Kohl, Salat. Außerdem gab es eine kleine Kräuterecke und ein Erdbeerfeld. Am anderen Ende, hinter einer Natursteinmauer, fiel das Land steil ab zu einem Bach, der sich den Hang hinunterwand, bis er bei Fortford in den Swain mündete.

Das Dorf Fortford, etwas mehr als einen Kilometer talwärts gelegen, erwachte gerade. Unterhalb der bis hier oben sichtbaren Fundamente des römischen Forts auf dem Hügel im Osten kauerten sich die Cottages mit ihren Schindeldächern um die Dorfwiese und die Kirche mit dem quadratischen Turm. Während sich die Bauern und die Ladenbesitzer für den kommenden Tag fertig machten, quoll aus den

Schornsteinen einiger Häuser bereits Rauch. Die Menschen auf dem Land waren Frühaufsteher.

Im ersten Licht des Tages schimmerte die weiß getünchte Fassade des Rose and Crown in zartem Rosa. Auch in der Gaststätte war bestimmt schon jemand in der Küche, um Speck und Eier für die Gäste zuzubereiten, besonders für die Wanderer, die gerne früh loszogen. Bei dem Gedanken ans Essen knurrte Banks' Magen. Er kannte Ian Falkland, den Wirt des Rose and Crown, und dachte, dass es keine schlechte Idee wäre, sich einmal mit ihm über Keith Rothwell zu unterhalten. Obwohl er wie Banks ein ausgewanderter Londoner war, kannte Ian die meisten Einheimischen, und in seinem Gewerbe schnappte er eine ganze Menge Klatsch auf.

Schließlich wandte sich Banks an Gristhorpe und beendete das Schweigen. »Die schienen eindeutig gewusst zu haben, was sie hier vorfanden, oder?«, sagte er. »Ich kann mir nicht vorstellen, dass es Zufall war, dass sie das Mädchen alleine erwischt haben.«

»Du hast den gleichen Gedanken wie ich, nicht wahr, Alan?«, meinte Gristhorpe. »Eine Exekution. Ein Auftragsmord. Wie man es auch nennen will.«

Banks nickte. »Im Moment wüsste ich nicht, in welche Richtung man sonst denken sollte. Alles deutet darauf hin. Die Art und Weise, wie sie sich Zutritt verschafft und gewartet haben, die Körperhaltung der Leiche, die gesamte kaltschnäuzige, professionelle Vorgehensweise. Und auch die Aussage des einen, das Mädchen anzufassen wäre nicht Teil der Abmachung. Die Sache war geplant. Ja, ich glaube, es war eine Hinrichtung. Auf jeden Fall war es kein Raub und kein zufälliger Mord. Soweit wir das bisher beurteilen können, haben sie das Haus nicht durchsucht. Alles scheint an Ort und Stelle zu sein. Und selbst wenn es ein Raubüberfall war, dann hätten sie ihn nicht töten müssen, erst recht nicht auf diese Weise. Die Frage, die sich stellt, ist: Warum? Warum sollte jemand einen Steuerberater hinrichten?«

»Mmmh«, brummte Gristhorpe. »Vielleicht ein unzufriedener Klient? Jemand, den er beim Finanzamt verpfiffen hat?« Neben ihnen fühlte sich ein Kiebitz durch ihre Nähe zu seinem Nest am Boden bedrängt und versuchte sie mit seinem schrillen Piepsgesang zu verscheuchen. »Eine Sache, die wir rausfinden müssen, ist, wie *ehrlich* unser Mr. Rothwell als Steuerberater war«, fuhr Gristhorpe fort. »Aber wir sollten noch nicht zu viel spekulieren, Alan. Zum Beispiel wissen wir gar nicht, ob irgendetwas verschwunden ist. Wer weiß, vielleicht hatte Rothwell eine Million in Goldbarren in seiner Garage versteckt. Aber du hast Recht, es sieht wie eine Hinrichtung aus. Und das bedeutet, wir könnten es mit einer richtig großen Sache zu tun haben, groß genug, um dafür einen Mord in Auftrag zu geben.«

In diesem Augenblick kam einer der Beamten der Spurensicherung durch die Hintertür in den Garten.

»Sir?«

Gristhorpe wandte sich um. »Ja?«

»Wir haben etwas gefunden, Sir. In der Garage. Ich denke, Sie beide sollten besser kommen und es sich selbst anschauen.«

IV

Sie folgten dem Beamten zurück in die hell erleuchtete Garage. Rothwells Leiche war zum Glück bereits ins Leichenschauhaus abtransportiert worden, wo Dr. Glendenning, der Pathologe der Zentrale, so schnell er konnte mit seiner

Arbeit beginnen würde. Zwei Männer des Spurensicherungsteams standen neben dem Scheunentor. Der eine hielt etwas mit einer Pinzette und der andere schaute es sich genau an.

»Was ist das?«, wollte Banks wissen.

»Granulat, Füllmaterial, Sir. Von der Schrotflinte«, sagte der Beamte mit der Pinzette. »Man kann kommerziell erzeugte Patronen für Schrotflinten kaufen, Sir, man kann aber die Hülsen auch in Heimarbeit neu füllen. Eine Menge Bauern und Hobbyschützen machen das so. Spart Geld.«

»Und das hat der Kerl getan?«, fragte Banks.

»Sieht so aus, Sir.«

»Um Geld zu sparen? Typisch Yorkshire. Geizhälse wie die Schotten.«

»Hey, du frecher Mistkerl aus dem Süden«, sagte Gristhorpe und wandte sich dann an den Mann der Spurensicherung. »Fahren Sie fort.«

»Nun, Sir, ich weiß nicht, wie viel Sie von Schrotflinten verstehen, auf jeden Fall verwendet man Patronenhülsen und keine Kugeln.«

So viel wusste immerhin auch Banks, und er vermutete, dass sich Gristhorpe, Spross einer alteingesessenen Bauernfamilie, noch wesentlich besser mit solchen Dingen auskannte. Aber normalerweise hielten sie es für das Klügste, die Beamten der Spurensicherung ein bisschen angeben zu lassen.

»Wir hören«, sagte Gristhorpe.

Durch diese Worte ermutigt, fuhr der Beamte fort. »Die Patrone einer Schrotflinte besteht aus einem Zünder, einer Ladung Schießpulver, den Schrotkugeln und einer Füllung. Es gibt keine Kugel im eigentlichen Sinne und keine Rillen im Lauf; deshalb entstehen auch keine charakteristischen Markierungen auf der Patrone, die Aufschlüsse über die benutzte Waffe geben. Außer der Patronenhülse selbst natürlich, die den Abdruck der Abfeuerung und des Lademechanismus' aufweist. Aber wir haben keine Hülse gefunden. Nur das hier.« Er hielt das Füllmaterial hoch. »Handelsübliche Füllung wird entweder aus Papier oder aus Plastik erzeugt und manchmal kann man dadurch den Hersteller der Patrone herausfinden. Aber dies hier ist keine Handelsware.«

»Was genau ist es dann?«, fragte Banks und streckte seine Hand aus.

Der Beamte reichte ihm die Pinzette. »Genau wissen wir das noch nicht«, antwortete er. »Aber es sieht aus wie ein Schnipsel aus einem Farbmagazin. Und glücklicherweise ist er in der Mitte nicht zu stark verbrannt, nur etwas verkohlt an den Rändern. Er ist ziemlich fest zusammengeknüllt, aber im Labor werden wir ihn auseinander falten und glätten. Dann können wir Ihnen vielleicht den Namen des Magazins, das Veröffentlichungsdatum und die Seitennummer angeben.«

»Und dann müssen wir nur noch die Liste der Abonnenten überprüfen«, ergänzte Banks, »und schon haben wir unseren Mörder. Träumen Sie weiter.«

Der Beamte der Spurensicherung lachte. »Wir können auch keine Wunder vollbringen, Sir.«

»Hat jemand ein Vergrößerungsglas da?«, fragte Banks in die Runde. »Und ich will keine blöden Witze von wegen Sherlock Holmes hören.«

Einer der Beamten reichte ihm eine dieser rechteckigen Lupen, die man zusammen mit der in winziger Schrift gedruckten, zweibändigen Ausgabe des *Oxford English Dictionary* erhält. Banks hielt das Füllmaterial hoch und begutachtete es durch das Glas.

Was er sah, war ein unregelmäßig geformter Schnipsel zusammengeknüllten Papiers, der an der breitesten Stelle nicht größer als drei Zentimeter war. Zuerst konnte er außer den verrußten Rändern des verknitterten Papiers nichts erkennen, doch es sah eindeutig so aus, als stammte es aus irgendeinem Magazin. Er schaute genauer hin, drehte den Schnipsel mal so und mal so, hielt ihn mal näher an das Glas und mal weiter weg, bis sich schließlich die abstrakten Formen zu etwas Erkennbarem fügten. »Verdammte Scheiße«, murmelte er und ließ langsam seinen Arm sinken.

»Was ist es denn, Alan?«, wollte Gristhorpe wissen.

Banks reichte ihm das Vergrößerungsglas. »Guck es dir lieber selbst an«, sagte er. »Du würdest mir nicht glauben.«

Banks trat zurück und beobachtete, wie Gristhorpe den Schnipsel eingehend untersuchte. Er wusste, dass es nur eine Frage von Sekunden sein würde, bis der Superintendent genau wie vorher Banks die Spitze einer rosafarbenen Zunge erkannte, die einen Tropfen Sperma von der Eichel eines erigierten Penis leckte.

ZWEI

I

Eine traditionelle Polizeiweisheit besagt, dass man sich, wenn ein Fall in den ersten vierundzwanzig Stunden keine Spuren hervorbringt, auf eine lange und mühselige Ermittlung einstellen muss. In der Praxis handelt es sich bei dieser Frist natürlich nicht immer um genau vierundzwanzig Stunden; es können dreiundzwanzig sein, neun, vierzehn oder sogar achtundvierzig. Und da liegt das Problem: Ab wann kann man mit bestem Gewissen ein bisschen ruhiger weiterarbeiten? Die Antwort, so fiel Banks ein, als er um zehn Uhr am Morgen seine müden Knochen in den »Sitzungssaal« des Polizeireviers von Eastvale schleppte, lautet schlicht und ergreifend: nie.

Der Fall Suzy Lamplugh war ein gutes Beispiel. Er begann mit einer Vermisstenanzeige. Eines Tages, zur Mittagszeit, verließ eine junge Frau das Büro des Maklers in Fulham, wo sie beschäftigt war, und verschwand. Erst nach einem Jahr intensiver Ermittlungsarbeit, die mehr als sechshundert eidesstattliche Aussagen, Tausende von Befragungen, sechsundzwanzigtausend Karteikarten und wer weiß wie viele Arbeitsstunden zur Folge hatte, wurde die Untersuchung zurückgeschraubt. Suzy Lamplugh war nie gefunden worden, weder lebendig noch tot.

Kurz bevor Banks auf dem Revier ankam, hatte Superintendent Gristhorpe Phil Richmond zum Büroleiter ernannt und ihn gebeten, sozusagen die Schaltzentrale für den Fall Keith Rothwells aufzubauen, in der alle eingehenden Informationen sorgfältig registriert, untereinander in Beziehung gesetzt und gespeichert werden sollten. Zuerst dachte Gristhorpe daran, die Zentrale in Fortford oder Relton einzurichten, nahe am Tatort, aber dann entschied er, dass ihnen im Revier in Eastvale bessere Möglichkeiten zur Verfügung standen. Außerdem war Fortford nur ungefähr zehn Kilometer entfernt.

Richmond war zudem der Einzige von ihnen, der Übung im Gebrauch des Computerprogrammes HOLMES hatte, ein Ermittlungssystem der Kripozentrale mit einem effektvollen Namen. Ganz ohne Probleme arbeitete auch HOLMES nicht, besonders weil nicht alle Polizeikräfte des Landes das gleiche Computersystem verwendeten. Doch wenn in dem Fall nicht bald Entwicklungen eintraten, könnten sich Richmonds Fähigkeiten als nützlich erweisen.

Als erste Handlung am frühen Morgen hatte Gristhorpe eine Pressekonferenz abgehalten. Je eher Fotos von Keith Rothwell und Beschreibungen der Mörder, der Kapuzenmützen und anderer Details neben den Frühstückstellern der Bevölkerung lagen oder über die Fernsehbildschirme flimmerten, desto eher würden sie Informationen erhalten. Für die Morgenzeitungen kam die Nachricht zu spät, aber für die lokalen Radio- und Fernsehsender sowie die *Yorkshire Evening Post* würde es reichen. Morgen wäre die Meldung dann in allen überregionalen Tageszeitungen.

Natürlich hatte Gristhorpe kaum Einzelheiten zu dem Mord selbst weitergegeben. Anfänglich hatte es ihm sogar widerstrebt, Rothwells Namen zu veröffentlichen, denn schließlich hatte es noch keine offizielle Identifizierung gegeben und Rothwells Fingerabdrücke waren nicht aktenkundig, um verglichen werden zu können. Andererseits gab es wenig Zweifel daran, was vorgefallen war, und sie konnten kaum Alison oder ihre Mutter in die Leichenhalle schleppen, um die Überreste zu identifizieren.

Darüber hinaus hatte sich Gristhorpe mit dem Antiterrordezernat von Scotland Yard in Verbindung gesetzt. Aktionen der IRA waren Yorkshire alles andere als fremd. Die Bevölkerung erinnerte sich immer noch an 1974 und die M62-Bombe, mit der ein Eisenbahnwaggon, in dem britische Militärangehörige und ihre Familien saßen, in die Luft gejagt worden war, wobei es elf Tote und vierzehn Verletzte gegeben hatte. Nicht wenige behaupteten sogar, die Explosion bis in Leeds oder Bradford gehört zu haben. Und erst in jüngster Zeit waren zwei Polizisten bei einer routinemäßigen Verkehrskontrolle auf der A1 von Mitgliedern der IRA erschossen worden.

Das Antiterrordezernat würde Gristhorpe sagen können, ob Rothwell irgendwelche Verbindungen gehabt hatte, so schwach sie auch sein mochten, die ihn zu einem Ziel gemacht haben könnten. Als Steuerberater hätte er zum Beispiel mit Geld für eine terroristische Vereinigung umgegangen sein können. Ferner würden dem Dezernat die kriminaltechnischen Ergebnisse und Einzelheiten der Vorgehensweise der Täter zugänglich gemacht werden, damit sie diese Information mit ihren Akten vergleichen konnten.

Während sich Gristhorpe um die Medien kümmerte und Richmond die Schaltzentrale einrichtete, hatten Banks und Susan zur Frühstückszeit eine Haus-zu-Haus-Befragung in Relton und Fortford durchgeführt, einschließlich eines Besuches im Rose and Crown und eines üppigen Frühstücks von Ian Falkland, um ein paar Informationen über Rothwell zu erhalten und zu erfahren, ob jemand in der Mordnacht etwas Ungewöhnliches gesehen oder gehört hatte.

Gristhorpe, Richmond und Susan Gay waren bereits im Zimmer, als Banks eintraf und sich einen großen Becher schwarzen Kaffee einschenkte. Das Konferenzzimmer hatte den Spitznamen »Sitzungssaal« wegen des gut polierten, schweren ovalen Tisches und der zehn harten Stühle erhalten, ganz zu schweigen von der groben burgunderroten Strukturtapete, die dem Raum eine Aura der Düsterkeit gab, sowie dem großformatigen Ölgemälde (in einem verzierten Goldrahmen) eines von Eastvales erfolgreichsten Wollhändlern des neunzehnten Jahrhunderts, der in seinem eng sitzenden Anzug und dem gestärkten Kragen ausgesprochen ernst und steif dreinschaute.

»Okay«, sagte Gristhorpe, »es wird Zeit, dass wir anfangen. Alan?«

Banks zog ein paar Blätter Papier aus seiner Aktentasche und rieb sich die Augen. »Viel haben wir leider noch nicht. Rothwell war als Steuerberater ausgebildet. Auf jeden Fall ist uns das bestätigt worden. Ein paar Einheimische aus Relton und Fortford kannten ihn, allerdings nicht gut. Anscheinend war er eher ein ruhiger Typ. Zurückgezogen.«

»Für wen hat er gearbeitet?«

»Er war selbständig. Das hat uns Ian Falkland erzählt, der Wirt des Rose and Crown in Fortford. Er sagte, Rothwell hätte ab und zu mal auf ein schnelles Glas vor dem Abendessen vorbeigeschaut. Hat nie mehr als ein paar kleine Biere getrunken. Ein sympathischer, ziemlich anständiger Bursche. Wie auch immer, bevor er sich selbständig gemacht hat, arbeitete er bei Hatchard und Pratt, einer Kanzlei in Eastvale. Falkland hat sich von ihm die Buchführung für den Pub machen lassen. So wie ich es sehe, hat er ihm die eine oder andere Mark vor dem Finanzamt gerettet.« Banks kratzte die kleine Narbe neben seinem rechten Auge. »Aber das ist noch nicht alles«, fuhr er fort. »Falkland hatte den

Eindruck, dass Rothwell außerdem ein paar Geschäfte besaß und dass die Steuerberatung immer mehr zu einer Nebeneinnahme für ihn wurde. Mehr haben wir nicht herausbekommen, aber heute werden wir uns sein Büro mal genauer ansehen.«

Gristhorpe nickte.

»Und das war es auch schon«, sagte Banks. »Die Familie Rothwell wohnt jetzt seit fast fünf Jahren auf der Arkbeck Farm. Davor haben sie in Eastvale gelebt.« Er schaute auf seine Uhr. »Ich werde gleich nach dieser Versammlung wieder raus zur Farm fahren. Ich hoffe, Mrs. Rothwell hat sich so weit erholt, dass sie uns erzählen kann, was passiert ist.«

»Gut. Gibt es irgendwelche Hinweise auf die beiden Männer?«

»Noch nicht, aber Susan hat mit jemandem gesprochen, der meint, einen Wagen gesehen zu haben.«

Gristhorpe schaute Susan an.

»Das stimmt, Sir«, bestätigte sie. »Das war bei Sonnenuntergang letzte Nacht, bevor es ganz dunkel wurde. Ein pensionierter Lehrer aus Fortford kam gerade von einem Besuch bei seiner Tochter in Pateley Bridge zurück. Er sagte, er nimmt gerne die verlassenen Straßen über das Heidemoor.«

»Wo hat er den Wagen gesehen?«

»Am Rande des Moors über Relton, Sir. Er parkte in einer Abzweigung, nur ein kleines Stückchen vom Straßenrand gelegen. Ich glaube, da führte einmal ein alter Schafpfad hinein, aber er wird nicht mehr benutzt und nur der Abschnitt direkt an der Straße ist befahrbar. Der Rest ist überwuchert. Auf jeden Fall führt der Weg in einem weitläufigen Halbkreis um die Farm herum. Zu Fuß ist man von der Stelle, wo der Wagen stand, nur einen halben Kilometer von dem Hof entfernt. Erinnern Sie sich an das Wäldchen gegenüber dem Bauernhaus? Es ist das gleiche Wäldchen, das sich den Hang hinauf bis zu dieser Abzweigung erstreckt. Ein ausgezeichneter Schutz, wenn jemand ungesehen zur Farm gelangen will. Außerdem konnte Alison so auch keinen Wagen hören, wenn er oben an der Straße geparkt war.«

»Klingt vielversprechend«, sagte Gristhorpe. »Ist dem Zeugen irgendetwas an dem Wagen aufgefallen?«

»Ja, Sir. Er sagte, er sah aus wie ein alter Escort. In einer hellen Farbe. Der Mann hat es für Hellblau gehalten. Und im unteren Bereich der Karosserie war entweder Rost oder Matsch oder Gras.«

»Das ist nicht gerade die Stretchlimousine, die man mit Auftragskillern verbindet, oder?«, meinte Gristhorpe.

»Eher die Yorkshire-Version«, sagte Banks.

Gristhorpe lachte. »Genau. Gehen Sie der Sache besser nach, Susan. Geben Sie eine Beschreibung des Wagens raus. Ich nehme mal an, Ihr pensionierter Lehrer hat nicht zufällig zwei schwarz gekleidete Männer mit einer Schrotflinte gesehen, oder?«

Susan grinste. »Nein, Sir.«

»Rothwell hat selbst keine Landwirtschaft betrieben, oder?«, fragte Gristhorpe Banks.

»Nein. Nur den Gemüsegarten, den wir hinter dem Haus gesehen haben. Den Rest seines Landes hatte er an benachbarte Bauern verkauft. Ich kenne da einen Typen, der in der Nähe von Relton Landwirtschaft betreibt. Mit dem will ich mal sprechen. Pat Clifford. Wenn es irgendwelche Probleme in der Gegend gegeben hat, dann müsste er es wissen.«

»Gut«, sagte Gristhorpe. »Wie man weiß, mögen viele Einheimische die Neulinge nicht, die leer stehende Höfe kaufen und sie nicht anständig nutzen.«

Gristhorpe, das wusste Banks, hatte in seinem Bauernhaus über Lyndgarth schon sein ganzes Leben lang gewohnt. Vielleicht war er sogar dort geboren worden. Nach dem Tod seiner Eltern hatte er den größten Teil des Landes verkauft und nur genug Platz für einen kleinen Garten und für sein wichtigstes Freizeitvergnügen behalten: eine Natursteinmauer, an der er von Zeit zu Zeit arbeitete und die ins Nirgendwo führte und nichts eingrenzte.

»Auf jeden Fall«, fuhr Gristhorpe fort, »hat es da ein paar Verstimmungen gegeben. Ich kann mir allerdings nicht vorstellen, dass ein Bauer von hier ein paar Killer anheuert. Die Leute hier kümmern sich selbst um ihre Angelegenheiten. Andererseits sind schon seltsamere Dinge passiert. Und denken wir daran: Schrotflinten sind auf den Bauernhöfen so normal wie Kuhfladen. Gibt es schon was über diesen Papierschnipsel?«

Banks schüttelte den Kopf. »Das Labor arbeitet noch daran. Ich habe bereits in West Yorkshire angefragt, ob sie untersuchen können, wo solche Magazine verkauft werden. Ich habe mit Ken Blackstone von Millgarth in Leeds gesprochen. Er ist dort Inspector, ein alter Kumpel.«

»Gut«, sagte Gristhorpe und wandte sich dann an Richmond. »Phil, wollen Sie Alan zur Arkbeck Farm begleiten und einen Blick auf Rothwells Computer werfen, bevor Sie sich auf die Leitung des Büros stürzen?«

»In Ordnung, Sir. Würde es nicht Sinn machen, wenn wir ihn gleich mitnehmen, nachdem ich ihn mir kurz angeschaut habe?«

Gristhorpe nickte. »Okay, gute Idee.« Er kratzte seine pockennarbige Wange. »Hören Sie, Phil, ich weiß, dass Sie uns Ende der Woche Richtung Scotland Yard verlassen wollen, aber ...«

»Schon in Ordnung, Sir«, sagte Richmond. »Verstehe. Ich bleibe so lange, wie Sie mich brauchen.«

»Guter Junge. Susan, haben Sie etwas Interessantes in dem Terminkalender gefunden?«

Susan Gay schüttelte den Kopf. »Noch nicht, Sir. Er hatte gestern Morgen einen Arzttermin bei Dr. Hunter. Ich habe in der Praxis angerufen. Er hat den Termin wahrgenommen. Eine Routineuntersuchung, keine Probleme. Ich arbeite mich gerade durch. Er hat nicht viel aufgeschrieben, vielleicht hat er im Computer mehr eingetragen. Ein paar Namen gibt es, die man überprüfen kann. Hauptsächlich regionale Firmen. Allerdings muss ich sagen, Sir, er hatte nicht gerade einen vollen Terminkalender. Es gibt eine Menge leere Tage.«

»Vielleicht hat er das Geld nicht gebraucht. Vielleicht konnte er es sich leisten, nur die Rosinen rauszupicken. Reden Sie mal mit jemandem von seinem früheren Arbeitgeber, Hatchard und Pratt. Sie haben ihre Kanzlei direkt an der Market Street. Die können uns vielleicht etwas über seine Vergangenheit erzählen.« Gristhorpe schaute auf seine Uhr. »Na gut, wir haben alle eine Menge zu tun, packen wir es an.«

II

»Meine Mutter schläft leider noch«, erfuhr Banks auf der Arkbeck Farm von Alison. »Ich habe ihr gesagt, dass Sie hier waren ...« Sie zuckte mit den Schultern.

Merkwürdig, dachte Banks. Man sollte doch annehmen, dass eine Mutter ihre Tochter tröstet und vor neugierigen Polizisten in Schutz nimmt. »Ist Ihnen noch etwas eingefallen?«, fragte er.

Alison Rothwell sah erschöpft und sehr mitgenommen

aus. Ihr ungewaschenes und leicht fettiges Haar war zurückgebunden, was ihre hohe Stirn betonte. Sie trug ein schlichtes weißes T-Shirt und eine stonewashed Designerjeans. Sie saß mit untergeschlagenen Beinen da, und während sie redete, drehte sie den Ring am kleinen Finger ihrer rechten Hand. »Eigentlich nicht«, sagte sie. Durch das Lispeln klang sie wie ein kleines Mädchen.

Sie saßen in einem kleinen, freundlichen Zimmer mit elfenbeinfarbenen Wänden und blauen Polstermöbeln im hinteren Bereich des Hauses. Vor einer Wand stand ein Bücherregal, in dem sich hauptsächlich Taschenbücher befanden, deren Rücken eine flimmernde Fläche aus orange, grün und schwarz bildeten. An der gegenüberliegenden Wand stand ein Klavier, dessen Kirschholzschliff auf Hochglanz poliert war. Auf dem Klavier lag ein unordentlicher Stapel Noten. Constable Smithies, die Polizistin, die bei den Rothwells geblieben war, saß mit aufgeschlagenem Notizbuch diskret in einer Ecke. Phil Richmond beschäftigte sich oben in Keith Rothwells Arbeitszimmer mit dem Computer.

Durch das große Erkerfenster, das ein wenig geöffnet war und Vogelgezwitscher und frische Luft hereinließ, sah man hinaus über Fortford und das jenseitige Tal. Für Banks war dies ein recht vertrauter Blick; er kannte ihn bereits von der anderen Seite Reltons, von »Maggie's Farm« aus, sowie vom Haus eines Mannes namens Adam Harkness in der Talsohle. Die Landschaft beeindruckte ihn immer wieder, selbst an einem trüben Tag wie heute. Die graubraunen Ruinen der Devraulx-Abtei schimmerten durch die Bäume auf ihrem Gelände, die Häuser von Lyndgarth gruppierten sich um ihre abfallende Rasenfläche, und über dem Mosaik aus blassgrünen Feldern und Natursteinmauern, die steil in die Höhe ragten, thronte die bedrohliche Silhouette von Aldington Edge, einer langen Kalksteinwand, von oben bis unten mit Spalten durchzogen, die funkelten wie die Zähne eines Skeletts.

»Mir ist klar, dass es schmerzhaft ist, sich zu erinnern«, fuhr Banks fort, »aber wir benötigen jede Hilfe, die wir bekommen können, wenn wir diese Männer fassen wollen.«

»Ich weiß. Es tut mir Leid.«

»Können Sie sich erinnern, zwischen dem Moment, als die Männer hinausgegangen sind, und dem Knall irgendwelche Geräusche gehört zu haben?«

Alison runzelte die Stirn. »Ich glaube nicht.«

»Haben Sie keine Geräusche eines Kampfes gehört? Oder ein Schreien?«

»Nein. Es war alles vollkommen still. Daran erinnere ich mich.«

»Kein Wortwechsel?«

»Ich habe nichts gehört.«

»Und Sie können nicht sagen, wie lange sie vor dem Schuss draußen waren?«

»Nein. Ich hatte Angst und machte mir Sorgen. Mama saß mir genau gegenüber. Ich konnte sehen, wie verängstigt sie war, aber ich konnte nicht das Geringste tun. Ich habe mich vollkommen ohnmächtig gefühlt.«

»Nachdem es vorbei war, haben Sie da irgendwelche Geräusche gehört?«

»Nicht dass ich wüsste.«

»Versuchen Sie sich zu erinnern. Haben Sie gehört, in welche Richtung die beiden Männer verschwunden sind?«

»Nein.«

»Haben Sie Geräusche von einem Wagen gehört?«

Sie hielt inne. »Ich glaube, ich habe eine Tür zuschlagen hören, aber ich bin mir nicht sicher. Ich habe nicht gehört, dass ein Wagen wegfahren ist, aber ich denke, ich war auch nicht ganz bei mir. Mir kam es jedenfalls so vor, als hätte ich in der Ferne die Tür eines Wagens zuschlagen hören.«

»Wissen Sie, aus welcher Richtung das Geräusch kam?«

»Von weiter oben am Hang, würde ich sagen. Richtung Relton.«

»Gut. Nun zu den Männern. Ist Ihnen zu den beiden noch etwas eingefallen?«

»Ja, zu dem einen, der mich angefasst hat. Ich habe die ganze Zeit darüber nachgedacht. Er hatte große braune Augen, so eine Art Rehbraun. Und sie waren feucht. Wie bei einem kleinen Hund.«

»Wie bei einem Cockerspaniel?«

»Ja, genau. Er hatte tränende Augen wie ein Cockerspaniel. Oder ein Dackel. Aber normalerweise ... Sie wissen schon, von einem Dackelblick ist man normalerweise gerührt, aber diese Augen haben mich nicht gerührt. Sie hatten einen grausamen Blick.«

»Hat einer der Männer noch etwas gesagt?«

»Nein.«

»Sind sie durch das Haus gegangen? In andere Zimmer?«

»Nein.«

»Haben Sie beobachtet, ob die beiden etwas mitgenommen haben?«

Alison schüttelte den Kopf.

»Als Ihr Vater die beiden gesehen hat und dann mit ihnen hinausgegangen ist, wie hat er da gewirkt?«

»Was meinen Sie?«

»War er überrascht?«

»Als er hereinkam und die beiden ihn packten, ja.«

»Und danach?«

»Kann ... kann ich nicht sagen. Er hat nichts gemacht und nichts gesagt. Er stand einfach da.«

»Hatten Sie den Eindruck, dass er die Männer erkannt hat?«

»Wie denn? Sie waren doch völlig vermummt.«

»Schien er überrascht zu sein, nachdem der erste Schock überwunden war?«

»Nein, ich glaube nicht. Nur ... resigniert.«

»Hatte er sie erwartet?«

»Ich ... ich weiß nicht. Ich glaube nicht.«

»Hatten Sie den Eindruck, dass er sie kannte, dass er wusste, wer sie waren?«

»Wie denn?«

In ihrer Stimme klang ein solcher Zweifel mit, dass Banks sich fragte, ob sie bemerkt hatte, dass ihr Vater in Wirklichkeit gar nicht so geschockt und überrascht war, und sie gerade dadurch verwirrt war. »Glauben Sie, er wusste, was passieren würde?«, drängte er weiter. »Und warum es passieren würde?«

»Vielleicht. Nein. Keine Ahnung. Das konnte er doch gar nicht, oder?« Sie verdrehte die Augen. »Ich weiß es nicht genau. Und ich will es auch gar nicht genau wissen.«

»In Ordnung, Alison. Alles in Ordnung. Es tut mir Leid, aber ich muss diese Fragen stellen.«

»Ich weiß. Ich will auch keine Heulsuse sein.« Sie rieb sich mit dem nackten Arm über ihre Augen.

»Sie sind sehr tapfer. Nur noch eine Frage zu dem Ablauf und dann lassen wir es gut sein. Okay?«

»Okay.«

»Ist Ihr Vater ruhig mitgegangen oder mussten sie ihn mit Gewalt hinausschleppen?«

»Nein, er ist einfach mit ihnen hinausgegangen. Er hat nichts gesagt.«

»Hat er verängstigt ausgesehen?«

»Man konnte ihm überhaupt nichts ansehen.« Sie wurde

rot. »Und er hat überhaupt nichts getan. Er ließ Mama und mich einfach gefesselt dasitzen und sich hinausführen ... und sich wie ein Tier töten.«

»Schon gut, Alison, beruhigen Sie sich. Wie haben Sie sich von dem Stuhl befreien können, nachdem die Männer verschwunden waren?«

Alison schniefte und putzte sich die Nase. »Es hat lange gedauert«, sagte sie schließlich. »Vielleicht Stunden. Einige Zeit saß ich einfach nur da, aber ich war nicht wirklich da, wenn Sie wissen, was ich meine. Ich glaube, Mama ist ohnmächtig geworden. Sie hatten die Seile wirklich fest verknotet, ich konnte meine Hände gar nicht mehr richtig spüren.«

Während sie sprach, rieb sie ihre Handgelenke, auf denen man immer noch die wunden Striemen sehen konnte. »Schließlich habe ich meinen Stuhl umgekippt und bin rüber zum Tisch gerutscht, wo der Nähkorb meiner Mutter war. Ich wusste, dass eine Schere darin lag. Ich musste meine Hände lange reiben, bis ich wieder etwas gespürt habe, und ich weiß nicht, wie, aber am Ende habe ich das Seil zerschnitten und dann meine Mama losgemacht.« Sie rutschte auf ihrem Stuhl umher. »Ich mache mir Sorgen um Mama. Sie ist nicht mehr sie selbst. Sie will nichts essen. Was wird mit ihr passieren?«

»Mir geht es gut, Alison, mein Schatz. Du musst dir keine Sorgen machen.«

Die Stimme kam von der Tür, Banks drehte sich um und sah zum ersten Mal Mrs. Rothwell. Sie war eine große Frau mit kurzem grauem Haar und feingliedrigen, kantigen Zügen, wobei die kleine Nase vielleicht etwas zu scharf geschnitten war. Der Abstand zwischen der Nase und ihrer schmalen Oberlippe schien ungewöhnlich groß zu sein, dachte Banks, was ihrem geneigten Kopf eine überhebliche, herrische Note verlieh. Und Banks konnte sehen, von wem Alison ihren kleinen Mund hatte.

Ihre kastanienbraunen Augen sahen trübe aus, Banks vermutete, dass die Beruhigungsmittel, die ihr Dr. Burns verschrieben hatte, schuld daran waren. Wahrscheinlich erklärten die Pillen auch ihre schlaffen Bewegungen. Ihre Haut war blass, fast blutleer, obwohl Banks auffiel, dass sie sich etwas geschminkt hatte. Sie hatte sogar die größten Anstrengungen unternommen, den besten Eindruck zu machen. Schwarze Seidenhosen lagen über ihren schmalen, knabenhaften Hüften; dazu trug sie einen Zopfmusterpullover mit einem Regenbogenmotiv, der für Banks unwissendes Auge nach einem exklusiven Designerstück aussah. Auf jeden Fall hatte er so etwas noch nie gesehen. Selbst in ihrem mit Beruhigungsmitteln gedämpften Kummer hatte sie etwas Kontrolliertes, Herrisches und Aufmerksamkeit Forderndes an sich, eine Art im Zaum gehaltener Kraft.

Sie setzte sich in den anderen Sessel, schlug die Beine übereinander und faltete die Hände auf dem Schoß. Banks bemerkte die dicken Ringe an ihren Fingern: Diamanten, ein großer Rubin und ein breiter, goldener Ehering.

Banks stellte sich vor und sprach ihr sein Beileid aus, das sie mit einer leichten Neigung des Kopfes entgegennahm.

»Leider muss ich Ihnen ein paar unangenehme Fragen stellen, Mrs. Rothwell«, sagte er.

»Nicht über letzte Nacht«, erwiderte sie und fasste mit einer Juwelen besetzten Hand an ihren Hals. »Ich kann darüber nicht reden. Ich fühle mich schwach, meine Stimme versagt und ich kriege einfach kein Wort heraus.«

»Mama«, sagte Alison. »Ich habe ihm … davon erzählt. Nicht wahr?« Und sie schaute Banks an, als sollte er sich davor hüten, ihr zu widersprechen.

»Ja«, sagte er. »Eigentlich wollte ich Ihnen keine speziellen Fragen stellen. Wir brauchen nur mehr Informationen über die Tätigkeiten Ihres Mannes. Können Sie uns helfen?«

Sie nickte. »Entschuldigen Sie, Chief Inspector. Normalerweise bin ich nicht so durcheinander.« Sie berührte ihr Haar. »Ich muss furchtbar aussehen.«

Banks murmelte ein Kompliment. »Hatte Ihr Mann Feinde, von denen Sie wussten?«, fragte er.

»Nein. Keine. Aber andererseits hat er mich mit den Einzelheiten seiner Arbeit auch nicht belästigt. Ich habe wirklich keine Ahnung, mit welcher Art von Leuten er zu tun hatte.« Sie sprach mit dem Akzent Eastvales, bemerkte Banks, der jedoch durch einige Stunden Sprecherziehung abgeschliffen worden war. *Sprecherziehung*. Er hatte nicht geglaubt, dass man heutzutage noch solche Stunden nahm.

»Er hat also seine Arbeit sozusagen nie mit nach Hause gebracht?«

»Nein.«

»Ist er viel gereist?«

»Meinen Sie ins Ausland?«

»Wohin auch immer.«

»Nun, er ist ab und zu ins Ausland gereist, geschäftlich. Außerdem haben wir natürlich Urlaub gemacht, in Mexiko, Hawaii oder auf den Bermudas. Geschäftlich bedingt ist er auch in der Gegend herumgereist. Er war oft unterwegs.«

»Wo zum Beispiel?«

»Ach, überall. Leeds, Manchester, Liverpool, Birmingham, Bristol. Manchmal auch in London oder in Europa. Er hatte einen sehr wichtigen Job. Er war ein ausgezeichneter Finanzberater und sehr gefragt. Keith konnte sich seine Klienten aussuchen, er musste nicht jeden Auftrag annehmen, der sich ihm anbot.«

»Sie erwähnten Finanzberatung. Was genau hat er getan?«

Mit langen, knochigen Finger zupfte sie an der Wolle ihres Kragens. »Wie gesagt, er hat mir nicht viel von seiner Arbeit erzählt, auf jeden Fall nicht die Einzelheiten. Er war ausgebildet als Bilanzbuchhalter, aber das war nur ein Teil seiner Beschäftigung. Er hatte ein Talent für Zahlen. Er beriet die Leute in Geldanlagen und half Firmen aus Schwierigkeiten. Ich nehme an, er war eine Art Berater, wenn Sie so wollen. Und zwar ein sehr exklusiver. Er benötigte keine neuen Klienten und die Menschen hörten von ihm nur über Mundpropaganda.«

Das klang Banks alles schwammig genug, um verdächtig zu sein. Andererseits, was tat *er* denn? Er klärte Verbrechen auf, gut. Aber dabei plauderte er bei einem Bier mit den Leuten, befragte die Hinterbliebenen und grübelte über Fingerabdrücke und Blutproben nach. Für einen Außenstehenden hörte sich das wahrscheinlich auch reichlich dubios und planlos an.

»Und Sie haben nie einen seiner Geschäftspartner kennen gelernt?«

»Gelegentlich hatten wir Leute zum Essen hier, aber wir haben nie über Geschäfte gesprochen.«

»Wenn Sie später vielleicht einen Moment Zeit haben, könnten Sie mir dann eine Liste derer anfertigen, die Sie am häufigsten eingeladen haben?«

Sie hob ihre Augenbrauen. »Wenn Sie wollen.«

»Nun, Mrs. Rothwell«, sagte Banks und sehnte sich in diesem offenkundigen Nichtraucherhaushalt nach einer Zigarcttc, »dic nächste Frage mag Ihnen etwas taktlos erscheinen, aber gab es irgendwelche Probleme in der Familie?«

»Selbstverständlich nicht. Wir sind eine glückliche Familie. Nicht wahr, Alison?«

Alison schaute Banks an. »Ja, Mutter«, antwortete sie.

Banks wandte sich wieder an Mrs. Rothwell. »Hat sich

Ihr Mann in letzter Zeit in irgendeiner Weise ungewöhnlich verhalten?«, fragte er. »Haben Sie irgendwelche Veränderungen an ihm wahrgenommen?«

Sie runzelte die Stirn. »Ja, tatsächlich, in letzter Zeit war er etwas nervös, angespannt; er war ein bisschen mehr in Gedanken versunken und verschlossen als sonst. Ich meine, ruhig war er immer, aber jetzt war er noch ruhiger.«

»Seit wann?«

Sie zuckte mit den Achseln. »Seit zwei oder drei Wochen.«

»Aber er hat Ihnen nie gesagt, was los war?«

»Nein.«

»Haben Sie gefragt?«

»Mein Mann schätzte es nicht, wenn man in seinen Privatangelegenheiten herumschnüffelte, Chief Inspector.«

»Nicht einmal seine Frau?«

»Ich nehme an, wenn er es mir hätte erzählen wollen, dann hätte er es getan.«

»Worüber haben Sie sich gestern Abend beim Essen unterhalten?«

Sie zuckte wieder mit den Achseln. »Über ganz normale Dinge. Über die Kinder, über den Ausbau des Hauses, den wir vorhatten ... was soll ich sagen. Worüber reden Sie denn, wenn Sie mit Ihrer Frau essen gehen?«

Gute Frage, dachte Banks. Es war schon so lange her, dass er gemeinsam mit Sandra essen gegangen war, dass er sich nicht mehr daran erinnern konnte, worüber sie gesprochen hatten. »Haben Sie irgendeine Vorstellung, über was er sich Sorgen gemacht haben könnte?«, fragte er.

»Nein. Ich schätze, es war eines seiner normalen Geschäftsprobleme. Keith kümmerte sich sehr um seine Klienten.«

»Geschäftsprobleme welcher Art? Ich dachte, er hätte Ihnen nichts von seiner Arbeit erzählt.«

»Das hat er auch nicht, Chief Inspector. Bitte drehen Sie mir nicht das Wort im Munde um. Gelegentlich hat er natürlich mal etwas fallen lassen. Sie wissen schon, manchmal hat er etwas in der *Financial Times* gelesen oder so und eine Bemerkung dazu gemacht. Verstanden habe ich das dann ohnehin nicht. Ich glaube einfach, eine der Firmen, denen er helfen wollte, war nicht mehr zu retten. Solche Dinge haben ihn immer bedrückt.«

»Wissen Sie, um welche Firma es sich handelt?«

»Nein. Aber das müsste in seinem Computer zu finden sein. Da drinnen ist alles gespeichert.« Plötzlich legte Mrs. Rothwell eine ihrer mit Ringen besetzten Hand an die Stirn, eine Geste, die Banks an ein Melodram des neunzehnten Jahrhunderts erinnerte. Ihre Stirn sah feucht aus. »Ich fürchte, ich kann nicht mehr weitersprechen«, wisperte sie. »Ich fühle mich ein wenig schwach und schwindelig. Ich … Alison.«

Alison half ihr hoch und gemeinsam verließen sie das Zimmer. Banks schaute hinüber zu Constable Smithies. »Haben Sie irgendetwas von den beiden aufgeschnappt, während Sie hier waren?«, fragte er.

»Tut mir Leid, Sir«, sagte sie. »Nichts. Eines kann ich Ihnen aber sagen: Die beiden sind ein seltsames Paar. Die ganze Familie ist merkwürdig. Ich glaube, die beiden flüchten vor der Realität, jede auf ihre eigene Weise. Sie versuchen zu verdrängen, was geschehen ist oder wie es geschehen ist. Aber das sehen Sie ja selbst.«

»Stimmt.«

Banks lauschte dem Ticken der Uhr auf dem Kaminsims. Es war eine von diesen Uhren, bei denen man unter der Glaskuppel die ganze Mechanik aus Messing und Silber sehen kann.

Ein paar Minuten später kehrte Alison zurück. »Entschuldigen Sie«, sagte sie. »Mama ist immer noch schwach und steht unter Schock. Der Arzt hat ihr ein paar Pillen gegeben.«

»Das ist verständlich, Alison«, sagte Banks. »Ich bin sowieso fast fertig. Nur noch eine letzte Frage. Wissen Sie, wo Ihr Bruder ist? Wir müssen Verbindung zu ihm aufnehmen.«

Alison nahm eine Postkarte vom Klavier, reichte sie Banks und setzte sich wieder hin.

Auf der Karte war die Golden Gate Bridge von San Francisco zu sehen, die für Banks orange aussah. Er drehte sie um. Sie war vor zwei Wochen abgestempelt und der Text lautete:

Liebe Ali,

ich liebe Kalifornien und San Francisco ist eine Wahnsinnsstadt, aber es wird Zeit, weiterzuziehen. Ich gewöhne mich sogar schon daran, auf der falschen Straßenseite zu fahren. Diese Besichtigungen sind eine ermüdende Angelegenheit; deshalb haue ich für ein paar Wochen ab nach Florida, um einfach in der Sonne zu liegen. Ah, was für eine Wohltat! Außerdem will ich mir die Filmakademie in Sarasota anschauen. Ich fahre die Küstenstraße runter und fliege am Sonntag von LA nach Tampa. Ich melde mich wieder, wenn ich dort bin. Liebe Grüße an Mama,

Tom

»Wie lange ist er schon weg?«

»Seit sechs Wochen. Etwas mehr. Er ist am 31. März abgereist.«

»Was macht er dort? Was hat das mit der Filmakademie zu bedeuten?«

Alison lächelte für einen kurzen Moment. »Er will beim Film arbeiten. Er hat in einem Videoladen gearbeitet und gespart. Jetzt hofft er, in Amerika an einer Filmschule angenommen zu werden, um zu lernen, wie man Regisseur wird.«

»Wie alt ist er?«

»Einundzwanzig.«

Banks stand auf. »Na gut, Alison«, sagte er. »Vielen Dank für Ihre Hilfe. Constable Smithies wird noch eine Weile hier bleiben. Wenn Sie also jemanden brauchen ... Und ich werde den Doktor bitten, noch einmal nach Ihrer Mutter zu sehen.«

»Danke. Machen Sie sich bitte um uns keine Sorgen.«

Banks schaute bei Richmond vorbei, der in den bläulichen Schein von Rothwells Monitor getaucht und völlig von der Welt abgeschlossen dasaß, ging dann zu seinem Wagen und zündete sich eine Zigarette an. Er kurbelte sein Fenster herunter und lauschte beim Rauchen den Vögeln. Abgesehen von den Vögeln, war es verdammt still hier oben. Wie konnte ein Teenager wie Alison mit dieser Abgeschiedenheit zurechtkommen, fragte er sich. Constable Smithies hatte Recht, die Rothwells waren eine merkwürdige Familie.

Als er auf dem holperigen Weg zur Straße nach Relton fuhr, schob er eine Kassette von Dr. John mit Solopianomusik aus New Orleans ein. In der letzten Zeit hatte er ständig Lust auf Klaviermusik, und zwar auf jede Form von Klaviermusik. Er hatte sogar mit dem Gedanken gespielt, Klavierstunden zu nehmen, und er wollte alles Spielen lernen: Klassik, Jazz, Blues. Zurückgehalten hatte ihn allein das Gefühl, zu alt zu sein für ein solches Unternehmen. Sein einundvierzigster Geburtstag war nur noch ein paar Wochen entfernt.

In Relton standen ein paar alte Damen mit Einkaufskörben vor der Metzgerei und unterhielten sich, wahrscheinlich über den Mord.

Als er vor dem Black Sheep anhielt, musste Banks wieder an Alison Rothwell und ihre Mutter denken. Was verheimlichten die beiden? Und was störte ihn? Egal, was Mrs. Rothwell und Alison sagten, in der Familie stimmte etwas nicht, und er hatte das Gefühl, dass Tom Rothwell wissen könnte, was es war. Je schneller sie Kontakt zu ihm aufnahmen, desto besser.

III

Laurence Pratt beugte sich tief in die unterste Schublade seines Schreibtisches und zog eine Flasche Courvoisier VSOP und zwei Gläser hervor.

»Verzeihen Sie«, entschuldigte er sich bei Constable Susan Gay, die ihm an dem breiten Teakholztisch gegenübersaß. »Denken Sie bitte nicht, ich wäre ein heimlicher Schluckspecht. Den habe ich nur für Notfälle hier, und durch die Nachricht, die Sie mir gerade überbracht haben, ist leider eindeutig einer eingetreten. Trinken Sie einen mit?«

»Nein, danke.«

»Im Dienst nicht?«

»Manchmal«, sagte Susan. »Aber heute nicht.«

»Na gut.« Er schenkte sein Glas großzügig voll, schwenkte es und nahm einen Schluck. »Ah … schon besser.«

»Könnten wir dann wieder auf Mr. Rothwell zurückkommen, Sir?«

»Ja. Ja, selbstverständlich. Aber Sie müssen das verstehen, Miss, Miss …?«

»Gay, Sir. Detective Constable Gay.«

Sie sah unwillkürlich ein Lächeln über sein Gesicht huschen. So lächelten die Menschen häufig, wenn sie sich vorstellte. Als sie ein Kind war, war »Gay« ein vollkommen anständiger Name gewesen; heutzutage hatte sich die Bedeutung allerdings entschieden geändert und jeder machte nur noch seine dummen Witze über diesen Ausdruck für Homosexuelle. Ein oberschlaues Arschloch hatte sie tatsächlich einmal gefragt, ob sie aktiv oder passiv im Dienst sei. Sie tröstete sich mit dem Gedanken, dass er jetzt hauptsächlich aufgrund ihrer Aussage vor Gericht seine Jahre abzusitzen hatte.

»Ja«, fuhr er fort, während ein Stirnrunzeln schnell das Lächeln ablöste. »Ich habe natürlich von Keith' Tod gehört, im Radio heute Mittag, aber es wurde nicht gesagt, *wie* es passiert ist. Das ist ein ganz schöner Schock, um ehrlich zu sein. Verstehen Sie, ich kannte Keith ziemlich gut. Ich bin nur drei Jahre älter als er und wir haben hier einige Jahre zusammengearbeitet.«

»Er hat die Kanzlei vor fünf Jahren verlassen, ist das richtig?«

»So ungefähr. Eine große Veränderung wie diese erfordert einiges an Planung und an Organisation. Zum Beispiel mussten Akten von Klienten übertragen werden und solche Dinge. Und er musste auch an die Kanzlei denken.«

»War er Teilhaber?«

»Ja. Mein Vater, Jeremiah Pratt, war einer der Gründer der Kanzlei. Er ist jetzt im Ruhestand.«

»Ich habe gehört, die Familie Rothwell lebte früher in Eastvale, stimmt das?«

»Ja. In einem ganz hübschen Haus in Richtung des Kreisels nach York. Catterick Street.«

»Warum sind sie umgezogen?«

»Mary wollte immer auf dem Land leben. Ich habe keine Ahnung, warum. Sie war ganz und gar kein Naturkind. Ich glaube, sie wollte wohl die Gutsherrin spielen.«

»Ach. Warum?«

Pratt zuckte mit den Achseln. »So ist sie nun einmal.«

»Und ihr Mann?«

»Keith war es egal. Ich könnte mir vorstellen, dass ihm die Einsamkeit gefallen hat. Er war zwar nicht gerade ungesellig, aber er hat sich auch nicht gerne unters Volk gemischt, auf jeden Fall in letzter Zeit nicht. Außerdem war er häufig verreist.«

Pratt war Mitte vierzig, schätzte Susan, womit er tatsächlich nur ein paar Jahre älter als Keith Rothwell war. Recht gut aussehend, mit einem ausgeprägten Kinn und grauen Augen, hatte er die Ärmel seines weißen Hemdes hochgekrempelt und seine in Malve und Grün gehaltene Krawatte mit einem Clip befestigt, der aussah wie ein silbernes Dollarzeichen. Sein Haaransatz ging zurück, das verbliebene Haar war grau an den Schläfen. Er trug eine Brille mit schwarzer Fassung, die mitten auf seinem Nasenrücken saß.

»Haben Sie ihn dort draußen mal besucht?«

»Ja. Meine Frau und ich haben zu verschiedenen Gelegenheiten mit den Rothwells gegessen.«

»Waren Sie befreundet?«

Pratt nahm noch einen Schluck von seinem Cognac. »Mmmh. Wir waren irgendetwas zwischen Freunden und Kollegen, würde ich sagen.«

»Warum hat er Hatchard und Pratt verlassen?«

Pratt unterbrach den direkten Augenkontakt und schaute in die Flüssigkeit, die er in seinem Glas schwenkte. »Vielleicht aus Ehrgeiz. Die simple Buchhaltung hat ihn gelangweilt. Er hat sich gerne mit abstrakten Dingen beschäftigt und konnte gut mit Zahlen umgehen. Auf jeden Fall hatte er Talent für das Finanzmanagement. Da war er sehr kreativ.«

»Bedeutet das betrügerisch?«

Pratt schaute zu ihr hoch. Sie konnte seinen Gesichtsausdruck nicht deuten. »Diese Anspielung gefällt mir nicht«, sagte er.

»Gab es irgendwelche Unstimmigkeiten?«

»Ich weiß nicht, was Sie meinen.«

»Als er die Kanzlei verlassen hat. Hat es da Streit gegeben oder Probleme?«

»Großer Gott, das war vor fünf Jahren!«

»Trotzdem.«

Pratt schlug einen härteren Ton an. »Nein, das gab es natürlich nicht. Alles verlief völlig freundschaftlich. Selbstverständlich tat es uns Leid, ihn zu verlieren, aber ...«

»Er ist nicht gefeuert worden oder so?«

»Nein.«

»Hat er Klienten mitgenommen?«

Pratt rutschte auf seinem Stuhl umher. »Es wird immer Klienten geben, die sich eher einem bestimmten Mitarbeiter einer Kanzlei verpflichtet fühlen als der ganzen Kanzlei.«

»Sind Sie sicher, dass das nicht zu Unstimmigkeiten führte?«

»Selbstverständlich bin ich mir sicher. Da es unprofessionell ist, um Klienten zu buhlen und sie abzuwerben, akzeptieren die meisten Firmen, dass sie ein paar Aufträge verlieren, wenn ein beliebter Mitarbeiter geht, um sich selbständig zu machen. Sagen wir, nur als Beispiel, Sie gehen zu einem bestimmten Zahnarzt in einer Gemeinschaftspraxis. Sie fühlen sich bei ihm in guten Händen. Er versteht, wie Sie sich beim Zahnarzt fühlen, er nimmt Ihnen die Angst. Wenn er die Gemeinschaftspraxis verlässt, um sich selbständig zu machen, gehen Sie dann mit ihm oder bleiben Sie und nehmen ein Risiko in Kauf?«

Susan lächelte. »Ich verstehe, was Sie meinen. Glauben Sie, Sie könnten mir eine Liste mit den Namen der Klienten geben, die er mitgenommen hat?«

Einen Augenblick lang kaute Pratt auf seiner Unterlippe, als würde er für sich die ethischen Aspekte einer solchen Bitte erörtern. »Ich wüsste nicht, was dagegen sprechen sollte«, antwortete er dann. »Aber Sie könnten die Namen auch anhand seiner Akten ermitteln.«

»Ich danke Ihnen. Er muss auf irgendeine Art eine ziemliche Stange Geld verdient haben«, sagte Susan. »Wie hat er das gemacht?«

Pratt legte seine haarigen Hände an den Fingerspitzen zusammen und formte ein Dreieck. »Genauso wie wir anderen auch, nehme ich an«, sagte er. »Durch harte Arbeit. Gute Investitionen. Ausgezeichneten Kundendienst. Und die Arkbeck Farm war ziemlich heruntergekommen, als er sie kaufte, müssen Sie wissen. Der Hof hat kein Vermögen gekostet, und er hatte keine Schwierigkeiten, eine günstige Hypothek auszuhandeln. Über die Jahre hat er aber eine Menge in das Haus gesteckt.«

Susan schaute auf ihre Notizen und zog die Stirn in Falten, als hätte sie Schwierigkeiten, sie zu lesen oder zu verstehen. »Ich habe gehört, Mr. Rothwell besaß eine Reihe von Geschäften. Wissen Sie etwas darüber?«

Pratt schüttelte den Kopf. »Eigentlich nicht. Soviel ich weiß, war er an der Vermittlung von Haus- und Grundbesitz interessiert. Wie gesagt, Keith war ein geschickter Geschäftsmann.«

»War Mrs. Rothwell berufstätig?«

»Mary? Lieber Himmel, nein! Also auf jeden Fall nicht in dem Sinne, dass sie irgendwo angestellt war und Geld verdient hat. Mary ist ganz und gar Hausfrau. Obwohl ›Verwalterin‹ oder ›Freizeitgestalterin‹ die angemesseneren Bezeichnungen wären, denn sie erledigt die Arbeit eigentlich nicht selbst. Außer den Garten. Sie werden gesehen haben, wie sauber und gut in Schuss die Arkbeck Farm ist, oder?«

»Ich fürchte, mich haben andere Dinge beschäftigt, als ich dort war«, erwiderte Susan, »aber ich weiß, was Sie meinen.«

Pratt nickte. »Bei Mary«, fuhr er fort, »konzentriert sich alles auf das Haus, die Familie und die unmittelbare Umgebung. Alles muss stimmen und in Ordnung sein und es muss vor allem nach außen hin so erscheinen. Ich kann mir vorstellen, dass sie eine strenge Arbeitgeberin ist. Natürlich verbringt sie nicht die gesamte Zeit zu Hause. Da gibt es die Frauenorganisationen, die Kirchenkomitees, karitative Einrichtungen und wohltätige Sammlungen. Mary ist rundum beschäftigt, das kann ich Ihnen versichern.«

»Karitative Einrichtungen? Wohltätige Sammlungen?« Das klang alles nach vergangenen, viktorianischen Zeiten. Susan stellte sich eine ernsthafte Frau vor, die, angetan mit einem langen Kleid, das durch den Dreck schleift, von einer armseligen Hütte zur nächsten schreitet und Almosen an die Bedürftigen verteilt und Besserung predigt.

»Ja. Sie hat für eine ganze Reihe guter Zwecke gesammelt. Sie wissen schon, für Waisenhäuser, das Rote Kreuz, eine Krebsstiftung und solche Sachen. Nichts Politisches, also keine Anti-Atomkraft-Bewegungen oder so, auch nichts Umstrittenes wie die Aidsforschung. Nur für die wesentlichen Dinge. Schließlich ist sie die Tochter des Chefs. Sie muss sich an bestimmte konservative Richtlinien halten.«

»Die Tochter des Chefs?«

»Ja, wussten Sie das nicht? Ihr Mädchenname war Mary Hatchard. Sie ist die Tochter des alten Hatchard. Er ist mittlerweile verstorben.«

»Also hat Keith Rothwell die Tochter seines Chefs geheiratet«, dachte Susan laut nach. »Ich nehme mal an, das hat seiner Karriere nicht gerade geschadet, oder?«

»Nein, bestimmt nicht. Aber wenn Sie mich fragen, war

das Ganze eher Zufall als Planung. Keith hat die Tochter des Chefs nicht einfach geheiratet. Erst war sie schwanger von ihm, mit Tom, und dann hat er sie geheiratet.«

»Wie ist das damals aufgenommen worden?«

Pratt hielt inne und nahm eine Büroklammer in die Hand. »Anfangs nicht so gut. Der alte Hatchard war stinksauer. Er hat die Sache natürlich erst einmal unter Verschluss gehalten, aber nachdem er Zeit gehabt hatte, darüber nachzudenken, war er, glaube ich, froh, sie unter die Haube zu bringen. Allerdings konnte er kaum zulassen, dass sie einen einfachen Angestellten heiratet; deshalb kletterte Keith ziemlich schnell die Karriereleiter nach oben und wurde Teilhaber.«

Pratt verbog die Büroklammer. Anscheinend machte ihm dieses Spiel Spaß, dachte Susan. Er spielte mit ihr und gab nur so viel preis, wie er wollte. Sie hatte das Gefühl, dass sie die Antworten, die sie brauchte, nur dann bekommen würde, wenn sie die eindeutig richtigen Fragen stellte. Ihr Problem aber war, dass sie nicht wusste, was die richtigen Fragen waren.

Sie saßen in seinem Büro über Winston's Tabakladen und schauten hinaus auf die North Market Street, und durch die Doppelverglasung konnte Susan die gedämpften Geräusche des Verkehrs hören. »Hören Sie«, fuhr Pratt fort, »mir ist klar, dass ich hier derjenige bin, der befragt wird, aber können Sie mir sagen, wie es Mary geht? Und Alison? Ich betrachte mich als Freund der Familie, und wenn es irgendetwas gibt, das ich tun kann …«

»Vielen Dank, Sir. Ich werde es die beiden wissen lassen. Können Sie sich einen Grund vorstellen, warum Mr. Rothwell getötet wurde?«

»Nein, kann ich nicht. Nicht so, wie Sie es mir beschrieben haben.«

»Was meinen Sie damit?«

»Nun, ich schätze, ich könnte mir, sagen wir, einen Einbrecher vorstellen, der vielleicht jemanden tötet, der ihn überrascht. Von solchen Fällen liest man immer wieder in der Zeitung, besonders heutzutage. Oder einen Unfall, ein paar Jugendliche, die eine Spritztour mit einem gestohlenen Wagen machen. Aber so etwas …? Für mich klingt das wie ein Attentat.«

»Wann haben Sie ihn zum letzten Mal gesehen?«

»Ungefähr vor einem Monat. Nein, es ist noch länger her. Im März, glaube ich. Kurz nach St. Patrick's. Meine Frau und ich waren zum Essen dort. Mary ist eine hervorragende Köchin.«

»Haben die Rothwells häufig Gäste eingeladen?«

»Nicht dass ich wüsste. Gelegentlich gaben sie kleine Dinnerpartys, nie mehr als sechs Leute. Keith mochte solche Gesellschaften nicht besonders, aber Mary liebte es, das Haus zu präsentieren, besonders wenn sie gerade ein neues Möbelstück angeschafft hatte. Also haben sie einen Kompromiss geschlossen. Beim letzten Mal mussten wir die Küche bewundern. Früher hatten sie eine Küche im ländlichen Stil, aber nachdem sich irgendjemand in der Zeitung über diesen künstlichen Bauernstil lustig gemacht hat, war Mary so verärgert, dass sie eine moderne Küche haben wollte.«

»Verstehe. Was ist mit ihrem Sohn, Tom? Was wissen Sie über ihn?«

»Tom? Soviel ich weiß, reist er gerade durch Amerika. Schön für ihn. Solange man jung und ungebunden ist, sollte man viel reisen. Tom war immer ein freundlicher und höflicher Junge, soweit ich das beurteilen kann.«

»Hat er nie Probleme gemacht?«

»Keine ernsthaften, nein. Er hatte auf jeden Fall nichts mit Drogen zu tun oder solchen wilden Sachen. Schlimmstenfalls, würde ich sagen, war er etwas unsicher darüber, was er mit seinem Leben anstellen sollte, und sein Vater war vielleicht ein wenig ungeduldig.«

»Inwiefern?«

»Er wollte, dass Tom Wirtschaft oder Jura studiert. Auf jeden Fall irgendetwas Solides und Anständiges.«

»Und Tom?«

»Tom ist ein künstlerischer Typ. Aber er ist ein kluger Junge. Mit seiner Persönlichkeit kann er es weit bringen. Im Moment weiß er einfach noch nicht, wohin. Nach dem Schulabschluss hat er sich ein bisschen treiben lassen. Und das macht er scheinbar immer noch.«

»Würden Sie sagen, dass es Reibereien zwischen den beiden gab?«

»Sie wollen doch nicht andeuten ...«

»Ich will gar nichts andeuten.« Susan lehnte sich zurück. »Hören Sie, Mr. Pratt, soweit wir wissen, hält sich Tom Rothwell irgendwo in den USA auf. Wir versuchen, ihn zu finden, aber das kann dauern. Der Grund, warum ich Ihnen all diese Fragen stelle, ist, dass wir *alles* über Keith Rothwell wissen müssen.«

»Ja, natürlich. Entschuldigen Sie. Aber mit dem Schock durch Keith' Tod und Ihren Fragen nach Tom ...«

Susan beugte sich wieder vor. »Gibt es irgendeinen Grund«, fragte sie, »warum Sie denken könnten, ich ziehe Tom als Verdächtigen in Betracht?«

»Hören Sie auf, zwischen den Zeilen zu lesen. Da gibt es nichts zu lesen. Mich hat nur die Art stutzig gemacht, wie Sie nach ihm gefragt haben, das ist alles. Zwischen Tom und seinem Vater gab es die normalen Vater-Sohn-Konflikte, aber mehr nicht.«

»Woher hatte Tom das Geld für seine Reise nach Amerika?«

»Was? Keine Ahnung. Er hat gespart, nehme ich an.«

»Sie sagten, Sie sahen Keith Rothwell zum letzten Mal im März, richtig?«

»Ja.«

»Haben Sie seitdem noch einmal mit ihm gesprochen?«

»Nein.«

»War er damals in irgendeiner Weise anders als sonst? Hat er sich um irgendetwas Sorgen gemacht? War er nervös?«

»Nein, daran kann ich mich nicht erinnern. Es war ein völlig normaler Abend. Mary hat Ente *à l'orange* gekocht. Tom kam kurz rein und war ganz aufgeregt wegen seiner Reise. Alison war die ganze Zeit in ihrem Zimmer.«

»Hat sie das immer getan?«

»Alison ist ein liebes Kind, aber sie ist eine echte Einzelgängerin und sehr verschlossen. Sie schlägt ihrem Vater nach. Außerdem ist sie eine Leseratte.«

»Worüber haben Sie sich an diesem Abend unterhalten?«

»Ach herrje, daran kann ich mich nicht mehr recht erinnern. Über ganz normale Dinge. Politik. Europa. Die Wirtschaft. Urlaubspläne.«

»Wer war sonst noch dort?«

»Nur wir, diesmal.«

»Und Mr. Rothwell hat nichts gesagt, was Ihnen Grund zur Sorge gegeben hat?«

»Nein. Er war still.«

»Ungewöhnlich still?«

»Er war immer still.«

»Verschlossen?«

Pratt drehte seinen Stuhl und schaute durch das Fenster auf die erste Etage des viktorianischen Gemeindezentrums. Susan folgte seinem Blick. Sie war überrascht, eine Reihe verschnörkelter Wasserspeier an der Fassade zu sehen, die ihr noch nie aufgefallen waren.

Als er wieder zu sprechen begann, schaute er Susan nicht an. Sie konnte nur sein Profil sehen. »Ja, das Gefühl hatte ich immer bei ihm«, sagte er. »Deswegen habe ich auch gezögert, ihn als *engen* Freund zu bezeichnen. Er war stets etwas reserviert.« Er wandte sein Gesicht wieder Susan zu und legte seine Hände flach auf den Schreibtisch. »Vor Jahren haben wir es mal für eine Weile krachen lassen, haben uns einfach besoffen und uns um nichts geschert. Manchmal sind wir zusammen Angeln gegangen. Aber mit der Zeit ist Keith irgendwie ruhiger geworden und hat sich immer mehr eingeigelt. Ich weiß nicht genau, wie ich es erklären soll. Es war nur so ein Gefühl. Keith war ein sehr introvertierter Mensch. Gut, das sind viele, aber bei ihm hatte ich keine Ahnung, wofür er eigentlich lebte.«

»Hat er unter Depressionen gelitten? Glauben Sie ...«

Pratt winkte ab. »Nein. Nein, Sie verstehen mich falsch. Er war nicht selbstmordgefährdet. Das habe ich nicht gemeint.«

»Können Sie versuchen, es mir zu erklären?«

»Ich kann es versuchen. Aber es ist schwer. Ich meine, es wäre schon schwer genug, zu sagen, wofür *ich* eigentlich lebe. Da sind natürlich meine Frau und die Kinder, mein ganzer Stolz. An günstigen Wochenenden gehen wir gerne zum Drachenfliegen nach Semerwater. Ich sammele Antiquitäten, ich liebe Kricket und wir entdecken in unseren Urlauben gerne neue Orte. Verstehen Sie, was ich meine? Für nichts von alledem *lebe* ich wirklich, aber es gehört alles dazu.« Er nahm seine Brille ab, rieb sich mit dem Handrücken über Augen und Nase und setzte sie dann wieder auf. »Ich weiß, das wird jetzt alles ein wenig zu philosophisch. Aber ich sagte ja, dass es schwer zu erklären ist.«

Susan lächelte. »Ich höre noch zu.«

»Gut, all das sind nur *Dinge*, nicht wahr? Besitztümer

und Aktivitäten. Dinge, die wir tun und die uns etwas bedeuten. Aber hinter all diesen Dingen steht etwas, was sie verbindet, und das macht mein Leben aus. Das verkörpert, wer ich bin und was ich bin. Bei Keith wusste man das nie. Er war ein Rätsel. Ich bin mir zum Beispiel sicher, dass er seine Familie liebte, aber er hat das eigentlich nie gesagt oder viel darüber gesprochen. Ich habe keine Ahnung, was ihm wirklich etwas bedeutet hat. Er hat nie von Hobbys oder so etwas gesprochen. Was er in seiner Freizeit gemacht hat, weiß ich nicht. Das ist mehr als wenn jemand introvertiert oder verschlossen ist; das ist so, als würde da eine Dimension fehlen, ein Mensch mit einem Loch in der Mitte.« Er kratzte seine Schläfe. »Was ich da sage, ist lächerlich. Verzeihen Sie mir. Keith war ein durchaus sympathischer Bursche. Er hätte keiner Fliege was zu Leide getan. Aber man wusste nie, was ihn am Leben eigentlich gefesselt hat, was sein *Traum* war. Also, mein Traum ist eine Villa in Portugal, aber ein Traum muss ja nicht Realität werden, oder? Ich weiß auch nicht ... vielleicht war er zu sehr dem Abstrakten zugewandt.«

Er hielt inne, als wären ihm der Atem und die Ideen ausgegangen. Susan wusste nicht genau, was sie aufschreiben sollte; schließlich entschied sie sich für »persönliche Dimension fehlt ... Interessen und Wünsche schwer fassbar«. Das würde reichen. Sie konnte sich Gespräche gut merken und würde in der Lage sein, das meiste von dem, was Pratt gesagt hatte, wörtlich wiederzugeben, falls Banks es hören wollte.

»Kommen wir noch einmal zurück auf Mr. Rothwells Tätigkeit in Ihrer Kanzlei. Können Sie mir etwas über seinen ... Arbeitsstil, oder sagen wir, über seine Geschäftspraktiken erzählen?«

»Sie wollen wissen, ob Keith ein Gauner war, richtig?«

Genau das wollte sie natürlich wissen, obwohl es nicht der Grund für ihre Frage war. Aber einem geschenkten Gaul schaut man nicht ins Maul, dachte sie. Sie warf ihm ein Sie-haben-mich-erwischt-Lächeln zu. »Und, war er das?«

»Selbstverständlich nicht.«

»Ich bitte Sie, Mr. Pratt. In Ihrem Metier muss man sich doch sicherlich ab und zu hart an der Grenze des Erlaubten bewegen, oder nicht?«

»Das will ich überhört haben, besonders wenn eine Polizeibeamtin so etwas sagt.«

Susan ließ seine Bemerkung im Raume stehen. »Eins zu null für Sie«, sagte sie nur. Pratt schien ziemlich zufrieden mit sich zu sein. Soll er das Gefühl haben, zu gewinnen, dachte sie, dann wird er reden, nur um zu beweisen, dass er die Macht hat, es zu tun. Sie war sich immer noch sicher, dass er etwas verheimlichte. »Aber mal ernsthaft, Mr. Pratt«, fuhr sie fort, »ich spiele nicht bloß Spielchen und werfe zum Spaß mit Unterstellungen um mich. Wenn an Mr. Rothwells Geschäftsgebaren irgendetwas unnormal gewesen wäre, dann brauche ich Ihnen doch wohl kaum zu sagen, dass es einen Bezug zu seiner Ermordung haben könnte.«

»Mmmh.« Pratt schwenkte den Rest des Brandys und stürzte ihn herunter. Er stellte das Glas in seine Ablage, zweifellos, damit die Sekretärin es nehmen und abwaschen sollte. »Ich stehe zu dem, was ich gesagt habe«, fuhr er fort. »Soweit ich weiß, hat Keith Rothwell niemals etwas wirklich *Illegales* getan. Auf jeden Fall nichts, das von Bedeutung für seinen Tod sein könnte.«

»Aber …?«

Er seufzte. »Also, vielleicht war ich vorhin nicht *ganz* ehrlich. Ich erzähle es Ihnen besser, oder? Sie werden es sonst sowieso irgendwie herausfinden.«

Susan schlug die Seite um. »Ich höre«, sagte sie.

DREI

I

Wenn Swainsdale ein gut behütetes Geheimnis hatte, dann war es das Black Sheep. Den meisten Touristen verging schon bei der äußeren Schäbigkeit des Pubs die Lust hineinzugehen. Und diejenigen, die sich damit rühmten, nicht nach Äußerlichkeiten zu urteilen, streckten den Kopf durch die Tür, sahen die noch schäbigere Inneneinrichtung und verschwanden schleunigst wieder.

Obendrein verscheuchte die berüchtigte schlechte Laune des Wirtes, Larry Grafton, die Gäste. Es ging das Gerücht um, dass Larry sich einmal geweigert hatte, einer amerikanischen Touristin einen Glenmorangie mit Ginger Ale zu servieren, weil ihn die totale Geschmacksverirrung störte, die sie dazu brachte, ein solches Mixgetränk zu bestellen. Banks hatte keinen Zweifel daran, dass die Geschichte stimmte.

Larry war in den Dales geboren und aufgewachsen, er war keiner der neuen Wirte, die aus London heraufkamen. Heutzutage wurden die meisten Lokale von erst in jüngster Zeit Zugezogenen betrieben, wie das Rose and Crown von Ian Falkland. Das war ein typischer Touristenpub, dachte Banks, in dem wahrscheinlich mehr Lagerbier und Limonade, Fastfood und in der Mikrowelle aufgewärmte Currygerichte verkauft wurden als irgendetwas anderes.

Das Black Sheep machte keine Werbung für seine Speisen, aber wer davon wusste, konnte, wenn er wollte, von Elsie, Larrys Frau, ein anständiges saftiges und frisch zubereitetes Sandwich mit Schinken und scharfen Pickles bekommen. Und an manchen Tagen, wenn ihre Arthritis ihr nicht zu sehr zu schaffen machte und sie Lust aufs Kochen verspürte, brutzelte sie ein derart gutes Steak in der Pfanne, dass man schon beim Essen spürte, wie sich die Arterien verstopften.

Wie gewöhnlich war das Lokal außer einem Tisch mit alten Männern, die Domino spielten, und ein paar jungen Landarbeitern, die den Sportteil des *Daily Mirror* lasen, so gut wie leer.

Und wie Banks erwartet hatte, stand außerdem Pat Clifford an der Theke. Pat war ein korpulenter Mann mit einem runden Kopf, Stoppeln statt Haaren und einem rauen roten Gesicht, das seit fünfzig Jahren von der Sonne verbrannt und von Wind und Regen gepeitscht worden war.

»Leben Sie auch noch?«, sagte Pat, als sich Banks neben ihn stellte. »Lange nicht gesehen.«

Banks entschuldigte sich für seine Abwesenheit und kam sogleich auf Keith Rothwell zu sprechen.

»Aha, Sie kommen also nur vorbei, wenn Sie was wollen, wie?«, sagte Pat. Aber er sagte es mit einem Lächeln, und im Laufe der Jahre hatte Banks gelernt, dass die Leute in Yorkshire auf diese Weise ihre oft bissige Kritik entschärften. Auch ihre Komplimente waren bissig, wenn man überhaupt einmal in die seltene Gunst kam, eines zu erhalten.

In diesem Fall vermutete Banks, dass Pat durch seine längere Abwesenheit nicht gerade tödlich beleidigt war; er wollte es nur einmal gesagt haben und Banks seine Gefühle wissen lassen, um dann zur Sache zu kommen. Wie erwartet, gestand Banks seine Schuld mit einer Klage über seine hohen Arbeitsbelastungen ein und hörte dann einen Augenblick zu, wie sich Pat darüber beschwerte, dass die Älteren und in der Abgeschiedenheit Lebenden von jedermann vernachlässigt würden.

Als Pats Glas leer war, was mit alarmierender Plötzlichkeit am Ende der Schimpfkanonade geschah, nahm er Banks Angebot, ihm ein weiteres auszugeben, unwirsch an. Pat trank ein paar Schlucke, stellte sein Glas auf die Theke und wischte sich mit dem Rücken seiner schmutzigen Hand über die Lippen.

»Er kam ab und zu vorbei, dieser Mr. Rothwell. Recht regelmäßig. Hat sich keiner dran gestört.«

»Wie oft?«

»Einmal in der Woche vielleicht. Hin und wieder auch zweimal. Larry ...?« Und dann stellte er dem Wirt die gleiche Frage. Larry, der ja nicht gerade einen Bus voll durstiger Gäste zu bedienen hatte, kam herbei und stellte sich zu ihnen. Er behandelte Banks immer noch mit einer gewissen Verachtung – schließlich war Banks aus dem Süden *und* ein Polizist –, aber er hatte auch Respekt vor ihm.

Banks hatte nie mit aller Macht versucht, dazuzugehören und so zu tun, als sei er einer der Einheimischen, wie manch anderer von den Zugezogenen. Er wusste, dass die Leute aus den Dales nichts mehr aufregte als Anmaßung und Allüren; außerdem gab es nichts Verachtenswerteres und Herablassenderes als einen Menschen aus dem Süden, der sich die Sprache und die Eigenarten der Einheimischen aneignete und in einer Gegend, in die er gerade gekommen war, den Experten spielte. Banks blieb auf Distanz und behielt seine Ratschläge für sich, und im Gegenzug wurde ihm eine widerwillige Akzeptanz gewährt, ein typisches Verhalten Yorkshires.

»Nur mittags«, sagte Larry. »Abends habe ich ihn nie gesehen. Er hat eins von Elsies Sandwiches gegessen und ein kleines Bier dazu getrunken. Immer nur eins.«

»Hat er viel geredet?«

Aber Larry schlenderte schon wieder fort, um ein paar Gläser abzutrocknen, und Pat nahm den Faden auf. »Nee. Er war nicht gerade eine Quasselstrippe, dieser Mr. Rothwell. Das war ein richtiger Stockfisch, wenn Sie mich fragen.«

»Was meinen Sie damit? War er arrogant?«

»Nein. Er hatte nur nichts zu sagen, das war alles.« Er tippte auf seinen Nasenflügel. »Wenn man so viel hört wie ich«, sagte er, »dann findet man bald heraus, was die Leute interessiert.« Er begann, es an seinen kurzen Fingern abzuzählen, die aus seinen abgeschnittenen Handschuhen staken. »Fernsehen, das ist die Nummer eins. Sport – Nummer zwei. Und Sex. Das ist Nummer drei. Danach bleibt nur noch Geld und das Wetter übrig.«

Banks lächelte. »Und was ist mit Politik?«, fragte er.

Pat verzog sein Gesicht. »Nur wenn die Arschlöcher von der EU wieder einmal irgendeine gemeinsame Landwirtschaftspolitik aushecken.« Dann grinste er und zeigte dabei seine fleckigen, schiefen Zähne. »Tja, und das kommt heutzutage wohl oft genug vor«, räumte er ein und zählte den Punkt hinzu. »Politik. Nummer vier.«

»Und worüber hat Mr. Rothwell gesprochen, wenn er hier war?«, wollte Banks wissen.

»Über nichts. Das ist ja genau das, was ich sage. Da er Steuerberater war, nehme ich mal an, dass er sich für Geld interessiert hat, aber das hat er für sich behalten. Er hat dagestanden, okay, genau da, wo Sie jetzt stehen, hat sein Sandwich gemampft, sein kleines Bier gekippt und alle freundlich gegrüßt, aber er hat nie was zu sagen gehabt. Mir kam es so vor, als wäre er eigentlich woanders. Und wenn

Sie mich fragen, er konnte ›Neighbours‹ nicht von ›Coronation Street‹ unterscheiden und Leeds United nicht von Northampton.«

»Sieht man sich mal Ihre Leistungen der letzten Wochen an, dann gibt es da meiner Meinung nach auch keinen großen Unterschied, Pat.«

Pat knurrte.

»Also kannten Sie Keith Rothwell nicht richtig?«, fragte Banks.

»Nein. Keiner kannte ihn richtig.«

»Das stimmt, Mr. Banks«, fügte Larry hinzu, der jetzt vor ihnen stand, um eine Pint zu zapfen. »Er sagte, er käme her, um ein bisschen Gesellschaft zu haben, weil er die ganze Zeit zu Hause arbeiten würde. Aber ich glaube, er war nur hier, um mal von seiner Frau wegzukommen.« Dann war Larry mit dem Pint verschwunden.

Banks wandte sich an Pat. »Was meint er damit?«

»Ach, hören Sie nicht auf ihn«, sagte Pat mit einer abweisenden Handbewegung in Graftons Richtung. »Vielleicht stand er ein bisschen unter dem Pantoffel, kann sein. Muss hart sein, zu Hause zu arbeiten, wenn die Frau die ganze Zeit in der Nähe ist. Da hat man keine Minute Ruhe, oder? Larrys Mädchen, Cathy, hat ab und zu für Mrs. Rothwell geputzt, und sie sagt, die wäre so eine, die sich immer einmischt, wenn Sie wissen, was ich meine. Sie hat Cathy beim Arbeiten immer über die Schulter geguckt und gemeckert, das ist noch nicht in Ordnung und hier muss noch mal rübergegangen werden. Ich habe Mrs. Rothwell nur ein, zwei Mal gesehen, aber meine Grace spricht gut von ihr, und das reicht mir.«

Banks dachte, er sollte sich mal mit Larrys Tochter, Cathy, unterhalten. Er bemerkte Pats leeres Glas. »Noch eins?«

»Oh, gern. Vielen Dank.« Banks gab ihm noch ein Pint aus, entschied aber, selbst kein zweites mehr zu nehmen, sosehr der Gedanke ihn auch reizte. »Wenn ich jetzt so darüber nachdenke«, sagte Pat, »einmal war Mr. Rothwell komisch.«

»Wann war das?«

»Vor ungefähr zwei oder drei Wochen. Er kam mittags rein, wie immer, aber er muss bereits ein paar Pints getrunken haben, und zwar keine kleinen. Wie auch immer, er wurde ziemlich gesprächig, hat ein paar Witze erzählt und wir haben alle reichlich gelacht, oder, Larry?«

»Stimmt«, rief Larry vom anderen Ende der Theke.

Das hörte sich seltsam an, dachte Banks. Laut Mrs. Rothwell war ihr Mann während der letzten drei Wochen angespannt und nervös gewesen. Wenn er im Black Sheep plaudern und lachen konnte, dann lag das Problem vielleicht zu Hause. »Und das war alles?«, fragte er.

»Ob das alles war? Also, einmal zu erleben, wie er seinen Spaß hat, das war für uns schon was. Ich würde sagen, das reicht doch, oder?«

»Hat er etwas Ungewöhnliches gesagt?«

»Nein. Er hat sich nur wie ein normaler Mensch aufgeführt. Wie ein normaler *glücklicher* Mensch.«

»Als hätte er eine gute Nachricht erhalten oder so?«

»Davon hat er nichts gesagt.«

Banks gab auf und wechselte das Thema. »Ich weiß, dass es in letzter Zeit gewisse Unstimmigkeiten zwischen den Bergbauern wegen der Zugezogenen gab«, sagte er. »Hat Mr. Rothwell etwas davon abgekriegt?«

Pat schniefte. »Das verstehen Sie nicht, Mr. Banks«, antwortete er sanft und bot ihm eine filterlose Zigarette an. Banks lehnte ab und zündete sich eine Silk Cut an. »Eigentlich gibt es keine Unstimmigkeiten. Wir wissen nur nicht, wo wir stehen und wie wir unsere Zukunft planen sollen. Heute sagt die Regierung dies, morgen das. Landwirtschaftspolitik ... EU ... bah.« Um seine Gefühle auszudrücken, spuckte er auf den Boden. Entweder bemerkte es niemand oder diese Gewohnheit wurde im Black Sheep durchaus akzeptiert, ein weiterer Grund dafür, dass die Leute wegblieben. »Man braucht jahrelange Erfahrung, um hier in den Bergen Landwirtschaft betreiben zu können«, fuhr Pat fort. »Eine Tradition, die vom Vater an den Sohn weitergegeben wird. Wenn zu viele Höfe als Wochenendhäuschen oder Urlaubsdomizil benutzt werden, verkommen die Weiden und werden die Mauern vernachlässigt. Ich sage immer: leben und leben lassen. Aber wir wollen etwas Respekt und Verständnis. Und im Moment bekommen wir beides nicht.«

»Aber was ist mit den Zugezogenen?«

»Hey, immer mit der Ruhe, Junge, zu denen komme ich noch. Wir sind keine Parkpfleger, wissen Sie. Wir ackern nicht stundenlang bei Wind und Wetter und halten die Steinmauern in Schuss, weil wir finden, dass sie idyllisch aussehen. Sie sind dazu da, dass Harry Cobbs Schafe nicht auf meine Weide laufen und damit zwischen seiner Zucht und meiner kein Geplänkel stattfindet.«

Banks nickte. »Na gut, Pat. Aber wie weit gehen die Unstimmigkeiten? Keith Rothwell hat den Hof etwa vor fünf Jahren gekauft. Ich habe gesehen, was er daraus gemacht hat, und es ist auf jeden Fall kein Bauernhof mehr.«

»Stimmt, aber immerhin war Mr. Rothwell ein Junge aus Swainsdale, auch wenn er aus Eastvale stammte. Nein, es hat keine Probleme gegeben. Er hat sein Land verkauft, ich habe etwas davon bekommen, genauso Frank Rowbottom. Wenn Sie glauben, ich oder Frank hätten es getan, dann ...«

»Ach was, ich denke nichts Dergleichen«, unterbrach ihn

Banks. »Ich wollte nur ein Gespür dafür kriegen, wie sich Rothwell in die hiesige Gemeinschaft eingepasst hat, wenn er es denn getan hat.«

»Tja, er hat und er hat nicht«, sagte Pat. »Er war hier und er war nicht hier, mehr kann ich Ihnen nicht sagen. Aber wenn er wollte, konnte er recht gut Witze erzählen.« Bei dem Gedanken daran musste Pat leise vor sich hin lachen.

Genauso irritiert wie vorher verabschiedete sich Banks und ging hinaus. Auf dem Rückweg schob er eine Kassette mit Busonis Transkriptionen von Bach ein. Aber die klar strukturierte Musik hatte keinerlei Auswirkung auf das Chaos seiner Gedanken.

II

Zurück in seinem Büro, warf Banks zuerst einen Blick auf Dr. Glendennings Obduktionsnotizen. Normalerweise gab man keinen Vorbericht von einer Obduktion heraus, aber Dr. Glendenning ließ sich meistens dazu überreden, so schnell wie möglich die wichtigsten Aspekte in einer dem Laien verständlichen Form herüberzuschicken. Eigentlich erschien er auch gerne selbst am Tatort, aber dieses Mal hatte er über Nacht bei Freunden in Harrogate bleiben müssen.

Banks fand in den Notizen nichts Unerwartetes. Bevor Rothwell erschossen worden war, war er nicht betäubt worden; der Mageninhalt bestand lediglich aus Pasta und Rotwein. Die Todesursache war laut Dr. Glendenning eine Schusswunde im okzipitalen Bereich, dem Hinterkopf. Angesichts der massiven Schädigungen von Knochen und Gewebe handelte es sich höchstwahrscheinlich um einen aufgesetzten Schuss. Der Doktor hatte außerdem den glücklichen Umstand vermerkt, dass die Identität des Opfers bereits bekannt war, denn es war nicht genug zusammenhängendes Knochen- oder Gewebematerial zurückgeblieben, um das Gesicht zu rekonstruieren; und obwohl die Zahnfragmente möglicherweise gesammelt und analysiert werden könnten, würde das eine verdammt lange Zeit in Anspruch nehmen. Die Blutgruppe war 0, was mit den Informationen von Rothwells Arzt übereinstimmte, allerdings auch auf die Hälfte der Bevölkerung zutraf.

Dr. Glendenning wies darauf hin, dass Rothwell aller Wahrscheinlichkeit nach an dem Ort und in der Position getötet worden war, in der sie ihn gefunden hatten, denn das restliche Blut hatte sich als violette Hypostasen auf dem unteren Brustbereich und an den zerfetzten Rändern des Halses gesammelt. Seiner Schätzung nach war der Tod zwischen elf und ein Uhr in der vergangenen Nacht eingetreten.

Ein Leichenkrampf war die Ursache dafür, dass Rothwell im Augenblick des Todes eine Hand voll Staub auf dem Boden griff und festhielt. Banks musste an ein Zitat von T. S. Eliot denken, »Ich werde euch die Angst in einer Hand voll Staub zeigen«, auf das er durch den Titel eines Romans von Evelyn Waugh gestoßen war.

Rothwell war in einer guten körperlichen Verfassung gewesen, schrieb Dr. Glendenning. Der einzige Hinweis auf eine Krankheit war eine Blinddarmnarbe. Rothwells Arzt, Dr. Hunter, konnte bestätigen, dass sich Rothwell seinen Blinddarm erst vor drei Jahre hatte entfernen lassen.

Als Banks fertig war, rief er Sandra an, um ihr zu sagen, dass er nicht wisse, wann er nach Hause kommen würde. Sandra entgegnete, dass sie das nicht weiter überraschen würde. Dann ging er zum Fenster und schaute hinunter auf den gepflasterten Marktplatz, der fast vollständig mit parkenden Autos zugestellt war. Die goldenen Zeiger auf dem blauen Zifferblatt der Kirchturmuhr standen auf Viertel vor vier.

Banks zündete sich eine Zigarette an und beobachtete, wie Kaufleute ihre Warenlieferungen in Empfang nahmen und Touristen Bilder von dem historischen Marktkreuz und der Fassade der normannischen Kirche schossen. Draußen herrschte ein ganz anständiges Wetter, warm genug für eine leichte Jacke, aber der graue Schleier, der mit Tagesanbruch aufgezogen war, verdeckte immer noch die Sonne. Auf Banks *Dalesman*-Kalender zeigte das Maiblatt eine Wiese unterhalb des Great-Shunner-Wasserfalles in Swaledale, auf der Blumen in strahlendem Rosa und Violett blühten. Der tatsächliche Mai kämpfte bisher gegen Regenschauer und kühle Temperaturen.

Wieder zurück an seinem klapprigen Metalltisch, öffnete Banks als Nächstes den Umschlag mit Rothwells Tascheninhalten und breitete sie vor sich aus.

In einem Lederetui steckten ein paar Visitenkarten, die Rothwell als »Finanzberater« auswiesen. In seinem Portemonnaie befanden sich drei Kreditkarten, einschließlich einer goldenen von American Express, die Rechnung von Mario's vom Abend des Hochzeitstages sowie Quittungen von der Buchhandlung Austick, einem Computerladen und zwei Restaurants, alle aus Leeds und alle datiert auf die vorhergehende Woche. Außerdem entdeckte Banks Fotos von Alison und Mary Rothwell. Fürwahr eine glückliche Familie. Rothwell hatte einhundertundfünf Pfund Bargeld in seiner Börse, fünf neue Zwanziger und einen zerknitterten alten Fünfer.

Die anderen Taschen enthielten ein Taschentuch in guter Seidenqualität und genau wie die Manschettenknöpfe an der Leiche mit dem Monogramm »KAR« versehen, die Schlüssel des BMW, Hausschlüssel, eine kleine Packung

Renny, zwei Knöpfe, einen goldenen Cross-Füllfederhalter, ein leeres, in Leder gebundenes Notizbuch und – der blanke Horror – eine Zehnerpackung Benson and Hedges, von denen sechs schon geraucht waren.

Banks empfand plötzlich eine gewisse Achtung für den verstorbenen Keith Rothwell. Aber vielleicht halfen die Zigaretten auch, etwas zu erklären. Banks war sich sicher, dass Mary Rothwell ihrem Ehemann niemals gestattet hätte, das Haus mit seiner widerlichen Angewohnheit zu verpesten. Dann könnte das Rauchen der Hauptgrund dafür gewesen sein, dass er sich ab und zu gerne ins Black Sheep oder ins Rose and Crown verzog. Das Trinken war bestimmt nicht der Grund. War er ein heimlicher Raucher? Oder wusste sie davon? Banks fand kein goldenes Feuerzeug, nur eine schwefelige, alte Schachtel Streichhölzer; und Rothwell war der Typ Mensch, der die benutzten Streichhölzer verkehrt herum wieder in die Schachtel steckte.

Es war fast sechs Uhr, als das Telefon klingelte. Vic Manson meldete sich aus dem Labor. Vic verbrachte ungefähr genauso viel Zeit in Northallerton beim Team der Spurensicherung von North Yorkshire wie im Labor der Kriminaltechniker, und obwohl Banks wusste, dass Vic Experte für Fingerabdrücke war, fragte er sich manchmal, was er tat und wo er eigentlich arbeitete.

»Was haben Sie für uns?«, fragte Banks.

»Immer mit der Ruhe.«

»Ach, dann ist das ein reiner Höflichkeitsanruf?«

»Nicht ganz.«

»Sondern?«

»Da wäre zunächst einmal dieses Füllmaterial.«

»Was ist damit?«

»Wir haben den Papierschnipsel auseinander gefaltet und ein bisschen was darüber herausgefunden. Innen war er nicht besonders stark verbrannt. Die Nachforschungen haben ergeben, dass es sich um gute Papierqualität handelt und er aus einem Magazin stammt, wahrscheinlich aus einem deutschen. Fingerabdrücke sind aber Fehlanzeige. Alles verwischt. Er stammt nicht aus einem harmlosen Mädchenmagazin, aber auch nicht aus einem perversen Hardcoreheft. Das Bild, das wir rekonstruieren konnten, zeigt eine rasierte Vagina, ein Finger berührt die Klitoris. Der Fingernagel ist hellrot lackiert.«

»Das muss die Rückseite von dem sein, was ich gesehen habe«, sagte Banks. »Hilft das weiter?«

»Könnte sein. Anscheinend gibt es Leute, die auf rasierte Vaginen stehen. In der Richtung könnte man auf jeden Fall weiterforschen.«

Banks seufzte. »Oder unser Mörder hatte einfach einen abartigen Sinn für Humor. Aber wir können das mal im Computer überprüfen, vielleicht hat es ähnliche Fälle gegeben. Was ist mit der Waffe?«

»Kaliber zwölf, doppelläufig. Der Menge der Schrottkugeln nach zu urteilen, die wir gefunden haben, muss der Kerl, der abgedrückt hat, beide Läufe benutzt haben.«

»Gibt es etwas aus dem Haus?«

»Keine Fingerabdrücke, falls Sie darauf hinauswollen. Sie trugen Handschuhe. Und an dem Seil, mit dem sie seine Frau und seine Tochter gefesselt haben, war auch nichts Besonderes. Übrigens, erinnern Sie sich daran, dass der eine Stuhl, der, der umgekippt ist, feucht war?«

»Ja.«

»Das war Urin. Das arme Mädchen muss so verängstigt gewesen sein, dass sie in die Hose gemacht hat.«

Banks schluckte. Das war Alisons Stuhl gewesen. Sie war diejenige, die schließlich zum Nähkorb gerutscht war.

»Und Fußspuren?«, fragte er.

»Da arbeiten wir noch dran, aber versprechen Sie sich nicht zu viel davon. Nach dem Regen der letzten Wochen ist der Boden wieder ziemlich ausgetrocknet.«

»Gut, Vic, danke für den Anruf. Bleiben Sie dran und halten Sie mich auf dem Laufenden, okay?«

»Geht klar.«

Nachdem er aufgelegt hatte, zündete sich Banks eine Zigarette an und ging wieder hinüber zum Fenster. Die meisten Touristen stiegen gerade in ihre Wagen, entfernten die Diebstahlsicherungen und fuhren nach Hause. Das Kopfsteinpflaster, das Kreuz und die Kirchenfassade sahen im trüben Licht des Nachmittags schiefergrau aus. Am anderen Ende des Platzes schienen die El-Toro-Kaffeebar und der Zeitungshändler Joplin gute Umsätze zu machen.

Banks dachte an Alison, die so viel Mut bewiesen hatte, als sie ihnen erzählte, was auf der Arkbeck Farm passiert war. Jemand hatte sie derartig verängstigt, dass sie in ihrem eigenen Urin gesessen hatte, vielleicht für Stunden. Der Gedanke daran, wie sie gedemütigt worden war und sich geschämt haben musste, machte ihn wütend. Er schwor sich, diejenigen zu finden, die ihr das angetan hatten, und alles daranzusetzen, dass sie büßen müssten.

III

Freitagabends um sechs Uhr war das Queen's Arms immer voll, und nur mit Glück und schnellem Reaktionsvermögen ergatterten Banks und Susan Gay einen Tisch mit Kupferplatte am Fenster, von dem gerade eine Gruppe Kassierer der NatWest Bank aufstand.

Wie so oft in den Dales hatte sich das Wetter innerhalb

kürzester Zeit schlagartig geändert. Eine leichte Brise war aufgekommen und hatte die Wolken vertrieben. Am frühen Abend schien nun die Sonne durch die roten und bernsteinfarbenen Scheiben, durch die klaren Fenster schossen helle Strahlen und erleuchteten ein schäumendes Glas Bier und hoben den durch die Luft schwirrenden Qualm hervor.

Die Rauchschwaden im Sonnenlicht erinnerten Banks an den Effekt, den ein Filmprojektor erzeugte, als man in den Kinos noch rauchen durfte. Als Kinder hatten er und seine Freunde immer ihr Geld für eine Fünferpackung Woodbines zusammengelegt und dann waren sie damit in die Vormittagsvorstellung ins Palace gegangen. Dort wurden Kurzfilme mit den drei Stooges gezeigt, eine Folge von Buck Rogers oder Flash Gordon oder ein schwarzweißer Western. Auf ihre Sitze gelümmelt, hatten sie die billigen »Woodies« geraucht, bis ihnen schlecht wurde. Bei der Erinnerung daran musste er lächeln und griff nach einer Silk Cut.

Die beiden waren umgeben von auf- und abflauenden Gesprächen und Gelächter. Da das Wochenende begann, war die allgemeine Stimmung ausgelassen. Die meisten Gäste im Pub mussten bis Montagmorgen nicht mehr arbeiten. Sie konnten nach York oder Leeds zum Einkaufen fahren, das Schlafzimmer tapezieren, Tante Maisie in Skipton besuchen oder einfach nur faulenzen und sich im Fernsehen Fußball oder ein Pferderennen anschauen. Morgen fand das Pokalfinale statt, fiel Banks ein. Leider würde er wohl keine Möglichkeit haben, sich das Spiel anzuschauen.

Er konnte nur hoffen, dass er heute Abend nicht zu spät nach Hause kam, um ein wenig Zeit mit Sandra zu verbringen. Es wäre eine ideale Gelegenheit, die Distanz zwischen ihnen ein bisschen abzubauen. Tracy war mit einem Schulaustausch in Frankreich und Brian studierte am Polytechnikum in Portsmouth, also hatten sie das Haus einmal für sich. Für ein gemeinsames Abendessen würde er zu spät kommen, aber mit einer guten Flasche Rotwein, Chopins »Nocturnes«, Kerzenlicht ... wer weiß, was sich daraus ergeben würde.

Eine angenehme Vorstellung. Aber im Moment wartete er auf Gristhorpe und Richmond, um bei einem informellen Treffen die Freuden eines Pints und einer Fleischpastete mit der Pflicht, Notizen zu vergleichen und nach Spuren zu suchen, zu verbinden.

Ab und zu hörte Banks durch das Lachen und die Diskussionen, wie über den Rothwell-Fall gesprochen wurde. »Hast du von diesem schrecklichen Mord bei Relton gehört?«, »Von dem Kerl, den sie draußen in den Dales erschossen haben? Soviel ich weiß, wurde ihm regelrecht der Kopf von den Schultern geblasen.« Mittlerweile hatte natürlich schon jeder die Möglichkeit gehabt, die *Yorkshire Evening Post* zu lesen, und die Menschen schmückten die spärlichen Einzelheiten, die in der Zeitung standen, genüsslich aus. Gerüchte und Fantasiegeschichten gingen um. Gristhorpe hatte den Medien bisher noch nicht erzählt, dass Rothwell wie in einem Bandenkrieg exekutiert worden war und dass es sich bei der Tatwaffe um eine Schrotflinte handelte.

Bisher konnte die Presse nur Folgendes berichten: »GESCHÄFTSMANN ERMORDET ... Nicht mehr als einen Kilometer oberhalb des friedlichen Dorfes Fortford ist in den frühen Morgenstunden ein unbescholtener Steuerberater in seiner Garage erschossen worden ...« Darauf folgten die Bitte um Informationen zu »zwei schwarz gekleideten Männern« sowie ein Foto von Keith Rothwell, auf dem er mit lichtem blondem Haar, das zurückgekämmt war und leichte Geheimratsecken offenbarte, seiner hohen Stirn, den etwas femininen Lippen und der Brille mit Drahtgestell tatsächlich wie ein unbescholtener Steuerberater aussah. Die Brille, so wusste Banks, war, in tausend Teile zerborsten, gemeinsam mit den Trümmern von Rothwells Schädel gefunden worden.

Banks winkte Gristhorpe und Richmond, die sich durch die Menge zu ihrem Tisch drängelten. Bevor er sich hinsetzte, ging Richmond los, um eine Runde Drinks zu holen und das Essen zu bestellen.

»Wenigstens müssen wir uns hier keine Sorgen machen, dass irgendjemand etwas von unseren streng vertraulichen Informationen aufschnappt«, sagte Gristhorpe, während er Platz nahm und mit seinem Stuhl über den ausgetretenen Steinboden nach vorn rutschte. »Ich kann kaum meine eigenen Worte verstehen.«

Als Richmond mit den Getränken auf einem Tablett zurückkam, sagte Gristhorpe: »Also, Phil, nun erzählen Sie uns mal, was Sie herausgefunden haben.«

Über dem Tisch steckten sie die Köpfe zusammen. Richmond trank einen Schluck seines St. Clements. »Einige Dokumente sind entweder verschlüsselt oder mit Passworten belegt worden«, sagte er. »Bei manchen handelt es sich um komplette Verzeichnisse, eines ist nur eine Datei in einem Verzeichnis. Er hat es ›BRIEF‹ genannt.«

»Können Sie die Datei öffnen?«, fragte Gristhorpe.

»Das ist nicht so einfach, Sir, nein. Nur wenn man das Passwort eingibt. Glauben Sie mir, ich habe jeden Trick ausprobiert, aber es kommt nichts als Kauderwelsch dabei raus.«

»Na gut.« Gristhorpe hustete und wedelte mit einer übertriebenen Geste den Rauch von Banks Zigarette weg. »Nehmen wir an, er hatte spezielle Gründe, diese Dokumente geheim zu halten. Das bedeutet, sie interessieren uns erst recht brennend. Sie sagten, der Zugriff sei nicht leicht, aber gibt es denn einen Weg?«

Richmond räusperte sich. »Nun, es gibt einen. Eigentlich gibt es sogar zwei Möglichkeiten.«

»Raus damit, machen Sie es nicht so spannend.«

»Wir könnten einen Experten holen. Ich meine, einen *echten* Experten, jemand, der Programme schreibt.«

»Aha, und die zweite Möglichkeit?«

»Also, aus nahe liegenden Gründen ist sie recht unbekannt, aber ich habe einmal ein Seminar besucht, wo mir der Dozent etwas erzählt hat, was mir sehr merkwürdig vorkam.«

»Was?«

»Da gibt es so eine Firma, die verkauft Bypassprogramme, mit denen man verschiedene Softwaresicherheitssysteme umgehen kann.«

»Das ist wahrscheinlich die billigere und schnellere Lösung, oder?«, fragte Gristhorpe. »Können Sie so ein Programm besorgen?«

»Ja, Sir. Aber es ist nicht billig. Es ist sogar ziemlich teuer.«

»Wie viel?«

»Ungefähr hundert Pfund.«

Gristhorpe pfiff durch die Zähne. »Wir haben kaum eine andere Wahl, oder?«, meinte er dann. »Na los, bestellen Sie eins.«

»Habe ich schon getan, Sir.«

»Und?«

»Die Firma sitzt in Akron, Ohio, aber sie haben mir gesagt, dass es einen Großhändler in Taunton, Devon, gibt, der welche auf Lager hat. Es könnte aber eine Weile dauern, bis es hier ist.«

»Dann sagen Sie den Typen, sie sollen es per Kurier schicken. Darauf kommt es jetzt auch nicht mehr an. Der Polizeipräsident wird sowieso aus allen Wolken fallen, wenn er unsere Berichte sieht.«

»Wenn uns das Programm hilft, den Fall zu lösen«, schaltete sich Banks ein, »dann erhöht er vielleicht unser Budget.«

Gristhorpe lachte. »Einen Dreck wird er. Fahren Sie fort, Phil.«

»Das war eigentlich alles«, sagte Richmond. »In der Zwischenzeit versuche ich es weiter. Mal sehen, manchmal schreiben die Leute ihre Passworte auf, für den Fall, dass sie sie vergessen. Wenn Rothwell das getan hat, müssen wir nur noch rausfinden, wo er es aufgeschrieben hat und in welcher Form.«

»Interessant«, sagte Banks. »Ich habe eine von diesen Plastikkarten, mit denen man Geld aus dem Automaten bekommt. Ich habe die Nummer als Telefonnummer getarnt in mein Adressbuch geschrieben, falls ich sie vergessen sollte.«

»Genau«, sagte Richmond.

»Mal abgesehen davon, jeden Namen und jede Nummer aus Rothwells Adressbuch auszuprobieren«, sagte Gristhorpe, »gibt es auch noch eine schnellere Methode?«

»Ich glaube nicht, Sir«, antwortete Richmond. »Aber häufig ist das Passwort ein Name, zu dem der Benutzer eine enge Verbindung hat.«

»›Rosebud‹?«, schlug Banks vor.

»Genau«, sagte Richmond. »So was in der Art. Vielleicht etwas aus seiner Kindheit.«

»›Woodbines‹«, sagte Banks. »Entschuldigen Sie, Phil, ich denke nur laut nach.«

»Aber es könnte alles sein. Der Name eines Familienmitgliedes, zum Beispiel. Oder eine zufällige Anordnung von Buchstaben, Leerstellen, Zahlen und Satzzeichen. Es muss keinerlei Sinn ergeben.«

»Verdammter Mist.« Gristhorpe fuhr sich mit einer Hand durch seinen wirren grauen Haarschopf.

»Lassen Sie mich einfach daran rumknobeln, Sir. Ich werde tun, was ich kann. Außerdem sage ich dem Softwarehändler, er soll sich beeilen.«

»In Ordnung. Susan? Was gibt es von Hatchard und Pratt?«

Susan beugte sich vor, um sich Gehör zu verschaffen. Gerade als sie beginnen wollte, rief Cyril ihre Essensnummer auf, und Richmond und Banks gingen los, um die Tabletts zu holen. Nach ein paar Happen fing Susan erneut an. »Also«, sagte sie und tupfte ihre Mundwinkel mit einer Serviette ab. »Wie sich herausgestellt hat, ist Rothwell gebeten worden, die Kanzlei zu verlassen.«

»Er wurde gebeten, die Kanzlei zu verlassen?«, wiederholte Gristhorpe. »Heißt das, er wurde gefeuert?«

»Nicht ganz, Sir. Er war Teilhaber. Teilhaber kann man nicht einfach so feuern. Außerdem war er mit der Tochter des Chefs verheiratet. Mary Rothwells Mädchenname ist Hatchard. Er wurde gebeten zu kündigen. Sie wollten kein Aufhebens.«

»Interessant«, sagte Gristhorpe. »Und was steckte dahinter?«

Susan aß noch einen Happen von ihrer Cornwellpastete, spülte ihn dann mit einem Schluck Britvic Orange hinunter und schob ihren Teller zur Seite. »Laurence Pratt wollte es mir eigentlich nicht erzählen«, sagte sie, »aber ich glaube, ihm war bewusst, dass es problematischer für ihn gewesen wäre, wenn wir es auf andere Weise herausgefunden hätten. Rothwell ist dabei erwischt worden, wie er seine Arbeitszeiten zu seinen Gunsten frisiert hat. Laut Pratt ein Betrug, der nicht selten vorkommt. Und er hält diese Machenschaften auch nicht für absolut illegal; aber sie sind unmoralisch, und wer dabei erwischt wird, hat eben Pech. Rothwell kam unbeschadet davon.«

»Was ist passiert?«, fragte Gristhorpe.

»Das Ganze ist ungefähr fünf Jahre her. Rothwell hat damals viel für eine große Firma gearbeitet. Welche, wollte mir Pratt nicht verraten, aber ich glaube, es spielt auch keine Rolle. Die Sache ist die, dass Pratts Vater sich die Abrechnungen angeschaut hat, wobei ihm auffiel, dass Rothwell ab und zu mehr Arbeitszeit berechnet hat, als er wirklich geleistet hatte. Er hat Zeiten angegeben, in denen er gar nicht auf ihre Rechnung gearbeitet haben konnte, weil er mit einer anderen Sache beschäftigt oder gar nicht in der Stadt gewesen war.«

»Wie hat Pratt reagiert? Gibt es in der Branche irgendeinen Dachverband, dem er das hätte melden müssen?«

»Ja, Sir, gibt es. Aber denken Sie daran, Rothwell war mit Hatchards Tochter Mary verheiratet. Damals waren sie schon fast sechzehn Jahre zusammen und hatten zwei Kinder. Der alte Hatchard hätte kaum gewollt, dass sein Schwiegersohn die Zulassung verliert und sein Familienname durch den Schmutz gezogen wird, was wahrscheinlich passiert wäre, wenn Rothwell gemeldet worden wäre. Ich hatte außerdem den Eindruck, dass vor allem Marys Ansprüche Rothwell dazu gebracht haben, seine Arbeitsberichte zu manipulieren. Das wurde natürlich nicht direkt gesagt, verstehen Sie, Sir, sondern nur angedeutet. Stellen Sie sich die Schlagzeile vor: ›Steuerberater gefeuert, weil er die Bücher manipuliert hat, um der Tochter des Chefs den Lebensstandard zu erhalten, den sie gewohnt ist.‹ Das darf man gar nicht weiterdenken, oder? Wie auch immer, Laurence Pratt und Rothwell waren damals ziemlich eng befreundet, also hat Pratt ein gutes Wort für ihn eingelegt. Rothwell hatte Glück. Und es gab noch einen anderen Grund, warum sie nicht Zeter und Mordio wollten.«

»Und der wäre?«

»Vertrauen und Vertrauenswürdigkeit, Sir. Wenn die große Firma herausgefunden hätte, dass Rothwell die Rechnungen frisierte, dann hätte es die Kanzlei in eine peinliche Lage gebracht. Da war es doch wesentlich besser, dass sie nichts erfuhren und Rothwell sich einfach zu einer beruflichen Veränderung entschied. So blieb alles schön in der Familie. Die Firma hat die Rechnungen nie angezweifelt oder das Geld vermisst.«

»Verstehe.« Gristhorpe rieb sein stoppeliges Kinn.

»Das ist doch ein Vorfall, der zu einem Motiv geführt haben könnte, nicht wahr, Sir? Habsucht, Unehrlichkeit.«

»Ja«, sagte Gristhorpe, »stimmt. Desto mehr glaube ich, dass diese geheimen Dateien sich als interessante Lektüre erweisen könnten.« Er schlug auf die Tischplatte. »Gute Arbeit, Susan. Rothwells Geschäfte sollten ein Hauptstrang der Ermittlungen werden. Ich werde mich mit dem Betrugsdezernat in Verbindung setzen. Übrigens habe ich vom Antiterrordezernat gehört, dass sie bisher nichts herausgefunden haben. Sie wollen natürlich auf dem Laufenden gehalten werden, aber ich denke, wir können ausschließen, dass Rothwell mit Waffen oder Geld für die IRA zu tun hatte. Hast du noch etwas hinzuzufügen, Alan?«

»Ich glaube, wir sollten uns näher mit dieser Füllung, mit diesem Papierschnipsel, beschäftigen. Es könnte da eine Verbindung zur Pornobranche geben.«

»Rothwell im Pornogeschäft?«

»Möglich. Schließlich hatte er eine Menge Geld, oder? Irgendwoher muss er das ja gehabt haben. Ich glaube nicht, dass er in der ersten Reihe mitgemischt und sich die Hände schmutzig gemacht hat. Vielleicht hat er nur ein paar Investitionen getätigt oder sich um die Finanzen gekümmert. In diesem Sumpf, unter den Videofreaks, Prostituierten und so weiter, würde mich ein Mord nicht überraschen. Vielleicht war dieser Schnispel in der Patrone eine Art Unterschrift, ein Zeichen.«

»Das klingt für meinen Geschmack ein bisschen zu abenteuerlich«, sagte Gristhorpe, »aber ich verstehe, worauf du hinauswillst. Das hängt sowieso alles zusammen, oder? Wenn er etwas mit Porno zu tun gehabt hat, dann ist das Teil seiner Geschäfte und wir werden dem nachgehen.«

»Sergeant Hatchley kommt Montag zurück«, sagte Banks. »Ich glaube, er ist genau der Richtige für diesen Job. Er war doch mal eine Weile beim Sittendezernat in West Yorkshire, erinnerst du dich? Außerdem wird er seinen Spaß dabei haben.«

Gristhorpe schnaubte. »Das wird er, da bin ich mir sicher. Aber halte ihn an der kurzen Leine. Er ist wie ein Elefant im Porzellanladen.«

Banks grinste. Er wusste, dass Gristhorpe und Hatchley nicht gut miteinander auskamen. Jim Hatchley war ein Yorkshire Urgestein, ein raubeiniger, kräftiger, trinkfreudiger Koloss, ein Rugbystürmer, bevor Nikotin und Alkohol ihren Tribut gefordert hatten. Als Mensch, der sich eher beim Dart in der Kneipe als beim gepflegten Gespräch im Salon zu Hause fühlte, wurde er von jedermann unterschätzt, was der Kriminalpolizei von Eastvale häufig zum Vorteil gereichte. Außerdem konnte er auf ein wertvolles, landkreisweites Netzwerk von halbkriminellen Informanten der Unterwelt zurückgreifen, das noch niemand hatte durchbrechen können.

»Die Rothwells sind eine interessante Familie«, bemerkte Banks nach einem Schluck Theakston's. »Mrs. Rothwell hat mir versichert, im häuslichen Bereich hätte es nie das geringste Problem gegeben, aber ich hatte das Gefühl, die Dame beteuerte das ein wenig zu lautstark. Ich frage mich, wie eng der Zusammenhalt zwischen den einzelnen Familienmitgliedern wirklich war. Irgendetwas stört mich, aber ich kann nicht genau sagen was. Meiner Meinung nach könnte der Sohn, Tom, etwas damit zu tun haben.«

»Den Eindruck hatte ich auch«, sagte Susan. »Nach außen hin sieht alles großartig aus, aber ich würde gerne mal wissen, wie das Leben auf der Arkbeck Farm wirklich war. Nach meinem Gespräch mit Laurence Pratt kam mir ein Gedanke: Wenn Tom der Grund dafür war, dass Keith und Mary Rothwell geheiratet haben und Rothwell unglücklich in seiner Ehe war, dann könnte Rothwell Tom die Schuld dafür gegeben haben. Das ist natürlich völlig irrational, aber solche Dinge passieren.«

»Die Psychologie würde ich Jenny Fuller überlassen«, sagte Gristhorpe.

Susan wurde rot.

»Susan hat Recht«, meinte Banks. »Je eher wir Tom Rothwell finden, desto besser.«

Gristhorpe zuckte mit den Schultern. »Das ist jetzt Sache der Polizei in Florida. Wir haben ihnen alle Informationen gegeben, die wir hatten. Ich bitte dich, Alan, du denkst doch wohl nicht, dass seine Frau und seine Tochter etwas damit zu haben, oder?«

»Schwer zu glauben, nicht wahr? Andererseits haben wir zu dem Vorfall einzig und allein die Aussage der beiden. Niemand sonst hat die beiden Männer in Schwarz gesehen. Was, wenn tatsächlich Alison und ihre Mutter Rothwell aus irgendeinem Grund loswerden wollten?«

»Als Nächstes wirst du mir erzählen, seine Frau und seine Tochter hätten Pornos für Rothwell gemacht. Du hast doch mit Alison gesprochen und gesehen, wie mitgenommen das Mädchen war.«

»Alison muss vielleicht nichts damit zu tun gehabt haben.«

»Also Mrs. Rothwell? Die stand doch völlig unter Schock, oder nicht?«

»Das wurde mir gesagt. Bis heute Vormittag habe ich sie nicht zu sehen bekommen. Sie hatte also eine Menge Zeit, sich zu sammeln und sich darauf vorzubereiten, uns etwas vorzuspielen.«

»Aber das Team der Spurensicherung hat den Ort so gründlich wie immer durchsucht, den Heuboden, alles. Sie konnten keinen Hinweis auf die Waffe finden.«

»Ich sage nicht, dass sie ihn erschossen hat.«

»Was dann? Sie hat ein paar Killer angeheuert, die es für sie erledigten?«

»Keine Ahnung. Auf jeden Fall hätte sie es sich leisten können. Ich versuche nur, den Fall von allen Seiten zu betrachten, aber wahrscheinlich male ich jetzt den Teufel an die Wand. Allerdings bleibe ich dabei, dass es eine äußerst merkwürdige Familie ist. Alisons Angst war echt, das weiß ich. Aber irgendetwas stimmt bei allen nicht, und ich möchte wissen, was es ist. Als ich heute Vormittag von der Arkbeck Farm weggefahren bin, hat mich etwas nicht losgelassen und die ganze Zeit beschäftigt, aber erst seit einer Weile weiß ich, was es ist.«

»Und?«, wollte Gristhorpe wissen.

»Toms Postkarte aus Kalifornien. Sie war an Alison adressiert. Er nannte sie Ali und am Schluss schrieb er ›Liebe Grüße an Mama‹. Seinen Vater hat er mit keinem Wort erwähnt.«

»Mmmmh«, sagte Gristhorpe. »Das muss nichts bedeuten.«

»Vielleicht nicht. Aber das ist nicht alles. Als ich mir vorhin Rothwells Brieftasche anschaute, fand ich Fotos von Mary und Alison, aber keines von Tom. Nicht ein Einziges.«

VIER

I

Nach einem nächtlichen Schlaf sollte man sich eigentlich ausgeruht fühlen und nicht so, als wachte man gerade aus einer Vollnarkose auf, dachte Banks trübselig am Samstagmorgen.

Von Natur aus ein Morgenmuffel, saß er bei seiner zweiten Tasse schwarzem Kaffee und einer Scheibe Vollkorntoast mit Marmelade, die Zeitung vor sich ausgebreitet, und versuchte, genug Kraft für den vor ihm liegenden Tag zu sammeln. Wie ein Hintergrundgeräusch zu den Verkehrsnachrichten im Radio konnte er oben Sandra duschen hören. Er hasste diesen Apparat, statt unter einer heißen Dusche schien er immer unter einem lauwarmen Rinnsal zu stehen, aber Sandra und Tracy hatten nichts daran auszusetzen. Banks bevorzugte ein langes, heißes Bad, dazu etwas leise Musik und ein gutes Buch.

Nachdem er am vergangenen Abend im Büro noch Schreibkram erledigt hatte, war es fast elf Uhr gewesen, als er nach Hause gekommen war. Insgeheim hatte er gewünscht, dass Sandra verärgert darüber sein würde, den Rotwein, Chopin und das Kerzenlicht verpasst zu haben, aber es hatte ihr anscheinend nichts ausgemacht. Ob sie nur so tat oder ob es ihr wirklich egal war, wusste er nicht. Sie hatte gesagt, sie wäre selbst gerade erst von einem Empfang im Gemeindezentrum zurückgekommen. Diese Situation war zum Normalfall geworden. In der letzten Zeit hatten sie sich so selten zu Gesicht bekommen, dass sie sich zunehmend fremd geworden waren. Banks hatte den Eindruck, dass ihre beiderseitige Selbständigkeit, einst eine Stärke ihrer Ehe, mittlerweile zu einer Bedrohung geworden war.

Und während Sandra geschlafen hatte wie ein Stein, hatte sich Banks, aufgewühlt durch den Rothwell-Fall, die ganze Nacht neben ihr hin- und hergeworfen und war in den kurzen, unruhigen Schlafperioden von wechselnden Bildern wie dem pornografischen Papierschnipsel oder der kopflosen Leiche verfolgt worden. Jetzt war es halb neun Uhr am Morgen; seine Augen fühlten sich an wie Schmirgelpapier und sein Kopf, als wäre er mit Baumwolle gefüllt.

Die überregionalen Tageszeitungen und die Radionachrichten brachten Berichte über den Mord an Keith Rothwel – zwischen Meldungen über die blutige Niederschlagung von Aufständen auf einer Karibikinsel, wo sich mal wieder die Terrorherrschaft eines Diktators ihrem Ende näherte, und über einen Parlamentsabgeordneten, der auf der Gemeindewiese von Clapham in flagranti mit einem sechzehnjährigen Stricher erwischt worden war. Wenn sich das in einer etwas vornehmeren Gegend wie Hampstead Heath ereignet hätte, wäre es wahrscheinlich nicht einmal eine Zeitungsmeldung wert gewesen, dachte Banks.

Trotz des ganzen Trubels um das Pokalfinale am Nachmittag würde der Mord an Rothwell sicherlich auch Thema im Fernsehen sein, aber Banks hatte schon immer eine Abneigung dagegen gehabt, die Kiste am helllichten Tage anzustellen.

Mittlerweile wurde in den Medien bereits darüber spekuliert, dass hinter dem Mord mehr stecken musste, als ein eskalierter häuslicher Streit oder ein schief gelaufener Einbruch. Den Radionachrichten zufolge waren Scotland Yard, Interpol und das FBI eingeschaltet worden. Das war, dachte Banks, gelinde gesagt, eine Übertreibung. Die Amerikaner waren um Hilfe gebeten worden, Tom Rothwell aufzuspüren, wobei nach Banks Wissen die Florida State Police und nicht das FBI involviert war. Interpol warfen die Reporter heutzutage sicherheitshalber immer mit in den Topf, und was Scotland Yard anging, so handelte es sich um eine glatte Lüge.

Banks überflog die Berichte in der *Yorkshire Post* und *The Independent*, um zu schauen, ob eine der Zeitungen mehr wusste als die Polizei. Das war manchmal der Fall und es konnte verdammt peinlich sein. Dieses Mal allerdings nicht. Genau wie für den Rest der Bevölkerung war Rothwell für sie nicht mehr als ein »ruhiger, bescheidener, ortsansässiger Steuerberater und Geschäftsmann«.

»Noch Kaffee?«

Banks schaute auf und sah Sandra in ihrem marineblauen Morgenmantel und mit nassem Haar, das auf den Frotteestoff über ihren Schultern fiel, vor der Kaffeemaschine stehen. Er hatte sie nicht herunterkommen hören.

»Gerne.« Er hielt seine Tasse hoch.

Sandra schenkte ihm nach, steckte dann Brot in den Toaster und nahm die *Yorkshire Post*. Nachdem sie den Artikel über Rothwell gelesen hatte, pfiff sie durch die Zähne. »Bist du deshalb gestern Abend so spät nach Hause gekommen?«

»Mmmh«, brummte Banks.

Der Toast schnellte hoch. Sandra legte die Zeitung beiseite und nahm das Brot heraus. »Ich bin ihr ein paar Mal begegnet«, sagte sie über die Schulter und butterte ihren Toast.

Banks faltete den *Independent* zusammen und betrachtete Sandras Profil. Wenn es nass war, sah ihr Haar natürlich dunkler aus, aber eine der Eigenheiten, die Banks besonders attraktiv an ihr fand, war der Kontrast zwischen ihrem blonden Haar und den schwarzen Augenbrauen. Als er sie dieses Mal anschaute, spürte er einen tief sitzenden Schmerz. »Wem?«, fragte er.

»Mrs. Rothwell. Mary Rothwell.«

»Wo bist du denn der über den Weg gelaufen?«

»In der Galerie.«

Sandra leitete die Galerie im Gemeindezentrum von Eastvale, wo sie Kunst- und Fotoausstellungen organisierte.

»Ich wusste gar nicht, dass sie was für Kunst übrig hat.«

»Hat sie eigentlich auch nicht. Ich glaube, für sie gehört das einfach zum guten Ton. Kulturelle Ausflüge mit dem Frauenverein, so was in der Art.« Sandra setzte sich mit ihrem Toast hin und rümpfte die Nase.

Banks lachte. Das Eis zwischen ihnen schien eindeutig zu brechen. »Snob.«

»Wer? Ich?« Sie gab ihm einen leichten Klaps mit der gefalteten Zeitung.

»Auf jeden Fall«, sagte Banks, »steht die arme Frau unter Beruhigungsmitteln. Sie und ihre Tochter haben Rothwells Leiche gesehen, bevor sie uns gerufen haben, und du kannst mir glauben, da hätte jeder eine Gänsehaut gekriegt.«

»Wie geht es der Tochter?«

»Alison? Einigermaßen, jedenfalls nach außen hin.« Banks zuckte mit den Achseln. »Vielleicht ist sie widerstandsfähiger oder sie kann es einfach besser verdrängen. Tina Smithies meint, sie fürchtet, dass die beiden den Bezug zur Realität verlieren.« Er schaute auf seine Uhr. »Ich muss los.«

Sandra folgte ihm zur Tür und lehnte sich an das Treppengeländer. Während sie zuschaute, wie er sein leichtes graues Sportjackett anzog und seine Tasche nahm, knabberte sie an ihrem Toast. »Ich kann nicht behaupten, sie gut genug zu kennen, um mir ein Urteil zu erlauben«, sagte sie dann und zog den Kragen ihres Morgenmantels zusammen, als Banks die Tür öffnete, »aber ich hatte das Gefühl, dass sie eine ist … also, sie hat sich ein paar Allüren angeeignet. Sie ist nicht wirklich eine Angeberin, aber sie macht so ein bisschen auf große Dame. Sie hat etwas Herrisches an sich. Und sie legt Wert darauf, dass die Leute wissen, wie reich sie ist. Du verstehst schon, sie protzt mit ihren Ringen, mit Juwelen und solchem Zeug. Außerdem habe ich den Eindruck, dass sie eine sehr kalte Frau ist, ich weiß nicht, warum. Überall scharfe Kanten, wie eine Schublade voller Küchenmesser.«

Banks lehnte sich an den Türpfosten. »Insgesamt ist das eine verdammt seltsame Familie«, sagte er.

Sandra zuckte mit den Achseln. »Ich dachte, ich steuere einfach meinen bescheidenen Teil bei. Ich nehme an, du weißt nicht, wann du zurück sein wirst, oder?«

»Nein. Tut mir Leid, ich muss mich beeilen.« Banks riskierte einen schnellen Kuss auf ihre Lippen. Sie schmeckten nach Erdbeermarmelade.

»Kannst du mir heute den Wagen hier lassen?«, rief Sandra hinter ihm her. »Ich würde gerne nach Ripon zu einer Aquarellausstellung fahren. Einer von unseren Künstlern stellt dort aus. Ich weiß übrigens auch noch nicht, wann ich zurück sein werde.«

»Okay«, sagte Banks und zuckte bei der letzten Bemerkung zusammen. Wenn er einen Wagen benötigen sollte, konnte er immer einen vom Revier nehmen. Dann würde er zwar keine Kassette hören können, aber schließlich konnte man nicht alles haben, oder? Ein Radio würde es schon geben. Entschlossen, sich nach der furchtbaren Nacht nicht die Laune verderben zu lassen, ging er los.

Es war ein herrlicher Morgen. Bilderbuchwetter. Endlich war der Mai, so wie er ihn kannte, angekommen. Abgesehen von wenigen hochliegenden milchigen Wirbeln war der Himmel wolkenlos blau, und selbst so früh am Morgen schien die Temperatur im Gegensatz zu gestern um ein paar Grad angestiegen zu sein. Banks wäre nicht überrascht gewesen, wenn er die Jacke im Laufe des Tages nicht mehr brauchen würde.

Beim Gehen stöpselte er die Kopfhörer ein und schaltete den Walkman in seiner Tasche an. Die Kassette begann mit dem jazzigen *Forlane*, dem dritten Satz aus Ravels Klavierwerk *Das Grabmal Couperins*. Nicht schlecht für einen Spaziergang zur Arbeit an einem herrlichen Frühlingsmorgen.

Er musste nur etwas mehr als einen Kilometer die Market Street entlanggehen, und Banks mochte die Art, wie sich beinahe Meter für Meter das Stadtbild veränderte. In dem Teil der Stadt, in dem er wohnte, war die Straße breit, die Gegend ähnelte den Randbezirken fast jeden Stadtzentrums: eine Hauptstraße mit einer Tankstelle, Supermarkt, Schule, Zebrastreifen und Kreisverkehr, von dem Wohnstraßen mit viktorianischen, größtenteils zu Studentenwohnungen umgebauten Häusern abzweigten, Straßen mit Namen wie Mafeking Avenue, Sebastopol Terrace, Crimea Close und Waterloo Road, und in denen ein strenger Geruch nach Abgasen in der Luft lag.

Aber je näher die Market Street dem eigentlichen Marktplatz kam, desto enger wurde sie und desto mehr verwandelte sie sich in eine Touristenattraktion mit überhängenden Erkerfenstern in den ersten Stockwerken, aus denen die Bewohner ihren Nachbarn auf der gegenüberliegenden Straßenseite beinahe die Hände schütteln konnten; mit den Butzenscheiben niedlicher Andenkenläden; einem teuren

Geschäft für Wanderausrüstung mit in der Tür hängender orangenfarbener Goretex-Kleidung und einem Ständer Wanderstöcke auf dem Gehsteig; einer erst jüngst eröffneten Waterstone-Buchhandlung; den sich vermischenden Düften von Hambletons Tee-und-Kaffee-Reich und Farleighs Bäckerei gegenüber; einer Oddbins Weinhandlung; dem Golden Grill Café und einem Zeitungshändler, in dessen Schaufenster Wanderkarten und Reiseführer auslagen, während draußen in einem Gestell die Tageszeitungen steckten, von denen manche genau über dem körnigen Foto von Rothwell gefaltet waren. Zudem war der enge Abschnitt der Market Street immer mit hupendem Verkehr verstopft, hauptsächlich mit Besuchern und Lieferwagen.

Mitten im fünften Satz, dem *Menuett*, erreichte Banks das Revier, ein dreistöckiges Gebäude mit einer Tudorfassade, die auf den Marktplatz zeigte. Zuerst schaute er bei Phil Richmond vorbei. Die Florida State Police hatte mittlerweile die Autovermietung ausfindig gemacht, bei der sich Tom Rothwell am Flughafen von Tampa einen Wagen genommen hatte. Immerhin war das ein Anfang. Jetzt hatte die Polizei eine Zulassungsnummer, nach der sie unter den Millionen von Autos suchen konnte, die vor den Tausenden von Hotels, Motels und Strandclubs in Florida parkten.

Laut Polizeicomputer lagen keinerlei Berichte über den Gebrauch von pornografischem Füllmaterial in Patronen bei anderen Kriminalfällen vor.

Gristhorpe war bei einem Treffen mit Inspector Macmillan vom Betrugsdezernat, und Susan Gay arbeitete in ihrer Kammer telefonisch die Liste mit Rothwells Klienten ab, die ihr Laurence Pratt gegeben hatte. Banks schenkte sich einen Kaffee ein und ging in sein Büro.

Er öffnete das Fenster und atmete die frische Luft ein,

zündete sich dann eine Zigarette an und schaute hinunter auf die ersten Touristen, die in ihren hellen Anoraks und Windjacken über den gepflasterten Platz liefen. Es war zehn nach neun an einem Samstagmorgen, Markttag in Eastvale, und die Verkäufer hinter ihren wie alte Wildwestkutschen mit Segeltuch bedeckten Ständen verkauften alles, von Kappen und Angelwesten bis zu Alarmanlagen, Zündkerzen und feuerfestem Geschirr. Wie immer war auch der Käsewagen da, und Banks überlegte, kurz hinunterzugehen und ein Stück Coverdale oder Wensleydale Blue zu kaufen, wenn sich die Gelegenheit bieten sollte.

Er grübelte darüber nach, was Sandra ihm über Mary Rothwell erzählt hatte. Bisher sah er in ihr eine großtuerische und herrische Frau, die zu viel Wert auf Äußerlichkeiten legte, und in Keith Rothwell einen bescheidenen, aber gerissenen und habgierigen Mann, der leicht der Versuchung erlegen war. Wie Susan Gay bemerkt hatte, machte man sich durch Habgier häufig gefährliche Feinde, und der Hang zur Heimlichtuerei war eine verdammt gute Methode, die Dinge für die Polizei schwierig zu machen. Aber ging die Habgier von Rothwell selbst aus oder war er durch die Ansprüche seiner Frau dazu getrieben worden?

Sowohl in den Aussagen von Ian Falkland als auch von Larry Grafton gab es eindeutige Hinweise darauf, dass Rothwell so etwas wie ein unter dem Pantoffel stehender Ehemann gewesen war, der, wann immer er konnte, auf ein kleines Bier und eine ungestörte Zigarette in den Pub floh.

Nach Banks Erfahrung entwickelten solche Menschen oft geheime Fantasiewelten, die manchmal unschöne und unberechenbare Auswirkungen auf die Realität hatten. Keith Rothwell hatte seine Frau und seine Kinder mit allen Annehmlichkeiten und jeglichem Luxus versorgt, den sie wollten. Was hatte er dafür bekommen? Was hatte er sich selbst gegönnt? Niemand schien zu wissen oder sich darum zu kümmern, was sich in ihm abgespielt hatte.

Banks ging vom Fenster weg und drückte seine Zigarette aus. Eine Sache konnte er immerhin gleich jetzt erledigen, dachte er, und nahm Stift und Notizblock. »GESUCHT«, schrieb er, »Mann, ungefähr einen Meter achtzig groß, Bauchansatz, große, feuchte braune Augen, ›Dackelblick‹, mit Vorliebe für Schrotflinten, kann seine Hände nicht von kleinen Mädchen lassen und steht wahrscheinlich auf Pornos, im Besonderen auf rasierte Muschis.« Er konnte sich schon das Gelächter und die Feixereien auf den Polizeirevieren im Land vorstellen, wenn das über den Computer hinausgeschickt würde.

Gerade als er mit einer revidierten Fassung beginnen wollte, klingelte das Telefon. Sergeant Rowe verband ihn mit einer verzweifelten Frau, die unbedingt einen »Verantwortlichen« sprechen wollte.

»Kann ich Ihnen helfen?«, fragte Banks sie.

»Man hat mir gesagt, man verbindet mich mit dem Verantwortlichen. Sind Sie der Verantwortliche?«

»Kommt darauf an, was Sie wollen«, sagte Banks. »Verantwortlich für was? Worum geht es?«

»Um den Mann aus der Morgenzeitung, derjenige, der getötet wurde.«

Plötzlich spitzte Banks die Ohren. Täuschte er sich oder schluchzte sie beim Sprechen? »Ja«, sagte er, »fahren Sie fort.«

»Ich kannte ihn.«

»Sie kannten Keith Rothwell?«

»Nein, nein ...« Sie schluchzte erneut, bevor sie weitersprach. »Das ist ein Irrtum. Das ist nicht sein Name. Sein Name ist Robert. Robert Calvert. Das ist er. Sie haben da einen Fehler gemacht. Ist Robert wirklich tot?«

Sein Nacken kribbelte, Banks umklammerte den Stift mit seinen Fingern. »Ich glaube, wir sollten uns besser unterhalten«, sagte er. »Und zwar so schnell wie möglich. Würden Sie mir bitte Ihren Namen und Ihre Adresse geben?«

II

Susan Gay fuhr den ungekennzeichneten Fiesta nach Leeds, Banks saß auf dem Beifahrersitz und trommelte mit den Fingern auf seine Knie. An ihrem Fahrstil lag es nicht. Normalerweise würde er eine solche Fahrt genießen und sich Zeit nehmen, wenn es keine Eile gab; aber heute sah er besorgt dem Gespräch mit Pamela Jeffreys entgegen, der Frau, die angerufen hatte.

Außerdem rauchte er nicht und das machte ihn zusätzlich nervös. Er verkniff sich das Rauchen aus Rücksicht auf Susan, obwohl sie großzügig gesagt hatte, es wäre in Ordnung, wenn er das Fenster öffnen würde. Seiner Erfahrung nach gab es kaum etwas Schlimmeres, als zu versuchen, in einem Wagen neben einem Nichtraucher genüsslich eine Zigarette zu rauchen, während, egal bei welchem Wetter, ein Orkan durch das offene Fenster blies.

Eine Kassette konnte er in dem Wagen nicht hören, aber wie Banks gehofft hatte, gab es wenigstens ein Radio, und während er über die Tragweite dessen, was er gerade am Telefon gehört hatte, nachdachte, versank er in ein Kammerkonzert von Poulenc auf Radio Drei.

»Wie sollen wir vorgehen, Sir?«, fragte Susan, als sie auf den inneren Stadtring bog und in den gelb erleuchten Tunnel fuhr.

Banks löste sich aus einer Passage des *Sextetts*, in der die

Schwerelosigkeit der Holzbläser von einer gewissen Trauer erfüllt zu werden schien. »Improvisieren«, antwortete er.

Sie hatten bereits Inspector Ken Blackstone benachrichtigt, damit er nicht das Gefühl hatte, sie würden einfach so in sein Gebiet eindringen; Ken hatte aber nichts über Pamela Jeffreys in den Akten gefunden. Für Banks keine Überraschung, denn es gab keinen Grund zur Annahme, dass es sich bei ihr um eine Kriminelle handelte. Er schaute aus dem Fenster und sah, dass sie gerade die Brücke über den Aire und den Leeds-Liverpool-Kanal überquerten. Das schmutzige, träge dahinfließende Wasser sah im strahlenden Sonnenlicht besonders Ekel erregend aus.

»Wie viel werden wir ihr erzählen?«, fragte Susan.

»Wenn sie die Zeitung gelesen hat, weiß sie fast genauso viel über Keith Rothwells Leben wie wir. Ob sie es nun glaubt oder nicht, ist eine andere Frage.«

»Was steckt Ihrer Meinung nach dahinter?«

»Ich habe keine Ahnung. Aber bald wissen wir mehr.«

Susan passierte den großen Kreisel an der Wellington Road. Über ihnen thronte die dunkle, mittelalterliche Festung des Armley Gefängnisses auf ihrem Hügel. An der Kreuzung mit der Tong Road bog Susan scharf nach rechts ab, fuhr an der leer stehenden Crown-Bingohalle, dem Ärztehaus und dem New Wortley Friedhof vorbei und weiter in Richtung Armley. Brachflächen und vernagelte Ladenfassaden prägten die Gegend und über dem ganzen Verfall war die hohe schwarze Turmspitze von St. Bartholomew zu sehen. Susan fuhr jetzt langsamer und schaute auf die Straßennamen, fand die Wesley Road, bog nach rechts, dann noch einmal nach rechts und hielt nach der Hausnummer Ausschau, die Pamela Jeffreys ihnen gegeben hatte.

»Da sind wir, Sir«, verkündete sie schließlich und fuhr in

eine Straße hübsch renovierter, Rücken an Rücken stehender Reihenhäuser, von denen jedes hinter einer Ligusterhecke einen winzigen Garten besaß. Manche dieser alten Arbeiterhäuser hatten neue Milchglas- oder Holzpaneeltüren und Mansardenfenster. »Nummer zwanzig, vierundzwanzig … hier ist es.« Sie hielt vor dem Haus Nummer achtundzwanzig an.

Auf der gegenüberliegenden Straßenseite befanden sich hinter einer niedrigen Steinmauer ein paar Schrebergärten, in denen eine Reihe pensionierter oder arbeitsloser Männer ihre kleinen Felder bewirtschafteten und hin und wieder zum Plaudern innehielten. Jemand hatte ein Transistorradio auf die Mauer gestellt, Banks konnte die einleitenden Kommentare zum Pokalfinale hören. Ein Stück weit die Straße hinunter stand eine alte Kapelle, die, dem Schild nach zu urteilen, in einen Sikh-Tempel verwandelt worden war. Sie betraten das Grundstück des Hauses Nummer achtundzwanzig und klingelten an der Tür.

Die Frau, die ihnen die Tür öffnete, hatte offenbar geweint, was aber ihrer Schönheit nichts anhaben konnte, dachte Banks. Vielleicht war das Weiße ihrer Mandelaugen ein wenig zu sehr gerötet und das glänzende blauschwarze Haar hätte gebürstet werden müssen, aber es gab keinen Zweifel daran, dass sie eine Frau von außerordentlicher Attraktivität war.

Sie war Nordinderin, vermutete Banks, oder stammte vielleicht aus Bangladesch oder Pakistan, und hatte eine Haut in der Farbe polierten Goldes, hohe Wangenknochen, volle, schön geschwungene Lippen und eine Figur, die im *Playboy* nicht fehl am Platze gewesen wäre und durch eine hautenge eisblaue Jeans und ein jadegrünes T-Shirt, das an ihrer schmalen Hüfte in die Hose gesteckt war, zur Geltung gebracht wurde. Um den Hals trug sie eine Kette aus bunten Glasperlen. Außerdem hatte sie einen goldenen Knopf im linken Nasenflügel. Sie sah aus wie Mitte zwanzig.

Ihre Finger, bemerkte Banks, als sie ihre Hand hob, um die Tür zuzustoßen, waren lang und schmal, die Nägel unlackiert und kurz geschnitten. Ein spiralförmiger, goldener Armreif rutschte von ihrem zierlichen Handgelenk auf den Unterarm. Am anderen Handgelenk trug sie eine einfache Timex-Uhr mit einem schwarzen Plastikband. Sie trug nur einen Ring, einen Goldring am Mittelfinger ihrer rechten Hand. Ein leichter Haarflaum bedeckte ihre nackten braunen Arme.

Das Wohnzimmer war gemütlich eingerichtet. Eine kleine, dreiteilige Garnitur mit burgunderroten Velourspolstern formte einen Halbkreis um einen Couchtisch aus dickem Glas vor einem Kamin, in dem wohl einmal ein richtiges Feuer gebrannt hatte, der nun aber einen elektrischen Kamin mit drei Elementen und einem vorgetäuschten Flammeneffekt beherbergte. Auf dem Couchtisch lag das neue Buch von Mary Wesley mit dem Cover nach oben aufgeschlagen, daneben eine Ausgabe der *Radio Times* und ein mit milchigem Tee halb gefüllter Tonbecher.

Auf dem Kaminsims standen ein paar Familienfotos in vergoldeten Rahmen. An der Wand über dem Kamin hing ein Druck von Ganescha, dem Elefantengott, in einem grellbunten, primitiven Stil. In der Ecke neben dem Fenster stand ein Fernsehgerät und auf dem Regal darunter ein Videorecorder. Zudem war das Zimmer mit einer Ministereoanlage und mehreren Ständern mit CDs, einer Hausbar mit Glastüren, in der Kristallgläser aufbewahrt wurden, sowie einem kleinen Bücherregal eingerichtet, das vor allem mit modernen Romanen und Büchern über Musik gefüllt war.

Aber es war das andere Ende des Raumes, das Banks Interesse weckte, denn dort stand ein Notenständer mit ein paar Notenblättern, und auf dem Stuhl daneben lag ein Instrument, das er im ersten Moment für eine übergroße Geige hielt, dann aber schnell als Bratsche erkannte.

Die Frau setzte sich auf das Sofa und zog ihre Beine neben sich, während Banks und Susan in den Sesseln Platz nahmen.

»Sind Sie Musikerin?«, fragte Banks.

»Ja«, sagte sie.

»Hauptberuflich?«

»Na ja, ich spiele bei der Northern Philharmonia und mache nebenbei etwas Kammermusik. Warum?«

»Reine Neugierde.« Banks war beeindruckt. Die English Northern Philharmonia spielte unter anderem für die Opera North und wurde weit und breit für eines der besten Opernorchester des Landes gehalten. Er hatte erst kürzlich die vorzügliche Inszenierung der Opera North von *La Bohème* gesehen und musste dabei Pamela Jeffreys spielen gehört haben.

»Ms. Jeffreys«, begann er nach kurzem Schweigen. »Ich muss zugeben, dass uns Ihr Anruf ein bisschen verwirrt hat.«

»Was glauben Sie, wie dieser Blödsinn in der Zeitung *mich* verwirrt hat?« Sie hatte keinerlei indischen Akzent; sie sprach wie jeder in West Yorkshire, allerdings mit einem kultivierten Universitätseinschlag.

Banks zog ein neueres Foto Keith Rothwells in guter Qualität aus seiner Tasche und reichte es ihr. »Ist das der Mann, über den wir sprechen?«

»Ja, ich glaube, das ist Robert, obwohl er hier drauf ein bisschen steif aussieht.« Sie gab es ihm zurück. »Da liegt ein Irrtum vor, oder? Es muss jemand sein, der genauso aussieht wie er.«

»Wie sah Ihre Beziehung zu ihm aus?«

Sie spielte mit ihrer Kette. »Wir sind Freunde. Vielleicht

waren wir einmal mehr als das, aber jetzt sind wir einfach nur Freunde.«

»Hatten Sie eine Affäre?«

»Ja. Eine Zeit lang.«

»Wie lange?«

»Drei oder vier Monate.«

»Bis wann?«

»Bis vor einem halben Jahr.«

»Sie haben ihn also insgesamt ungefähr zehn Monate lang gekannt?«

»Ja.«

»Wie haben Sie sich kennen gelernt?«

»In einem Pub. Dem Boulevard am Westgate, um genau zu sein. Ich war mit ein paar Freunden dort. Robert war allein. Wir kamen ins Gespräch, wie das so ist.«

»Haben Sie ihn nach dem Ende Ihrer Affäre wieder gesehen?«

»Ja. Wie gesagt, wir sind Freunde geblieben. Wir sehen uns natürlich nicht mehr so häufig, aber hin und wieder gehen wir noch gemeinsam aus, ganz platonisch. Ich mag Robert. Es macht Spaß, mit ihm zusammen zu sein, selbst nachdem wir kein Liebespaar mehr sind. Aber sagen Sie mal, warum ...«

»Wann haben Sie ihn das letzte Mal gesehen, Ms. Jeffreys?«

»Pamela. Bitte nennen Sie mich Pamela. Mal überlegen ... es muss einen Monat oder länger her sein. Hören Sie, das ist doch ein Irrtum, oder?«

»Das wissen wir noch nicht, Pamela«, sagte Susan Gay. »Wir wissen es wirklich nicht. Sie helfen uns aber am besten dabei, es herauszufinden, wenn Sie die Fragen von Chief Inspector Banks beantworten.«

Pamela nickte.

»War irgendetwas ungewöhnlich an Mr. ... an Robert, als Sie ihn das letzte Mal sahen?«, fragte Banks.

»Nein.«

»Er hat nicht erwähnt oder Ihnen erzählt, dass ihm etwas Sorgen machte?«

»Nein. Robert schien sich nie um etwas zu sorgen. Außer dass er es hasste, Bob genannt zu werden.«

»Also war nichts anders an ihm?«

»Tja, das würde ich nicht gerade sagen.«

»So?«

»Es ist nur eine Vermutung.«

»Und zwar?«

»Ich glaube, er hat jemanden kennen gelernt. Eine andere Frau. Ich glaube, er war verliebt.«

Banks schluckte und konnte kaum glauben, was er da hörte. Das konnte doch nicht der phlegmatische, trockene, gutmütige Keith Rothwell sein. Rothwell war doch mit Sicherheit nicht der Mann, der eine Ehefrau und Kinder in Swainsdale hatte und zudem eine schöne Freundin wie Pamela Jeffreys in Leeds, die er einfach so wegen einer anderen Frau fallen ließ, oder?

»Verstehen Sie mich nicht falsch«, fuhr Pamela fort. »Ich bin nicht verbittert oder so. Wir hatten eine gute Zeit und es steckte nie mehr dahinter. Keiner von uns beiden wollte eine enge Beziehung. Und Robert ist keiner, der einen an der Nase herumführt. Deshalb können wir auch immer noch Freunde sein. Aber er hat klar gesagt, dass es zwischen uns vorbei ist – auf jeden Fall auf *diese* Art –, und ich hatte den Eindruck, der Grund dafür war, dass er eine andere Frau kennen gelernt hat.«

»Haben Sie diese Frau mal gesehen?«

»Nein.«

»Hat er von ihr gesprochen?«

»Nein. Ich wusste es einfach. Eine Frau spürt so etwas.«

»Haben Sie ihn nach ihr gefragt?«

»Ich habe das Thema ein- oder zweimal angeschnitten.«

»Und?«

»Er hat das Thema gewechselt.« Sie lächelte. »So ist er.«

»Wie oft haben Sie sich gesehen?«

»Als wir zusammen waren?«

»Genau.«

»Nur ein- oder zweimal in der Woche. Meistens gegen Ende der Woche, manchmal an den Wochenenden. Er ist häufig geschäftlich unterwegs. Aber normalerweise ist er für ein paar Tage die Woche zu Hause, und wenn auch nur für einen oder zwei.«

»Was macht er beruflich?«

»Keine Ahnung. Darüber hat er nie viel geredet. Ich kann auch nicht behaupten, dass es mich wirklich interessiert hat. Ich meine, es ist langweilig, über Geschäftliches zu sprechen, oder? Ich bin gerne mit Robert ausgegangen, weil wir Spaß hatten. Er konnte so nach Feierabend abschalten.«

»Hat er geraucht?«

»Das ist aber eine komische Frage. Ja, hat er. Aber nicht viel.«

»Welche Marke?«

»Benson and Hedges. Ich habe nichts gegen Raucher.«

Dadurch ermutigt, zog Banks eine Silk Cut aus seiner Schachtel. Pamela lächelte und brachte ihm einen Glasaschenbecher. »Was war er für ein Typ?«, fragte Banks. »Wie haben Sie die Zeit miteinander verbracht?«

Pamela schaute Banks verschmitzt an und zog ihre Augenbrauen hoch. Banks spürte, wie er rot wurde. »Ich meine, wo sind Sie für gewöhnlich hingegangen?«, sagte er schnell.

»Mmmmh ... also ungefähr einmal die Woche sind wir

essen gegangen. In die Brasserie 44, unten am Fluss, oder ins La Grillade, bis es umgezogen ist. Er hat gerne gut gegessen. Mal überlegen ... manchmal haben wir Konzerte in der Stadthalle besucht, natürlich nur, wenn ich nicht gespielt habe. Aber er macht sich nicht viel aus klassischer Musik, um ehrlich zu sein. Er steht eher auf diesen grässlichen, traditionellen Jazz. Und manchmal sind wir einfach zu Hause geblieben, haben uns eine Pizza oder ein Currygericht bestellt und ferngesehen, wenn was Gutes lief. Oder ein Video ausgeliehen. Er mochte alte Filme. *Casablanca*, *Der Malteser Falke*, so was in der Art. Und ich mag sie auch. Mal sehen ... hin und wieder sind wir ins Napoleon's gegangen.«

»Napoleon's?«

»Ja. Das Kasino. Zweimal hat er mich auch zu Pferderennen mitgenommen, einmal nach Pontefract und einmal nach Doncaster. Das war es eigentlich. Ach, ab und zu sind wir Tanzen gewesen. Robert ist ein recht guter Tänzer.«

Banks hustete und drückte seine Zigarette aus. »Tanzen? Kasino?«

»Ja. Robert fordert gerne sein Glück heraus. Manchmal hat es mich ein bisschen beunruhigt, wenn er hundert oder mehr an einem Abend ausgegeben hat.« Sie zuckte mit den Schultern. »Aber es stand mir nicht zu, etwas zu sagen, oder? Ich meine, wir waren ja nicht verheiratet oder so, wir haben nicht einmal zusammengelebt. Und er schien eine Menge Geld zu haben. Aber das war nicht das, was mich an ihm interessiert hat.« Sie zog wieder an ihrer Kette. »Können Sie mir nicht sagen, was los ist, Chief Inspector? Es handelt sich doch nicht um denselben Mann, der ermordet wurde, oder? Ich war so durcheinander, als ich heute Morgen in die Zeitung geschaut habe. Bitte sagen Sie mir, dass hier eine Verwechslung vorliegt.«

Banks schüttelte den Kopf. »Ich weiß es nicht. Vielleicht

führte er ein Doppelleben. Hat er nie davon gesprochen, dass er verheiratet war?«

»Nein, nie.«

»Hatte er eine Blinddarmnarbe?«

Dieses Mal wurde Pamela rot. »Ja«, sagte sie. »Ja, hatte er. Aber viele andere Menschen ebenso. Mein Blindarm wurde mir mit sechzehn rausgenommen.«

»Wenn Sie sich getroffen haben«, sagte Banks, »kam er dann immer hierher zu Ihnen? Oder haben Sie ihn auch in seinem Hotel besucht?«

Sie runzelte die Stirn. »Hotel? Welches Hotel?«

»Das, in dem er gewohnt hat, wenn er in der Stadt war. Haben Sie sich immer hier getroffen?«

»Natürlich nicht. Manchmal kam er hierher, klar. Ich muss mich vor nichts schämen, und es ist mir egal, was die Nachbarn sagen. Einige von ihnen sind Scheißrassisten. Meine Eltern kamen 1952 nach Shipley, um in der Wollfabrik zu arbeiten. *Neunzehnhundertzweiundfünfzig*. Sie haben sogar ihren Namen von Jaffrey in Jeffreys geändert, weil es englischer klingt. Können Sie sich das vorstellen? Ich bin hier geboren und aufgewachsen, ich bin hier zur Schule und zur Universität gegangen und trotzdem nennen mich manche Leute immer noch Paki.« Sie zuckte mit den Achseln. »Was soll man machen? Egal. Was sagten Sie gerade?«

»Ich habe gefragt, warum Sie ihn nie in seinem Hotel getroffen haben.«

»Ach so. Ich weiß gar nicht, wovon Sie sprechen. Verstehen Sie, es kann gar nicht dieselbe Person sein. Das ist der Beweis.« Sie beugte sich hastig nach vorn und klatschte in die Hände. Der Armreif drehte sich. »Robert hat in keinem Hotel gewohnt. Manchmal kam er hierher, ja, aber nicht immer. Dann bin ich zu ihm gegangen. In seine Wohnung. Er hat eine Wohnung in Headingley.«

III

Banks drehte den Schlüssel im Schloss und dann standen die drei auf der Türschwelle von Robert Calverts Wohnung in Headingley. Sie befand sich im schöneren Teil von Headingley, bemerkte Banks, näher am West Park, und nicht in dem verwahrlosten Teil um den Hyde Park herum, der mit Studentenbuden übersät war.

Es war nicht leicht gewesen, in die Wohnung zu gelangen. Pamela Jeffreys hatte keinen Schlüssel, also mussten sie einen der Mieter des Gebäudes fragen, wo die Wohnungsgesellschaft ihren Sitz hatte. Natürlich schloss das Büro an einem Samstagnachmittag um vier Uhr; sie mussten daher eine Mitarbeiterin zu Hause ausfindig machen und sie bitten zu kommen. Schlecht gelaunt öffnete die Frau das Büro und händigte ihnen einen Ersatzschlüssel aus.

Sie gab an, Robert Calvert nie gesehen zu haben; er sei aber ein mustergültiger Mieter, der pünktlich seine Miete bezahle, und das sei alles, worauf es ankäme. Wahrscheinlich habe ihm eine der Sekretärinnen den Schlüssel gegeben, er wohne bereits seit achtzehn Monaten in dem Haus und die Fluktuation unter den Sekretärinnen sei hoch. Aber wenn Banks am Montagmorgen wiederkommen wolle ... Trotzdem hatte die ganze Aktion, dachte Banks, als sie in der Tür standen, alles in allem nur anderthalb Stunden gedauert, seit sie zum ersten Mal von der Wohnung gehört hatten. Da konnte man eigentlich nicht klagen.

»Bitte nichts anfassen«, sagte Banks, als sie im Flur standen. »Welches ist das Wohnzimmer?«, fragte er dann Pamela.

»Das hier, links.«

Die Tür war angelehnt und Banks schob sie mit seinem Ellbogen auf. Die Unterseite der Tür schleifte über den beigefarbenen Teppichboden. Susan Gay und Pamela folgten ihm.

»Es gibt nur dieses Zimmer, ein Schlafzimmer, Küche und Bad«, sagte Pamela. »Nicht groß, aber gemütlich.«

Das Wohnzimmer war eindeutig kein Raum, von dem sich Banks vorstellen konnte, dass er Mary Rothwell gefallen würde. Eingerichtet mit den üblichen Gegenständen – Fernseher, Stereoanlage, ein paar Jazz-CDs, Bücher, Sessel, Gasofen –, roch das Zimmer nach abgestandenem Rauch und strahlte eine gemütliche, bewohnte Atmosphäre aus, die er auf der Arkbeck Farm nie gespürt hatte. Vielleicht lag es an den alten Zeitschriften – hauptsächlich Jazz- oder Pferderennmagazine –, die auf dem Couchtisch verstreut waren, an dem überfüllten Aschenbecher, an dem abgeschabten Polster des Sessels vor dem Kamin oder an den gerahmten Fotos eines jünger aussehenden Rothwells auf dem Kaminsims. An der Wand hing ein gerahmter Druck von Monets Gemälde *Die Waterloo Bridge an einem grauen Tag*.

Sie gingen weiter ins Schlafzimmer und fanden die gleiche Unordnung vor. Das Bett war nicht gemacht, auf dem Boden daneben lagen schmutzige Socken, Unterhosen und Hemden.

An der einen Wand stand zudem ein kleiner Schreibtisch, auf dem sich ein Glas mit Kugelschreibern und Bleistiften, eine Rolle Tesafilm, eine Heftmaschine sowie mehrere Blätter Papier befanden, von denen manche mit Nummern vollgekritzelt waren. »Suchen Sie nach solchen Sachen?«, wollte Pamela wissen.

Vorsichtig öffnete Banks die Schublade und entdeckte eine Brieftasche. Ohne etwas durcheinander zu bringen, konnte er durch den transparenten Plastikhalter hindurch Kreditkarten sehen, die auf den Namen Robert Calvert ausgestellt waren. Er schob die Schublade wieder zu.

In dem Kleiderschrank hingen ein paar Anzüge, Hemden, Krawatten, Freizeitjacken und Hosen. Banks fasste in die Taschen, fand aber nur Kleingeld, Kassenzettel, ein paar Filzstifte, Streichhölzer, Wettscheine und Fussel.

Da sich von Holzflächen normalerweise keine Fingerabdrücke nehmen ließen, konnte er die Schränke und Schubladen bedenkenlos öffnen. Die Schubladen der Kommode enthielten das gewöhnliche Durcheinander von Jeans, Pullovern, Socken und Unterwäsche. In der Schublade des Bettschrankes lag neben einem Reisepass und einer Auswahl an holländischem, französischem, griechischem und schweizerischem Kleingeld einsam und verlassen eine Packung Kondome. Der Pass war auf den Namen Robert Calvert ausgestellt. Er enthielt keine Einreise- oder Ausreisestempel, aber da seine Reisen ihn hauptsächlich nach Europa geführt hatten, wie die Münzen zu belegen schienen, war das auch kein Wunder. Auf dem anderen Bettschrank stand eine Leselampe, daneben lag eine Ausgabe von *The Economist*.

Die Küche konnte man tatsächlich nur winzig nennen, und dem spärlichen Kühlschrankinhalt nach zu urteilen, hatte Calvert vor allem außer Haus gegessen. Auf der Küchenzeile stand ein Weinregal. Banks überprüfte den Inhalt: ein weißer Burgunder, ein Champagner der Marke Veuve Clicquot, ein Rioja.

Calverts Badezimmer war sauber und aufgeräumt. Sein Spiegelschrank enthielt nur das Nötigste: Paracetamoltabletten, Aspirin, ein Magenmittel, Alka Seltzer, Fisherman's Friend, Pflaster, Wattestäbchen, Bleichmittel, Deodorant und Rasiercreme von Old Spice, eine Packung orangefarbener Einwegrasierer, Zahnbürste und eine halb leere Tube Colgate. Calvert hatte sie in der Mitte gedrückt, fiel Banks auf, und nicht von unten nach oben. Konnte dies derselbe

Mann sein, der seine benutzten Streichhölzer wieder in die Schachtel steckte?

»Kommen Sie«, sagte Banks. »Wir gehen besser in eine Telefonzelle. Ich möchte nicht riskieren, dass wir mögliche Abdrücke auf dem Telefon verschmieren.«

»Was geht hier vor?«, wollte Pamela wissen, als sie die Straße hinabgingen.

»Entschuldigen Sie«, sagte Susan. »Wir wissen es wirklich nicht. Glauben Sie bitte nicht, dass wir Sie einfach hinhalten. Wir sind genauso verwirrt wie Sie. Wenn wir in der Wohnung Fingerabdrücke von Robert finden können, dann können wir sie mit denen in unseren Akten vergleichen und ein für alle Mal klären, ob es sich um denselben Mann handelt.«

»Aber das kann einfach nicht sein«, sagte Pamela. »Da bin ich mir sicher.«

Ein Pub an der Hauptstraße warb mit einem Biergarten hinter dem Haus, und da sie alle durstig waren, schlug Banks vor, sie könnten den Anruf genauso gut von dort machen.

Er rief im Revier an, und Phil Richmond sagte, er würde sich darum kümmern, Vic Manson so schnell wie möglich in die Wohnung zu schicken.

Als das erledigt war, bestellte er die Getränke und erfuhr vom Barmann, dass Arsenal das Pokalfinale gewonnen hatte. Schön für sie, dachte Banks. Als er noch in London gewohnt hatte, war er ein Arsenal-Fan gewesen, obwohl er immer eine Schwäche für Petersborough United behalten hatte, die Mannschaft seiner Heimatstadt, die im Moment am Tabellenende der ersten Liga ihre Probleme hatte.

Im Biergarten war es ruhig. Sie saßen auf einer schweren Holzbank neben einer Rasenfläche für Bowling und schlürften ihre Getränke. Auf dem Rasen spielten zwei alte Männer in Weiß und gelegentlich unterbrach das Klacken der Bowlingkugeln die Stille. Da Banks und Susan seit dem Frühstück nichts mehr gegessen hatten, teilten sie sich Erdnüsse und Käse-Zwiebel-Chips. Die Sonne brannte warm auf Banks Nacken.

»Sie können nach Hause gehen, wann immer Sie wollen«, bot Banks Pamela an, als sie ihre hellbraune Wildlederjacke ablegte, die sie beim Weggehen angezogen hatte. »Wir müssen hier warten, aber wir können Ihnen ein Taxi bezahlen. Tut mir Leid, dass wir Ihnen den Tag verderben mussten.«

Pamela blinzelte in die Sonne, griff in ihre Tasche und holte eine große Sonnenbrille mit rosafarbener Fassung hervor. »Schon in Ordnung«, sagte sie und nahm einen Schluck von ihrem Gin Tonic. »Ich weiß, dass es nicht Robert war, von dem in der Zeitung geschrieben wurde. Wer war dieser Mann, dieser Keith Rothwell?«

»Ein Steuerberater, der ermordet worden ist«, berichtete Banks. »Wir können wirklich nicht viel mehr sagen. Haben Sie den Namen schon einmal gehört?«

Pamela schüttelte den Kopf. »In der Zeitung stand, er war verheiratet.«

»Stimmt.«

»Robert hat sich nicht wie ein verheirateter Mann verhalten.«

»Was meinen Sie damit?«

»Schuld. Heimlichtuerei. Flüchtige Besuche. Heimliche Telefonanrufe. Das Übliche. Das gab es bei Robert überhaupt nicht. Wir sind völlig offen miteinander umgegangen. Er war ungebunden. Er war ein Träumer. Außerdem *weiß* man so etwas einfach.« Sie nahm ihre Sonnenbrille ab und blinzelte Banks an. »Ich wette, Sie sind verheiratet, stimmt's?«

»Stimmt«, sagte Banks und sah, so hoffte er wenigstens, einen Anflug von Enttäuschung in ihren Augen.

»Habe ich Ihnen ja gesagt.« Sie setzte die Sonnenbrille wieder auf.

Banks bemerkte, wie Susan hinter ihrem Limonadenglas grinste. Er bedachte sie mit einem bösen Blick. Von der Rasenfläche tönte das Klacken der Bowlingkugeln und einer der alten Männer führte einen kleinen Jubeltanz auf.

»Sie sehen also«, fuhr Pamela fort. »Es kann nicht derselbe Mann sein. Wenn ich mir einer Sache sicher bin, dann, dass Robert Calvert nie und nimmer ein verheirateter Mann mit Familie war.«

Banks nahm sein Pint und hob das Glas zu einem Toast. »Ich hoffe, Sie haben Recht«, sagte er, betrachtete ihr tapferes Lächeln und musste an den Anblick in Rothwells Garage vor erst zwei Nächten denken. »Ich hoffe wirklich, Sie haben Recht.«

FÜNF

I

Ein leerer Bauernhof hat immer etwas Trauriges an sich, dachte Banks, als er erneut vor der Arkbeck Farm aus dem Wagen stieg. Eigentlich sollten Hühner über den ganzen Hof gackern, hin und wieder eine Kuh vorbeitrotten und vielleicht ein oder zwei Schäferhunde bellen.

Er musste an das Porzellanei denken, das er in seiner Kindheit bei den Besuchen seiner Familie auf dem Bauernhof seines Onkels Len in Gloucestershire in der Hand gehalten hatte. Das Ei hatte den Zweck, die Hühner zum Legen anzuspornen, und als seine Tante Chloe es ihm im Stall gereicht hatte, hatte es sich immer noch warm angefühlt. Banks erinnerte sich auch an den Geruch von Heu und Kuhdung sowie an die glänzenden Milchkannen, die an der Straße standen und darauf warteten, abgeholt zu werden.

Als er an der Tür klingelte, bezweifelte er, dass ein leerer Bauernhof bei den Rothwells die gleichen Gefühle auslöste. Der Hof schien zu Alisons verschlossenem Wesen zu passen, ihrem Vater hatte sicherlich die Abgeschiedenheit und der dadurch gebotene Schutz vor neugierigen Blicken und Fragen gefallen, und Mary Rothwell ... nun, Banks konnte sie sich kaum beim Ausmisten oder Schweinefüttern vorstellen. Und er konnte sich auch nicht vorstellen, dass sie einem Kind ein warmes Porzellanei in die Hand legte.

»Kommen Sie herein«, sagte Mary Rothwell, nachdem sie die Tür geöffnet hatte. Banks folgte ihr in das sich über beide Geschosse erstreckende Wohnzimmer. Heute trug sie eine weiße Bluse, die auf der »Männerseite« geknöpft war, und einen weiten grauen Rock, der bis zu den Knöcheln reichte. Alison lag lesend auf dem Sofa.

Auf dem Weg zur Arkbeck Farm hatte er darüber nachgedacht, was er ihnen nach seinem Gespräch mit Pamela Jeffreys in Leeds sagen sollte, aber er war zu keinem klaren Entschluss gekommen. Noch hatte sich Vic Manson wegen der Fingerabdrücke nicht bei ihm gemeldet, er wusste also noch nicht mit absoluter Sicherheit, ob Robert Calvert und Keith Rothwell ein und dieselbe Person waren. Am besten improvisieren, dachte er.

»Wie geht es Ihnen?«, erkundigte er sich bei Mary Rothwell.

»Es könnte schlimmer gehen«, erwiderte sie. Er bemerkte die Augenringe unter ihrem Make-up. »Trotz der Pillen habe ich nicht gut geschlafen, ich bin ein reines Nervenbündel. Aber wenn ich etwas zu tun habe, vergeht wenigstens die Zeit. Ich muss die Beerdigung arrangieren. Bitte, nehmen Sie Platz.«

Zum Teil war Banks gekommen, um ihnen anzukündigen, dass ein Transporter unterwegs war, um Keith Rothwells Computerdisketten und Geschäftsakten abzuholen und in die Zentrale des Betrugsdezernats nach Northallerton zu bringen, wo ein paar Bürohengste für Monate, vielleicht sogar für Jahre, darüber brüten und den Steuerzahler Millionen kosten würden. Natürlich drückte er sich ein wenig anders aus. Gerade als er seine Erklärungen beendet hatte, hörte er den Transporter draußen anhalten.

Er ging zur Eingangstür und führte die Männer in Rothwells Büro, kehrte dann ins Wohnzimmer zurück und schloss die Tür hinter sich zu. Es war dunkel in dem Zimmer, und trotz des herrlichen Wetters, das draußen herrschte, etwas kühl. »Damit sie uns nicht stören«, sagte er. »Vielleicht etwas Musik?«

Mary Rothwell nickte und schaltete das Radio ein. Die Stimme von Engelbert Humperdinck ertönte, er sang »Release Me«. Oft bedauerte Banks, dass die Menschheit nicht mit der Fähigkeit geboren worden war, die Ohren genauso wie die Augen verschließen zu können. Aber er sagte sich, dass die Musik nur den Zweck erfüllen sollte, die Geräusche zu übertönen, die das Auseinandernehmen und der Abtransport von Keith Rothwells Büro erzeugten.

»Haben Sie Tom gefunden?«, fragte Mary Rothwell und nahm Platz. Sie setzte sich auf die Kante des Sessels, bemerkte Banks, und verdrehte ihre Hände auf dem Schoß, ein Knäuel aus Gold und Edelsteinen. Sie schien so steif zu sein, dass er wünschte, jemand würde ihr eine Massage verabreichen. Er hatte den Eindruck, ihre Haut würde sich genauso spröde anfühlen wie mit Haarspray gefestigtes Haar.

Banks berichtete, dass sie die Autovermietung aufgespürt hatten, die Tom benutzt hatte, und dass es nun wohl nicht mehr lange dauern würde, bis jemand den Wagen sichtete.

»Er sollte zu Hause sein«, sagte sie. »Wir brauchen ihn. Die Beerdigung ... die ganzen Vorbereitungen ...«

»Wir tun unser Bestes, Mrs. Rothwell.«

»Selbstverständlich. Das sollte kein Vorwurf sein.«

»Schon in Ordnung. Sind Sie in der Lage, ein paar weitere Fragen zu beantworten?«

»Ich denke schon. Solange Sie nicht darüber sprechen wollen, was ich in der schrecklichen Nacht durchmachen musste. Das könnte ich nicht ertragen.« Ihr Blick bewegte sich in die Richtung der Garage, und Banks konnte sehen, wie Angst und Schrecken ihn erfüllten.

»Nein, darüber nicht.« Doch irgendwann werden Sie darüber sprechen müssen, hätte Banks fast gesagt, aber nicht jetzt, noch nicht. »Ich möchte über Ihren Mann sprechen. Wir müssen mehr darüber wissen, wie er seine Zeit verbracht hat.«

»Nun, das ist wirklich schwer zu sagen«, begann sie. »Wenn er hier war, saß er die meiste Zeit oben in seinem Büro. Ich konnte hören, wie er am Computer gearbeitet hat.«

»Haben Sie ihn jemals am Telefon gehört?«

»Er hatte seinen eigenen Anschluss da oben. Ich habe nicht gelauscht, wenn Sie das meinen.«

»Nein, das meinte ich nicht. Aber manchmal hört man ja unbeabsichtigt etwas mit.«

»Nein. Seine Tür war immer zu. Ich konnte seine Stimme hören, ich konnte die Tastatur hören, aber alles sehr gedämpft, selbst wenn ich am Büro vorbeigegangen bin.«

»Also wussten Sie nie, mit wem er gerade sprach oder was er sagte?«

»Genau.«

»Hatte er in den Tagen vor seinem Tod viele Anrufe erhalten?«

»Nicht so viele, dass es mir aufgefallen wäre. Es waren nicht mehr Anrufe als sonst. Von hier unten aus konnte ich es immer klingeln hören, verstehen Sie.« Sie stand auf. »Möchten Sie eine Tasse Tee? Ich kann …«

»Im Moment nicht, danke«, sagte Banks. Er wollte nicht, dass sie dem Transportteam über den Weg lief. Ein Grund dafür war, dass es sie vielleicht aufregen und ablenken würde, ein anderer, dass sie die Männer beschimpfen würde, weil sie Dreck ins Haus trugen.

Sie ging hinüber zum Kamin, rückte eine kleine Porzellanfigur zurecht, kam dann zurück und setzte sich wieder auf die Kante des Sessels. Alison las derweil weiter in ihrem Buch. Es war *Villette* von Charlotte Brontë, sah Banks. Ziemlich schwere Lektüre für eine Fünfzehnjährige, dachte er.

»Stimmt es, dass Ihr Mann hin und wieder einen kleinen Abstecher ins Black Sheep oder ins Rose and Crown gemacht hat?«, fragte Banks.

»Ja. Er war kein Trinker, aber er ging gerne für eine Stunde aus dem Haus. Ganz normal, wenn man zu Hause arbeitet, oder? Irgendwann fällt einem die Decke auf den Kopf. Meistens ist er hin und zurück zu Fuß gegangen. So hatte er ein bisschen Bewegung. Da Geschäftsleute sehr viel sitzen, haben sie häufig zu wenig Bewegung, aber Keith lag daran, sich in Form zu halten. In Eastvale ist er auch regelmäßig geschwommen, manchmal hat er sogar Langlauf gemacht.« Sie begann, imaginäre Fussel von ihrer Bluse zu zupfen. Banks hörte ein dumpfes Geräusch von der Treppe, und diesmal konnte er sie nicht davon abhalten, zur Tür zu stürzen und sie aufzureißen.

»Passen Sie doch auf, Sie ungeschickter Mensch!«, schimpfte sie. »Schauen Sie sich das mal an! Sie haben ein Loch in meine Wand gestoßen. Der Putz ist abgebröckelt. Das werden Sie bezahlen, das sage ich Ihnen. Ich werde mit Ihrem Vorgesetzten sprechen.« Sie wandte sich wieder zu Banks um und sagte: »Ich mache jetzt Tee, ja?«, dann verschwand sie in der Küche.

Banks, der immer noch saß, bemerkte, dass Alison aufschaute und die Augen verdrehte. »So ist sie seit gestern«, sagte sie. »Sie kann nicht ruhig dasitzen. Das ist noch schlimmer als sonst.«

»Sie ist durcheinander«, sagte Banks. »Das ist ihre Art, damit zurechtzukommen.«

»Oder nicht damit zurechtzukommen. Ich habe ihn

schließlich auch gesehen. Glauben Sie, ich kann das so einfach vergessen?«

»Sie müssen miteinander reden«, sagte Banks. Er bemerkte, dass das Buch in ihren Händen zitterte und sie versuchte, es still zu halten.

»Wenn Tom nicht bald nach Hause kommt, werde ich abhauen«, sagte sie. »Ich halte es nicht mehr länger aus. Sie meckert die ganze Zeit rum und läuft völlig kopflos durch ...« Sie legte eine Hand vor den Mund. »Mein Gott, wie kann ich nur so etwas sagen, ich bin schrecklich, nicht wahr? Ich hoffe wirklich, dass Tom bald zurückkommt. Er muss kommen oder ich werde verrückt. Wir werden beide verrückt.«

Ein bisschen dramatisch, dachte Banks, aber was sollte man anderes von einem Mädchen erwarten, das sich in die Welt von Charlotte Brontë flüchtete?

Mary Rothwell kam mit einem Teetablett und einem tapferen Lächeln zurück. Alison widmete sich wieder ihrem Buch und verfiel in ein launiges Schweigen, während ihre Mutter den Tee in zarte Porzellantassen mit einem handgemalten Rosenmuster und Goldrand schenkte. Banks fühlte sich immer ungeschickt und nervös, wenn er aus solch zerbrechlichem Porzellan zu trinken hatte, er hatte Angst, die Tasse fallen zu lassen oder den schmalen Henkel abzubrechen, während er sie zum Mund hob.

»Warum nehmen die Männer alle Akten von Keith mit?«, wollte Mary wissen.

»Wir glauben allmählich, dass Ihr Mann in einige zwielichtige Finanzgeschäfte involviert war«, erklärte Banks. »Und die könnten etwas mit seiner Ermordung zu tun haben.«

»Zwielichtig?« Sie sagte es, wie Lady Bracknell sagte »Eine Handtasche?«

»Er muss nicht unbedingt gewusst haben, in was er involviert war«, log Banks weiter. »Es ist nur ein Ermittlungsstrang, dem wir folgen müssen.«

»Ich kann Ihnen versichern, dass mein Mann durch und durch ehrlich war.«

»Mrs. Rothwell, können Sie mir denn überhaupt etwas darüber erzählen, was Ihr Mann auf seinen Geschäftsreisen getan hat?«

»Woher soll ich das wissen? Ich war schließlich nicht dabei, oder?«

»In welchen Hotels ist er abgestiegen? Sie müssen ihn doch angerufen haben.«

»Nein. Gelegentlich hat er mich angerufen. Er hat mir gesagt, das wäre besser für seine Spesenabrechnung bei der Steuer.« Sie zuckte mit den Achseln. »Er war ja der Geschäftsmann. Ich habe Ihnen bereits gesagt, dass er durchs ganze Land gereist ist.«

»Und Sie haben ihn nie begleitet?«

»Nein, selbstverständlich nicht. Ich habe eine Aversion gegen lange Autofahrten. Außerdem waren es Geschäftsreisen. Man nimmt seine Gattin nicht auf Geschäftsreisen mit.«

»Also haben Sie keine Ahnung davon, was er in Leeds oder sonst wo getrieben hat?«

Sie setzte ihre Tasse ab. »Wollen Sie ihm irgendetwas unterstellen, Chief Inspector? Keith hat überhaupt nichts ›getrieben‹.«

Banks schmachtete nach einer Zigarette. Er trank den dünnen Tee aus und stellte seine Tasse und Untertasse vorsichtig auf den Couchtisch. »Wissen Sie, ob Ihr Mann ein Spieler war?«, fragte er.

»Ein Spieler?« Sie lachte. »Großer Gott, nein. Keith hat nicht einmal Lotto gespielt, und das machen ja nun wirklich die meisten Menschen, oder? Nein, mein Mann hatte sein Geld zu hart verdient, um es einfach so zu vergeuden.

Sie müssen wissen, dass Keith in einer armen Familie groß geworden ist, und da lernt man ziemlich bald, den Wert des Geldes zu schätzen.«

»Was war das für eine Familie?«

»Sein Vater war ein kleiner Ladenbesitzer, und als die Supermärkte sich immer weiter verbreiteten, hatten sie schrecklich darunter zu leiden. Schließlich musste er sich für bankrott erklären. Keith hat nicht gerne darüber gesprochen.«

Banks erinnerte sich an die Zigaretten, die er in Rothwells Taschen gefunden hatte. »Wussten Sie, dass Ihr Mann geraucht hat?«, fragte er.

»Eine kleine Schwäche«, sagte Mary Rothwell und rümpfte ihre Nase. »Eine übel riechende und unangenehme Angewohnheit und zudem eine möglicherweise folgenschwere. Ich hätte ihn bestimmt nie im Haus rauchen lassen, außerdem habe ich immer versucht, ihn davon zu überzeugen, es aufzugeben.«

Das kann ich mir bestens vorstellen, dachte Banks. »Haben Sie jemals von einer Frau namens Pamela Jeffreys gehört?«, fragte er.

Mary Rothwell runzelte die Stirn. Zum ersten Mal lehnte sie sich in ihrem Sessel zurück und griff mit beiden Händen an die Lehnen. »Nein. Warum?« Banks sah Argwohn und Besorgnis in ihren Augen.

Draußen wurde die Tür des Transporters geschlossen und der Motor gestartet. Banks bemerkte, wie Mrs. Rothwell zum Fenster blickte. »Sie sind fertig«, erklärte er. »Was ist mit Robert Calvert? Sagt Ihnen der Name etwas?«

Sie schüttelte den Kopf. »Nein, nichts. Hören Sie, was soll das? Sind das die Leute, die Sie für Keith' Mörder halten? Sind das diejenigen, die ihn in diese kriminellen Machenschaften hineingezogen haben, von denen Sie gesprochen haben?«

Banks seufzte. »Ich weiß es nicht«, sagte er. »Vielleicht, aber ich weiß es nicht.«

»Warum gehen Sie dann nicht los und verhaften diese Leute, anstatt uns zu behelligen?«

Banks gab die Hoffnung auf, noch etwas von Mary Rothwell oder von Alison zu erfahren. Er stand auf. »Es tut mir Leid, dass wir Sie belästigen mussten«, sagte er. »Sobald wir Ihren Sohn aufgespürt haben, werden wir uns melden. Und bitte, geben Sie uns Bescheid, falls Sie zuerst von ihm hören. Machen Sie sich keine Umstände, ich finde allein hinaus.« Und dann verließ er das Haus.

Vielleicht hatte sie nie von Pamela Jeffreys gehört, dachte er, als er in den Wagen stieg, aber er war sich sicher, dass sie ihren Mann verdächtigte, andere Frauen getroffen zu haben. Er konnte es an ihren Augen sehen und daran, wie sich ihre Fingerknöchel weiß verfärbt hatten.

Er schob eine Kassette von Thelonious Monk in den Kassettenrecorder und fuhr los zu seiner nächsten Verabredung. Während das nervöse, sich wiederholende Anfangsmotiv von *Raise Four* seine Ohren fast an die Grenzen ihrer Aufnahmefähigkeit trieb, fragte er sich, wie lange Mary Rothwell dazu in der Lage sein würde, ihre dünn beschichtete Oberfläche zu bewahren, bevor sich die ersten Risse zeigten.

II

»Na, wenn das nicht schon wieder Mr. Banks ist«, sagte Larry Grafton, als Banks mit einer *Sunday Times* unter dem Arm zur Mittagszeit das Black Sheep betrat. »Zweimal in einer Woche. Welch große Ehre. Was können wir denn heute für Sie tun?«

»Sie könnten mit einem Pint Ihres besten Bitters beginnen und dann mit einem Teller von Elsies köstlichem Roastbeef und Yorkshire Pudding weitermachen. Und Sie könnten sich Ihren verfluchten Sarkasmus verkneifen.«

Grafton lachte und zapfte das Bier. Elsies Sonntagsgerichte waren ein weiteres wohlgehütetes Geheimnis, und nur wenige Privilegierte kamen in den Genuss, sie zu kosten. Banks machte sich nicht vor, ein akzeptiertes Mitglied dieser Elite zu sein; er wusste genau, dass sich die Gastwirte gern gut mit den Vertretern des Gesetzes stellten.

»Und wenn möglich«, sagte er, als Larry ihm sein Pint reichte, »würde ich mich gerne kurz mit Ihrer Tochter Cathy unterhalten.«

»Über die Rothwells, stimmt's?«

»Stimmt.«

»Gut. Im Moment isst sie gerade zu Mittag. Ich schicke sie zu Ihnen, wenn sie fertig ist.«

»Danke.«

Banks nahm sein Glas und setzte sich vor den gekachelten Kamin. Bevor er sich hinsetzte, warf er einen Blick auf die Sammlung Schmetterlinge, die auf ein Brett geheftet in einer Glasvitrine an der Wand hing. Der Pub war nicht so gut besucht wie die meisten anderen am Sonntag zur Mittagszeit. Draußen vor der Tür hing natürlich auch keine Tafel, die »Traditionelles Sonntagsmittagessen« anpries.

Banks Essen kam und Roastbeef und Yorkhire Pudding waren so gut wie immer. Nicht zum ersten Mal fiel Banks auf, dass Elsies Roastbeef das einzige in Yorkshire war, abgesehen von Sandras, das in der Mitte rosa war. Während er aß, lehnte er die Zeitung gegen eine Ketchupflasche und begann, einen Hintergrundbericht über die wachsenden politischen Unruhen auf einer abgelegenen Karibikinsel zu lesen, wobei eine irrationale Wut in ihm aufstieg. Himmel, wie er diese mickerigen Diktatoren verabscheute, diese Typen, die das ganze Land ausbeuteten, während ihre Untertanen hungerten, und jeden folterten und ermordeten, der es wagte, sich zu beschweren.

Gerade als er die Literaturbeilage zur Hand nahm, bemerkte er ein Touristenpaar, das hereinkam und sich umschaute. Sie gingen an die Theke, und der Mann fragte Larry Grafton, was es zu essen gäbe.

»Nichts«, antwortete Grafton. »Bei uns gibt es kein Essen.«

Der Mann schaute zu Banks. »Aber er hat doch etwas bekommen.«

»Das war der letzte Teller.«

Der Mann schaute auf seine Uhr. »Aber es ist erst halb eins.«

Grafton zuckte mit den Achseln.

»Außerdem haben Sie doch gerade gesagt, bei Ihnen gibt es kein Essen. Sie widersprechen sich. Du hast gehört, was er gesagt hat, Liebling, oder?«

Seine Frau sagte nichts, sie stand einfach nur da und schaute verlegen drein. Er hatte diesen Akzent der Oberschicht, der unverzügliche Unterwürfigkeit erwartete, wusste aber anscheinend nicht, dass es kaum ein besseres Mittel als diesen Ton gab, damit ein Mann aus Yorkshire seine Schotten dichtmachte.

»Und«, sagte Grafton, »wollen Sie was trinken oder nicht?«

»Wir wollen essen«, sagte er Mann.

Seine Frau zog an seinem Ärmel. »Komm schon, Liebling«, flüsterte sie, gerade noch in Banks Hörweite. »Mach kein Aufhebens. Lass uns gehen. Es gibt eine Menge anderer Pubs.«

»Aber ich ...« Trotzig starrte der Mann Grafton an, der

ohne die Miene zu verziehen zurückstarrte, dann folgte er dem Rat seiner Frau.

»Also wirklich«, hörte Banks ihn auf dem Weg nach draußen sagen, »man bekommt den Eindruck, diese Leute wollen keinen Finger krumm machen. Dabei arbeiten sie doch in der Dienstleistungsbranche.«

Larry Grafton zwinkerte Banks zu und schlenderte los, um einen der Einheimischen zu bedienen. Vielleicht hatte der Tourist Recht, überlegte Banks. Was zum Teufel war bloß los mit Larry Grafton? Man blickt bei den Menschen einfach nicht durch, dachte er und widmete sich wieder seinem Roastbeef. Ein paar Minuten später, er hatte gerade aufgegessen, kam Cathy Grafton von hinten und gesellte sich zu ihm. Er faltete seine Zeitung zusammen, schob den leeren Teller zur Seite und zündete sich eine Zigarette an.

Cathy war ein stämmiges Mädchen von ungefähr sechzehn Jahren mit einem Pony und einer fleckigen Haut, als hätte sie zu lange und zu nah am Feuer gesessen. Außerdem hatte sie die längsten und schönsten Wimpern, die Banks je gesehen hatte.

»Mein Vater hat gesagt, Sie wollen mit mir sprechen«, sagte sie und zwängte sich in einen Stuhl. Sie sprach in breitem Dialekt, sodass Banks, obwohl er bereits seit vier Jahren in Swainsdale lebte, genau hinhören musste, um sie zu verstehen.

»Sie haben Mary Rothwell bei der Hausarbeit auf der Arkbeck Farm geholfen, richtig?«

»Ja. Ich putze bei einigen Leuten hier in der Gegend. Ich weiß, ich sollte mich mehr um die Schule kümmern, aber Mama sagt, wir brauchen das Geld.«

Banks lächelte. So wie Grafton seine Kundschaft vergraulte, war das kein Wunder. »Wie war das so, auf der Arkbeck Farm zu arbeiten?«, fragte er.

Cathy zog die Stirn in Falten. »Was meinen Sie?«

»Haben Sie gerne dort gearbeitet?«

»Es war okay.«

»Was ist mit Mary Rothwell? Kamen Sie gut mit ihr aus?«

Cathy schaute ihm nicht in die Augen. Sie rutschte auf ihrem Stuhl umher und schaute auf den zerkratzten Tisch.

»Cathy?«

»Ich habe Sie verstanden. Aber ich darf nicht schlecht reden.«

»Über die Toten? Mary Rothwell ist nicht tot.«

»Nein. Über meine Arbeitgeber.«

»Soll ich das so verstehen, dass Sie nicht gut mit ihr auskamen?«

»Das können Sie verstehen, wie Sie wollen, Mr. Banks.«

»Cathy, das könnte sehr wichtig sein. Sie wissen, dass Mr. Rothwell getötet wurde.«

»Ja, ich weiß. Aber das hat nichts mit ihr zu tun, oder?«

»Wir müssen dennoch so viel wie möglich über die Familie wissen.«

Cathy betrachtete noch eine Weile den Tisch. Weitere Einheimische kamen in den Pub. Ein oder zwei schauten in Banks Richtung, stupsten ihre Freunde an und hoben die Augenbrauen. »Sie hat mich nur herumkommandiert, das ist alles«, sagte Cathy schließlich.

»Mary Rothwell?«

»Ja. Sie schaut einem beim Arbeiten die ganze Zeit über die Schulter, mit verschränkten Armen, und sagt einem, dass man hier was vergessen hat oder da nicht gründlich genug poliert hat. Ich habe es gehasst, für sie zu putzen. Glauben Sie, dass ich es weiterhin machen muss?«

»Das weiß ich nicht«, sagte Banks. »Und was ist mit Alison?«

»Was soll mit ihr sein?«

»Sie sind beide ungefähr im gleichen Alter. Sie werden doch Gemeinsamkeiten gehabt haben, Dinge, über die Sie geredet haben. Über Popstars und so etwas.«

Cathy stieß ein lautes Schnauben aus. »Die kleine Miss La-di-da«, sagte sie verächtlich und schüttelte den Kopf. »Nein, ich kann nicht sagen, dass wir Gemeinsamkeiten hatten. Sie hat ihre Nase immer in irgendein Buch gesteckt.«

»Haben Sie sich nie mit ihr unterhalten?«

»Nein. Jedes Mal, wenn sie mich gesehen hat, hat sie die Nase gerümpft, diese hochnäsige kleine Madame.«

»Wie kamen die Familienmitglieder miteinander aus?«

»Ich war nicht oft genug dort, um das sagen zu können. Auf jeden Fall war ich nie da, wenn alle zusammen waren.«

»Aber durch Ihre Beobachtungen müssen Sie doch eine Ahnung haben, oder?«

»Sie redeten nicht viel. Es war ein ruhiges Haus. Er war in seinem Büro, wenn er zu Hause war, und ich durfte nie hoch.«

»Wer hat dann dort sauber gemacht?«

»Keine Ahnung. Vielleicht er selbst. Ich weiß, dass er es nicht mochte, wenn Leute in sein Büro gingen. Hören Sie, Mr. Banks, ich muss zurück und meiner Mutter helfen. Gibt es noch etwas?«

»Haben Sie in letzter Zeit irgendwelche Veränderungen in der Familie bemerkt? Haben sie sich irgendwie anders verhalten?«

»Kann ich nicht sagen.«

»Was ist mit Tom, dem Sohn? Kennen Sie ihn?«

»Er war noch der Beste von dem Haufen«, sagte Cathy ohne Zögern. »Er war immer freundlich und hat nett gegrüßt.« Sie errötete.

»Er ist seit einer Weile weg. Haben Sie irgendwelche Veränderungen bemerkt, bevor er weggegangen ist?«

»Sie haben immer gestritten.«

»Wer?«

»Er und sein Vater.«

»Worüber?«

»Woher soll ich das wissen? Ich habe nicht gelauscht. Manchmal konnte man aber nicht anders, als etwas zu hören.«

»Was zu hören?«

»Ihre Stimmen, wenn sie sich angeschrien haben.«

»Haben Sie jemals gehört, worüber sie gestritten haben?«

»Einmal war die Tür ein bisschen offen, und da habe ich gehört, wie sein Vater einen Namen erwähnt hat; und dann hat er etwas gesagt wie: ›Ich bin enttäuscht von dir‹. ›Schande‹ hat er auch gesagt.«

»Was war eine Schande?«

»Keine Ahnung. Ich habe nur das Wort ›Schande‹ gehört, mehr nicht. Ich habe gemerkt, dass Mr. Rothwell sehr wütend war, aber er klang kalt, wissen Sie.«

»Hat er gesagt, warum er enttäuscht war?«

Sie schüttelte den Kopf.

»Welchen Namen hat er erwähnt?«

»Es klang wie Aston oder Afton oder so etwas.«

»Haben Sie gehört, wie Tom reagiert hat?«

»Er hat gesagt: ›du bist enttäuscht von *mir*? Das musst *du* gerade sagen.‹«

»Haben Sie sonst noch etwas gehört?«

»Nein.« Die Stuhlbeine kratzten über die Steinplatten, als sie aufstand. »Jetzt muss ich wirklich gehen, sonst bringt mich meine Mutter um.« Und dann eilte sie mit erstaunlicher Behändigkeit zurück hinter die Theke.

III

»Vic Manson hat die Fingerabdrücke in Calverts Wohnung mit denen der Leiche verglichen und sie sind identisch«, berichtete Gristhorpe am Nachmittag auf dem Revier. »In der Wohnung gab es auch noch andere, größtenteils verwischte Abdrücke, sie sind aber nicht aktenkundig.«

Es war heiß. Banks stand vor dem offenen Fenster seines Büros. Gristhorpe saß mit hochgelegten Beinen am Schreibtisch.

»Also war Rothwell Calvert und Calvert Rothwell«, sagte Banks.

»Sieht ganz danach aus, ja.«

Banks lehnte sich gegen den Fensterrahmen und schüttelte den Kopf. »Ich kann es immer noch nicht glauben. Gut, wir wissen also, dass Rothwell von Natur aus verschlossen war, außerdem habgierig. Auf jeden Fall hat er dringend Geld gebraucht und ist deshalb einmal unehrlich geworden. Dieser Calvert aber schien so eine Art Playboy zu sein. Du hättest Pamela Jeffreys hören sollen. Kasino, Pferderennen, Tanzen ...verdammt noch mal. Und du hättest sie sehen sollen! Mit so einer Frau hat er Schluss gemacht.«

»Das hast du mir mindestens schon zwei- oder dreimal erzählt«, sagte Gristhorpe mit einem Lächeln. »Sie scheint dir regelrecht den Kopf verdreht zu haben.«

»Tja, auf jeden Fall hat sie ihm den Kopf verdreht«, erwiderte Banks und setzte sich Gristhorpe gegenüber. Er seufzte. »Ich schätze, wir müssen einfach die Tatsache akzeptieren, dass Rothwell ein Doppelleben geführt hat. Wie Alec Guinness in diesem Film über den Schiffskapitän.«

»*Der Schlüssel zum Paradies?*«

»Genau. Die Frage, die wir uns nun stellen müssen, lautet, ob und was diese Tatsache mit seiner Ermordung zu tun hat.«

»Hat seine Freundin dir so den Kopf verdreht, dass du noch nicht in Erwägung gezogen hast, sie könnte eine Rolle dabei gespielt haben?«

»Doch, der Gedanke ist mir auch schon gekommen. Ich weiß nur nicht, wie. Anscheinend hat Roth ... Calvert vor fünf oder sechs Monaten eine *andere* Frau kennen gelernt. Pamela Jeffreys hatte den Eindruck, dass er verliebt war. Diese Frau müssen wir finden, aber noch hat sie sich nicht gerührt.«

»Eifersucht kann immer ein Mordmotiv sein.«

»Glaube ich nicht. Möglich ist es natürlich. Vielleicht hat Mary Rothwell von seinem Doppelleben erfahren und einen Mörder engagiert.«

»Ich dachte eher an diese Pamela Jeffreys.«

»Die könnte sich das nicht leisten. Sie ist Klassikmusikerin. Außerdem kam sie mir nicht wie der eifersüchtige Typ vor. Sie hat gesagt, es hätte ihr einfach Spaß gemacht, mit Calvert zusammen zu sein. Das war nie eine feste Beziehung.«

»Sie könnte lügen.«

»Könnte sie.«

»Und vergiss nicht die mögliche Verbindung zum Pornogeschäft. Vielleicht hat sich Rothwell mit schönen Frauen umgeben, unter einer anderen Identität, wer weiß?«

Banks konnte das nicht glauben, aber er hatte keine Lust, Gristhorpe zu widersprechen. »Auf jeden Fall muss ich noch einmal mit ihr reden«, sagte er.

»Du Armer.«

»Was hatte das Betrugsdezernat zu berichten?«

Gristhorpe kratzte seine Hakennase. »Das ist ein komischer Haufen«, sagte er. »Ich war fast den ganzen Vormittag bei Inspector Macmillan. Er war mal im Bankfach. Ein langweiliger, kleiner Kerl, aber du hättest sehen sollen, wie seine Augen gefunkelt haben, als er von den verschlüsselten Dateien gehört hat. Auf jeden Fall haben sie einen kurzen Blick auf das Zeug von der Arkbeck Farm geworfen und Macmillan und ich haben uns vor einer Stunde noch einmal unterhalten. Natürlich haben sie nicht viel, worauf sie sich stützen können, und warten genauso gespannt wie Phil auf dieses Bypassprogramm, aber Macmillan ist schon jetzt nach der Sichtung der Akten ganz aufgeregt.«

»Wie sieht es übrigens mit dem Programm aus?«

»Ist auf dem Weg, sagt Phil. Anscheinend hatte die Firma keines mehr auf Lager, aber irgendwo haben sie noch eines aufgetrieben.«

»Entschuldige, ich wollte dich nicht unterbrechen. Was hat Macmillan gesagt?«

»Also, er hat gesagt, bevor wir diese verschlüsselten Verzeichnisse nicht geöffnet haben, wird man nichts mit Sicherheit sagen können. Er glaubt, dort steckt das wirklich interessante Material drin. Aber selbst einige der geschriebenen Dokumente in den Aktenschränken führen ihn zu dem Verdacht, dass Rothwell in großem Umfang mit Geldwäsche und Beihilfe zur Steuerhinterziehung zu tun hatte. Anscheinend hat er eine ganze Menge kryptischer Korrespondenz mit ausländischen Banken gefunden, unter anderem mit Banken in Liechtenstein, den niederländischen Antillen, Jersey, der Schweiz und den Cayman-Inseln.«

»Steuerparadiese«, sagte Banks. »Stimmt doch, oder?«

Gristhorpe hob seinen Zeigefinger. »Das war auch mein erster Gedanke. Aber diese Länder sind nur Steuerparadiese, weil die Banken völlige Verschwiegenheit gewähren und eine sehr flexible Haltung dahingehend haben, wen sie als Klienten aufnehmen.«

»Mit anderen Worten«, sagte Banks, »wenn man bei diesen Banken eine Menge Geld deponieren will, dann nehmen sie es, ohne Fragen zu stellen?«

»So ist es. Natürlich im Rahmen des Gesetzes. Sie behaupten, zu überprüfen, ob das Geld aus legalen Quellen stammt. Aber wenn es darauf ankommt, dann ist die Geschäftsgrundlage einer jeden Bank die Habgier, oder?«

»Dem kann ich nicht widersprechen. Keith Rothwell hat also eine Menge Geld in ausländischen Banken gelagert?«

»Macmillan glaubt, dass er für Dritte gehandelt hat. So viel Geld konnte er kaum selbst gemacht haben. Eine komplizierte Angelegenheit. Wie gesagt, entweder hat er Beihilfe zur Steuerhinterziehung in großem Umfang geleistet oder er war Teil eines Geldwäschesystems. Es gibt noch immer mehr Fragen als Antworten.«

»Hat Macmillan dir erklärt, wie diese Geldwäsche funktioniert?«, fragte Banks.

»Ja, ein bisschen. Die Grundidee ist ihm zufolge ganz einfach. Nur in der Ausführung wird es kompliziert. Es geht darum, dass jemand illegal zu einer Menge Geld gekommen ist und will, dass das Geld einen legalen Anstrich erhält, damit er leben kann, ohne Verdächtigungen auf sich zu ziehen.«

»Und weiter?«, drängte Banks.

Gristhorpe fuhr sich mit einer Hand durch sein Haar. »Tja, das ist es eigentlich schon. Ich sagte ja, die Grundidee ist simpel. Macmillan meinte, es würde eine Ewigkeit dauern, die ganzen Einzelheiten der Ausführung zu erklären. Geld ist legal, sagt er, wenn man es entweder verdient, leiht oder als Geschenk erhält. Wenn man schmutziges Geld wäscht, muss es so aussehen, als würde es aus einer dieser Quellen kommen.«

»Ich nehme mal an, wir reden hier über Drogengeld«, sagte Banks. »Oder die Gewinne eines organisierten Verbrechens wie Pornografie, Prostitution, Kreditgeschäfte, oder?«

Gristhorpe nickte. »Du weißt genauso gut wie ich, Alan, dass die großen Fische im Drogengeschäft jeden Tag enorme Summen Bargeld einstecken. Aber man kann nicht so einfach in einen Ausstellungsraum spazieren und einen Rolls-Royce in bar bezahlen, ohne Aufmerksamkeit zu erregen. Und das Letzte, was man will, ist die Aufmerksamkeit der Polizei oder des Finanzamtes auf sich zu ziehen.«

Banks ging wieder hinüber zum Fenster und zündete sich eine Zigarette an. Die meisten Wagen auf dem gepflasterten Platz waren mittlerweile verschwunden, die Stille eines frühen Sonntagabends hatte sich über die Stadt gelegt. Eine junge Frau in Jeans und einem roten T-Shirt posierte vor dem historischen Marktkreuz für ihren fotografierenden Begleiter; dann stiegen sie in einen blauen Nissan Micra und fuhren davon.

»Was springt für den Geldwäscher dabei raus?«, wollte Banks wissen.

»Laut Macmillan bekommt er ungefähr vier Prozent für die sicheren Summen und bis zu zehn Prozent für richtig schmutziges Geld.«

»Von welchen Summen sprechen wir?«

»Kommt drauf an«, sagte Gristhorpe. »Auf den ersten Blick geht Macmillan von vier bis sechs Millionen Pfund aus. Das ist eine vorsichtige Schätzung, sagt er.«

»Über welchen Zeitraum?«

»Vier bis sechs Millionen im Jahr, Alan!«

»Himmelherrgott!«

»So viel Geld rechtfertigt einen Mord, oder? Wenn Rothwell tatsächlich mit dieser Geldwäsche zu tun hatte, dann hat er zusätzlich zu seinen legalen Einnahmen als Finanzberater, sagen wir, fünf Prozent von fünf Millionen im Jahr erhalten, um es einfach zu machen. Wie viel sind das?«

»Eine Viertelmillion Pfund.«

»Stimmt, Kopfrechnen war nie meine Stärke. Kein Wunder also, dass sich der Kerl einen BMW und eine neue Küche leisten konnte.« Er rieb seine Hände. »Das war's. Macmillan kündigte an, dass sie gleich morgen früh ein Finanzprofil erstellen werden: Bankkonten, Kreditkarten, Wohnungsbaugesellschaften, Finanzamt, Kredite, Investitionen und so weiter. Bei der Sachlage würden sie ohne Probleme einen Durchsuchungsbefehl vom Richter kriegen, meint er. Er wird sich außerdem mit Scotland Yard in Verbindung setzen. Das ist ein dickes Ding, Alan.«

»Was ist mit Calvert?«, fragte Banks.

»Tja, um den müssen sie sich jetzt auch kümmern, oder?«

Plötzlich klopfte es heftig an der Tür und sofort darauf stürmte Phil Richmond mit einem kleinen Päckchen herein. »Ich habe es«, sagte er mit einem aufgeregten Funkeln in den Augen. »Das Bypassprogramm. Geben Sie mir ein paar Minuten, um die Installationsanleitung zu lesen, dann können wir loslegen.«

Sie folgten ihm in den Computerraum, einst eine Kammer für Putzmaterial, und standen gespannt in dem engen Raum herum, während Richmond die Diskette lud und die Anleitung las. Rothwells gesamte Computerausrüstung und alle seine Akten waren beim Betrugsdezernat, die wichtigen Dateien hatte Richmond jedoch auf Disketten kopiert.

Susan steckte ihren Kopf durch die Tür und blieb, da innen kein Platz mehr war, auf dem Flur stehen. Banks beobachtete, wie Richmond einer Reihe von Befehlen folgte. Menüfelder erschienen und verschwanden, Laufwerklichter blitzen an und aus, die Maschine brummte und summte. Banks bemerkte, dass Gristhorpe an seinem Daumennagel kaute.

»Da ist es«, sagte Richmond. Dann erschien eine verschlüsselte Datei mit dem Namen ZUSAMMENFASSUNG.924 auf dem Bildschirm:

Halcyon Props.	16.09.92	82062 C.I.	Ibk. GCA
Mercury Exps.	18.09.92	49876 Jsy.Cbk	PA
Jupiter Pds.	23.09.92	47650 Lst.	Zbk SA
Marryar Dvpts.	04.10.92	76980 N.A.	Kbk PA
	(Ende 1)		
Neptune Hlds	06.11.92	65734 Jsy.Cbk	SPA
City Ents	13.11.92	32450 Sw.	Nbk LRA
Harbour Trst.	21.11.92	23443 BVI.Hbk	DTFA
Sunland Props	29.11.92	85443 B.	Gbk RDA

»Was zum Teufel soll das denn bedeuten?«, meinte Banks.

»Sieht aus wie Finanzberichte des letzten Quartals von 1992«, sagte Gristhorpe. »Firmen, Banken, Daten, vielleicht Nummern von Bankkonten. Weiter, Phil. Versuchen Sie mal, diese BRIEF-Datei zu öffnen, von der Sie erzählt haben.«

Richmond klickte die verschlüsselte Datei an, tippte erneut auf die Tastatur und die Datei erschien unverschlüsselt und für alle sichtbar auf dem Monitor.

Es war ein Brief, datiert vom 1. Mai und adressiert an einen gewissen Mr. Daniel Clegg, Rechtsanwalt am Park Square in Leeds, und auf den ersten Blick schien er völlig harmlos zu sein:

> Sehr geehrter Mr. Clegg,
> angesichts gewisser Informationen, die mir kürzlich zu Ohren gekommen sind, bedauere ich, unsere Zusammenarbeit beenden zu müssen.
>
> Mit freundlichen Grüßen,
> Keith Rothwell

»Das ist alles?«, fragte Gristhorpe. »Sind Sie sicher, dass nichts verloren gegangen ist?«

Richmond überprüfte die Datei, dann schüttelte er den Kopf. »Nein, Sir. Das ist alles.«

Banks bewegte sich rückwärts zur Tür. »Interessant«, sagte er. »Ich frage mich, was das wohl für ›Informationen‹ waren.« Er schaute Gristhorpe an.

»Drucken Sie das bitte aus, Phil«, sagte der Superintendent, »bevor alles im Äther verschwindet.«

SECHS

I

An diesem herrlichen Montagmorgen im Mai am Park Square unter den rosafarbenen und weißen Blüten der Bäume konnte sich Banks sehr gut in die Rolle eines Dandys des letzten Jahrhunderts versetzen, der beim Flanieren gerade eine Satire über die jüngste Eskapade des Prinzen verfasst.

Gegenüber der Stadthalle und dem Gericht gelegen, aber hinter Westgate versteckt, war der Park Square einer der letzten Überreste des eleganten Leeds des späten achtzehnten Jahrhunderts. Anders als die meisten vornehmen Plätze im Westend hatte er unbeschadet Benjamin Gotts Bean-Ing-Fabrik überstanden, eine gewaltige, mit Dampfmaschinen betriebene Spinnerei, die buchstäblich die Mittelklasse ausgeräuchert und in aller Eile nach Norden in die frischere Luft von Headingley, Chapel Allerton und Roundhay vertrieben hatte, weit weg von all dem Ruß und Rauch, der von den vorherrschenden Westwinden über die Stadt getragen wurde.

Banks blickte auf die Reihe hübsch restaurierter zwei- und dreistöckiger georgianischer Häuser aus roten Backsteinen und gelben Sandsteinen mit schwarzen Eisenzäunen, Queen-Anne-Fenstergiebeln und klassizistischen Eingängen mit Säulen und Kapitellen. Sehr beeindruckend, dachte er, als er das richtige Haus fand. Wie erwartet, war dies genau der Ort, an dem neben der Tür eine Reihe polierter Messingschilder angebracht war, und auf einem von ihnen stand »Daniel Clegg, Rechtsanwalt«.

Im Foyer wies eine Liste an der Wand darauf hin, dass sich das von ihm gesuchte Büro in der ersten Etage befand. Er ging hinauf, las den Namen auf der Milchglastür, klopfte und trat ein.

Er fand sich in einem Vorzimmer wieder, das leicht nach Farbe roch und in dem eine Frau hinter einem Schreibtisch saß und durch einen Stapel Briefe blätterte. Als er hereinkam, bemerkte er für einen kurzen Moment einen ängstlichen Ausdruck in ihren Augen, der schnell in einen argwöhnischen überging. »Kann ich Ihnen helfen?«, fragte sie in einem Ton, als hätte sie das eigentlich gar nicht im Sinn.

Sie war ungefähr dreißig Jahre alt, schätzte Banks, und hatte lockiges braunes Haar, ein schmales Gesicht mit olivfarbener Haut und einer ziemlich langen Nase. Ihre blassgrünen Augen waren an den Rändern gerötet. Über ihrer weißen Bluse trug sie trotz der Hitze eine weite beige Strickjacke. Banks stellte sich vor und zeigte ihr seinen Dienstausweis. »Ich würde gerne mit Mr. Clegg sprechen«, sagte er. »Ist er in seinem Büro?«

»Er ist nicht hier.«

»Wissen Sie, wann er zurück sein wird?«

»Nein.«

»Wissen Sie, wo er ist?«

»Nein.«

»Wie heißen Sie?«

»Elizabeth. Elizabeth Moorhead. Ich bin Mr. Cleggs Sekretärin. Alle nennen mich Betty.« Sie zog ein zerknülltes Papiertaschentuch aus dem Ärmel ihrer Strickjacke und putzte sich die Nase. »Eine Erkältung«, sagte sie. »Ich habe mich erkältet. Im Mai. Können Sie sich das vorstellen? Ich hasse Sommererkältungen.«

»Ich würde gerne mit Mr. Clegg sprechen, Betty«, sagte Banks erneut. »Gibt es da ein Problem?«

»Ich glaube, ja.«

»Kann ich helfen?«

Sie wich ein Stück zurück, als wüsste sie immer noch nicht, ob sie ihm trauen konnte. »Was wollen Sie von ihm?«

Banks zögerte einen Moment, dann erzählte er es ihr. So würde er wenigstens ihre Reaktion beobachten können. »Ich möchte ihm ein paar Fragen über Keith Rothwell stellen.«

Ihre Stirn legte sich in Falten. »Mr. Rothwell. Ja, natürlich. Der arme Mann. Er und Mr. Clegg hatten hin und wieder geschäftlich miteinander zu tun. Ich habe über ihn in der Zeitung gelesen. Schrecklich, was passiert ist.«

»Kannten Sie ihn gut?«

»Mr. Rothwell? Nein, eigentlich nicht. Aber er ist ab und zu hier gewesen. Ich kannte ihn vom Sehen und vom Guten-Tag-Sagen.«

»Wann haben Sie ihn zum letzten Mal gesehen?«

»Erst letzte Woche. Dienstag oder Mittwoch, glaube ich. Er stand genau da, wo Sie jetzt stehen. Ist das nicht furchtbar?«

Banks stimmte ihr zu. »Können Sie versuchen, sich zu erinnern, welcher Tag es war? Es könnte wichtig sein.«

Sie murmelte etwas über Termine und blätterte durch ein schweres Buch auf ihrem Schreibtisch. »Es war der Mittwoch«, sagte sie schließlich, »und er kam kurz bevor ich um fünf Uhr Feierabend gemacht habe. Mr. Rothwell hatte keinen Termin, aber ich erinnere mich daran, weil Mr. Hoskins, ein Mandant, gerade gegangen war. Mr. Rothwell musste ein paar Augenblicke hier draußen warten, und wir unterhielten uns darüber, wie schön die Gartenanlagen zu dieser Jahreszeit sind.«

»Sie haben sich nur darüber unterhalten?«

»Ja.«

»Und dann?«

»Dann kam Mr. Clegg heraus und sie gingen weg.«

»Wissen Sie wohin?«

»Nein, aber ich glaube, sie sind etwas trinken gegangen. Sie hatten Geschäftliches zu besprechen.«

Also hatte Rothwell am Tag vor seiner Ermordung Clegg in Leeds aufgesucht, fast zwei Wochen nachdem der Brief ihre Zusammenarbeit beendet hatte. Warum? In Rothwells Terminkalender war dieser Besuch nicht eingetragen gewesen. »Welchen Eindruck machte Mr. Rothwell?«, fragte er.

»Keinen anderen als sonst.«

»Und Mr. Clegg?«

»Normal, wie immer. Warum fragen Sie?«

»Haben Sie eine Spannung zwischen den beiden bemerkt?«

»Nein.«

»Ist hier in letzter Zeit etwas Merkwürdiges passiert? Hat Mr. Clegg zum Beispiel seltsame Nachrichten erhalten?«

»Ne-hein.« Sie zögerte. Er würde später darauf zurückkommen.

Banks schaute sich in dem kleinen, aufgeräumten Vorzimmer um. »Geht alles über Ihren Tisch? Post, Anrufe?«

»Das meiste, ja. Aber Mr. Clegg hat auch einen separaten Anschluss.«

»Verstehe. Wie hat er auf die Nachricht von Mr. Rothwells Tod reagiert?«

Sie betrachtete Banks eingehend und schien sich dann zu entscheiden, ihm zu vertrauen. Sie seufzte und legte ihre

Hände auf den Schreibtisch. »Das ist genau das Problem«, sagte sie. »Ich weiß es nicht. Ich habe ihn seitdem nicht mehr gesehen. Er war nicht hier. Ich meine, er hat nicht einfach mal eben das Büro verlassen. Er ist verschwunden. Hat sich in Luft aufgelöst.«

»Verschwunden? Haben Sie die Polizei benachrichtigt?«

Sie schüttelte den Kopf. »Ich wollte nicht wie ein Idiot dastehen.«

»Hat er so etwas schon einmal getan?«

»Nein. Nie. Aber wer weiß, wenn er einfach nur so verschwunden ist ... mit einer Frau oder so ... Ich meine, das könnte doch sein, oder?«

»Wann haben Sie ihn zum letzten Mal gesehen?«

»Am letzten Donnerstag. Er hat das Büro ungefähr um halb sechs verlassen und danach habe ich ihn nicht mehr gesehen. Am Freitagmorgen kam er nicht zur Arbeit.«

»Haben Sie versucht, ihn zu Hause zu erreichen?«

»Ja, aber es war immer nur der Anrufbeantworter dran.«

»Hat er etwas von einer Geschäftsreise erwähnt?«, fragte Banks.

»Nein. Und normalerweise sagt er mir Bescheid, wenn er für längere Zeit unterwegs ist.«

»Wissen Sie, welche Art von Geschäftsbeziehung Mr. Clegg zu Keith Rothwell unterhielt?«

»Nein. Ich bin nur seine Sekretärin. Mr. Clegg hat mich nicht ins Vertrauen gezogen. Ich weiß nur, dass Mr. Rothwell hin und wieder ins Büro gekommen ist und die beiden manchmal gemeinsam mittaggegessen haben oder nach der Arbeit etwas trinken gegangen sind. Ich wusste, dass Mr. Rothwell Steuerberater war, also nahm ich an, es hatte etwas mit Steuern zu tun. Mr. Clegg ist auf Steuerrecht spezialisiert, müssen Sie wissen. Tut mir Leid, dass ich Ihnen nicht weiterhelfen kann.«

»Vielleicht können Sie mir doch helfen. Es ist doch ein komischer Zufall, dass Mr. Rothwell getötet wird und ungefähr zur gleichen Zeit Mr. Clegg verschwindet, oder nicht?«

Sie zuckte mit den Achseln. »Ich habe von Mr. Rothwells Tod erst am Samstag gehört. Ich habe nie daran gedacht ...«

»Haben Sie jemals von einem Robert Calvert gehört?«

»Nein.«

»Sind Sie sicher? Hat Mr. Clegg den Namen nie erwähnt?«

»Nein. Er war kein Mandant. Daran würde ich mich sicherlich erinnern.«

»Warum haben Sie sich nicht mit der Polizei in Verbindung gesetzt, als Sie bemerkt haben, dass Mr. Clegg verschwunden ist, und sie von dem Mord an Mr. Rothwell gehört haben?«

»Warum sollte ich? Mr. Clegg hatte eine Menge Mandanten. Und er kannte eine Menge Geschäftsleute.«

»Aber die werden normalerweise nicht ermordet.«

Sie nieste. »Nein. Wie gesagt, was passiert ist, ist tragisch, aber ich verstehe nicht, was es mit Mr. Clegg zu tun haben soll.«

»Vielleicht hat es etwas damit zu tun, vielleicht auch nicht«, sagte Banks. »Aber glauben Sie nicht, das sollten besser wir entscheiden?«

»Ich verstehe nicht, was Sie meinen.« Sie griff wieder nach ihrem Taschentuch. Als sie sich dieses Mal die Nase putzte, löste es sich in seine Bestandteile auf. Sie warf es in den Mülleimer und zog ein neues aus der Packung auf ihrem Schreibtisch.

Banks beobachtete sie genau. Er hatte nicht den Eindruck, dass sie log oder dem Thema auswich; sie verstand einfach nicht, worauf er hinauswollte. Manchmal erwartete er von jedem Menschen, dass er die Welt mit dem gleichen Misstrauen und Zynismus betrachtete wie er. Außerdem wusste sie nichts von dem Brief, den Rothwell in seiner verschlüsselten Datei gespeichert hatte.

Er setzte sich auf die Kante des Schreibtisches. »Okay, Betty, fangen wir noch einmal von vorne an. Als ich hereinkam, da hatten Sie Angst. Warum?«

Sie zögerte für einen Moment. »Ich dachte, Sie wären vielleicht wieder einer von denen«, sagte sie dann.

»Von denen?«

»Als ich hier am Samstagmorgen ein paar Akten bearbeitet habe, kamen zwei Männer herein und stellten Fragen über Mr. Clegg. Sie waren nicht gerade nett.«

»Haben Sie daran gedacht, als ich Sie vorhin gefragt habe, ob etwas Merkwürdiges passiert ist?«

»Ja.«

»Warum haben Sie es mir nicht gesagt?«

»Es ... ich ... ich wusste nicht, was es damit zu tun hat. Sie haben mich völlig durcheinander gebracht.«

»In Ordnung, Betty, ganz ruhig. Haben die beiden Ihnen etwas getan?«

»Natürlich nicht. Dann hätte ich mit Sicherheit die Polizei gerufen. In dieser Branche hat man es manchmal mit Leuten zu tun, die ... nun, die nicht besonders höflich sind. Sie regen sich wegen Geld auf, und manchmal ist es ihnen egal, an wem sie ihre Wut auslassen.«

»Und diese Männer waren einfach unhöflich?«

»Genau. Ein bisschen schroff sogar. Nichts Ungewöhnliches. Ich meine, ich bin ja nur die Sekretärin, nicht wahr? Ich bin nicht wichtig. Mich kann man ruhig schroff behandeln.«

»Was macht Ihnen dann Sorgen? Was bereitet Ihnen Kopfzerbrechen? Warum haben Sie Angst? Haben die beiden Sie bedroht?«

»Nicht direkt. Aber ich hatte den Eindruck, dass sie herausfinden wollten, was ich weiß. Ich glaube, sie haben schnell gemerkt, dass ich überhaupt nichts weiß. Wenn sie das Gegenteil angenommen hätten, dann hätten sie mir sicherlich wehgetan. Das konnte ich spüren. Sie hatten so eine Kälte in den Augen, dass ich das Gefühl hatte, sie haben schlimme Dinge getan oder schlimme Dinge gesehen.« Sie schauderte. »Ich weiß auch nicht. Es ist schwer zu erklären. Das waren Menschen, bei denen man wegguckt, wenn sie einem direkt in die Augen schauen.«

»Was wollten sie denn wissen?«

»Wo Mr. Clegg ist.«

»Das war alles?«

»Ja. Ich fragte sie, warum sie das wissen wollten, aber sie sagten nur, sie hätten wichtige Dinge mit ihm zu besprechen. Ich habe sie vorher nie gesehen, und wenn es neue Mandanten gewesen wären, dann hätte ich das mit Sicherheit gewusst.«

»Haben sie ihre Namen genannt?«

»Nein.«

»Wie haben sie ausgesehen?«

»Eigentlich wie ganz normale Geschäftsleute. Einer war schwarz, der andere weiß. Beide trugen dunkle Anzüge, weiße Hemden, Krawatten. Welche Farbe, weiß ich nicht mehr.«

»Wie groß waren sie?«

»Beide waren ungefähr gleich groß, so einen Meter achtzig, würde ich sagen. Aber der Weiße war kräftiger. Er hatte breite Schultern und eine gewölbte Brust, wie ein Ringkämpfer oder so. Er hatte sehr blondes Haar, kriegte aber oben schon eine Glatze. Er versuchte das zu verbergen, indem er das Haar auf einer Seite länger wachsen ließ und es dann über den Kopf kämmte, was natürlich blödsinnig aussieht, oder? Der Schwarze war schlank und sah recht durchtrainiert aus. Aber eher wie ein Läufer als wie ein Ringer. Vor allem er hat geredet.«

Banks ließ sie die beiden Männer in so vielen Einzelheiten beschreiben, wie sie erinnern konnte, und machte sich Notizen. Auf jeden Fall gab es keine Ähnlichkeit zu Alison Rothwells Beschreibung der beiden Männer in Schwarz, die sie gefesselt und ihren Vater getötet hatten. »Wie haben sie gesprochen, hatten sie einen Akzent?«, fragte er.

»Sie kamen nicht von hier. Der Schwarze klang ziemlich kultiviert und gebildet und der andere hat nicht viel gesagt. Ich glaube, er hatte einen leichten ausländischen Akzent, aber ich könnte es nicht beschwören oder Ihnen sagen, was für einen.«

»Sie machen das sehr gut, Betty.«

»Wirklich?«

Banks nickte.

»Da ist noch etwas«, sagte sie. »Als ich heute Morgen ins Büro kam, hatte ich den Eindruck, dass jemand hier gewesen war. Warum, kann ich nicht sagen, und beweisen kann ich es auch nicht, aber in diesem Beruf entwickelt man ein Gefühl dafür, wie alles seine Ordnung hat – also die Akten, die Dokumente und so weiter –, und man weiß einfach, wenn irgendetwas nicht an seinem Platze ist, ohne genau zu wissen, was eigentlich.«

»Gab es Anzeichen dafür, dass sich jemand gewaltsam Zutritt verschafft hat?«

»Nein, keine eindeutigen Zeichen, so etwas nicht. Aber es wäre auch nicht schwer, hier hereinzukommen. Das ist ja nicht gerade der Tower von London. Ich habe mich einmal ausgesperrt, als Mr. Clegg geschäftlich unterwegs war, und habe einfach meine Visacard in den Türschlitz geschoben – und schon war die Tür offen.« Sie legte eine Hand vor den Mund. »Oh. Das hätte ich Ihnen wohl nicht sagen dürfen, oder?«

Banks lächelte. »Schon in Ordnung, Betty. Ich musste

schon mehr als einmal die Tür meines Wagens mit einem Bügel aufmachen. Hat etwas gefehlt?«

»Nicht, soweit ich das beurteilen kann. Hier drinnen ist alles ziemlich sicher. Es gibt einen guten, stabilen Safe, und es sah nicht so aus, als hätte sich jemand daran zu schaffen gemacht.«

»Könnte es Mr. Clegg gewesen sein?«

»Könnte sein. Er kommt manchmal sonntags ins Büro, wenn er an einem wichtigen Fall arbeitet.« Dann schüttelte sie den Kopf. »Nein. Wenn es Mr. Clegg gewesen wäre, hätte ich es gewusst. Dann hätte es anders ausgesehen. Alles sah aus wie immer, aber eben nicht ganz so wie immer, wenn Sie wissen, was ich meine.«

»So als wenn jemand Unordnung gemacht und dann versucht hat, alles wieder an die ursprüngliche Stelle zu legen?«

»Genau.«

»Beschäftigen Sie eine Putzfrau?«

»Ja, aber die kommt immer donnerstagabends. Sie kann es nicht gewesen sein.«

»War sie wie üblich letzten Donnerstag hier?«

»Ja.«

»Darf ich einen Blick ins Büro werfen?«

Betty stand auf, nahm den Schlüssel aus ihrer Schublade und öffnete Cleggs Tür für ihn. Er stand auf der Schwelle und sah ein kleines Büro mit Regalen voller Gesetzestexte, Karteikisten und Aktenschränke. Außerdem gab es einen Computer und einen Stapel Disketten auf einem Tisch, der im rechten Winkel zu dem Schreibtisch stand, an dem Clegg seine sonstige Schreibarbeit erledigte. Das Fenster, zu und verschlossen, wie Banks bemerkte, zeigte hinaus auf den zentralen Platz, auf dem man einen ordentlich gemähten Rasen, Schatten spendende Bäume und Leute auf den Bänken sitzen sah. Im Büro war es heiß und stickig.

Auf den ersten Blick sah nichts ungewöhnlich aus. Banks achtete darauf, nichts durcheinander zu bringen. Bald würde das Betrugsdezernat eintreffen, um über den Akten zu brüten und herauszufinden, welche Verbindung es zwischen Rothwell und Clegg gab.

»Schließen Sie besser wieder ab«, empfahl er Betty auf dem Weg nach draußen. »Höchstwahrscheinlich werden Sie heute Nachmittag noch mehr Besuch von der Polizei bekommen. Darf ich mal das Telefon benutzen?«

Betty nickte.

Banks rief Ken Blackstone im Revier in Millgarth an und erklärte ihm kurz die Situation. Ken sagte, er würde sofort einen Wagen vorbeischicken. Als Nächstes rief er Superintendent Gristhorpe in Eastvale an und berichtete ihm, was er herausgefunden hatte. Gristhorpe sagte, er würde sich mit dem Betrugsdezernat in Verbindung setzen und die Beamten bitten, mit der Polizei von West Yorkshire zusammenzuarbeiten.

Banks wandte sich wieder an Betty. »Bleiben Sie bitte hier«, sagte er. »Ich warte, bis die örtliche Polizei kommt. Sie werden den Beamten weitere Fragen beantworten müssen. Erzählen Sie ihnen einfach alles, was Sie mir gesagt haben. Wie lautet Ihre Adresse, für den Fall, dass ich Sie noch einmal sprechen muss?«

Sie gab ihm die Adresse ihrer Wohnung in Burmantofts. »Was ist Ihrer Meinung nach passiert?«, wollte sie wissen und nahm wieder ihr Taschentuch zur Hand.

Banks zuckte mit den Achseln.

»Sie glauben doch nicht, dass ihm etwas zugestoßen ist, oder?«

»Wahrscheinlich ist es nichts«, sagte Banks ohne Überzeugung. »Machen Sie sich keine Sorgen, wir werden der Sache auf den Grund gehen.«

»Melissa wird sich auf jeden Fall große Sorgen machen.«

»Wer ist Melissa?«

»Ach, wussten Sie das nicht? Mrs. Clegg, seine Frau.«

II

Nach einem eilig hinuntergeschlungenen Teller Gemüsesuppe im Golden Grill ging Susan Gay hinaus auf die Straße mit ihren vertrauten Gerüchen und Geräuschen: Abgasen, Autohupen, frischem Kaffee, Brot aus der Bäckerei; außerdem spielte vor dem Kirchentor ein Straßenmusikant Flöte.

Auf dem gepflasterten Marktplatz bemerkte sie einen Straßenprediger, der sich auf eine Apfelsinenkiste gestellt hatte und über das Jüngste Gericht und die Sünde schwafelte. Allein ihn zu hören löste ein dunkles Schuldgefühl in ihr aus, und als sie das Revier betrat, zog sie kurz in Erwägung, einen Beamten der Schutzpolizei zu bitten, hinauszugehen und ihn wegzujagen. Gegen so etwas müsste es ein Gesetz geben, dachte sie. Störung der Ruhe einer überarbeiteten Beamtin der Kriminalpolizei?

Doch ihre Nächstenliebe setzte sich durch und sie marschierte hoch in ihr Büro. Es ging nach hinten zum Parkplatz hinaus, so musste sie seine Worte nicht mehr hören.

Zuerst holte sie die blauen Karteikarten hervor, die sie gerne für ihre Notizen verwendete, und heftete sie an die Pinnwand über ihrem Schreibtisch. Es handelte sich um die gleiche Pinnwand, an der Sergeant Hatchley seine Nacktfotos von Seite-Drei-Mädchen mit ihrem ausdruckslosen Lächeln und ihren gewaltigen Brüsten geheftet hatte. Jetzt wurde Hatchley jeden Moment zurückerwartet. Welch ein Gedanke.

Nachdem sie einen weiteren Termin mit Laurence Pratt vereinbart hatte, genoss sie den Luxus des leeren Büros, streckte sich wie eine Katze und fühlte sich, als säße sie in einem tiefen, warmen Schaumbad. Draußen vor dem Fenster konnte sie die Männer des Wartungspersonals auf dem großen Parkplatz sehen, die mit aufgerollten Hemdsärmeln die Streifenwagen wuschen. Die Sonne glänzte auf ihren Ringen und Armbanduhren und auf dem funkelnden Chrom, das sie polierten. Auf den hellen Windschutzscheiben breiteten sich Regenbogen aus öligem Geflimmer aus.

Ein Mann fiel ihr besonders auf: Er war muskulös, aber nicht zu sehr, eine blonde Locke fiel ihm übers Auge und wippte auf und ab, während er die Kühlerhaube mit langsamen, kräftigen Bewegungen polierte. Das Telefon unterbrach ihre Fantasien. Sie nahm den Hörer ab. »Hallo. Kriminalpolizei Eastvale. Kann ich Ihnen helfen?«

»Mit wem spreche ich?«

»Mit Detective Constable Susan Gay.«

»Ist der Superintendent im Hause?«

»Leider nicht.«

»Und Chief Inspector Banks?«

»Nicht in seinem Büro. Kann ich Ihnen helfen? Worum geht es denn?«

»Das müssen Sie dann wohl. Mein Name ist Mary Rothwell. Ich habe gerade einen Anruf von meinem Sohn Tom erhalten.«

»Tatsächlich? Wo ist er?«

»Er ist immer noch in Florida. In einem Hotel in Lido Key, wo auch immer das sein mag. Offenbar erscheinen die britischen Zeitungen dort drüben mit ein paar Tagen Verspätung und er hat gerade erst von dem Mord an seinem Vater gelesen. Es ist acht Uhr morgens dort. Wie auch immer, er sagte, er wird morgen früh so gegen sieben Uhr in

Manchester ankommen. Ich werde ihn vom Flughafen abholen.«

»Das sind gute Neuigkeiten, Mrs. Rothwell«, sagte Susan. »Sie wissen doch, dass wir gerne mit ihm sprechen würden?«

»Ja. Obwohl ich mir nicht vorstellen kann, warum. Werden Sie die Nachricht an den Chief Inspector weiterleiten?«

»Ja.«

»Gut. Übrigens, ich habe die Beerdigung für Mittwoch vereinbart. Das geht doch immer noch in Ordnung, oder?«

»Natürlich.«

»Sehr gut.«

»Sonst noch etwas, Mrs. Rothwell?«

»Nein.«

»Dann auf Wiedersehen. Wir werden uns melden.«

Susan legte auf und starrte für einen Moment ins Leere. Was für eine merkwürdige Frau diese Mary Rothwell doch war. Herrisch, angespannt und sehr nüchtern. Im Privatleben wahrscheinlich eine echte Tyrannin. Aber war sie eine Mörderin?

Auch wenn das Betrugsdezernat lange beschäftigt sein würde, bis sie genau herausgefunden hätten, was Rothwell besaß, und bis sie das legale von dem illegalen Geld getrennt hätten – es war mit Sicherheit ein Vermögen. Geld, für das es sich lohnte zu morden. Das Problem war, dass Susan sich zwar vorstellen konnte, dass Mary Rothwell kaltblütig genug war, ihren Mann ermorden zu lassen, dass sie aber nicht glauben konnte, dass sie es auf eine derartig blutige und dramatische Weise getan hätte.

Sie sah wieder das Bild der knienden, kopflosen Leiche vor sich und spürte, wie ihr die Gemüsesuppe die Kehle hochkam. Nein, dachte sie, wenn die Ehefrau für den Mord verantwortlich gewesen wäre, dann wäre Rothwell auf eine saubere, hygienische Art aus dem Weg geräumt worden – vielleicht mit Gift. Wie lautete die Redewendung? *Man scheißt nicht vor seiner eigenen Tür.* Für Mary hatte der Mord zu nahe an ihrem Heim stattgefunden, er hatte ihr die Arkbeck Farm wahrscheinlich für immer beschmutzt.

Dennoch war eine Menge Geld im Spiel. Susan hatte am Morgen Rothwells Rechtsanwalt getroffen und seiner Aussage nach war Rothwell Inhaber oder Teilhaber von ungefähr fünfzehn Firmen gewesen, von einer Reederei, die auf den Bahamas registriert war, bis zu einer chemischen Reinigung in Wigan, von verschiedenen Besitztümern in England, Spanien, Portugal und Frankreich ganz zu schweigen. Natürlich waren alle, so hatte ihr der Rechtsanwalt versichert, rechtmäßig. Trotzdem hatte sie den Verdacht, dass einige als Fassade für Rothwells illegale Aktivitäten gedient hatten.

Als Susan sich gerade fragte, ob nun Robert Calverts Geld einfach mit Keith Rothwells zusammengetan wurde, bemerkte sie einen großen Schatten, der von einer Gestalt in der Tür auf ihren Schreibtisch geworfen wurde.

Erschreckt schaute sie auf und sah direkt in das Gesicht von Detective Sergeant Hatchley. Jetzt schon? dachte sie mit einem flauen Gefühl in der Magengrube. Nun wusste sie, dass es wirklich keinen Gott gab.

»Hallo, Schätzchen«, sagte Hatchley und zündete sich eine Zigarette an. »Wie ich sehe, haben Sie meine Bilder abgenommen. Jetzt, wo ich wieder da bin, werden wir das wohl wieder ändern müssen.«

III

Um halb zwei war der heiße, verrauchte Pub immer noch gerammelt voll mit Büroangestellten und Ladenbesitzern, die Mittagspause machten. Als Banks am Morgen, bevor er nach Leeds gefahren war, Pamela Jeffreys angerufen hatte, hatte sie vorgeschlagen, sich in West Leeds in dem Pub gegenüber dem Saal zu treffen, in dem sie mit einem Streichquartett probte. Einen Biergarten gäbe es dort nicht, hatte sie gesagt, aber das Currygericht von der Tageskarte wäre immer ausgezeichnet. Obwohl er sich bei dem Gedanken, Pamela wieder zu sehen, eine gewisse Aufregung eingestehen musste, freute sich Banks nicht gerade auf dieses Treffen.

Da sie noch nicht erschienen war, holte sich Banks an der Theke ein Radler – genau das Richtige an einem heißen Tag – und ergatterte dann einen kleinen Tisch in der Ecke neben der Dartscheibe, an der zum Glück niemand spielte. Dort grübelte er über Daniel Cleggs Verschwinden und die geheimnisvollen Kerle nach, die Betty Moorhead aufgesucht hatten.

Wahrscheinlich konnte sich ein Rechtsanwalt in zahllose Schwierigkeiten manövrieren, vermutete Banks. Besonders dann, wenn er sich auf krumme Geschäfte einließ. Vielleicht bestand deshalb wirklich keine Verbindung zwischen Cleggs Verschwinden und Rothwells Ermordung. Andererseits gab es zu viele Zufälle – den Brief, die zeitliche Nähe, die zwielichtigen Konten – und Banks mochte keine Zufälle. Auf jeden Fall liefen nun zwei Paar Spießgesellen frei herum: die beiden, die Rothwell getötet hatten, und die beiden, die Cleggs Sekretärin eingeschüchtert hatten. Aber arbeiteten sie auch für dieselbe Person?

Bevor er sich seinen Kopf noch weiter zerbrach, wurde er

von dem Eintreffen Pamela Jeffreys gerettet, die in schwarzen Leggings und einem langen weißen T-Shirt mit dem Logo der Opera North auf der Vorderseite einfach großartig aussah. Sie hatte ihr Haar zurückgebunden und trug eine Brille mit schwarzer Fassung. Als sie sich hinsetzte, lächelte sie ihn an. »Der professionelle Musikerlook«, erklärte sie. »So fallen mir die Haare nicht ins Gesicht und ich kann die Noten lesen.«

»Möchten Sie etwas trinken?«, fragte Banks.

»Nur einen Grapefruitsaft mit Eis, bitte, wenn es welchen gibt. Ich habe heute Nachmittag noch einmal einen vollständigen Durchlauf von *Der Tod und das Mädchen.*«

An der Theke bestellte Banks außerdem zwei Currys von der Tageskarte.

»Was hat sich ergeben?«, fragte Pamela, als er zurückkam.

»Eine Menge«, sagte Banks und hoffte, die Frage nach Calverts Identität so lange wie möglich umgehen zu können. »Aber ich habe keine Ahnung, wie das alles zusammenhängt. Zunächst einmal: Haben Sie jemals von einem Mann namens Daniel Clegg gehört?«

Sie schüttelte den Kopf. »Nein, den Namen habe ich nie gehört.«

»Er ist Rechtsanwalt.«

»Meiner ist er nicht. Ich habe nämlich gar keinen.«

»Sind Sie sicher, dass Robert ihn nie erwähnt hat?«

»Nein. Wenn, dann würde ich mich daran erinnern. Aber ich habe Ihnen ja schon gesagt, er hat nie über seine Arbeit gesprochen und ich habe nie gefragt. Mal abgesehen davon, dass es mich nicht interessiert, was weiß ich denn schon von Geschäften?« Während sie ihren Grapefruitsaft trank, schaute sie ihn über den Rand ihres Glases mit hochgezogenen, schmalen schwarzen Augenbrauen an.

»Haben Sie Robert nie Ihren Freunden vorgestellt?«

»Nein. Er hat sich nie viel aus Partys und Einladungen gemacht, deshalb habe ich ihn auch nie dazu gedrängt. Wahrscheinlich wären sie sowieso nicht gut miteinander ausgekommen. Die meisten meiner Freunde sind junge Künstlertypen. Robert ist eher rational. Warum?«

»Wenn Sie gemeinsam aus waren, sagen wir, in einem Restaurant oder im Kasino, haben Sie dann jemals Bekannte von ihm getroffen?«

»Nein, daran kann ich mich nicht erinnern.«

»Also hatten Sie nicht gerade ein ausgeprägtes gemeinsames gesellschaftliches Leben?«

»Nein, hatten wir nicht. Wir waren manchmal im Kasino, hin und wieder auf der Pferderennbahn, und sonst haben wir vor allem Konzerte besucht oder zu Hause ein Video angesehen und eine Pizza dazu bestellt. Das war wirklich ein kleines Problem. Mit Robert hatte ich viel Spaß, aber er mochte keine großen Menschenansammlungen. Ich bin dagegen eher ein geselliger Nachtschwärmer.«

»Ich möchte Sie nicht in Verlegenheit bringen«, sagte Banks langsam, »aber hat Robert in irgendeiner Weise Interesse an Pornografie gezeigt? Hat er gerne Fotos oder Videos gemacht? So was in der Art?«

Sie schaute ihn mit offenem Mund an und brach dann in Lachen aus. »Also wirklich, also wirklich«, sagte sie und klopfte sich auf die Brust. »Wissen Sie, die meisten Frauen wären beleidigt, wenn man ihnen unterstellt, nebenbei in schmutzigen Videos mitzuwirken. Aber der Gedanke ist so absurd, dass ich nur darüber lachen kann.«

»Also lautet die Antwort nein?«

»Schauen Sie mich nicht so betreten an. Natürlich lautet die Antwort nein, Sie Dummkopf. Allein der Gedanke ...« Sie lachte erneut, und Banks spürte, wie er rot wurde.

Ihr Essen wurde serviert und sie ließen sich die Currys schmecken. Sie waren, wie Pamela angekündigt hatte, tatsächlich köstlich; nicht scharf, sondern exzellent gewürzt und üppig mit zarten Rindfleischstücken versehen. Während des Essens plauderten sie über belanglose Dinge und entfernten sich allmählich von dem peinlichen Thema, das Banks gerade angeschnitten hatte. Als sie aufgegessen hatten, holte Pamela an der Theke weitere Getränke, und Banks zündete sich eine Zigarette an. Würde sie nun fragen, dachte er, oder würde er zur Sache kommen müssen? Vielleicht schob sie diesen Moment genauso hinaus wie er.

Schließlich fragte sie. »Haben Sie etwas herausgefunden? Sie wissen schon, über Robert und diesen Rothwell.« Sie sagte es fast beiläufig, doch Banks konnte den ängstlichen Unterton in ihrer Stimme heraushören.

Er drehte die Glut seiner Zigarette über dem Rand des roten Metallaschenbechers und wich ihrem Blick aus. Eine Gruppe am Nachbartisch brach über den Witz, den einer von ihnen eben erzählt hatte, in schallendes Gelächter aus.

»Und?«

Er schaute auf. »Es sieht ganz danach aus, als wenn Robert Calvert und Keith Rothwell ein und dieselbe Person waren«, sagte er. »Wir haben Fingerabdrücke gefunden, die übereinstimmen. Es tut mir Leid.«

Für eine Weile sagte sie nichts. Banks konnte sehen, wie sich ihre schönen Mandelaugen langsam mit Tränen füllten. »Scheiße«, sagte sie, schüttelte den Kopf und suchte in ihrer Tasche nach einem Taschentuch. »Entschuldigen Sie, das ist dumm von mir. Ich weiß nicht, warum ich weine. Wir waren ja nur Freunde. Können wir … ich meine …« Sie deutete nach draußen.

»Natürlich.« Banks nahm ihren Arm und sie verließen

den Pub. Fünfzig Meter die Straße hinunter lag ein Park. Pamela schaute auf ihre Uhr. »Ich habe noch einen Moment Zeit«, sagte sie, »wenn Sie nichts dagegen haben, ein bisschen zu gehen.«

»Überhaupt nicht.«

Sie gingen an einem Spielplatz vorbei, auf dem die Kinder vor Entzücken aufschrien, wenn die Schaukel immer höher schwang und der Kreisel sich immer schneller drehte. Ein kleines Planschbecken war bei dem warmen Wetter mit Wasser gefüllt worden. Dort spielten weitere Kinder; unter den wachsamen Augen ihrer Mütter oder Väter spritzten sie sich schreiend und quietschend gegenseitig nass. Heutzutage ließ niemand mehr seine Kinder allein spielen wie noch in seiner Kindheit, fiel Banks auf. In seinem Beruf, mit dem Wissen, das er hatte, konnte er es den Eltern nicht verdenken.

Pamela schien in ihren stillen Kummer versunken zu sein, die Augen auf den Boden geheftet, ging sie langsam neben ihm her. »Es ist verrückt«, sagte sie schließlich. »Ich kannte Robert kaum und die Gefühle zwischen uns waren sowieso schon abgeflaut, und trotzdem verhalte ich mich jetzt so.«

Banks wusste nicht, was er sagen sollte. Er nahm die Wärme ihres Armes in seinem und ihren Duft wahr: Jasmin, glaubte er. Was zum Teufel dachte er sich eigentlich dabei, Arm in Arm mit einer gut aussehenden Verdächtigen durch den Park zu spazieren? Was, wenn ihn jemand sah? Aber was sollte er tun? Der Körperkontakt schien eine wichtige Verbindung zwischen Pamela und einer Art Realität herzustellen; er gab ihr Halt, während der Rest ihrer Welt unter ihren Füßen in Treibsand zu versinken schien. Und er konnte nicht leugnen, dass die Berührung ihrer Haut auch ihm etwas bedeutete.

»Ich habe mich in ihm getäuscht, nicht wahr?«, fuhr sie fort. »Völlig getäuscht. Er war verheiratet, sagen Sie? Kinder?«

»Ein Sohn und eine Tochter.«

»Ich hätte es wissen müssen. Ich habe es in der Zeitung gelesen, aber ich habe es nicht kapiert, weil ich mir so sicher war, dass es nicht er sein konnte. Robert schien so ... so ein Freigeist zu sein.«

»Vielleicht war er das.«

Sie schaute ihn von der Seite an. »Wie meinen Sie das?«

Sie hielten vor einem Eiswagen an und Banks kaufte zwei Waffeln. »Mit Ihnen hat er ein anderes Leben geführt«, sagte er. »Allmählich beginne ich so einen Menschen zu verstehen. Er hatte keine gespaltene Persönlichkeit oder so etwas, er war einfach nur dazu in der Lage, auf zwei verschiedene Weisen zu existieren.«

»Auf welche Weisen?« Pamela streckte ihre rosafarbene Zunge aus und leckte ihre Eiscreme.

»Die Menschen in Swainsdale kannten ihn als ruhigen, bescheidenen Kerl. Für sie war er sogar eine Art nüchterner Stockfisch.«

»Robert?«, stammelte sie. »Ein nüchterner Stockfisch?«

»Nicht Robert. Keith Rothwell. Der hart arbeitende, anständige Steuerberater. Der Mann, der seine benutzten Streichhölzer verkehrt herum wieder in die Schachtel steckte.«

»Aber Robert war so lebendig. Es hat Spaß gemacht, mit ihm zusammen zu sein. Wir haben viel gelacht. Wir haben geträumt. Wir haben getanzt.«

Banks lächelte traurig. »Da haben Sie es. Keith Rothwell hatte wahrscheinlich zwei linke Füße.«

»Wollen Sie sagen, es war *nicht* derselbe Mann?«

»Ich weiß nicht, was ich sagen will. Nur dass Ihre Erinnerungen an Robert Calvert sich nicht verändern sollten, dass sie sich nicht verändern dürfen. Er soll bleiben, was er für Sie war und was er Ihnen bedeutet hat. Lassen Sie sich die Erinnerung nicht dadurch verderben. Andererseits muss ich wissen, wer Keith Rothwell getötet hat, und es sieht so aus, als könnte es da eine Verbindung geben.«

Als sie weitergingen, hakte sie sich wieder bei ihm unter. Es gab so gut wie keinen Wind, sie kamen aber an einem Jungen vorbei, der versuchte, einen rotgrünen Drachen steigen zu lassen. Er schien ihn nicht höher als sechs Meter in die Luft zu kriegen, bevor er wieder auf den Boden plumpste.

»Was meinen Sie damit, eine Verbindung?«, fragte Pamela und blickte von dem Drachen wieder zurück zu Banks.

»Vielleicht ist etwas aus seinem Leben als Robert Calvert in sein Leben als Keith Rothwell übergegangen. Sind Sie sicher, dass Sie nicht gewusst haben, dass er verheiratet war? Sie haben es nicht vermutet?«

Sie schüttelte den Kopf. »Nein. Ich war eine totale Närrin, nicht wahr? Mal wieder völlig idiotisch.«

»Aber Sie waren sich sicher, dass er eine neue Freundin gefunden hatte?«

»Zu neunundneunzig Prozent sicher, ja.«

»Wie haben Sie sich dabei gefühlt?«

»Was meinen Sie?«

»Seine neue Freundin. Wie haben Sie sich dabei gefühlt? Einerseits erzählen Sie mir, die ganze Sache dürfte Sie eigentlich gar nicht so mitnehmen, Sie kannten Robert Calvert kaum und Ihre Beziehung war sowieso abgeflaut. Andererseits sagen Sie Dinge und verhalten sich so, dass ich den Eindruck gewinne, Sie haben ihn unglaublich gerne gemocht oder sind vielleicht immer noch verliebt in ihn. Was ist die Wahrheit? Wie haben Sie sich wirklich gefühlt, als plötzlich jemand anderes Ihnen Robert wegnahm? Sie müssen doch verletzt gewesen sein, wütend, eifersüchtig, oder?«

Pamela zog ihren Arm weg, trat einen Schritt zurück und sah ihn verletzt und zornig an. Sie ließ ihr Eis fallen, das auf dem Asphaltweg verspritzte.

»Was hat das damit zu tun? Was wollen Sie damit sagen? Worauf wollen Sie hinaus? Erst unterstellen Sie mir, dass ich irgendeine Pornodarstellerin bin, und jetzt deuten Sie an, dass *ich* Robert aus Eifersucht getötet habe?«

»Nein«, sagte Banks schnell. »Nein, das tue ich nicht.«

Aber sie wich bereits mit erhobenen Händen zurück, als wollte sie ihn abwehren.

»Doch, das tun Sie. Wie können Sie nur …? Ich dachte, Sie …«

Banks machte einen Schritt auf sie zu. »Das habe ich nicht gemeint, Pamela. Ich wollte nur …«

Doch sie drehte sich um und lief davon.

»Warten Sie!«, rief Banks hinter ihr her. »Bitte, bleiben Sie stehen!«

Ein paar Leute sahen ihn misstrauisch an. Als er sich aufmachte, schnell hinter ihr herzugehen, rollte ihm ein bunter Kinderball vor die Füße, und er musste abrupt anhalten, um nicht den kleinen Besitzer über den Haufen zu rennen, dessen großer Vater schon eiligst von der nächstgelegenen Bank herannahte und überhaupt nicht glücklich über den Vorfall zu sein schien.

Pamela hatte unterdessen den Parkausgang erreicht, jagte über die Straße und schlängelte sich durch den Verkehr zurück zu dem Gebäude, in dem sie probte. Banks stand da und schaute hinter ihr her. Schweiß perlte auf seiner Stirn und zwischen Daumen und Zeigenfinger tropften die Reste seines schmelzenden Eises.

»Scheiße«, fluchte er japsend, und noch einmal lauter: »Scheiße!«

Der kleine Junge schaute verdutzt zu ihm hoch und sein Vater rückte bedrohlich näher.

SIEBEN

I

Das Merrion-Center war eine der ersten überdachten Shopping-Malls in Großbritannien. 1964 am nördlichen Rand des Stadtzentrums von Leeds errichtet, erschien es heute wie eine Antiquität, ein Denkmal der berauschenden sechziger Jahre und ihrer Slumsanierungen, Hochhäuser und Sozialwohnungen.

Mit einem Oberdach versehen, aber an den Seiten für den Wind offen, litt das Center heute außerdem unter der Konkurrenz einer Reihe jüngerer, völlig geschlossener und zentraler gelegener Einkaufszentren wie dem St. John's-Center, das sich direkt gegenüber an der Merrion Street befand, sowie dem noblen dunkelgrünen und mit Messing verzierten Schofields-Center gleich an der Headrow.

Aber immerhin gab es im Merrion-Center einen großen Morrison-Supermarkt, die Diskothek Le Phonographique – die am längsten existierende Disko in Leeds –, eine Reihe kleiner Fachgeschäfte, ein paar Pubs, einen Flohmarkt sowie den Klassik-Plattenladen, der ein Grund dafür war, dass Banks das Center recht gut kannte. Und an einem warmen, windstillen Mainachmittag konnte es ganz angenehm dort sein.

Cleggs Wein- und Spirituosenhandlung fand Banks ohne Probleme. Immer noch bedrückt von Pamela Jeffreys bitterem Abgang im Park, hatte er eine Stunde vorher Melissa Clegg angerufen, die ihm versprochen hatte, etwas Zeit für ein Gespräch zu haben. Merkwürdig, dachte er, dass sein Anruf sie scheinbar überhaupt nicht neugierig gemacht hatte. Als er gesagt hatte, dass es um ihren Ehemann ging, hatte sie keinerlei Fragen gestellt.

Er öffnete die Tür und betrat einen kleinen, mit Flaschen und Kisten voll gestopften Laden. Auf dem Boden neben der Tür standen ein paar Eimer mit Sonderangeboten, hauptsächlich bulgarische, rumänische und südafrikanische Weine. Auch auf den Regalen, die die Wände zu seiner Linken und Rechten säumten, kennzeichneten ein paar gelbe Etiketten preisreduzierte Ware, unter anderem einen Rioja, einen Côtes du Rhône und einen roten Bordeaux.

Banks ließ seinen Blick über die Regale schweifen und überlegte, ob er eine Flasche zum Abendessen mit nach Hause nehmen sollte, vorausgesetzt, dass er und Sandra jemals wieder die Möglichkeit hatten, gemeinsam zu Abend zu essen, und vorausgesetzt, dass sie es überhaupt wollte. Vielleicht könnten sie den Abend mit Wein, Kerzenlicht und Chopin nachholen, der durch die Rothwell-Ermittlung vereitelt worden war.

Hinter dem Tresen waren die Flaschen mit Single Malt Whiskey angeordnet: Knockando, Blair Athol, Talisker, Glendronach. Verlockende Namen, die er sich jedoch lieber nicht zu genau ansah. Seine Schwäche für Single Malt Whiskey strapazierte Sandra zufolge ihren Geldbeutel. Außerdem hatte er zu Hause noch eine Viertelflasche Laphroaig übrig.

Der pickelige junge Mann hinter dem Tresen lächelte. »Kann ich Ihnen helfen, Sir?« Er trug ein gestreiftes Hemd mit hochgekrempelten Ärmeln, seine Krawatte hing lose um den Hals, genauso wie Banks seine immer trug, wenn er nicht um einen Schlips herum kam. In seinem schwarzen Haar war so viel Gel oder Creme, dass es aussah wie ein Ölteppich.

»Ist die Chefin in der Nähe?«, fragte Banks und zeigte seinen Ausweis.

»Hinten.« Er hob die Tresenklappe und Banks ging durch. Auf dem schmalen Flur musste er über Weinkisten steigen oder sich an ihnen vorbeischlängeln, bis er zu seiner Linken durch eine offene Tür in ein winziges Büro schaute. Am Schreibtisch saß eine Frau und telefonierte. Für Banks klang es so, als würde sie sich über die nicht erfolgte Lieferung ungarischen Pinot Noirs beschweren.

Als sie ihn sah, winkte sie ihn herein und deutete auf einen Stuhl, auf dem ein Stoß Papiere lag. Banks legte ihn auf die Kante des Schreibtischs und sie grinste ihn über die Sprechmuschel an. Es gab keine Fenster, und trotz eines sirrenden Ventilators war es stickig in dem Büro, das nach frisch gesägtem Holz roch. Banks zog seine Jacke aus und hängte sie über die Lehne des Stuhls. Auf seiner linken Gesichtshälfte spürte er den gleichmäßigen Luftzug des Ventilators.

Schließlich legte sie den Hörer auf und verdrehte ihre Augen. »Manche Lieferanten ...«

Sie trug ein gelbes Sommerkleid mit schmalen Trägern, das den größten Teil ihrer schön gebräunten und sommersprossigen Schultern und den Hals unbedeckt ließ. Sie war ungefähr vierzig Jahre alt, schätzte Banks, und sah aus, als würde sie auf ihre Ernährung achten und regelmäßig Sport treiben, wahrscheinlich Tennis. Ihr glattes blondes Haar, in der Mitte gescheitelt, ging ihr genau bis auf die Schultern und umrahmte ein herzförmiges Gesicht mit hohen Wangenknochen. Es war ein fröhliches Gesicht, dem ein Lachen nicht fremd war, und der jugendliche, ungerade Pony stand ihr. Aber in den Falten unter ihren blaugrauen Augen und um ihren etwas spitzen Mund erkannte Banks auch Anzeichen von Stress und Überarbeitung. Eine Brille mit einer Fassung aus Schildpatt baumelte an einem Band um ihren Hals.

»Ihr Anruf hat mich neugierig gemacht«, sagte sie, lehnte sich in ihrem Stuhl zurück und legte die Hände hinter den Kopf. Banks bemerkte die Ansätze von Stoppeln unter ihren Achseln. »Was hat Dannyboy denn jetzt schon wieder angestellt?«

»Entschuldigen Sie«, sagte Banks. »Ich kann Ihnen nicht ganz folgen.«

»Hat Betty es Ihnen nicht erzählt?«

»Was erzählt?«

»Oh, Gott, diese Frau. Strohdumm. Über Danny und mich. Wir haben uns getrennt. Schon vor über zwei Jahren. Natürlich ganz freundschaftlich.«

Natürlich, dachte Banks. Wie oft hatte er das schon gehört? Wenn das alles so freundschaftlich war, fragte sich Banks, warum seid ihr dann nicht mehr zusammen? »Das wusste ich nicht«, sagte er.

»Dann tut es mir Leid, dass Sie wahrscheinlich auf der falschen Fährte sind.« Sie veränderte ihre Position, legte ihre Hände auf den Schreibtisch und spielte mit einem Gummiband. Sie trug keine Ringe an ihren Fingern. »Aber ich bin trotzdem neugierig«, sagte sie. »Ich mag Danny immer noch sehr gern. Der Gedanke, dass ihm etwas zugestoßen ist, würde mich beunruhigen. Es ist ihm doch nichts zugestoßen, oder?«

»Sehen Sie sich noch?«

»Hin und wieder.«

»Wann haben Sie ihn zum letzten Mal gesehen?«

»Mmmh ...« Sie schob die Unterlippe vor und dachte

nach. »Vor ein paar Monaten. Wir haben im Whitelocks zusammen zu Mittag gegessen.«

»Welchen Eindruck machte er?«

»Einen guten.« Sie zog fest an dem Gummiband. »Hören Sie, Sie haben mir Angst gemacht. Plötzlich dieses ganze Interesse an Danny. Erst seine Mandanten und nun Sie.«

Banks spitzte seine Ohren. »Welche Mandanten?«

»Am Samstag. Samstagnachmittag. Ein paar Geschäftsleute, die mich fragten, ob ich wohl wüsste, wo er wäre.«

»Wussten sie, dass Sie beide getrennt sind?«

»Ja. Sie sagten, sie hätten es nur auf gut Glück versucht und es täte ihnen Leid, mich zu belästigen, aber sie hätten an dem Morgen einen Termin mit ihm gehabt und er wäre nicht aufgetaucht. Er hat wohl irgendwann einmal von mir und dem Laden gesprochen. Das macht er häufig, um mir Kunden zu schicken. Er ist eben einfach ein Schatz. Wie auch immer, sie fragten, ob ich eine Ahnung hätte, wo er sein könnte, ob er sich vielleicht spontan zu einem Wochenendausflug entschieden hätte. Als würde ich das wissen! Ich habe mir nichts dabei gedacht. Stimmt irgendetwas nicht?«

»Wie haben sie ausgesehen?«

Sie beschrieb dieselben Männer, die auch Betty Moorhead aufgesucht hatten. Für die beiden war es bestimmt nicht schwierig gewesen, von Melissas Laden zu erfahren; vielleicht hatte ihnen sogar Betty davon erzählt. Und wenn sie nach Clegg gesucht hatten, war es durchaus logisch, anzunehmen, seine Exfrau könnte wissen, wo er steckte. Sie musste die beiden schnell davon überzeugt haben, dass sie es weder wusste noch interessierte.

Das Gummiband zerriss. »Hören Sie«, sagte sie, »ich habe ein Recht zu erfahren, wenn Danny etwas zugestoßen ist, meinen Sie nicht?«

»Wir wissen nicht, ob ihm etwas zugestoßen ist«, sagte Banks. »Er wird nur vermisst.«

Sie seufzte erleichtert auf. »Das ist also alles.«

Banks runzelte die Stirn. »Seine Sekretärin schien das ziemlich zu beunruhigen. Sie behauptet, es wäre ungewöhnlich.«

»Ach, Betty ist ein recht nettes Mädchen, aber sie malt schnell den Teufel an die Wand. Danny ist immer ein Casanova gewesen. Das ist einer der Gründe, warum wir nicht mehr zusammen sind. Wenn er vermisst wird, so könnte ich mir vorstellen, dass ihm sozusagen jemand über den Weg gelaufen ist.« Sie grinste und entblößte sich leicht überdeckende Vorderzähne.

»Hätte er dann nicht wenigstens seine Sekretärin wissen lassen, wo er ist?«

»Das ist allerdings etwas ungewöhnlich. Danny war zwar nie völlig an seinen Schreibtisch gefesselt, er wollte aber immer auf dem Laufenden sein. Sie kennen bestimmt diesen Typ, der ständig vom Autotelefon aus im Büro anruft. Wer weiß. Vielleicht steckt er in der Midlife-Crisis. Vielleicht ist er mit seiner Mieze irgendwo abgetaucht, wo es kein Telefon gibt. Danny ist furchtbar romantisch.«

Das Telefon klingelte und Mrs. Clegg entschuldigte sich für einen Moment. Banks bekam ihren Teil des Gesprächs über eine Bestellung *méthode champenoise* mit. Ein paar Minuten später legte sie auf. »Entschuldigen Sie. Wo waren wir?«

»Mrs. Clegg, wir glauben, Ihr Mann könnte in zwielichtige Geschäfte verwickelt sein und diese Geschäfte könnten etwas mit seinem Verschwinden zu tun haben.«

Sie lachte. »Zwielichtige Geschäfte? Das überrascht mich kaum.«

»Wissen Sie etwas über seine geschäftlichen Aktivitäten?«

»Nein. Aber wer in der Liebe unehrlich ist …« Sie ließ diesen Gedanken im Raum stehen und zuckte dann mit den Achseln. »Danny war nie ein besonders moralischer oder treuer Mensch. Vorsichtig war er für gewöhnlich, ja, aber eher unmoralisch.«

»Würden Sie sagen, er ist der Typ, der in etwas Illegales hineingezogen wird?«

Sie dachte einen Augenblick mit gerunzelter Stirn nach, bevor sie antwortete. »Ja. Ja, würde ich sagen. Wenn er glaubt, dass es sich für ihn lohnt.«

»Ist er ein habgieriger Mensch?«

»Nein. So weit würde ich nicht gehen, nein. Habgierig würde ich ihn nicht nennen. Er kriegt einfach gerne das, was er will: Frauen. Geld. Was auch immer. Das ist eher eine Frage von Macht und Manipulation. Er gewinnt einfach gerne.«

»Und das Risiko?«

Sie neigte ihren Kopf zur Seite. »Was ist schon völlig ohne Risiko, Chief Inspector? Wenn es die Sache wert ist … Danny ist kein Feigling, wenn Sie das meinen.«

»Kannten Sie Keith Rothwell?«

»Ja. Nicht gut, aber ich habe ihn kennen gelernt. Armer Mann. Ich habe davon in der Zeitung gelesen. Schrecklich. Sie glauben doch nicht, dass eine Verbindung zwischen seiner Ermordung und Dannys Verschwinden besteht, oder?«

Sie ist mehr auf Zack als Betty Moorhead, dachte Banks. »Das wissen wir nicht. Ich nehme an, Sie sind nicht dazu in der Lage, uns über die Geschäftsbeziehung der beiden aufzuklären, oder?«

»Tut mir Leid, nein. Ich habe Keith seit meiner Trennung von Danny nicht mehr gesehen. Selbst damals bin ich ihm nur hin und wieder zufällig im Büro begegnet oder wenn er mir bei meiner Steuererklärung geholfen hat.«

»Sie haben also keine Ahnung, in welche Art von Geschäften die beiden verwickelt waren?«

»Nein. Wie gesagt, Keith Rothwell hat ein paar Mal die Bücher für mein Weingeschäft gemacht, als Danny und ich noch zusammen waren – bevor die Situation unangenehm wurde und unser Privatleben einer Arbeitsbeziehung im Wege stand. Er war ein verdammt guter Steuerberater. Er hat mir eine Menge Steuern erspart, alles völlig korrekt. Aber wenn die beiden gemeinsam Geschäfte gemacht haben, muss man nicht Sherlock Holmes sein, um sich auszurechnen, dass es auf die eine oder andere Weise um Steuerersparnisse ging und dass wahrscheinlich beide etwas davon gehabt hatten.«

»Haben Sie jemals von einem Mann namens Robert Calvert gehört?«

»Calvert? Nein, nie gehört. Sollte ich? Hören Sie, ich bedauere wirklich, dass ich Ihnen nicht helfen kann, Chief Inspector. Und ich will auch nicht gefühllos klingen. Aber so, wie ich Danny kenne, ist er mit irgendeinem Mädchen übers Wochenende nach Paris verschwunden und war einfach zu sehr aus dem Häuschen, um daran zu denken, jemandem Bescheid zu sagen. Er wird wieder auftauchen.«

Banks stand auf. »Ich hoffe, Sie haben Recht, Mrs. Clegg. Und wenn er sich meldet, lassen Sie es uns bitte wissen.« Er gab ihr seine Karte. Sie stand auf, als er das Büro verließ. In der Tür drehte er sich noch einmal um und lächelte. »Eine Sache noch.«

»Ja?«

»Können Sie mir einen guten Rotwein zum Abendessen empfehlen, einen Bordeaux vielleicht, nicht zu teuer?«

»Selbstverständlich. Aber wenn es nicht unbedingt Bordeaux sein muss, dann würde ich an Ihrer Stelle mal eine Flasche Chateau de la Liquière probieren. Er stammt aus Faugères in der Languedoc. Sehr beliebte Region heutzutage. Ein sehr voller Charakter.« Sie lächelte. »Und man kann ihn sich selbst mit dem Gehalt eines Polizisten leisten.«

Nachdem er ihr gedankt hatte, schlängelte er sich durch die Weinkisten zurück über den Flur und kaufte eine Flasche des Weines, den sie vorgeschlagen hatte. Also kein völlig unnützer Besuch, dachte er, wenigstens brachte er eine anständige Flasche Wein mit. Gleich um die Ecke befand sich der Klassik-Plattenladen. Wenn er schon einmal hier war, konnte er nicht einfach daran vorbeigehen. Außerdem brauchte er Balsam für seine Wunden. Er ärgerte sich immer noch über sich selbst, weil er das Treffen mit Pamela Jeffreys verpfuscht hatte. Die neue CD des Klavierkonzertes von Chatschaturjan, vorausgesetzt sie war erhältlich, würde ihm vielleicht helfen, sich besser zu fühlen.

Als er mit der Weinflasche Melissa Cleggs Laden verließ, spürte er eine große Hand auf seine Schulter klatschen.

»Na, wenn das nicht mein alter Kumpel Banksy ist«, sagte eine Stimme in sein Ohr.

Banks wirbelte herum und sah den Besitzer der Stimme: Detective Superintendent Richard »Dirty Dick« Burgess von Scotland Yard. Was zum Teufel hatte der hier zu suchen?

»Ich hoffe, Sie haben sich nicht bestechen lassen«, sagte Burgess und zeigte auf den Wein. Dann legte er einen Arm um Banks' Schultern. »Kommen Sie«, sagte er. »Wir müssen uns irgendwo unterhalten.«

II

Laurence Pratt wartete in seinem Büro. Genau wie beim letzten Besuch hatte er die Hemdsärmel hochgekrempelt, saß die schwarz gerahmte Brille auf der Mitte seiner Nase und formten seine Hände auf dem ordentlichen Schreibtisch vor ihm eine Pyramide. Sein Hemd war so blendend weiß, wie es Susan noch nicht einmal in einer Waschmittelwerbung gesehen hatte. Susan glaubte zu ersticken. Draußen war es über zwanzig Grad warm und das Fenster war geschlossen.

Dieses Mal schien Pratt nicht so ungezwungen zu sein, hatte Susan den Eindruck, was wahrscheinlich daran lag, so vermutete sie, dass er bei ihrem letzten Besuch eine Menge preisgegeben hatte. Das wird ein anstrengendes Gespräch werden, dachte sie und holte Notizbuch und Stift aus ihrer Handtasche. Seit Freitag hatten sie einiges mehr über Keith Rothwell herausgefunden und dieses Mal wollte sie nicht zu viel verraten.

Susan schlug ihr Notizbuch auf, widerstand dem Impuls, sich damit Luft zuzufächeln, und nahm die Kappe von ihrem Stift. »Als ich das letzte Mal mit Ihnen gesprochen habe, Mr. Pratt«, begann sie, »haben Sie mir erzählt, dass Sie die Rothwells im März zum letzten Mal gesehen haben.«

»Das stimmt. Carla und ich waren zum Essen draußen auf der Arkbeck Farm. Es gab Ente *à l'orange*, wenn ich mich richtig erinnere.«

»Und die neue Küche.«

»Ja, genau. Wir haben alle die neue Küche bewundert.«

»Können Sie etwas präziser sein, was das Datum angeht?«

Pratt runzelte die Stirn und zog an seiner Unterlippe. »Mmmh. Es war gleich nach St. Patrick's, glaube ich. Eine Sekunde.« Er griff in seine Aktentasche neben dem Schreibtisch und zog ein Filofax hervor. »Ohne den bin ich aufgeschmissen.« Er grinste. »Selbst im Zeitalter des Computers. Man will ja nicht jedes Mal den Computer anstellen, wenn man eine Adresse braucht, oder?« Während er sprach, blätterte er durch die Seiten. »Ja, da ist es.« Er hielt die aufgeschlagene Seite hoch, damit Susan die Eintragung sehen konnte. »19. März. Abendessen bei Keith und Mary.«

»Sie sagten auch, dass Tom kurz vorbeikam und über seine Reise gesprochen hat, nicht wahr?«

»Ja.«

»Von wo?«

»Was? Ach so, verstehe. Er kam aus seinem Zimmer, nehme ich an. Auf jeden Fall glaube ich, dass er oben gewesen war. Er kam nur kurz herein, um hallo zu sagen, als wir gerade Cocktails tranken. Ist er übrigens zurück aus Amerika?«

Einem Freund der Familie kann ich es wohl bedenkenlos sagen, dachte Susan. »Er ist auf dem Weg«, antwortete sie. »Wie war die Stimmung zwischen Tom und seinem Vater an diesem Abend?«

»Soweit ich mich erinnere, haben sie nicht miteinander gesprochen.«

»Haben Sie Feindseligkeiten oder Spannungen zwischen den beiden bemerkt?«

»Das würde ich nicht sagen, nein. Ich habe Ihnen ja bereits erzählt, dass ihre Beziehung gespannt war, weil Tom von dem Weg abgewichen ist, den sein Vater für ihn vorgesehen hatte.«

»Wurde dieses Thema an dem Abend angesprochen, als Sie dort waren?«

»Nein, da bin ich mir ganz sicher. Die beiden haben überhaupt nicht miteinander gesprochen. Tom war aufgeregt, weil er nach Amerika reiste. Ich glaube, er hatte oben über einer Landkarte gesessen und seine Route geplant.«

»Und während er kurz hereingeschaut hat, hat Keith Rothwell nichts gesagt?«

»Nein. Er saß mit ziemlich unbewegter Miene da. Wo Sie

das jetzt erwähnen – ein bisschen seltsam war es schon. Ich meine, man konnte den guten Keith niemals als besonders lebhaft bezeichnen, aber normalerweise hat er schon etwas mehr Interesse gezeigt als an diesem Abend. Zumal da sein Sohn kurz davor stand, sich in ein großes Abenteuer zu stürzen.«

»Also *war* sein Verhalten merkwürdig?«

»Ein bisschen ungewöhnlich, im Nachhinein betrachtet. Ja.«

»Was ist mit Tom? Hat er seinen Vater angesprochen oder über ihn geredet?«

Pratt schüttelte langsam den Kopf. An seinen Schläfen, dort wo der Haaransatz zurückwich, bemerkte Susan ein paar Schweißperlen. Sie spürte ihren eigenen Schweiß, der ihre Rippen kitzelte, während er an ihr hinablief. Das teure, hautverträgliche und »garantiert lang anhaltende« Deodorant, das Susan nach ihrer Morgendusche benutzt hatte, versagte also auf der ganzen Linie. Den Spitzenmanagerinnen und Piloten in den Werbespots im Fernsehen passierte das nie. Andererseits mussten *die* auch nicht mit der Rückkehr von Sergeant Hatchley zurechtkommen. Nachdem er das Büro wieder verlassen hatte, hatte es gut fünf Minuten gedauert, bis ihr Zittern aufhörte.

Sie bat Pratt, das Fenster zu öffnen. Er kam ihrem Wunsch nach, aber es half nicht viel. Draußen war es windstill und heiß. Selbst die Wasserspeier an den unteren Mauern des Gemeindezentrums sahen schlecht gelaunt und verschwitzt aus.

»Hat Mr. Rothwell jemals ein Interesse an Pornografie an den Tag gelegt?«

Pratt hob seine Augenbrauen. »Ach du lieber Gott. Wie meinen Sie das denn? Als Geschäftsunternehmen oder zum persönlichen Gebrauch?«

»Wie auch immer.«

»Nicht in meiner Anwesenheit. Wie gesagt, von dem Ausmaß seiner Geschäftsaktivitäten habe ich keine Ahnung, aber mir kam er immer eher ... ich sage mal ... asexuell vor. Als wir noch jünger waren, haben wir natürlich den Mädchen nachgestellt, aber seit er verheiratet ist ...«

»Haben Sie jemals einen Rechtsanwalt namens Daniel Clegg kennen gelernt?«

»Nein. Der Name sagt mir nichts. Sind Sie sicher, dass er in Eastvale praktiziert?«

»Sie haben ihn nie kennen gelernt?«

»Wie gesagt, ich habe nie von ihm gehört. Warum fragen Sie? Gibt es da eine ...«

»Hat Mr. Rothwell mal von ihm gesprochen?«

»Gibt es da eine Verbindung?«

»Hat Mr. Rothwell jemals von ihm gesprochen?«

Pratt starrte Susan ungefähr fünfzehn Sekunden lang an. »Nein, nicht dass ich mich erinnere«, sagte er dann.

Susan fuhr sich mit dem Handrücken über ihre feuchte Stirn. Allmählich wurde ihr etwas schwindelig. »Was ist mit Robert Calvert?«

»Den Namen habe ich auch noch nie gehört. Ist das ein Geschäftspartner von Keith? Ich habe Ihnen ja gesagt, dass wir nie über seine Geschäfte gesprochen haben. Er hat sich nicht in die Karten schauen lassen.«

»Hat er jemals von einer Frau namens Pamela Jeffreys gesprochen?«

Pratt hob eine Augenbraue. »Eine Frau? Keith und eine andere Frau? Lieber Gott, nein. In meinen Augen war er nicht der Typ dafür. Auf jeden Fall nicht in der letzten Zeit. Außerdem hätte Mary ihn umgebracht. Ach, herrje ...«

»Schon in Ordnung, Mr. Pratt«, beruhigte ihn Susan. »Ein Versprecher. Ist sie eine eifersüchtige Frau?«

Er schob seine Brille auf die Nase. »Mary? Tja, nehme ich an, ja.«

»Aber Sie wissen es nicht mit Sicherheit?«

»Nein. Sie macht nur so einen Eindruck. Alles konzentrierte sich auf Keith, das Haus, die Familie. Wenn man das bedroht oder daran getastet hätte, dann hätte man in ihr einen gefährlichen Feind gehabt. Sie ist auf jeden Fall egoistisch und besitzergreifend, würde ich sagen. Ist das das Gleiche?«

Susan schlug ihr Notizbuch zu und stand auf. »Danke, Mr. Pratt, vielen Dank. Sie waren wieder äußerst hilfreich.« Und bevor sie ohnmächtig werden konnte, eilte sie schleunigst aus dem heißen, stickigen Büro.

III

Sie gingen ins Stumps, unter dem Museum, und stellten sich dort gleich an die Theke, wo Burgess ein Pint McEwan's Lager für sich und ein Pint Bitter für Banks bestellte. Es war kein Theakston's, aber es musste genügen.

Da es ein warmer Tag war, nahmen sie ihre Gläser mit nach draußen, wo sie einen freien Tisch fanden. Zwischen dem Komplex der Museumsbücherei und den Bussen, die auf der Headrow vorbeidonnerten, befand sich ein breiter, gepflasterter Platz, über den Fußgänger eilten; manche wollten zum Gericht oder zur Stadthalle, andere kürzten ihren Weg zur Calverley Street und zur Stadtverwaltung ab. An einem auf die Pflastersteine gemalten Brett spielte eine Gruppe Männer Schach mit übergroßen Figuren. Die Fassade eines der Gebäude aus dem neunzehnten Jahrhundert auf der anderen Straßenseite der Headrow war mit einem

Gerüst eingekleidet, bemerkte Banks. Eine weitere Restaurierung.

Banks war durch Burgess' plötzliches Auftauchen sowohl verwirrt wie auch beunruhigt. Das letzte Mal waren sie wegen der Ermordung eines Polizisten bei einer Demonstration gegen die Regierung in Eastvale aneinander geraten. Damals war Margaret Thatcher noch an der Macht gewesen.

In diese Zeit hatte Burgess bestens gepasst. Aus dem East End stammend, Sohn eines Straßenhändlers, hatte er sich mit einer Mischung aus Selbstbewusstsein, Ehrgeiz und Gerissenheit sowie einer völligen Missachtung aller den meisten Menschen geläufigen Regeln von unten nach oben gekämpft. Außerdem verspürte er keinerlei Zuneigung jenen gegenüber, die nicht zu der gleichen Leistung imstande gewesen waren. Ungefähr in Banks' Alter, war er mittlerweile Detective Superintendent bei einer Abteilung von Scotland Yard, die weder zur Sicherheitspolizei noch zum MI5 gehörte, beiden aber auf eine undurchsichtige Weise nahe stand.

In einem Zeitalter, in dem ein warmes menschliches Herz als ernsthafte Behinderung betrachtet wurde, war er einer von der neuen Sorte Konservativer aus der Arbeiterklasse gewesen, die neben den aufgeweckten jungen Burschen der Stadt, den Händlern mit Insiderinformationen und ihresgleichen hoch oben am Firmament eines neuen Britanniens leuchteten. Polizisten und Kriminelle: Solange man erfolgreich war, schien es keinen großen Unterschied zu machen, auf welcher Seite man stand. Aber für manche Leute hatte es da wohl nie einen Unterschied gegeben.

Niemand konnte Burgess' Fähigkeiten bestreiten, wobei Intelligenz und Furchtlosigkeit besonders hervorzuheben waren. Der Satz »Der Zweck heiligt die Mittel« hätte allein für ihn geschrieben worden sein können. Der »Zweck« war irgendeine verschwommene Art von Loyalität allem gegenüber, was die jeweiligen Machthaber für die Bewahrung der Ordnung verlangten, natürlich nur, solange die Machthaber keine Liberalen oder Sozialisten waren; und was die »Mittel« anbetraf, so waren ihm in keine Richtung Grenzen gesetzt.

Vielleicht hatte er sich ja geändert, dachte Banks. Nach den Untersuchungen und Kommissionen der jüngsten Zeit konnte ein Polizist bestimmt nicht mehr in einen Pub spazieren, sich den erstbesten Iren schnappen und als Terroristen ins Gefängnis werfen, oder? Oder die Brixton Road entlangmarschieren und irgendeinen Schwarzen verhaften, den er weglaufen sah. Den Public-Relations-Leuten zufolge war der heutige Polizist eine Kreuzung aus dem Weihnachtsmann und einem Hotelmanager.

Andererseits war das vielleicht nur die Wahrheit der PR-Leute und der Werbung, die das Volk beruhigen sollte. Und wenn es eine Sache gab, die mit Sicherheit nicht den geringsten Eindruck auf Burgess' ungetrübtes Selbstbewusstsein machte, dann war es Political Correctness.

Banks zündete sich eine Zigarette an und gab Burgess Feuer für seine Tom-Thumb-Zigarre. Er war immer noch in guter Form, auch wenn er um den Bauch etwas füllig wurde. Er hatte ein kantiges Kinn und leicht schiefe Zähne. Sein schwarzes, nach hinten geschniegeltes Haar wurde an den Schläfen und den Seiten silbern, und die Tränensäcke unter seinen zynischen Augen waren etwas größer geworden, seit Banks ihn das letzte Mal gesehen hatte. Ungefähr einen Meter achtzig groß, lässig mit einer schwarzen Lederjacke, einem am Hals offenen Hemd und grauen Cordhosen bekleidet, war er immer noch gut aussehend genug, damit sich ein paar Frauen um die dreißig nach ihm umdrehten. Er hatte den Ruf eines Lebemanns, der nicht völlig unbegründet war, wie Banks feststellen musste, als sie das letzte Mal zusammengearbeitet hatten.

Banks nahm sein Pint. »Was verschafft mir denn die Ehre?«, wollte er wissen. Er hatte Burgess nie mit der Anrede »Sir« gewürdigt, die sein Dienstgrad verlangte, und er wollte verdammt sein, wenn er jetzt damit beginnen würde.

Burgess kippte ein paar Schlucke Lager, spülte damit seinen Mund aus und schluckte sie hinunter.

»Und?«, sagte Banks. »Das ist jetzt genug Theater, verdammt noch mal.«

»Ich schätze, Sie würden mir nicht glauben, wenn ich sage, dass ich Sie vermisst habe, oder?«

»Kommen Sie zur Sache.«

»Gut. Dachte ich mir. Mal von einem Ort namens St. Corona gehört?«

»Natürlich. Das ist eine karibische Insel, die in letzter Zeit hin und wieder in den Nachrichten auftauchte.«

»Schlauer Junge. Genau die meine ich. Ungefähr vier Komma acht Millionen Einwohner. Fläche ungefähr siebzehntausendfünfhundert Quadratkilometer. Wichtigste Bodenschätze: Bauxit, Kalkstein, Aluminium, Zuckerrohr plus verschiedene Früchte und Gewürze, Fisch sowie ein bisschen Gold, Silber und Nickel. Außerdem eine Menge Tourismus, auf jeden Fall früher.«

»Sie haben also den Weltatlas studiert«, sagte Banks. »Und was zum Teufel soll das alles?«

Ein angetrunkener Jugendlicher stieß gegen ihren Tisch und verschüttete etwas von Burgess' Bier. Der Jugendliche blieb stehen, um sich zu entschuldigen, aber bevor er auch nur ein Wort hervorbrachte, schickte ihn Burgess' Blick stolpernd in die grelle Nachmittagssonne.

»Scheißsäufer«, brummte Burgess und wischte das Bier mit einem Taschentuch vom Tisch. »Dieses Land geht vor die Hunde. Wo war ich stehen geblieben? Ach ja, St. Corona. Fast alles, was man zum Leben braucht, muss importiert werden, einschließlich der Maschinerie, um es herzustellen. Eine Menge Fernseher, Radios, Kühlschränke, Waschmaschinen.« Er hielt inne und pfiff durch die Zähne, weil eine junge rothaarige Frau in einem Minirock vorbeiging. »Also *die* ist nicht übel«, sagte er. »Da fällt mir ein, haben Sie mittlerweile diese Rothaarige aus Eastvale flachgelegt? Sie wissen schon, die Psychologin.« Er schnippte den Stummel seiner Zigarre in Richtung Rinnstein, der Funken sprühend die Mauer darüber traf.

Burgess meinte Jenny Fuller, wie er genau wusste. Als Banks daran dachte, was passiert war, als die beiden das letzte Mal aufeinander trafen, musste er lächeln. »St. Corona«, sagte er. »Was wollten Sie gerade sagen?«

Burgess schmollte. »Sie haben keinen Humor. Wissen Sie, wer dort Präsident ist?«

»Was soll das hier werden, ein Ratespiel oder was? Martin Churchill. Wenn Sie mir etwas zu sagen haben, dann rücken Sie raus damit und lassen mich nach Hause gehen. Ich hatte einen langen Tag.«

»Heim zu Ihrer reizenden Frau? Wie hieß sie noch? Sandra, oder? Okay, okay. St. Corona ist eine Republik und Sie haben Recht, Martin Churchill ist Präsident auf Lebenszeit. Guter Name für den Job, was meinen Sie?«

»Ich habe von ihm gelesen.«

»Tja, das arme Schwein steckt zur Zeit etwas in der Bredouille, die oppositionellen Parteien wirbeln eine Menge Staub auf und die Unabhängigkeits- und Freiheitsbewegung hat einen Erfolg nach dem anderen.« Er seufzte. »Ich weiß auch nicht. Scheint so, als würden die Leute einfach nicht mehr an den Segen der guten alten Diktatur glauben.«

»Von wegen Segen«, sagte Banks. »Er hat das Land zehn Jahre lang geschröpft und jetzt geht es ihm an den Kragen. Was erwarten Sie von mir? Soll ich heulen?«

Burgess starrte Banks mit blinzelnden Augen an. »Immer noch ein verdammter Roter, was? Immer noch das schwule Weichei von einem Liberalen?« Er seufzte. »Irgendwie, Banks, habe ich mir schon gedacht, dass Sie sich nicht verändert haben. Das ist teilweise der Grund, warum ich hier bin. Aber wie auch immer Sie oder ich darüber denken mögen – die da oben haben beschlossen, dass es eine gute Idee wäre, in diesem Teil der Welt eine stabile Regierung zu haben, jemanden, dem wir vertrauen können. Natürlich scheint das jetzt nicht mehr so wichtig zu sein, wo die Russkis ihre verrosteten alten Atomsprengköpfe gegen Rüben eintauschen, aber es existieren andere Bedrohungen. Auf jeden Fall haben Großbritannien, Frankreich, Kanada, die Vereinigten Staaten und ein paar andere im Laufe der Jahre Millionen in St. Corona hineingepumpt. Sie können sich also ausrechnen, wie wichtig die Insel für uns ist.«

Banks hörte genau zu. Man konnte Burgess nicht drängen, er kam genau dann auf den Punkt, wann er es wollte.

»Churchill ist am Ende«, fuhr Burgess mit einer entsprechenden Handbewegung fort. »Es ist nur noch eine Frage der Zeit. Wochen ... Monate. Er weiß es. Wir wissen es. Ihm geht es jetzt nur noch darum, solange er noch kann mit seiner Familie lebend da rauszukommen und ins Exil zu gehen.«

»Und er will hierher kommen?«

Burgess betrachtete die Schachspieler und schaute über die Headrow. »Na ja, ich glaube nicht, dass er an den Norden von England im Besonderen gedacht hat, aber Sie sind auf der richtigen Fährte. Vielleicht eine hübsche, kleine Ruhestandsvilla in Devon oder Cornwall, an der englischen

Riviera. Irgendwo, wo das Wetter schön ist. Wo er seine Staudenrabatten anbauen kann, wo er seine Tage mit der Betrachtung der Natur verbringen kann, sich auf das Jenseits vorbereiten und Frieden mit dem Allmächtigen schließen kann. Solche Sachen. Irgendwo, wo er keinen Schaden mehr anrichten kann.« Burgess zündete sich noch eine kleine Zigarre an und spuckte ein paar Tabakkrümel aus. »Die Amis haben nein gesagt, aber die sind ja auch berühmt dafür, ihre Kumpels hängen zu lassen. Die Franzosen haben wie üblich gezaudert und gestottert und mit den Händen rumgefuchtelt. Wenn sie wirklich gewollt hätten, hätten sie ihn wahrscheinlich durch die Hintertür reingemogelt – wie diese Heuchler nun einmal sind. Und die Kanadier ... tja, die sind so scheißmoralisch, dass es kaum auszuhalten ist. Unter dem Strich heißt das also, Banks, dass unsere Regierung mächtig unter Druck steht, ihn aufzunehmen, so still und heimlich wie möglich natürlich.«

»Man mogelt ihn also durch die Hintertür rein, wie die heuchlerischen Franzosen?«

»Wenn Sie so wollen.«

»Was die Menschenrechte angeht, ist sein Ruf katastrophal«, sagte Banks. »Die Säuglingssterblichkeit in St. Corona liegt bei über fünfzehn Prozent. Die Lebenserwartung liegt bei den Männern um die fünfzig Jahre und bei den Frauen um die sechzig.«

»Oje, oje. Sie haben schon wieder den *Guardian* gelesen, nicht wahr, Banks?«

»Und andere Zeitungen. Die Geschichte ist überall die gleiche.«

»Sie sollten es doch eigentlich besser wissen, anstatt alles zu glauben, was Sie in den Zeitungen lesen, oder?« Burgess schaute sich verschwörerisch um und senkte seine Stimme. Niemand schien im Geringsten an ihnen interessiert zu sein.

Gelächter und Gesprächsfetzen erfüllten die Luft. »Haben Sie sich jemals gefragt«, sagte er, »warum Frauen immer eine höhere Lebenserwartung zu haben scheinen als Männer? Wo sie doch genauso viel schlechte Angewohnheiten haben wie wir? Vielleicht arbeiten sie nicht genauso hart und leiden nicht so sehr unter Stress. Vielleicht liegt es an den ganzen Schlankmachern und Aerobic. Vielleicht ist da was dran.

Aber kommen wir auf Mr. Churchills Dilemma zurück. Und das ist übrigens Geheimsache. Es gibt ein paar Leute da oben, die wollen ihn hier haben, die meinen, wir schulden ihm was; und dann gibt es da welche, die ihn für Abschaum halten, für einen miesen Bastard, der es verdient, so langsam und schmerzvoll wie möglich zu sterben.« Wie üblich gefiel es Burgess, mit seinem amerikanischen Slang anzugeben. Er reiste häufig in die Staaten, zu »Lehrgängen«.

»Ach, hören Sie auf damit«, sagte Banks. »Wenn man ihn hier haben will, dann nicht aus irgendeinem Pflichtgefühl heraus, sondern weil er etwas hat, hinter dem man her ist, oder weil er etwas gegen die Leute da oben in der Hand hat.«

Burgess kratzte seine Wange. »Das ist zynisch«, sagte er. »Aber teilweise haben Sie Recht. Ein netter Kerl ist er nicht. So, wie ich das sehe, ist er ein Vielfraß, ein Rüpel, ein Mörder und ein Vergewaltiger, wobei er Sodomie bevorzugt. Aber das ist nicht das Thema. Das Problem ist, dass wir ihn ausgebildet haben; wir haben ihn zu dem gemacht, was er ist. Eton und Cambridge. Er hat dort Jura studiert. Wussten Sie das? Er ist mit einer Menge wichtiger Leute zur Schule und zur Universität gegangen, Banks: Minister, Bänker, mächtige Broker, eine Menge Strippenzieher. Wissen Sie, wie taktlos sich die Menschen benehmen können, wenn sie jung sind? Dass sie Dinge tun können, von denen sie nichts mehr wissen wollen, wenn sie in der Öffentlichkeit stehen? Und wir sprechen hier von Leuten, die genug Macht besitzen, um hin und wieder Finanzen der Regierung locker zu machen, wenn St. Corona mal wieder um Hilfe bittet. Außerdem wird gemunkelt, dass er ein recht ansehnliches kleines Vermögen besitzen soll, das unserer Wirtschaft nicht gerade schaden würde.«

»Lassen Sie mich raten«, sagte Banks. »Gewaschenes Geld?«

Burgess hob die Augenbrauen. »Ja, sicher. Was mich auf den Mord an Keith Rothwell bringt. Sie sind der leitende Ermittler vor Ort, habe ich gehört?«

»Ja.«

»Deswegen habe ich mir gedacht, ich wende mich besser an Sie persönlich. Ich kenne Sie, Banks. Sie sind immer noch ein roter Liberaler, wie Sie gelegentlich bewiesen haben. Um ehrlich zu sein – als mir gesagt wurde, wer an dem Fall arbeitet, habe ich gedacht: ›Oh, Scheiße, wir sitzen in der Tinte.‹ Sie haben keinen Respekt vor der ehrwürdigen Institution der Regierung oder vor der Notwendigkeit der Geheimhaltung bei manchen ihrer Arbeitsweisen. Sie haben keinen Respekt vor der Tradition und es liegt Ihnen nicht das Geringste daran, die naturgegebene Ordnung der Dinge zu bewahren. Wahrscheinlich stehen Sie bei *God Save the Queen* nicht einmal auf. Kurz gesagt, Sie sind ein beschissener, linker Unruhestifter und eine Bedrohung für die nationale Sicherheit.«

Banks lächelte. »Danke für das Kompliment«, sagte er. »Aber *ganz* so weit würde ich nicht gehen.«

Burgess grinste. »Vielleicht habe ich etwas übertrieben. Aber Sie haben mich verstanden?«

»Laut und deutlich.«

»Gut. Dann werde ich Ihnen nun etwas sehr, sehr Wichtiges und sehr, sehr Geheimes erzählen, und zwar streng vertraulich. Wir haben die Situation in St. Corona schon länger im Auge, und alles, was möglicherweise mit Martin Churchill zu tun haben könnte, wird festgehalten. Gestern am späten Abend haben wir nun von Ihrem Betrugsdezernat die Nachricht bekommen, dass sie in Keith Rothwells Computer Dokumente gefunden haben, die darauf hinweisen, dass er Geld für Martin Churchill gewaschen haben könnte. Rothwell hat eine Menge Reisen auf die Kanalinseln und in die Karibik unternommen. Und er hatte ein paar sehr dubiose Bankkonten. Bei sehr dubiosen Banken übrigens. Auf jeden Fall passen die Regelmäßigkeit und der Zeitraum genau zu den Dingen, nach denen wir gesucht haben. Wir haben gewusst, dass diese Sache schon seit geraumer Zeit läuft, aber bis jetzt hatten wir noch keinen Hinweis darauf, wer die Sache ausgeführt hat. Noch gibt es keinen Beweis dafür, dass es Rothwell war – das Betrugsdezernat hat noch eine Menge damit zu tun, Transaktionen zu verfolgen und so weiter –, aber wenn ich mich nicht täusche, dann geht es um eine Menge Geld. Irgendetwas in der Größenordnung von dreißig bis vierzig Millionen Pfund über einen Zeitraum von drei bis vier Jahren. Das meiste Geld war ursprünglich als Hilfsleistungen gedacht und stammte von den führenden westlichen Nationen. Das Gleiche hat damals Baby Doc in Haiti gemacht.«

»Und Sie glauben, diese Sache könnte etwas mit dem Mord an Keith Rothwell zu tun haben?«

Burgess schüttelte den Kopf. »Das kann ich nicht sagen, aber es spricht eine Menge dafür, dass es da eine Verbindung gibt? Besonders wenn man bedenkt, wie er getötet worden ist. Ich meine, so bringt man hier keinen um, oder?«

»Möglich«, stimmte Banks zu. »Haben Sie irgendwelche Spuren zu den Mördern?«

»Nicht mehr als Sie. Ich sage nur, dass Churchill dahinter stecken *könnte*.«

»Und wenn?«

»Dann passen Sie gut auf sich auf.«

Banks dachte einen Augenblick darüber nach. Er war sich nicht sicher, wer die größere Bedrohung für ihn darstellte: Churchill oder Burgess. »Ich muss schon sagen, da haben Sie aber sehr schnelle Arbeit geleistet«, sagte er.

Burgess zuckte mit den Achseln. »Es geht halt alles seinen Gang. Als ich bei Ihnen im Revier angerufen habe, hat mir Superintendent Gristhorpe gesagt, wo Sie sind. Im Büro des Rechtsanwalts habe ich Sie verpasst, aber seine Sekretärin hat mir erzählt, dass Sie hierher kommen würden.«

»Was hat Daniel Clegg mit der ganzen Sache zu tun?«

»Wissen wir noch nicht. Wir wissen nicht einmal, ob er überhaupt etwas damit zu tun hat. Von seinem Verschwinden habe ich gerade erst gehört. Es ist noch zu früh, um etwas zu sagen.«

»Zwei andere Männer haben auch nach ihm gesucht. Ein Schwarzer und ein Weißer. Gehören die zu Ihrem Haufen?«

Burgess runzelte die Stirn. »Nein, die haben nichts mit mir zu tun.«

»Wissen Sie etwas über die beiden?«

»Nein.«

Banks war sicher, dass er log. »Warum sind Sie also hier?«, wollte er wissen. »Was wollen Sie von mir?«

»Nichts. Machen Sie einfach ganz normal weiter. Ich wollte Sie nur warnen, sehr vorsichtig vorzugehen, das ist alles. Die Dinge könnten komplizierter sein, als sie nach außen hin erscheinen. Und ich wollte Sie natürlich wissen lassen, dass Sie Hilfe kriegen können, wenn Sie wollen. Und wenn Sie so weit sind, die Identitäten der Mörder aufzudecken, bin ich selbstverständlich daran interessiert, mit ihnen zu reden.«

»Warum?«

»Weil ich, wie gesagt, an allem interessiert bin, das mit Martin Churchill zu tun hat.« Burgess schaute auf seine Uhr. »Großer Gott, schon so spät?«, sagte er, kippte den Rest seines Biers hinunter, zwinkerte und stand auf. »Ich muss los. Wir sehen uns.« Und dann stolzierte er über den Platz davon in Richtung Park Row.

Banks zündete sich eine Zigarette an, und während er sein Bier austrank, grübelte er über dieses Treffen nach und fragte sich, was zum Teufel dieser Kerl im Schilde führte. Er traute Burgess nicht über den Weg und war überzeugt, dass das Hilfsangebot und die freundliche Warnung nichts als Blödsinn waren. Burgess hatte etwas vor.

Vermutlich wollte er als einer der Ersten Kontakt zu den Mördern haben, um eine Möglichkeit zu finden, die Sache zu vertuschen. Denn er würde mit Sicherheit vermeiden wollen, dass in den Medien eine große Geschichte darüber ausgebreitet wurde, wie Churchill Mörder angeheuert hatte, um einen Steuerberater aus Yorkshire aus dem Wege zu räumen. Churchill mochte auf St. Corona für wesentlich schlimmere Dinge verantwortlich sein, aber dies war schließlich England.

Aber ungeachtet dessen, was Burgess vermutete und ob Martin Churchill nun dahinter steckte oder nicht, musste Banks zwei Mörder finden, ihrer Sprache nach zu urteilen Männer aus der Gegend, und er würde keinen Schritt vorankommen, wenn er im Stumps herumsaß und über Dirty Dick Burgess nachgrübelte.

IV

Banks erwartete nicht, in Calverts Wohnung in Headingley etwas Neues zu finden, aber nachdem er die CD von Chatschaturjan gekauft hatte, war es ihm aus irgendeinem Grund notwendig erschienen, die Wohnung noch einmal aufzusuchen.

Die örtliche Polizei hatte mit den anderen Mietern gesprochen, die alle aussagten, nichts über Mr. Calvert oder Keith Rothwell zu wissen: Sie hatten ihn so gut wie nie gesehen, er war häufig unterwegs – »doch jetzt, wo Sie es erwähnen, gebe ich zu, es gab da eine Ähnlichkeit, aber es war ja nur ein Zeitungsfoto, und Mr. Calvert sah etwas anders aus. Außerdem war Calvert ja kein Steuerberater aus Eastvale, oder? Er wohnte in Leeds.« Dem konnte man nicht widersprechen. Banks ging die Treppen hinauf.

Der einzige Unterschied, den er unmittelbar bemerkte, war die dünne Puderschicht für die Fingerabdrücke auf den Metall- und Glasoberflächen: am Gasofen, auf der Glasplatte des Couchtisches und auf dem Fernseher.

Dieses Mal untersuchte Banks die Bücher genauer. Viele waren es nicht und bei den meisten handelte es sich um die üblichen Taschenbücher von der Bestsellerliste: Tom Clancy, Clive Cussler, Ken Follett, Robert Ludlum. Außerdem gab es ein paar Spionageromane von Len Deighton, John Le Carré, Adam Hall und Ian Fleming sowie einige Agatha-Christie-Bände und eine merkwürdig fehl am Platz wirkende Ausgabe von *Middlemarch*, die einen ungelesenen Eindruck machte. Für Banks keine Überraschung, denn er hatte selbst bei der Fernsehadaption aufgegeben. Die einzigen anderen Bücher waren Palgraves Anthologie englischer Dichtung *The Golden Treasury*, der erste Teil von William Manchesters Churchill-Biografie und ein *Oxford*-Handwörterbuch.

Die CD-Sammlung konzentrierte sich vollständig auf Jazz, vor allem waren es Aufnahmen von Kenny Ball und Acker Bilk sowie ein paar Kollektionen mit Bigbandmusik. Banks entdeckte auch einige anständige Sachen: Louis Armstrong, Bix Beiderbecke, Johnny Dodd, Bud Powell. Aber dem Druck von Monet über dem Kamin, dem Palgrave und der Musik nach zu urteilen, hatte Robert Calvert im Großen und Ganzen mit Philip Larkin übereingestimmt, dass mit Parker, Pound und Picasso das Übel begann.

Im Schlafzimmer waren alle Papiere vom Schreibtisch entfernt worden, genauso die Brieftasche mit Calverts Ausweis und Kreditkarten. Da man nun wusste, dass er und Rothwell ein und dieselbe Person waren, arbeitete das Betrugsdezernat bereits an Calverts Finanzprofil. Die Zeitschriften und die Münzen waren noch da, das Bett war noch ungemacht.

Warum hatte Rothwell Calvert *gebraucht*, fragte sich Banks. War es nur eine Flucht vor der Wirklichkeit? Allen Aussagen zufolge war er auf der Arkbeck Farm und in der weiteren Umgebung von Swainsdale ein völlig anderer Mensch gewesen. Die meisten Leute dort sprachen von ihm als einem ziemlich langweiligen Kerl, der vielleicht ein bisschen unter dem Pantoffel gestanden hatte.

Dagegen Robert Calvert, der tanzende, spielende, lachende, lustige Hallodri und Träumer. Der Mann, der die schöne Pamela Jeffreys angezogen und ins Bett bekommen hatte. Der Mann, der seine Zahnpastatube in der Mitte drückte.

Wer also war der wirkliche Keith Rothwell? Beide oder keiner? In gewisser Hinsicht, vermutete Banks, brauchte er wohl beide Welten. Hatte das eine Jekyll-und-Hyde-Figur aus ihm gemacht? Bedeutete es, dass er verrückt war? Das glaubte Banks nicht.

Er erinnerte sich an Susans Bericht über ihr Gespräch mit

Laurence Pratt, in dem Pratt angedeutet hatte, dass sich Rothwell im Laufe der Jahre verändert hatte, sich zurückgezogen und eingeigelt hatte. Vielleicht war er einmal ein Mensch gewesen, der gerne spielte, tanzte und trank. Dann war er dazu gedrängt worden, die Tochter des Chefs zu heiraten, und die Ehe hatte ihn verändert. Das passierte häufig genug, die Menschen heirateten und kamen zur Ruhe. Aber aus irgendeinem Grund hatte Rothwell ein Ventil gebraucht, eines, das seinem Familienleben oder seinem Image von einem respektablen, anständigen Bürger nicht in die Quere kam.

Banks konnte sich einen guten Grund vorstellen, warum es für Rothwell wichtig war, diese Legende bestehen zu lassen: Rothwell war ein Gauner. Er wollte keinesfalls die Aufmerksamkeit durch ein Leben im großen Stil auf sich ziehen. Aber als Calvert konnte er seine Jugend wieder aufleben lassen und zudem die Erträge seiner Geldwäsche genießen. Perfekt.

Wusste Mary Rothwell von dem anderen Leben ihres Ehemannes? Während der letzten Jahre hatte sie wahrscheinlich immer wieder vermutet, dass etwas nicht stimmte, ihre Verdächtigungen jedoch unterdrückt und verdrängt, um die Illusion der glücklichen, wohlhabenden Familie in der Gesellschaft aufrechtzuerhalten. Wahrscheinlich war es ihr genauso ein Bedürfnis, an die Lügen zu glauben, wie es ihrem Mann ein Bedürfnis war, sie zu leben.

Aber man kann eine Illusion nur für eine gewisse Zeit aufrechterhalten, dachte Banks. Dann treten die erste Risse auf und die Wahrheit sickert durch. Auch diesen Zustand kann man für längere Zeit ignorieren, aber letzten Endes beginnt die Wunde zu eitern und alles zu infizieren. Und in dem Moment beginnen die Schwierigkeiten aufzutauchen. Ob Alison von dem Doppelleben ihres Vaters wusste? Oder

Tom? Es würde interessant werden, den Jungen kennen zu lernen.

Er schaute noch einmal in den Kleiderschrank und die Schubladen der Kommode. Die meisten von Calverts Sachen waren noch da, allerdings waren die Kondome verschwunden. Wurden sie im Labor genaustens unter die Lupe genommen oder hatte ein Beamter der Spurensicherung eine heiße Verabredung gehabt und keine Zeit, in die Drogerie zu gehen?

Er schaute unter den Sesseln nach, unter dem Bett, auf dem Kleiderschrank, im Spülkasten und allen üblichen Verstecken, bevor ihm klar wurde, dass Vic Manson und seine Leute, auch wenn es sich bei der Wohnung nicht um einen eigentlichen Tatort handelte, bestimmt schon alles untersucht hatten. Außerdem wusste er gar nicht, wonach er überhaupt suchte. Er hielt vor dem Fenster inne, das auf eine von Bäumen gesäumte Nebenstraße der Otley Road zeigte.

Idiot, sagte er zu sich. Er hatte in Robert Calverts Wohnung nach Keith Rothwell gesucht. Aber er war nicht da. Er war nirgendwo, er war lediglich ein Stück gekühltes Fleisch, das auf einen Mann in Soutanelle wartete, der ein paar bedeutungslose Worte sprechen würde, die vielleicht die Angst der Lebenden vor dem Tod besänftigte, bis er sich wieder in ihrer Nähe ereignete.

Als er aus dem Fenster schaute, erblickte er zwei Männer auf der gegenüberliegenden Straßenseite, die zu ihm hochsahen. Sie waren teilweise von den Bäumen verdeckt, aber er konnte sehen, dass es ein Schwarzer und ein Weißer waren.

Schnell lief er hinunter auf die Straße. Aber als er unten ankam, war außer einem jungen Mann, der drei Häuser weiter seinen Wagen wusch, niemand mehr zu sehen.

Banks ging zu ihm und zeigte seinen Dienstausweis. Der Mann wischte sich den Schweiß von der Stirn, schaute hoch zu Banks und schütze seine Augen vor dem grellen Licht. Die Sonnenstrahlen funkelten auf den Blasen des seifigen Wassers in seinem Eimer.

»Haben Sie vor wenigen Minuten zwei Männer in Anzügen hier vorbeigehen sehen?«, fragte Banks.

»Ja«, sagte der Mann. »Ja, habe ich. Ich fand es ein bisschen merkwürdig, wie sie da stehen geblieben sind und auf das Haus gestarrt haben. Aber, ehrlich gesagt, so wie die angezogen waren, habe ich sie für Polizisten gehalten.«

Banks dankte ihm und ging zurück zu seinem Wagen. Er wurde also nicht paranoid. Wie sagte man noch so schön? Wenn man sich verfolgt fühlt, kann da durchaus etwas dran sein.

ACHT

I

Tom Rothwell ähnelte seinem Vater mehr als seiner Mutter, dachte Banks, als er ihm am nächsten Morgen im Wohnzimmer der Arkbeck Farm gegenübersaß. Sein Haar war zwar dunkler und länger, aber er hatte das gleiche schmale, ovale Gesicht mit der leicht gebogenen Nase und die gleichen grauen Augen, die Banks vorher nur auf dem Foto von Keith Rothwell gesehen hatte. Sein Schmollmund erinnerte allerdings mehr an den frühen Elvis Presley und war zweifellos eher eine Masche als natürlichen Ursprungs.

Sein hellbraunes Haar fiel aufreizend über ein Auge und hing in Naturwellen über seine Ohren bis auf den Kragen seines blauen Jeanshemdes. Die Jeans war an beiden Knien aufgerissen und die nicht zugeschnürten weißen Turnschuhe an seinen Füßen waren abgewetzt und schmutzig.

Der Beste des ganzen Haufens, hatte Cathy Grafton gesagt, und man konnte sich leicht vorstellen, warum ein einfaches Mädchen wie sie ein Lächeln und ein Wort von einem attraktiven jungen Mann wie Tom zu schätzen wusste.

Aber von Anfang an spürte Banks bei ihm noch etwas anderes: Er strahlte eine gekünstelte Arroganz aus, als würde er sich aus großer intellektueller und moralischer Höhe dazu herablassen, solch dumme Fragen wie die zu der Ermordung seines Vater zu beantworten.

Teilweise war es wohl jugendliche Rebellion und dafür hatte Banks vollstes Verständnis. Außerdem schien Tom diese Mischung aus Einbildung und Selbstgefälligkeit an den Tag zu legen, der Banks bei Wohlhabenden häufig begegnet war. Doch dieses übersteigerte Maß an Misstrauen und Fassade kannte Banks sonst nur von Menschen, die mit schlechtem Gewissen ein Geheimnis verbargen. Toms Körpersprache sagte alles: seine Beine lang ausgestreckt, die Füße über Kreuz, die Arme vor der Brust verschränkt, überall hinschauend, nur nicht in die Augen des Fragenstellers. Susan Gay saß im Hintergrund und machte Notizen. Banks fragte sich, was sie von Tom halten mochte.

»Hatten Sie Probleme, einen Flug zu bekommen?«, fragte Banks.

»Nein. Aber ich musste in irgendeinem langweiligen Kaff in Carolina umsteigen und dann in New York noch einmal.«

»Sie werden bestimmt müde sein. Von meiner Reise nach Toronto weiß ich noch, dass der Jetlag beim Heimflug viel schlimmer ist.«

»Ich fühle mich gut. Ich habe im Flugzeug ein bisschen geschlafen.«

»Das bringe ich leider nie fertig.«

Tom sagte nichts. Banks wünschte, Alison und Mary Rothwell würden ihn nicht auf dem Sofa flankieren. Und erneut kam ihm das über beide Stockwerke gehende Zimmer dunkel und kalt vor. Es hatte zwar Fenster, aber sie waren so eingesetzt oder in einem solchen Winkel gelegen, dass sie kaum natürliches Licht hereinließen. Außerdem waren sie alle geschlossen.

»Ich kann mir vorstellen, dass Sie wegen Ihres Vaters bedrückt sind«, sagte er.

»Natürlich.«

»Wir wollten so schnell mit Ihnen sprechen«, fuhr Banks

fort, »weil wir hoffen, dass Sie uns etwas über Ihren Vater erzählen können, uns Hinweise geben können, die uns vielleicht helfen, auf die Spur der Mörder zu kommen.«

»Was soll ich denn wissen? Ich war seit Ende März im Ausland.«

»Es ist aber möglich«, sagte Banks und wägte seine Worte vorsichtig ab, »dass die Ursache des Verbrechens weiter zurückliegt.«

»Das ist doch lächerlich. Ihre Fantasie geht mit Ihnen durch.«

»Ach? Was ist denn *Ihrer* Meinung nach passiert?«

Tom verzog seine Lippen und schaute auf den Teppich. »Das war doch eindeutig ein Einbruch, der schief gelaufen ist. Oder ein Entführungsversuch. Mein Vater war schließlich ziemlich vermögend.«

Banks kratzte die Narbe neben seinem rechten Auge. »Eine Entführung, ja? Das ist uns nie in den Sinn gekommen. Können Sie es mir erklären?«

»Das ist ja wohl Ihr Job, oder? Aber es ist nicht besonders schwer, sich vorzustellen, dass es ein schief gelaufener Entführungsversuch gewesen sein könnte. Mein Vater wollte offensichtlich nicht kooperieren, also mussten sie ihn töten.«

»Warum haben sie ihn nicht einfach bewusstlos geschlagen und mitgenommen?«

Tom zuckte mit den Achseln. »Vielleicht ist das Gewehr aus Versehen losgegangen.«

»Warum hat man dann nicht die Leiche mitgenommen und so getan, als würde er noch leben, bis das Geld übergeben wurde?«

»Woher soll ich das wissen? Sie sind doch die Profis, oder? Ich sage nur, was gewesen sein könnte. Ich habe ja auch von einem misslungenen Einbruch gesprochen.«

»Hören Sie, Tom, dieses Spielchen führt zu nichts. Glauben Sie mir, wir sind alle Möglichkeiten durchgegangen. Es war weder ein Entführungsversuch noch ein misslungener Einbruch. Mir ist klar, wie schwierig es für eine Familie ist zu akzeptieren, dass einer von ihnen in etwas Illegales verwickelt gewesen sein könnte, aber die gesamte Beweislage deutet in diese Richtung.«

»Absurd«, fauchte Mary Rothwell. »Keith war ein absolut integrer Geschäftsmann und ein guter Mensch. Und wenn Sie weiterhin diese verleumderischen Gerüchte verbreiten, werden wir unseren Anwalt einschalten müssen.«

»Mrs. Rothwell«, sagte Banks. »Ich versuche gerade, mit Ihrem Sohn zu sprechen. Ich würde es begrüßen, wenn Sie sich nicht einmischten.« Schon mehr als einmal hatte er mit dem Gedanken gespielt, ihr beizubringen, dass ihr Mann als Robert Calvert ein Doppelleben geführt hatte, doch er hielt sich zurück. Zum einen wäre es grausam gewesen und zum anderen hatte Gristhorpe gesagt, dass der Polizeipräsident die Nachricht wenn möglich vor der Presse und der Familie geheim halten wollte, auf jeden Fall, bis sich mehr Beweise ergeben hatten.

Mary Rothwell starrte ihn zornig an, ihre Lippen waren so fest zusammengepresst, dass sie an den Rändern weiß waren.

Banks wandte sich wieder an Tom. »Hatten Sie eine enge Beziehung zu Ihrem Vater?«

»Einigermaßen. Er war kein ...« Tom rümpfte die Nase. »Er war kein übermäßig emotionaler Mensch.«

»Aber Sie kamen gut miteinander aus?«

»Ja, natürlich.«

»Dann wissen Sie vielleicht etwas, das uns helfen könnte.«

»Ich verstehe immer noch nicht, wieso, aber wenn ich irgendwie nützlich sein kann ... Fragen Sie nur.«

»Hat er jemals von einem Martin Churchill gesprochen?«

»Churchill? Nein.«

»Wissen Sie, wer das ist?«

»Der Kerl aus der Karibik?«

»Genau.«

»Machen Sie Witze?« Tom sah verdutzt aus. »Sie machen Witze, oder? Die Antwort ist nein, natürlich hat er nicht von ihm gesprochen. Warum sollte er auch?«

»Haben Sie Ihren Vater jemals mit zwei gut gekleideten Männern gesehen, beide ungefähr einsachtzig groß, ein Schwarzer und ein Weißer?«

Tom runzelte die Stirn. »Nein. Hören Sie, es tut mir Leid, aber ich habe keine Ahnung, wovon Sie reden.«

»Hat er mit Ihnen über seine Geschäfte gesprochen?«

»Nein.«

»Haben Sie jemals Geschäftspartner von ihm kennen gelernt?«

»Nur wenn sie zum Essen kamen. Und selbst dann wurde ich normalerweise nicht dazugebeten.« Tom schaute seine Mutter an. »Ich musste an solchen Abenden eine andre Beschäftigung finden. Was für gewöhnlich kein Problem war.« Er blickte hinüber zu Susan, und während er das tat, meinte Banks zu erkennen, dass sein Ausdruck sanfter wurde. Ihre Anwesenheit schien ihn zu interessieren und neugierig zu machen.

Im Hintergrund hatte das Radio die ganze Zeit ein Wunschprogramm gespielt, und plötzlich schnappte Banks den bewegenden Refrain von Delibes *Viens, Mallika … Dôme épais* auf, das als *Flower Duet* durch einen Fernsehspot populär geworden war. Selbst die Trivialisierung konnte der Schönheit und Klarheit des Stückes nichts anhaben. Er hielt einen Moment inne, bevor er weitermachte.

»Wann sind Sie abgereist?«

»Im März«, sagte Tom. »Am einunddreißigsten. Aber was hat das …«

»Was ist mit Ihrem Job?«

»Welcher Job?«

»In dem Videoladen in Eastvale.«

»Ach, der. Den habe ich hingeschmissen.«

»Mit welcher Art Videos wird dort gehandelt?«

»Mit allen möglichen. Warum?«

»Auch Sachen, die unter dem Tresen verkauft werden?«

»Ach, hören Sie auf damit, Chief Inspector. Erst ist mein Vater ein Gauner und jetzt bin ich ein Pornohändler, oder was? Sie sollten fürs Fernsehen schreiben.« Alison schaute von ihrem Buch auf und kicherte. Tom lächelte sie an und war offensichtlich zufrieden mit seiner Unverschämtheit. »Der Laden heißt Monster Videos, in der Passage an der Bushaltestelle. Fragen Sie dort nach, wenn Sie mir nicht glauben.«

»Warum haben Sie dort aufgehört«, drängte Banks weiter.

»Das geht Sie zwar nichts an, aber es war nicht gerade das Sprungbrett für eine Karriere.«

»Und die wollen Sie machen?«

»Ich werde auf eine Filmschule in den Vereinigten Staaten gehen.«

»Verstehe.«

»Ich will Filmregisseur werden.«

»Wollte Ihr Vater das auch?«

»Was spielt es für eine Rolle, was *er* wollte?«

Sie war da, die Verbitterung, stellte Banks fest. Der richtige Moment, um etwas vehementer zu werden. »Mir ist zu Ohren gekommen, dass Sie beide einen Streit über Ihre Berufswahl hatten. So, wie ich verstanden habe, wollte er, dass Sie Steuerberater oder Anwalt werden. Er hatte aber den

Eindruck, Sie würden es vorziehen, als fauler, träger Nichtsnutz durchs Leben zu gehen.«

»Wie können Sie es wagen?« Mary Rothwell sprang auf.

»Schon in Ordnung, Mutter«, sagte Tom spöttisch. »Setz dich hin. Das gehört doch nur zu ihrem Spiel. Sie sagen solche Sachen nur, um einen so weit auf die Palme zu bringen, bis man etwas sagt, was man hinterher bereut. Ignoriere das einfach.« Er schaute wieder Susan an, als würde er von ihr erwarten, Banks zu verteidigen, aber sie schwieg. Er schien enttäuscht zu sein.

Langsam setzte sich Mary Rothwell wieder hin. Auf der anderen Seite von Tom schaute Alison für ein paar Sekunden von *Villette* auf, hob die Mundwinkel, was man als Lächeln deuten konnte, und widmete sich dann wieder ihrem Buch.

»Und?«, sagte Banks.

»Was und?«

»Womit könnte ich Sie auf die Palme bringen, damit Sie etwas sagen, was Sie bereuen würden?«

»Sehr clever. Das war nur eine Redewendung.«

»Na gut. Hatten Sie und Ihr Vater einen solchen Streit?«

»Sie werden genauso gut wie ich wissen«, sagte Tom, »dass es zwischen Vater und Sohn zu Streitereien kommen kann. Sicher, Dad wollte, dass ich in seine Fußstapfen trete, aber ich habe meine eigenen Vorstellungen. Er hat sich nicht viel aus Kunst gemacht, außer wenn es gut fürs Geschäft war und er seine Klienten mit Karten für die Oper oder das Theater beeindrucken konnte.«

»Wo in Amerika sind Sie gewesen?«

»Überall. New York. Chicago. Los Angeles. San Francisco, Miami, Tampa.«

»Wie sind Sie gereist?«

»Mit dem Flugzeug oder mit einem Mietwagen. Was soll ...«

»Waren Sie in der Karibik? Auf St. Corona?«

»Nein, war ich nicht.«

»Wie haben Sie Ihre Reise finanziert?«

»Was?«

»Sie haben mich verstanden. Sie waren anderthalb Monate drüben, und Sie wären immer noch dort, wenn Ihr Vater nicht gestorben wäre. Die ganze Reiserei kostet Geld. So viel Geld werden Sie nicht in einem Videoladen verdient haben, erst recht nicht, wenn er nur mit legalem Zeug handelt. Wie konnten Sie sich eine lange Reise nach Amerika leisten?«

Tom rutschte unbehaglich umher. »Meine Eltern haben mich unterstützt.«

Banks bemerkte, wie ein verwirrter Blick über Mary Rothwells Gesicht huschte.

»Stimmt das?«, wollte Banks von ihr wissen.

»Wieso, ja, natürlich.«

Ihr Zögern sagte ihm, dass sie nichts davon wusste. »Ihr Vater hat Sie unterstützt?«, fragte er Tom.

»Er war schließlich derjenige mit dem ganzen Geld, oder?«

»Ihr Vater hat also Ihre Reise finanziert. Wie?«

»Was meinen Sie?«

»Wie hat er die Reise finanziert? Bar? Per Scheck?«

»Er hat mir das Ticket und ein paar Travellerschecks gezahlt und eine Zusatzkarte zu seiner American-Express-Goldcard gegeben. Sie können die Konten überprüfen, wenn Sie das nicht schon gemacht haben.«

Banks pfiff durch die Zähne. »American Express Gold? Nicht schlecht.« Mary Rothwells Gesichtsausdruck nach zu urteilen, war ihr das neu. Alison schien das nicht weiter zu interessieren. Ohne aufzuschauen, schlug sie eine Seite um. »Warum hat er das getan?«, fragte Banks.

»Ich bin sein Sohn. So etwas tun Eltern für ihre Kinder, oder? Warum nicht?«

Banks hatte nie so viel für Brian oder Tracy ausgegeben, aber er hätte es sich auch nie leisten können. »War er immer so großzügig?«, fragte er.

»Er war nie geizig.«

Banks schwieg. Als die Stille Tom unruhig gemacht hatte, fuhr er fort. »Kurz bevor Sie abgereist sind, hatten Sie einen Streit mit Ihrem Vater, in dem er seine große Enttäuschung über Sie ausdrückte. Den Grund dafür kenne ich nun. Sie haben mir gerade gesagt, Sie wollten nicht den Weg gehen, den er für Sie geplant hatte. Aber Sie haben auch Ihre Enttäuschung über ihn zur Sprache gebracht. Was hat Sie dazu veranlasst?«

»Ich kann mich an keinen Streit erinnern.«

»Ich bitte Sie, Tom. Das können Sie doch besser.«

Tom schaute wieder Susan an, und Banks bemerkte, dass sein Blick um Hilfe flehte. Er suchte auch links und rechts von ihm nach Unterstützung, fand aber keine. Seine Mutter schien in Gedanken verloren zu sein und Alison war immer noch in ihre Charlotte Brontë vertieft.

»Ich sage Ihnen doch«, beharrte Tom, »ich habe keine Ahnung, wovon Sie sprechen.«

»Warum waren Sie von Ihrem Vater enttäuscht, Tom?«

Tom wurde rot. »Das war ich nicht. Ich weiß nicht, was Sie meinen.«

»Hatten Sie etwas Belastendes über seine Geschäfte herausgefunden?«

»Ist es das, was Sie glauben?«

»Erzählen Sie es mir, Tom. Es könnte uns sehr helfen. Was hatte er vor?«

Tom schien sich zu entspannen. »Nichts. *Ich* weiß es nicht. Sie sind völlig auf dem Holzweg.«

»Sagt Ihnen der Name Aston oder Afton etwas?«

Banks war sich sicher, ein Zucken in Toms Augen gesehen zu haben. Er kannte den Namen und er hatte Angst. »Nein«, sagte Tom. »Nie von ihm gehört.«

Banks entschied, dass sie in dieser Situation nicht weiterkamen und nichts erfahren würden, solange die ganze Familie zusammenhockte. Im Moment war es besser, zu gehen. Wenn Banks und Susan verschwunden waren, würden die Rothwells bestimmt in Streit geraten, denn Mary Rothwell sah ganz und gar nicht erfreut über die Rückkehr ihres verlorenen Sohnes aus. Und Tom konnte einmal in Ruhe darüber nachgrübeln, was ihn durcheinander brachte.

Es war ein herrlicher Morgen im Tal. Als Banks durch Fortford fuhr, das golden und grün im weichen Licht schimmerte, schob er eine Kassette mit Soloklaviermusik von Bill Evans ein. Die saftigen Wiesen der Flussauen links von ihnen waren voller Butterblumen, hier und da saßen reglos wie Statuen Angler da, deren Angelschnüre sich in den Swain bogen.

»Was denken Sie?«, fragte er Susan.

»Er lügt, Sir.«

»Das ist offensichtlich. Aber warum? Und was verheimlicht er?«

»Keine Ahnung. Alles. Ich habe auf jeden Fall ein komisches Gefühl.«

»Ich auch. Ich glaube, es wäre eine gute Idee, wenn Sie das nächste Mal allein mit ihm reden.«

»Vielleicht kann ich ihn nach der Beerdigung erwischen.«

»Wollen Sie hingehen? Verdammt!«

Einen halben Kilometer bevor die Straße in den Außenbezirken von Eastvale breiter wurde, trieb ein Bauer seine Schafe auf eine Weide auf der anderen Straßenseite. Man konnte nichts machen, man konnte nur anhalten und warten, bis die Schafe verschwunden waren.

»Blöde Viecher«, schimpfte Banks.

»Ich finde sie irgendwie niedlich«, sagte Susan. »Aber um darauf zurückzukommen, ich spiele wirklich mit dem Gedanken, hinzugehen. Man kann nie wissen; vielleicht tauchen wie in einem Buch die Mörder auf, um dem Opfer Respekt zu zollen.«

Banks lachte. »Wissen Sie, dass ich das tatsächlich mal erlebt habe?«, sagte er.

»Was?«

»Doch, ehrlich. In London. Da war seit Jahren eine Fehde zwischen zwei Familien im Gange gewesen, den Kinghorns und den Franklins. Beide Familien waren nicht gerade mit großen Leuchten gesegnet. Auf jeden Fall wurde der alte Franklin am helllichten Tage erschossen, und ein halbes Dutzend Zeugen sagten aus, dass es Billy Kinghorn, der älteste Sohn der verfeindeten Familie, gewesen war. Das Problem war nur, dass Billy sich aus dem Staub gemacht hatte. Bis zur Beerdigung. Da war Billy plötzlich da, mit schwarzer Krawatte, Armbinde und allem drum und dran, ein Gesicht wie drei Tage Regenwetter, und zollte seinem Opfer Respekt.«

»Und dann?«

»Haben wir ihn uns geschnappt.«

Susan lachte. Trotz der Anwesenheit eines Collies spazierten die Schafe über die ganze Straße, aber der träge Hund sah für die Hütearbeit auch schon wesentlich zu alt aus.

»Ich dachte nur, ich bräuchte einen Grund, um hinzugehen«, sagte Susan. »Eigentlich mag ich Beerdigungen ganz gerne. Als ich sechs Jahre alt war, ist meine Tante Mavis gestorben, und meine Eltern haben mich zur Beerdigung mitgenommen. Es war sehr beeindruckend, die Lieder, die Predigt und alles. In dem Alter konnte ich natürlich noch kein Wort verstehen, aber es klang alles sehr wichtig. Und als wir die Kirche verließen, fragte ich meine Mutter, wo Tante

Mavis jetzt wäre; und sie schluchzte ein bisschen und sagte dann: ›Im Himmel.‹ Ich fragte sie, wo das sei, und sie zeigte nach oben. Es war ein herrlicher blauer Himmel, fast so wie heute, mit nur einer Wolke, einer flauschigen weißen Wolke, die wie ein Teddybär aussah. Seitdem glaubte ich, dass die Menschen, wenn sie sterben, zu Wolken an einem vollkommen blauen Himmel werden. Ich weiß nicht, aber irgendwie hat mich das glücklich gemacht. Beerdigungen sind zwar ernste Angelegenheiten, aber seit damals machen sie mir nicht mehr so viel aus.«

Schließlich fand auch das letzte Schaf das Gatter und schlängelte sich hindurch. Der Bauer hob dankend seine Hand, als hätte Banks eine andere Wahl gehabt, als zu warten, und schloss das Gatter hinter sich. Banks fuhr weiter.

»Mir soll es recht sein, wenn Sie hingehen«, sagte er. »Ich kann Beerdigungen nicht ausstehen. Aber wie gesagt, schauen Sie tatsächlich mal, ob Sie Tom zur Seite nehmen können, auf einen Drink oder so. Ich habe das Gefühl, er will uns eigentlich erzählen, was er weiß. Haben Sie bemerkt, wie er Sie angeschaut hat?«

»Ja.«

»Glauben Sie, er hat was für Sie übrig?«

»Nein«, erwiderte Susan, nachdem sie kurz nachgedacht hatte. »Nein. Irgendwie glaube ich, dass es damit überhaupt nichts zu tun hatte.«

II

Banks verdrückte die letzte eingelegte Zwiebel seiner kalten Platte, spülte sie mit einem Schluck Theakston's Bitter hinunter und zündete sich dann eine Zigarette an. Er würde ein

Pfefferminzbonbon lutschen müssen, wenn er heute Nachmittag noch jemanden befragen wollte. Superintendent Gristhorpe saß ihm mit einem kleinen Bier im Queen's Arms gegenüber. Es war das erste Mal, dass sie wieder Zeit hatten, miteinander zu sprechen, seit Banks Burgess getroffen hatte.

»Also«, sagte Gristhorpe, »laut Burgess hat Rothwell Geld für Martin Churchill gewaschen?«

»Sieht so aus«, sagte Banks. »Sicher sei er nicht, meinte er, aber ich glaube, er hätte sich kaum die Mühe gemacht, hier hochzukommen, wenn er nicht sicher wäre, oder?«

»In Anbetracht dessen, wie wenig Burgess vom Norden hält, nein. Wir sollten aber trotzdem die Möglichkeit nicht außer Acht lassen, dass Rothwell in anderer Form in ein organisiertes Verbrechen verwickelt war, wahrscheinlich Drogen, Prostitution oder Porno. Selbst wenn er für Churchill Geld gewaschen hat, kann er seine Hände auch noch in anderen schmutzigen Geschäften gehabt haben. Solange wir nicht wesentlich mehr wissen, können wir nicht davon ausgehen, dass Churchill hinter seiner Ermordung steckt.«

»Stimmt«, sagte Banks.

»Trotzdem solltest du auf Burgess hören und auf dich aufpassen.«

»Keine Sorge, das werde ich.«

»Gut«, fuhr Gristhorpe fort. »Ich hatte gerade ein Treffen mit Inspector Macmillan, und er hat mir erzählt, dass Daniel Clegg als Referenz für Robert Calverts Bankkonto und Kreditkarte in Leeds fungierte. Auf dem Konto sind ungefähr zwanzigtausend Pfund. Interessant, oder?«

»Spielgeld«, sagte Banks.

»Ja. Damit würde ich auch gerne mal spielen. Laut Macmillan haben die Bankangestellten Calvert auf dem Bild von Rothwell nicht erkannt, weil sie ihn kaum gesehen haben. Er benutzte eine stark frequentierte Filiale in der Innenstadt, und die einzige Angestellte, die dann doch eine Verbindung herstellen konnte, als Macmillan nachfragte, sagte, dass Calvert so anders ausgesehen hatte und angezogen war, dass sie niemals darauf gekommen wäre, dass er das auf dem Bild in der Zeitung ist.«

»Dann können wir von Glück sagen, dass sich Pamela Jeffreys gemeldet hat.«

»Genau, sonst hätten wir vielleicht nie von Calvert erfahren. Was hat seine Familie zu sagen?«

Banks seufzte und legte seine Handkante vor die Kehle. »Die verdammten Rothwells stehen mir bis hier«, sagte er. »Sie geben dem Wort ›dysfunktional‹ eine völlig neue Dimension. Da haben wir das Opfer, das illegales Geld wäscht und nur so als Hobby ein Doppelleben führt. Dann die Tochter, die lieber ihren Kopf in einem Buch vergräbt, als sich der Realität zu stellen, jetzt, wo der Schock und die Müdigkeit nachgelassen haben. Ein Sohn, der mit schlechtem Gewissen mehr als nur ein paar Geheimnisse verbirgt. Und über allen thront die Bienenkönigin, die einzig und allein den äußeren Schein ihres gewohnten High-Society-Lebens aufrechterhalten will und schwört, ihr Mann habe eine blütenweiße Weste gehabt.«

»Was erwartest du denn von ihr, Alan? Ihre Welt ist zusammengebrochen. Es wird sie viel Anstrengung kosten, alles zusammenzuhalten. Ein bisschen mehr Mitgefühl, Junge!«

Banks zog an seiner Zigarette und blies den Rauch langsam aus. »Du hast Recht«, sagte er. »Tut mir Leid. Ich habe nur die Schnauze voll von diesen Rothwells, das ist alles. Was wissen sie? Schwer zu sagen. Ich glaube, Mrs. Rothwell vermutet, dass etwas Seltsames vorgegangen ist; sie weiß nur nicht, was, und will es auch nicht wissen. Sie leugnet es, besonders vor sich selbst.«

»Könnte die Familie irgendwie in den Mord verstrickt sein?«

»Daran habe ich auch schon gedacht«, sagte Banks, »und ich habe mit Susan darüber gesprochen. Letzten Endes glaube ich es eigentlich nicht. Bestimmt würde Mary Rothwell alles attackieren, was ihre angenehme Welt bedroht, und wenn sie geglaubt hätte, ihr Mann hätte zum Beispiel mit Pornos sein Geld verdient, dann kann ich mir nicht vorstellen, dass sie ruhig dagesessen und es hingenommen hätte.« Er schüttelte den Kopf. »Aber sie hätte nicht mit einem solchen Mord reagiert. Dadurch erhält sie ja genau die Aufmerksamkeit, die sie *nicht* will. Ich weiß nicht, wie sie ihn aus dem Wege geräumt hätte – Susan vermutet mit Gift oder vielleicht durch einen herbeigeführten Unfall –, aber auf keinen Fall so.«

»Mmmmh. Wie wär's denn damit«, sagte Gristhorpe. »Erstens: Nehmen wir an, dass Rothwell und Clegg gemeinsam im Geldwäschegeschäft waren, für Martin Churchill oder wen auch immer.«

Banks nickte. »Da Clegg ein Steuerfachmann ist, macht das Sinn.«

»Und Robert Calvert lassen wir im Augenblick mal außen vor; er war, sagen wir, nur eine persönliche Verwirrung von Rothwell. Ein Ablenkungsmanöver, okay?«

»Okay.«

»Irgendetwas ist schief gelaufen. Rothwell hat etwas herausgefunden, das ihn dazu veranlasste, auszusteigen. Also beendet er mit dem Brief an Clegg ihre Partnerschaft.«

»Und Churchill«, sagte Banks, »oder für wen auch immer sie gearbeitet haben, ist damit überhaupt nicht einverstanden.«

»Ergibt doch Sinn, oder?«

»Bisher schon. Sprich weiter.«

»Rothwell bekommt Angst. Entweder hat er seine Auftraggeber betrogen und sie sind ihm auf die Schliche gekommen, oder sie haben Angst, er könnte nervös werden und sie verpfeifen. Was machen sie also?«

»Sie beauftragen einen Killer.«

»Genau. Und das ist das Ende von Rothwell.«

Gristhorpe hielt inne, weil eine Gruppe Mittagspause haltender Büroangestellter sich an ihnen vorbeidrängelte und sich an den Nachbartisch setzte. Cyril machte guten Umsatz, seine Registrierkasse klingelte.

»Er könnte sie betrogen haben, um sein Leben als Calvert zu finanzieren«, sagte Banks. »Ich weiß, wir wollten ihn im Moment außen vor lassen, aber die Rechnung geht auf. Du hast gesagt, er hatte zwanzigtausend Pfund auf der Bank und laut Pamela Jeffreys hat er gerne gespielt.«

»Stimmt, aber bleiben wir bei der einfachen Gleichung. Wichtig ist, dass Rothwell eine Belastung oder eine Bedrohung geworden ist und dass seine Auftraggeber seinen Tod wollen. Sie haben genug Geld, dafür zahlen zu können, ohne sich die Hände schmutzig zu machen. Womit wir zu Mr. Daniel Clegg kommen. Die Mörder hatten gewisse Informationen über Rothwell. Sie schienen zum Beispiel zu wissen, dass er und seine Frau aus waren, um ihren Hochzeitstag zu feiern. Das könnte ihnen Clegg verraten haben. Außerdem wussten sie, dass Rothwell eine Tochter hat und dass sie zu Hause sein würde. Sie war nicht ›Teil der Abmachung‹, erinnerst du dich? Und sie wussten, wo er wohnt, kannten sich dort aus und so weiter.«

»Clegg?«

Gristhorpe nickte. »Nehmen wir das mal an. Wenn Rothwell für jemanden Geld gewaschen hat, dann hat es bestimmt sehr wenig Kontakt zwischen ihm und den Auftraggebern gegeben, wenn überhaupt welchen, oder?«

»Ja, das scheint ein wesentlicher Aspekt einer groß angelegten Geldwäsche zu sein«, stimmte Banks zu. »Auf jeden Fall schien Tom Rothwell wirklich überrascht zu sein, als ich Martin Churchill erwähnt habe.«

»Genau. Und Clegg war nach unserer Vermutung die einzige andere Person, die in die Sache verwickelt war, und er hatte Informationen über Rothwells Privatleben.«

»Du glaubst also, dass Clegg dahinter steckte?«

»Das ist eine Theorie, oder? Sie waren ja nicht Freunde in dem Sinne. Nicht nach dem, was du mir erzählt hast. Sie waren Geschäftspartner. Das ist etwas anderes. Da heißt es eher: Eine Hand wäscht die andere. Ein merkwürdiges Gespann vielleicht. Und außerdem ein unehrliches. Man spricht über korrupte Polizisten, aber was ist mit korrupten Rechtsanwälten, korrupten Steuerberatern, korrupten Ärzten? Würdest du erwarten, dass sich ein unehrlicher Geschäftsmann für den anderen einsetzt, wenn es hart auf hart kommt?«

»Du glaubst also, dass Clegg nicht nur in die Geldwäsche verwickelt war, sondern auch in Rothwells Ermordung?«

»Genau. Er könnte unser Bindeglied sein.«

»Und sein Verschwinden?«

»Ausgebüxst. Er wusste, was kommen wird, und er wusste, wann. Vielleicht haben sie ihn gut bezahlt. Ob er vor denen Angst hatte oder vor uns, spielt keine Rolle. Das Resultat ist das gleiche. Er hat sein Geld genommen und ist abgehauen. Als seine Bosse ihn nicht erreichen konnten, haben sie zwei Schläger losgeschickt, um ihn zu finden. Der zeitliche Ablauf kommt hin.«

»Es ist aber auch ein anderes Szenario denkbar«, meinte Banks. »Vielleicht hat Churchill auch Clegg umbringen lassen. Da Rothwell aus dem Wege geräumt war, könnte Clegg nur noch eine Last gewesen sein, einer, der zu viel wusste, eine Zeitbombe. Wenn Churchill plant, nach England zu kommen, dann will er vielleicht einen sauberen Schnitt.«

Gristhorpe nahm einen Schluck Bier. »Möglich, das muss ich zugeben.«

»Was mir gerade einfällt«, sagte Banks, »wissen wir, ob Clegg jemals als Anwalt für Strafsachen praktiziert hat?«

»Nur in eigener Sache«, antwortete Gristhorpe, und als Banks aufstöhnte, hielt er seine Hand hoch und grinste. »Schon gut, schon gut, Alan. Keine schlechten Anwaltswitze mehr, versprochen. Soweit wir wissen, hat er das nicht. Er ist Rechtsanwalt, kein Strafverteidiger; er vertritt keine Mandanten vor Gericht. Aber es könnte sein, dass Leute zu ihm gekommen sind, die er weitervermittelt hat. Warum?«

»Ich habe mich nur gerade gefragt, wo ein Mann wie Clegg einen Auftragsmörder findet.«

»Wahrscheinlich in der konservativen Partei«, spöttelte Gristhorpe. »Aber ich verstehe, was du meinst. Das ist eine offene Frage, die wir klären müssen. Wenn wir annehmen, dass Clegg an der Organisation von Rothwells Ermordung beteiligt war, dann können wir seine Kontakte und seine Tätigkeiten überprüfen, um eine Verbindung zu möglichen Mördern zu finden. Wir haben das und diesen Papierschnipsel aus der Patrone. Nicht besonders viel, oder?«

»Nein«, sagte Banks. »Und wenn Clegg tot ist?«

»Dann ändert sich für uns nichts. Die Polizei in Leeds sucht weiter nach ihm, ob nun tot oder lebendig, und wir schnüffeln weiter herum und stellen Fragen. Wir könnten uns mit Interpol in Verbindung setzen, vielleicht hat er sich irgendwo in Spanien verkrochen.« Er schaute auf seine Uhr. »Ich mache mich lieber fertig und gehe. Ich habe heute Nachmittag ein weiteres Treffen mit dem Polizeipräsidenten.«

»Okay. Ich komme in einer Minute rüber.«

Gristhorpe nickte und verschwand, doch kaum hatte Banks begonnen, sich Clegg dabei vorzustellen, wie er in einem verrauchten Salon zwei Revolverhelden anheuerte, steckte der Superintendent seinen Kopf schon wieder durch die Tür. »Anscheinend ist der Wagen der Mörder gefunden worden«, verkündete er. »Er ist in Leeds in der Nähe der Innenstadt stehen gelassen worden. Ken Blackstone fragt, ob du kommen und ihn dir anschauen willst.«

Banks nickte. »Alle Wege führen nach Leeds«, seufzte er. »Ich kann auch gleich dort hinziehen, verdammte Scheiße.« Und dann folgte er Gristhorpe nach draußen.

NEUN

I

Eine Kassette mit Saties Klaviermusik und besonders die *Trois Gymnopédies* halfen Banks auf dem Weg nach Leeds Ruhe zu bewahren, obwohl die A1 voller Schwerlaster und Reisebusse war, die zu schnell fuhren. Den Parkplatz fand er ohne größere Probleme, es war ein alter Schulspielplatz nördlich des Stadtzentrums, der von den Trümmern abgerissener Gebäude umgeben war.

»Hallo, Alan«, begrüßte ihn Detective Inspector Ken Blackstone. »Mit dieser Sonnenbrille siehst du aus wie ein Ganove. Wie geht's?«

»Kann mich nicht beschweren.« Banks schüttelte ihm die Hand und nahm die dunkle Brille ab. Er hatte Blackstone bei einer Reihe von Lehrgängen und Feiern kennen gelernt und die beiden waren immer gut miteinander ausgekommen. »Und wie sieht's bei der Kriminalpolizei von Leeds aus?«

»Überarbeitet, wie immer. Eine Scheiße, oder?«, sagte Blackstone. »Das Wetter, meine ich.«

Banks kratzte die Narbe neben seinem rechten Auge. Manchmal wollte sie ihm etwas sagen, wenn sie juckte, und manchmal, wie jetzt, lag es einfach an der Hitze. »Ein Amerikaner hat mich mal darauf hingewiesen, dass wir Engländer nichts anderes machen, als die ganze Zeit über das Wetter zu schimpfen«, sagte er. »Entweder ist es uns zu heiß oder zu kalt, zu nass oder zu trocken.«

Blackstone lachte. »Stimmt. Aber wir könnten auf dem Revier wirklich ein paar von diesen Klimaanlagen gebrauchen, wie die Amis sie haben. Innen ist es heißer als draußen. Treibt die Kriminalitätsrate hoch, so eine Hitzewelle. Die Leute hier werden unruhig.«

Im Westen war eine leichte Brise aufgekommen, aber sie konnte der Sonnenwärme nichts anhaben. Als sie über den weichen Asphalt zu dem verlassenen Wagen gingen, zog Banks seine Jacke aus und warf sie über die Schulter. Seine Krawatte hing wie immer schief und der oberste Knopf seines Hemdes war offen, damit er anständig Luft bekam. Er spürte schon, wie sein weißes Baumwollhemd durch den Schweiß am Rücken klebte. Dieses Wetter folgte einem Muster, das er kannte: Es würde immer heißer und diesiger werden, bis es in einem Unwetter endete.

»Was habt ihr denn gefunden?«, fragte er.

»Das wirst du gleich sehen.« Trotz des Wetters sah Ken Blackstone so lässig wie immer aus. Er trug einen leichten blauen Anzug mit Fischgrätenmuster, ein weißes Hemd und eine Seidenkrawatte, die mit einer goldenen Krawattennadel in Form von Handschellen befestigt war. Banks hätte darauf wetten können, dass sein oberster Knopf zu war.

Blackstone war groß und schlank, hatte hellbraunes Haar, oben dünn, aber lockig über den Ohren, und eine blasse Gesichtsfarbe. Er war eindeutig kein Sonnenanbeter. Mit seinen Adonislippen und seiner Drahtbügelbrille sah er aus wie um die dreißig, war aber tatsächlich fast genauso alt wie Banks. Er hatte ein langes, etwas mürrisches Gesicht und sprach mit in dem regionalen Dialekt, der bei ihm durch drei Universitätsjahre in Bath gemildert worden war, wo er Kunstgeschichte studiert hatte.

Nach seinem Abschluss war Blackstone eine Art Experte für Kunstbetrug geworden, und wenn etwas in dieser Richtung passierte, wurde er häufig um Hilfe gebeten. Zudem war er selbst ein ganz passabler Landschaftsmaler, mehrere Male waren seine Werke bereits ausgestellt worden. Banks erinnerte sich daran, wie Blackstone und Sandra bei der Hochzeitsfeier eines Kollegen in ein langes Gespräch über die Präraffaeliten vertieft gewesen waren, und musste an die Eifersucht denken, die er dabei gefühlt hatte. Obwohl er bestrebt war, so häufig es seine Zeit erlaubte, zu lernen, zu lesen, zu schauen und zu hören, war sich Banks seiner Herkunft aus der Arbeiterklasse und seines Mangels an Bildung immer bewusst.

Sie erreichten den von zwei verschwitzt aussehenden Streifenpolizisten bewachten Wagen, den sich Banks sogleich genau ansah. Der hellblaue Ford Escort hatte schon einige Jahre auf dem Buckel, war allerdings nicht alt genug, um als Oldtimer Aufmerksamkeit zu erregen. Der untere Bereich der Karosserie war verrostet und die Windschutzscheibe hatte auf der Beifahrerseite einen Sprung. Der Wagen passte auf die Beschreibung, so dürftig sie auch war.

»Wie lange steht er schon hier?«, wollte Banks wissen.

»Keine Ahnung«, erwiderte Blackstone. »Unsere Leute haben ihn erst gestern Nacht bemerkt. Als sie die Nummer überprüft haben, fanden sie heraus, dass er gestohlen worden war.«

Banks kniete sich vor den Vorderreifen. Platt. In den Rillen des Profils war eine Menge Erde und Schotter eingeklemmt. Man könnte den Dreck analysieren und dabei vielleicht herausfinden, ob er aus der Umgebung der Arkbeck Farm stammte. Er schaute durch das schmutzige Seitenfenster. Das beige Polster war verdreckt und zerrissen. Auf dem

Boden vor dem Fahrersitz lag ein zerdrückter Kaffeebecher von McDonalds, aber ansonsten konnte er innen nichts erkennen.

»Wir haben im Kofferraum nachgeschaut«, sagte Blackstone. »Nichts. Nicht mal ein Wagenheber oder ein Ersatzreifen. Ich habe veranlasst, dass er in unserer Polizeiwerkstatt von den Technikern gründlich untersucht wird; aber ich dachte, du willst ihn dir erst an Ort und Stelle anschauen.«

»Danke«, sagte Banks. »Wenn es Profis waren, kann ich mir nicht vorstellen, dass man Fingerabdrücke findet, aber man kann nie wissen. Wer ist denn der glückliche Besitzer?«

»Ein Kerl namens Ronald Hamilton.«

»Wann hat er ihn vermisst gemeldet?«

Blackstone hielt einen Moment inne, bevor er antwortete. »Freitagmorgen. Er sagte, er hat ihn wie immer an der Straße abgestellt, als er gegen fünf oder sechs Uhr abends nach Hause kam, und als er am nächsten Morgen um zehn wieder weg wollte, war er verschwunden. Er dachte, dass ihn vielleicht ein paar Jugendliche für eine Spritztour geklaut hätten. Das ist in der Gegend in letzter Zeit häufiger passiert. Es ist nicht gerade das sicherste Viertel der Stadt. Er wohnt in der Raynville-Siedlung in Bramley. Kannst du damit etwas anfangen?«

Banks schüttelte den Kopf. Pamela Jeffreys wohnte in Armley, was nicht weit weg war, und Daniel Clegg wohnte in Chapel Allerton, was sowohl geografisch als auch vom Lebensstandard her ziemlich weit entfernt war. Höchstwahrscheinlich hatten die Mörder den Wagen willkürlich in sicherer Entfernung von ihrem Wohnort gestohlen. »Das ist vier Tage her, Ken«, sagte Banks. »Und vor gestern Nacht ist der Wagen niemandem aufgefallen?«

Blackstone zögerte erneut. »Hamilton ist ein arbeitsloser Hilfsarbeiter«, sagte er schließlich. »Er hat wenigstens eine Frau und drei Kinder, von denen wir wissen, und in letzter Zeit hat er ein paar Probleme mit dem Sozialamt gehabt. Außerdem ist er vorbestraft. Drogenhandel und Körperverletzung.«

»Und ihr habt geglaubt, er hat den Diebstahl vorgetäuscht, um die Versicherungssumme zu kassieren?«

Blackstone lächelte. »So was in der Art. Ich selbst hatte mit dem Fall nichts zu tun. Ich weiß nicht, wie das bei euch läuft, aber hier in der Großstadt schicken wir bei solchen alltäglichen Verkehrsdelikten nicht gleich einen Inspector der Kriminalpolizei los.«

Banks überhörte den Sarkasmus. Das war einfach Blackstones Art. »Ihr habt die Sache also nicht gerade eilig behandelt?«

»Ja.« Blackstone schaute in Richtung Horizont und seufzte. »Hast du eine Vorstellung, Alan, wie viele Autos hier in der Stadt gestohlen werden? Das könnt ihr Landeier euch nicht vorstellen. Und wenn dann irgend so ein Durchgeknallter mit einer Geschichte über einen schrottreifen Escort daherkommt, denkt man natürlich sofort, er hat jemanden dafür angeheuert, seine Schrottkarre zu klauen. Soll doch die Versicherung zahlen. Die können es sich leisten. Und in der Zwischenzeit müssen wir uns um jugendliche Autoknacker, echte Gangster und um organisierte Banden von Autodieben kümmern. Das sollen keine billigen Ausreden sein, Alan.«

»Ja, ich weiß.« Banks lehnte sich gegen einen roten Orion. Das Metall brannte durch sein Hemd, sodass er sofort wieder zurückwich.

»Hast du mir nicht mal erzählt, dass du aus London hier hochgekommen bist, weil du im beschaulichen Yorkshire ein bisschen Ruhe und Frieden haben willst?«, fragte Blackstone.

Banks lächelte. »Stimmt.«

»Und? Gefunden?«

»Ich kann nur annehmen, dass es dort unten im gleichen Maße schlimmer geworden ist.«

Blackstone lachte. »Wahrscheinlich. Das Geschäft blüht.«

»Hast du mit Hamilton gesprochen?«

»Ja. Heute Morgen. Er weiß nichts. Glaub mir, er hat so viel Schiss vor der Polizei, dass er seine eigene Mutter verraten würde, wenn er glauben würde, wir wären hinter ihr her.« Blackstone machte ein angeekeltes Gesicht. »Du kennst diese Sorte, Alan. Im ersten Moment brüllt er dich noch aggressiv an, dass du nur hinter ihm her bist, weil er schwarz ist, im nächsten Moment kriecht er dir in den Arsch. Zum Kotzen.«

»Wo kommt er her?«

»Jamaika. Er ist legal hier, wir haben es überprüft. Schon seit zehn Jahren.«

»Was hat er ausgesagt?«

»Er hat nichts gesehen, nichts gehört und weiß von nichts. Um die Wahrheit zu sagen, ich hatte den Eindruck, er ist sternhagelvoll vom Pub nach Hause gefahren und hat sich mit ein paar Dosen Bier vor den Fernseher geknallt, während seine Frau die Kinder gefüttert und ins Bett gebracht hat. Danach ist er wahrscheinlich ins Koma gefallen. Die ganze Wohnung hat nach vollgeschissenen Windeln und Joints und Schlimmerem gestunken. Wenn wir gewollt hätten, hätten wir ihn wahrscheinlich wegen Drogenbesitz kriegen können. Um zehn Uhr am nächsten Morgen torkelt er raus, um stempeln zu gehen, merkt, dass sein Wagen verschwunden ist, und lässt dann voll verkatert auf dem nächsten Revier den wütenden Bürger raushängen. Deriensthabende Beamte war zum Glück besonnen und hat ihn zur Vernunft gebracht.«

Blackstone stand leicht vornüber gebeugt da, die Hände in den Taschen, und kickte kleine Steine über den Asphalt. In seinen Schuhen konnte man sich spiegeln.

»Tu mir einen Gefallen, Ken, und nimm ihn dir noch einmal vor. Er hat eine Vorstrafe wegen Drogenhandels, hast du gesagt?«

»Ja. Geringe Mengen. Hauptsächlich Cannabis, ein bisschen Koks.«

»Wahrscheinlich ist es nur Zufall, dass der benutzte Wagen einem Drogendealer gehört, aber schau dir sein Vorstrafenregister an und nimm ihn dir gleichzeitig noch einmal vor. Finde heraus, wer seine Lieferanten sind. Und schau nach, ob er Verbindungen nach St. Corona hat. Freunde, Familie, was auch immer. Bei der Ermordung von Rothwell könnte es eine Verbindung zum Drogenhandel oder in die Karibik gegeben haben, und es könnte die Möglichkeit bestehen, dass unser Mr. Hamilton für die dahinter stehende Organisation gearbeitet hat, wer auch immer das ist.«

»Du meinst, er könnte seinen Wagen *verliehen* haben?«

»Möglich. Obwohl ich es bezweifle. Ich glaube, wir haben es hier mit clevereren Gaunern zu tun, aber wir würden wie die Trottel dastehen, wenn wir nicht alle Eventualitäten überprüft hätten.«

»Wird gemacht.«

»Habt ihr die Nachbarn befragt?«

»Wir haben eine Haus-zu-Haus-Befragung durchgeführt. Bisher nichts. In diesen Vierteln sieht niemand etwas.«

»Dann war's das?«

»Sieht so aus. Auf jeden Fall für den Moment.«

»Kein Parkplatzwächter?«

»Nein.« Blackstone deutete auf die Trümmer. »Du siehst

ja, das ist nur ein alter Schulhof, durch den Asphalt wächst schon Unkraut. Die Schule ist vor ein paar Monaten abgerissen worden.«

Banks schaute sich um. Im Südwesten konnte er die mächtige Kuppel der Stadthalle und das Stadtzentrum sehen, im Westen erhob sich der weiße Obelisk der Brotherton-Bücherei der Universität, und der übrige Horizont war mit Wohnblöcken und krummen Reihen von Arbeiterhäusern gesäumt, die über den Schuttwall hervorschauten wie verkohlte Rückenwirbel. »Wäre schön, wenn sich etwas ergeben würde, Ken«, sagte Banks.

»Wir tun, was wir können. Da kommen schon die Jungs, um den Wagen abzuholen.«

Banks beobachtete, wie das Abschleppteam der Polizei ein Seil an den Escort band. »Ich muss los«, sagte er. »Du hältst mich auf dem Laufenden?«

»Warte mal einen Moment«, sagte Blackstone. »Was hast du jetzt vor?«

»Ich nehme mir ein Zimmer im Holiday Inn. Auf jeden Fall für heute Nacht. Ich möchte wegen Clegg und Rothwell noch einmal mit ein paar Leuten sprechen, mit Cleggs Sekretärin und seiner Exfrau zum Beispiel. Jetzt, wo wir mehr Informationen haben, möchte ich mir ein genaueres Bild von ihrer Beziehung machen.«

»Holiday Inn? Olala. Ist das nicht ein bisschen vornehm für einen kleinen Polizisten?«

Banks lachte. »Ich könnte ein bisschen Luxus vertragen. Vielleicht schmeißen sie mich auch raus, wenn sie meine Spesenabrechnung sehen. Heutzutage können wir uns ja nicht mal die Hälfte der gerichtsmedizinischen Untersuchungen leisten, die wir benötigen.«

»Wem sagst du das. Aber wenn du noch hier bleibst, würde ich mich gerne noch einmal mit dir unterhalten. Hier scheint eine Menge vor sich zu gehen, von dem ich nichts weiß.«

»Es gibt auch eine Menge, von dem ich nichts weiß.«

»Auf jeden Fall würde es mich freuen, wenn du Zeit für mich hättest.«

»Kein Problem.«

Blackstone zögerte und trat von einem Fuß auf den anderen. »Hör mal«, sagte er, »ich würde dich gerne zu mir nach Hause zum Essen einladen, aber Connie hat mich vor ein paar Monaten verlassen.«

»Tut mir Leid, das zu hören«, sagte Banks. »Das wusste ich nicht.«

»Tja, so was kommt vor, oder? Kann man nichts machen. Kümmerst du dich wenigstens noch um deine schöne Frau?«

»So selten, wie wir uns in letzter Zeit sehen, vernachlässige ich sie wohl eher.«

»Verstehe. Das war eines unserer Probleme. Sie hat gesagt, wir leben sowieso völlig getrennte Leben, dann können wir auch gleich den Schlussstrich ziehen. Leider bin ich kein guter Koch. Außerdem hat Connie das Haus behalten und ich lebe zur Zeit in einer ziemlich beengten Junggesellenwohnung. Aber in der Nähe des Reviers gibt es ein anständiges indisches Restaurant. Vielleicht hast du ja Lust? Es heißt Shabab. So gegen halb sieben, sieben? Bis dahin haben wir vielleicht schon etwas über Hamilton und den Wagen.«

»In Ordnung«, stimmte Banks zu. »Abgemacht. Sagen wir sieben Uhr.«

»Und, Alan«, sagte Blackstone, als Banks davonging, »pass auf dich auf. In Hotels können verheiratete Männer auf komische Gedanken kommen. Liegt wahrscheinlich an der Anonymität und der Entfernung von zu Hause, wenn du weißt, was ich meine. Auf jeden Fall tun manche so, als würde das Eheversprechen in Hotels nicht gelten.«

Banks wusste, was Blackstone sagen wollte, und als unvermittelt ein Bild von Pamela Jeffreys vor seinem inneren Auge auftauchte, bekam er ein schlechtes Gewissen.

II

Susan Gay hörte Sergeant Hatchley schon rülpsen, bevor sie die Bürotür geöffnet hatte. Sie kam gerade von weiteren unergiebigen Gesprächen mit Rothwells Klienten zurück und fühlte eine dunkle Vorahnung in ihrem Magen aufsteigen wie ein schlecht verdautes Essen. Sie konnte nicht mit Hatchley arbeiten, sie konnte es einfach nicht.

Hatchley saß rauchend an seinem Schreibtisch. In dem engen, stickigen Zimmer stank es nach schalem Bier und eingelegten Zwiebeln. Das Fenster war so weit geöffnet, wie es der verzogene Rahmen möglich machte, aber das half nicht viel. Wenn diese drückende Hitze nicht bald aufhörte, spürte Susan, dann würde sie anfangen zu heulen.

Und er ist wirklich abstoßend, dachte sie. Allein schon seine massige Gestalt. Ein fett gewordener Rugbystürmer. Und dann sein Gesicht: ziegelrote Gesichtsfarbe, weiße Wimpern und Schweinsaugen. Dazu Haare wie Stroh, oben schon etwas dünner werdend, eine mit Sommersprossen übersäte, breite Nase, fleischige Lippen und vom Nikotin verfärbte Zähne. Um dem Ganzen die Krone aufzusetzen, trug er einen glänzenden, zerknitterten blauen Anzug und über den engen Hemdkragen wölbte sich der Wulst seines roten Halses.

Aus dem Augenwinkel bemerkte Susan ein Farbbild an der Pinnwand: lange blonde Haare, nackte Haut. Ohne eine Sekunde nachzudenken, ging sie hinüber und riss das Bild so heftig von der Wand, dass die Stecknadel quer durch den Raum flog.

»Hey!«, rief Hatchley. »Was zum Teufel soll das denn?«

»Was das soll?«, entgegnete Susan und fuchtelte mit dem Bild vor ihm herum. »Bei allem Respekt, Sir, mir ist es egal, ob Sie mein Vorgesetzter sind, aber so etwas dulde ich hier nicht.«

Ein Lächeln huschte über Hatchleys Gesicht. »Beruhigen Sie sich, Mädchen«, sagte er. »Ihnen kommt ja schon Rauch aus den Ohren. Finden Sie nicht, Sie waren ein bisschen voreilig?«

»Nein, finde ich nicht. Das ist abstoßend. Ich sehe nicht ein, warum ich mit solchen Bildern an den Wänden arbeiten muss. Sie finden das vielleicht komisch, *ich* aber nicht, *Sir*.«

»Susan. Schauen Sie es sich doch erst einmal an.«

»Nein. Warum sollte ...«

»Susan!«

Langsam drehte Susan das Bild um und schaute es sich an. In ihrer ganzen mütterlichen Unschuld zeigte das Foto Carol Hatchley, deren langes blondes Haar auf ihre Schultern fiel und die ihr nacktes, neugeborenes Baby vor ihre Brust hielt, die aller Sittsamkeit genügend mit einem fleischfarbenen T-Shirt bedeckt war. Susan wurde rot. Sie hatte nur das Gesicht einer Frau gesehen, Haare und eine Menge Haut. »Ich ... ich dachte ...« Sie wusste nicht, was sie sagen sollte.

»Ich weiß, was Sie gedacht haben«, sagte Hatchley. »Sie dachten, der Kopf meiner Tochter wäre eine Titte. Sie könnten sich entschuldigen.«

Susan fühlte sich so blamiert, dass sie nicht einmal dazu in der Lage war.

»Na gut«, sagte Hatchley und legte seine Füße auf den Schreibtisch, »dann will ich Ihnen mal etwas sagen. Niemand wird mich jemals davon überzeugen können, dass es Unrecht ist, sich ein paar schöne Brüste anzuschauen. Seit undenklichen Zeiten, seit unsere Vorfahren Bilder auf Höhlenwände gekritzelt haben, erfreuen sich Männer daran, die Titten von Frauen anzuschauen. Es sind schöne Gebilde, an ihnen ist überhaupt nichts Schmutziges oder Pornografisches.«

»Aber sie gehen niemanden etwas an«, platzte Susan heraus. »Verstehen Sie das nicht? Es sind die Geschlechtsteile einer Frau. Es hängen doch auch nicht überall Bilder mit den Geschlechtsteilen von Männern herum, oder? Würde es Ihnen gefallen, wenn die Leute auf Ihre Geschlechtsteile starren?«

»Susan, Schätzchen, wenn es Sie glücklich machen würde, würde ich sofort meine Hosen runterlassen, glauben Sie mir. Aber darum geht es nicht. Was ich sagen will, ist, dass meiner Meinung nach nichts Schlechtes daran ist, ein schönes Paar Glocken zu bewundern. Eine Menge Leute denken genauso. Aber Sie mögen das nicht.« Er hob seine große Hand. »Schon gut, ich bin wahrscheinlich nicht gerade der sensibelste Kerl unter der Sonne und ich behalte mir mit Sicherheit mein Recht vor, anderer Meinung als Sie zu sein, aber ich bin auch kein derartiger Unmensch, dass ich meinen Dienstgrad dazu ausnutzen würde, Ihnen etwas vorzusetzen, das Sie tagein, tagaus abstößt, egal für wie falsch ich Ihre Einstellung halte. Ich respektiere Ihre Meinung. Ich stimme Ihnen nicht zu und werde es auch nie tun, aber ich respektiere Ihre Meinung. Ich kann ohne die Bilder leben.

Und noch etwas. Ich weiß, dass Sie das Rauchen nicht ausstehen können. Ich werde versuchen, meinen Zigarettenkonsum im Büro einzuschränken. Aber erwarten Sie keine Wunder und erwarten Sie vor allem nicht, dass ich nur gebe und nichts nehme. Sie mögen meine Zigaretten nicht. Okay. Ich mag Ihr Parfüm nicht. Es kitzelt in meiner Nase und wahrscheinlich ruiniert es meine Lungen, während wir hier reden. Aber ob wir nun wollen oder nicht, Mädel, wir müssen zusammenarbeiten und zwar fürs Erste in demselben verdammt engen Kabuff hier. Vielleicht bekommen wir ja eines Tages getrennte Büros. Ich für meinen Teil kann es kaum erwarten. Aber im Moment lassen wir einfach das Fenster offen und geben uns ein bisschen Mühe, in Ordnung?«

Susan nickte. Sie hatte das Gefühl, dass ihr aller Wind aus den Segeln genommen worden war. Sie schluckte. »In Ordnung. Es tut mir Leid, Sir.«

Hatchley schwang seine Beine vom Tisch und rieb seine Hände. »Schwamm drüber. Also, was ist mit diesem Füllmaterial der Patrone?«

»Sir?«

Hatchley rülpste erneut und legte seine riesige Pranke vor den Mund. »Rasierte Muschis. Weich und glänzend wie ein Babypopo.«

»Ach so, Sir.« Susan spürte, dass sie schon wieder rot wurde, und hasste sich sofort dafür. Hatchley lächelte sie an. Er schien sich zu amüsieren. Ihr Unmut kam wieder hoch. Für einen Augenblick hatte sie gedacht, dass er nun ernsthaft über den Fall reden wollte, aber er hatte die Gelegenheit nur am Schopfe gepackt, um sie erneut in Verlegenheit zu bringen.

»Ja. Das ist wenig Ausgangsmaterial, ich weiß, aber immerhin wissen wir, dass wir es nicht mit Kinderpornos oder Arschfickerei zu tun haben. Wir haben es mit Penetration und einem unverkennbaren Bild von ›einem Penis im erregten Zustand‹ zu tun, wie man so schön sagt. Also handelt es sich eindeutig um Ware, die unter dem Ladentisch verkauft wird.«

»Stimmt, Sir.«

»Und soweit ich das beurteilen kann«, fuhr er fort, »sind auch keine Hunde oder Katzen beteiligt.«

»Sir, könnten Sie bitte zur Sache kommen?« Susan konnte ihre Ungeduld nicht verbergen.

»Lassen Sie mal die Zügel locker, Mädel.« Er begann zu lachen. »Haben Sie das mitgekriegt? Keine Tiere. Zügel locker lassen? Na, egal. Die Sache ist die, dass zwar nicht gerade jeder auf rasierte Muschis steht, mein Job aber wesentlich leichter wäre, wenn wir es mit etwas *wirklich* Abartigem zu tun hätten. Ich meine, es gibt nicht viele Leute, die Fotos von Rottweilern verkaufen, die dreizehnjährige Mädchen bumsen, von denen wir nicht wissen.«

»Ich verstehe immer noch nicht, worauf Sie hinauswollen, Sir«, sagte Susan etwas ruhiger. Wenn es einen Experten für Pornografie gab, dann hätte sie wissen müssen, dass es nur Hatchley sein konnte. »Das meiste von dem Zeug kommt doch sicherlich per Post aus dem Ausland oder aus London, oder?«

»Nicht alles. Es gibt auch die Möglichkeit, dass es irgendwo unter dem Ladentisch gekauft wurde. Als ich vor ein paar Jahren bei der Sitte in West Yorkshire war, habe ich ein, zwei nützliche Kontakte geknüpft. Wenn wir also annehmen, dass diese Jungs aus der Gegend stammen, dann spricht vieles dafür, dass sie aus der Stadt kommen, denn in den ländlichen Gebieten wohnen nicht besonders viele Auftragsmörder. Ist nicht anonym genug. Das heißt also Leeds, Bradford, Manchester, vielleicht noch Newcastle oder Liverpool. Und wenn der Boss der Meinung ist, dieser Clegg aus Leeds war in die Sache verwickelt, dann würde ich doch auf Leeds tippen, richtig?«

Susan nickte. »Ja. Die Tochter von Rothwell, Alison, glaubte auch, dass einer der Männer so gesprochen hat, als würde er aus Leeds kommen. Sie kann sich natürlich täuschen. Nicht jeder kennt sich mit Stimmen aus. Ich glaube, ich würde den Akzent von Leeds nicht heraushören. Aber es sieht so aus, als hätten die Mörder den Wagen für den Auftrag dort gefunden. Allerdings habe ich Ihnen schon gesagt, dass die Polizei von Leeds an der Sache dran ist. Schon seit Tagen.«

»Tja, Sie wissen, wie ich es hasse, faul rumzusitzen«, sagte Hatchley. »Raten Sie mal, wo ich heute Mittag war.«

»Im Queen's Arms, Sir?«

Hatchley lächelte. »Knapp daneben. Wir werden schon noch einen Detektiv aus Ihnen machen, Mädel. Nein, ich habe im Oak ein paar Bier mit einem ehemaligen Informanten von mir getrunken.« Er fasste an seinen Nasenflügel. »Er wohnt jetzt in Eastvale, aber früher hat er in Leeds gelebt. Ist ehrlich geworden. Verstehen Sie, ich dachte, ich wende mich mal an ein paar Händler dieser Art von Pornos, wenn sie noch im Geschäft sind, natürlich, und ich wette, dass ein junger Constable, der noch grün hinter den Ohren ist und frisch von der Uni kommt, keine Ahnung von ihrer Existenz hat. Es gibt gar nicht so viele, wie man glaubt, auf jeden Fall nicht solche, die Pornos mit rasierten Muschis verkaufen. Das ist nämlich etwas für einen speziellen Geschmack. Wie auch immer, viele Leute ziehen immer noch die freundlichen Tante-Emma-Läden den unpersönlichen Supermärkten vor, wenn Sie mir folgen können. Ich rede nicht von Sexläden, die sind bestimmt schon alle überprüft worden, ich spreche von normalen Zeitungshändlern, die neben ihren Modemagazinen und Gartenzeitschriften unter dem Ladentisch ein bisschen Importware verkaufen. Ganz harmlos. Die Polizei übersieht so etwas gerne. Also habe ich meinen alten Kumpel gefragt.«

»Und?«

»Ja. Die alten Händler sind noch im Geschäft und verkaufen immer noch das gleiche Zeug an die gleichen, alten Kunden. Einige von ihnen jedenfalls. Ein paar haben sich zur Ruhe gesetzt, manche sind umgezogen und einer ist gestorben. Herzinfarkt. Hatte nichts mit den Geschäften zu tun. Ich wusste damals, dass diese Kerle nicht ganz sauber sind, aber ich habe sie in Ruhe gelassen. Im Gegenzug haben sie mir gelegentlich einen Tipp gegeben, wenn jemand vorbeikam und wirklich illegalen Stoff gesucht hat, Kinderpornos oder Snuffmovies. Leben und leben lassen. Ich schlage nun also vor, dass wir beide nach Leeds fahren und auf eigene Faust ein paar Fragen stellen.« Er schaute auf seine Uhr. »Natürlich erst morgen. Keine Sorge, ich hole die Erlaubnis vom Superintendenten und von der Kriminalpolizei in Leeds ein. Sind Sie dabei?«

Susan spürte, wie ihre Kinnlade herunterfiel. Was er sagte, machte Sinn, und das war genau das Problem. Sie würde mit Sergeant Hatchley auf Pornojagd gehen müssen, sie konnte es in ihren Knochen spüren. Aber es könnte sich auszahlen. Wenn diese Jagd zu dem Besitzer des Füllmaterials der Patrone führte, könnten sie sich beide mit Lorbeeren schmücken. Sie schluckte.

»Das Ganze ist aber verdammt vage«, meinte sie.

Hatchley zuckte mit den Achseln. »Wer nicht wagt, der nicht gewinnt. Also?«

Susan dachte einen Augenblick nach. »In Ordnung«, sagte sie. »Aber Superintendent Gristhorpe müssen *Sie* überzeugen.«

»Okay, Mädel.« Hatchley strahlte und rieb seine Hände. »Sie sind dabei.«

Oh, mein Gott, dachte Susan mit einem flauen Gefühl im Magen. *Eine Pornojagd.* Auf was habe ich mich da nur eingelassen?

III

Allem Anschein nach hatte die Hitze ein paar von der Justiz unbehelligt gebliebene Rabauken hinüber zum Park Square gelockt. Zwei Skinheads mit freien Oberkörpern machten auf dem Rasen unter einem Baum ein Nickerchen. Einer, auf dem Rücken liegend, hatte mit Tätowierungen übersäte Arme und Narben kreuz und quer über seinem Unterleib, die so aussahen, als stammten sie von Messerkämpfen. Der andere lag auf dem Bauch und stellte eine riesige Schmetterlingstätowierung zwischen seinen Schulterblättern zur Schau.

In Cleggs Büro hielt Betty Moorhead noch immer die Stellung und kämpfte gegen ihre Erkältung an.

»Ach, Mr. Banks«, sagte sie, als er das Vorzimmer betrat. »Schön, mal wieder ein freundliches Gesicht zu sehen. Seitdem Sie das letzte Mal hier waren, ist hier nur noch die Polizei ein- und ausgegangen, und niemand wollte mir etwas sagen.«

Ob sie vergessen hatte, dass er auch ein Polizist war?, fragte er sich. Oder war es nur, dass er als Erster hier gewesen war und sie sich irgendwie an ihm festhielt wie an einem Rettungsanker?

»Ein paar Männer in Anzügen haben fast alle Papiere und Akten mitgenommen«, fuhr sie fort, »andere haben den ganzen Tag Fragen gestellt. Außerdem bewachen sie auch das Gebäude, falls diese beiden Männer zurückkommen sollten. Dann war ein Mann von Scotland Yard hier. Ich bin schon ganz durcheinander. Natürlich konnten sich alle ausweisen, aber ich weiß nicht mehr, wo vorne und wo hinten ist.«

Banks lächelte. »Machen Sie sich keine Sorgen, Betty«, beruhigte er sie. »Ich weiß, es wirkt kompliziert, aber wir arbeiten alle zusammen.«

Sie nickte, zog ein Taschentuch aus der Packung vor ihr und putzte sich die Nase, die schon ganz rot war. »Gibt es Neuigkeiten über Mr. Clegg?«, fragte sie.

»Noch nicht. Wir suchen ihn noch.«

»Haben Sie mit Melissa gesprochen?«

»Ja.«

»Und wie geht es ihr?«

Banks wusste nicht genau, was er antworten sollte. Für gewöhnlich gab er keine gerade gewonnenen Informationen weiter, aber Betty Moorhead schien ernsthaft besorgt zu sein. »Sie war nicht übermäßig beunruhigt«, sagte er. »Sie ist sich sicher, dass er wieder auftauchen wird.«

Bettys Miene hellte sich auf. »Na also«, sagte sie. »Da sehen Sie es.«

»Hätten Sie etwas dagegen, wenn ich Ihnen noch ein paar Fragen stelle?«

»Aber nein. Ich helfe doch gerne.«

»Gut.« Banks ließ sich auf der Kante ihres Schreibtisches nieder und schaute sich im Zimmer um. »Von Ihrem Platz aus«, sagte er, »konnten Sie jeden sehen, der Mr. Clegg aufgesucht hat, oder? Jeden, der in sein Büro gegangen und herausgekommen ist.«

»Ja.«

»Und wenn Leute angerufen haben, dann haben Sie zuerst mit Ihnen gesprochen, oder?«

»Äh, ja. Aber wie gesagt, Mr. Clegg hat auch einen separaten Anschluss«

»Hat er darüber viele Anrufe erhalten?«

»Das kann ich nicht sagen. Meistens war ich zu beschäftigt, um darauf zu achten. Ich bin mir aber sicher, dass er die Nummer nicht jedem gegeben hat.«

»Sie haben also nicht ab und zu unabsichtlich diese Gespräche mit angehört?«

»Ich weiß, worauf Sie hinauswollen«, sagte sie, »und Sie können sich weitere Fragen ersparen. So eine Sekretärin bin ich nicht.«

»Was für eine?«

»So eine, die die Gespräche ihres Chefs belauscht. Außerdem«, fügte sie lächelnd hinzu, »sind die Mauern zu dick. Das ist ein altes, solide gebautes Haus. Wenn die Tür zu ist, kann man nicht hören, was in Mr. Cleggs Büro gesagt wird.«

»Selbst dann nicht, wenn zwei Leute sich in dem Zimmer unterhalten?«

»Selbst dann nicht.«

»Und wenn sie sich streiten?«

»Das ist zwar nicht oft vorgekommen, aber dann kann man nur die erhobenen Stimmen hören und nicht, was gesagt wird.«

»Haben Sie jemals gehört, dass Mr. Clegg mit Mr. Rothwell gestritten hat?«

»Daran kann ich mich nicht erinnern. Ich glaube nicht. Und wenn sie es doch einmal getan haben sollten, dann war es mit Sicherheit eine Ausnahme. Normalerweise gingen sie freundlich und geschäftsmäßig miteinander um.«

»Mr. Clegg ist auf Steuerrecht spezialisiert, nicht wahr?«

»Ja.«

»Wie viele Mandanten hat er?«

»Das ist schwer zu sagen. Es gibt feste Mandanten, und dann gibt es Leute, für die man nur hin und wieder arbeitet.«

»Ungefähr. Fünfzig? Hundert?«

»Eher hundert, würde ich sagen.«

»Gibt es neue Mandanten?«

»In diesem Jahr war er zu beschäftigt, um viele neue Aufträge zu übernehmen.«

»Es gab also keine neuen Mandanten in, sagen wir, den letzten drei Monaten?«

»Eigentlich nicht, nein. Manchmal hat er für Freunde von Freunden etwas zusätzlich erledigt, aber wirkliche neue Mandanten gab es nicht.«

»Ich will auf Folgendes hinaus«, sagte Banks und beugte sich vor. »Ist in den letzten zwei oder drei Monaten häufig jemand vorbeigekommen oder hat jemand angerufen, der nicht zum Mandantenstamm gehörte?«

»Besuche gab es nicht, nein. Aber es hat ein paar komische Anrufe gegeben.«

»Komisch? Inwiefern?«

»Irgendwie schroff. Ich habe Ihnen ja schon erzählt, dass manche Leute unhöflich und barsch sind, aber normalerweise sagen sie einem wenigstens, was sie wollen. Seitdem Sie das letzte Mal hier waren, habe ich darüber nachgedacht und versucht, mich zu erinnern, ob irgendetwas merkwürdig gewesen war, verstehen Sie? Mein Kopf ist so verstopft, dass ich kaum vernünftig denken kann, aber mir sind die Anrufe eingefallen. Dem anderen Polizisten habe ich es auch schon erzählt.«

»In Ordnung. Erzählen Sie es mir. Was hat dieser schroffe Anrufer gewollt?«

»Ich weiß nicht, ob es jedes Mal dieselbe Person war, es waren auch nur zwei oder drei Anrufe. Vor ungefähr einem Monat war das.«

»In welchem Zeitraum?«

»Was? Ach so, innerhalb von wenigen Tagen.«

»Was hat er gesagt? Ich nehme an, es war ein Mann?«

»Ja. Er hat nur gesagt: ›Clegg?‹ Und wenn ich gesagt habe, Mr. Clegg wäre nicht da oder beschäftigt, hat er aufgelegt.«

»Verstehe. Was für eine Stimme hat er gehabt?«

»Das kann ich nicht sagen. Mehr habe ich ihn nicht sagen hören. Sie Stimme klang ganz gewöhnlich, nur abgehackt, ungeduldig, als hätte er es eilig.«

»Und das passierte zwei oder drei Mal innerhalb weniger Tage?«

»Ja.«

»Haben Sie die Stimme jemals wieder gehört?«

»Ich habe nie wieder einen solchen Anruf erhalten, wenn Sie das meinen.«

»Niemand hat das Büro aufgesucht, der eine Stimme wie der Mann hatte?«

Sie nieste und putzte sich dann die Nase. »Nein. Aber wie gesagt, ich glaube nicht, dass ich sie wiedererkennen würde.«

»Keiner der beiden Männer, die vorbeigekommen sind und Fragen gestellt haben, hatte eine solche Stimme?«

»Keine Ahnung. Ich glaube nicht. Tut mir Leid.«

»Schon in Ordnung.«

»Was ist denn bloß los?«

»Wir wissen es nicht«, wich Banks aus. Er überprüfte zwar Gristhorpes Theorie über Cleggs Verwicklung in die Ermordung Rothwells, aber er wollte nicht, dass Betty Moorhead bemerkte, dass er ihren Chef eines solchen Verbrechens verdächtigte. Auf jeden Fall *konnte* der mysteriöse Anrufer jemand gewesen sein, der ihm Befehle erteilen wollte, oder aber jemand, den er für den Auftrag angeheuert hatte. Die Anrufe waren in dem entsprechenden Zeitraum erfolgt. »Glauben Sie, Mr. Clegg hat dem Anrufer die Nummer seines separaten Anschlusses gegeben?«

Sie nickte. »So muss es gewesen sein. Die ersten beiden Male war Mr. Clegg entweder unterwegs oder er hatte gerade Besuch von einem Mandanten. Beim dritten Mal habe ich den Anruf durchgestellt und danach hat er nicht wieder angerufen.«

»Und Sie sind sicher, dass Sie nie ein Gesicht mit der Stimme verbunden haben?«

»Ja.«

Banks stand auf und ging durch das kleine Zimmer. Auf dem Fensterbrett des kleinen Fensters, das nach hinten auf die schmale Park Cross Street hinausging, standen gut gepflegte Topfpflanzen. Offensichtlich war Clegg sehr vorsichtig gewesen, was Betty Moorhead betraf. Wenn er mit Auftragsmördern und karibischen Diktatoren zu tun gehabt hatte, dann hatte er darauf geachtet, sie auf Distanz zu halten. Er wandte sich wieder an Betty. »Können Sie mir sonst etwas über Mr. Clegg erzählen?«

»Ich wüsste nicht, was.«

»Wie würden Sie ihn als Mensch beschreiben?«

»Tja, das kann ich nicht sagen.«

»Haben Sie nie privat miteinander zu tun gehabt?«

Sie wurde rot. »Ganz bestimmt nicht.«

»War er in letzter Zeit deprimiert?«

»Nein.«

»Hatte Mr. Clegg viele Damenbesuche?«

»Soweit ich weiß, nicht. Worauf wollen Sie hinaus?«

»Haben Sie jemals eine Frau namens Pamela Jeffreys gesehen oder von ihr gehört? Eine Asiatin?«

Sie sah verwirrt aus. »Nein. Eine Mandantin war sie nicht.«

»Hatte er eine Freundin?«

»Das weiß ich nicht. Er hat sein Privatleben für sich behalten.«

Banks beschloss aufzugeben. Vielleicht wusste Melissa Clegg etwas mehr über die Eroberungen ihres Mannes, vielleicht hatten auch Ken Blackstones Leute seine Kollegen befragt und dabei etwas herausbekommen. Es war nach fünf Uhr, und er war es leid, sich ständig im Kreise zu bewegen. Betty Moorhead wusste eindeutig nicht mehr, und wenn, dann erkannte sie die Wichtigkeit ihres Wissens nicht. Auf diese Weise Informationen zu suchen war, als würde man im Dunkeln auf Zielscheiben schießen.

Warum akzeptierte er nicht einfach Gristhorpes Theorie, dass Clegg den Mord an Rothwell organisiert hatte und dass es kein Fünkchen Hoffnung für sie gab, Clegg oder die Mörder zu finden? Und was konnten sie schon gegen Martin Churchill unternehmen, wenn er tatsächlich hinter allem stand? Banks mochte das Gefühl der Ohnmacht überhaupt nicht, das dieser Fall allmählich erzeugte.

Auf dem Weg zurück ins Hotel kaufte er eine kleine Flasche Bell's. Das war billiger, als die Minibar in seinem Zimmer zu benutzen. Als er sich durch die Büroangestellten schlängelte, die das Gebäude der British Telecom verließen und zu den Bushaltestellen in der Wellington Street strebten, wünschte Banks, er könnte auch einfach nach Hause gehen und dieses ganze Durcheinander aus Clegg, Rothwell und Calvert vergessen.

Nachdem er Blackstone am Parkplatz verlassen hatte, hatte er Pamela Jeffreys zu Hause angerufen, vage hoffend, dass sie Zeit für einen Drink am Abend haben würde, aber es hatte sich nur der Anrufbeantworter gemeldet. Wahrscheinlich spielte sie gerade mit dem Orchester. Er hatte ihr eine Nachricht hinterlassen und gesagt, in welchem Hotel er übernachtete; und nun hatte er ein schlechtes Gewissen. Er musste an Blackstones Warnung vor Hotelaufenthalten denken.

Nach außen hin wollte er sich für ihr gestriges Missverständnis entschuldigen, aber wenn er ehrlich war, hatte er sich von seinen Fantasien ein bisschen zu weit treiben lassen. Würde er etwas tun, wenn er die Möglichkeit dazu hätte? Gesetzt den Fall, sie würde einwilligen, auf einen Schlaftrunk mit in sein Hotelzimmer zu kommen, würde er dann versuchen, sie zu verführen? Würde er mit ihr ins Bett gehen, wenn sie es wollte? Er wusste es nicht.

Er erinnerte sich noch an die Anziehungskraft, die Jenny Fuller auf ihn ausgeübt hatte, eine Psychologieprofessorin, die ihnen gelegentlich bei Fällen half, und fragte sich, wie sein Leben heute aussehen würde, wenn er damals seinem Verlangen nachgegeben hätte. Hätte er Sandra davon erzählt? Wären sie dann immer noch zusammen? Wären er und Jenny immer noch Freunde? Er fand keine Antworten auf diese Fragen.

Recht niedergeschlagen erinnerte er sich an eine Passage aus dem Anfang der Trollope-Biografie, die er gerade las, wo Trollope über die langweiligen Moralpredigten nachdenkt, die die Menschen davon überzeugen wollen, dass man nur in den Himmel kommt, wenn man sich von den weltlichen Freuden abwendet und sich fragt, warum, wenn das wirklich wahr war, »die Frauen so schön sind«. Dadurch musste er wieder an Pamelas wohlproportionierten Körper, an ihr offenes Wesen und ihre Leidenschaft für Musik denken. Na ja, immerhin konnte er sich auf ein indisches Essen mit Ken Blackstone freuen sowie auf eine Dusche und etwas Zeit zum Ausruhen davor. Er spielte mit dem Gedanken, vielleicht das Fitness-Center des Hotels aufzusuchen, vielleicht zu schwimmen, in die Sauna oder in den Whirlpool zu gehen.

Im Hotel waren keine Nachrichten für ihn eingegangen. Er ging geradewegs hinauf in sein Zimmer, zog seine Schuhe aus und ließ sich aufs Bett fallen. Er versuchte Sandra zu erreichen, aber sie war nicht zu Hause. Dann rief er erneut auf dem Revier in Eastvale an und sprach mit Susan Gay. Nichts Neues, außer dass sie bedrückt klang.

Nach einer erfrischenden Dusche, die viel besser war als das lauwarme Rinnsal zu Hause, schenkte er sich einen kleinen Scotch ein, und während er sich abtrocknete und anzog, stellte er den Fernseher an. Er erwischte das Ende der

Weltnachrichten und hörte, dass die Unruhen auf St. Corona von Martin Churchills Streitkräften prompt und brutal niedergeschlagen worden waren. Und dem Mann wollte Burgess eine Ruhestandsvilla in Cornwall geben?

Den lokalen Nachrichten danach schenkte er nur noch wenig Aufmerksamkeit, aber dann sah er auf dem Bildschirm ein Haus, das er wiedererkannte, und hörte den Reporter sagen: »... als sie heute ohne sich krank zu melden nicht zu den Proben erschienen war. Die Polizei ist immer noch vor Ort, bisher wurde jeder Kommentar abgelehnt ...«

Es war Pamela Jeffreys Haus, zwei Streifenwagen und ein Krankenwagen standen davor. Fassungslos setzte sich Banks auf die Bettkante und stürzte seinen Scotch herunter. Dann holte er seine Jacke aus dem Schrank und verließ das Zimmer so schnell, dass er vergaß, den Fernseher auszuschalten.

ZEHN

I

Es war schwer vorstellbar, dass an einem so herrlichen Frühlingsabend etwas Schreckliches passiert sein könnte, doch der Betrieb vor dem kleinen Reihenhaus in Armley deutete darauf hin, dass das Böse keine Rücksicht auf das Wetter nahm.

Drei Streifenwagen parkten quer vor dem Haus. Vor dem weißen Absperrband stritten sich Reporter mit den Schutzpolizisten herum; einer der Beamten notierte sich Banks Namen und Dienstgrad, bevor er ihn durchließ. Die Nachbarn standen vor ihren Türen oder neben den Ligusterhecken und starrten mit verschränkten Armen und grimmigen Gesichtern schweigend herüber, und auch die Leute in ihren Schrebergärten hielten in ihrer Arbeit inne und beobachteten das Spektakel. Zudem hatte sich auf den Stufen des Sikh-Tempels die Straße hinunter eine kleine, glotzende Menge versammelt.

Banks stand auf der Türschwelle des Wohnzimmers. Was auch immer hier passiert war, es war äußerst brutal gewesen. Der gläserne Couchtisch war in zwei Teile zerbrochen worden; die Sitzgarnitur war aufgeschlitzt und das Polstermaterial herausgerissen worden; über den ganzen Teppich verstreut lagen zerrissene Bücher, deren Seiten nur noch Konfetti waren; die Glastüren der Hausbar waren eingeschlagen und die Kristallgläser lagen in glitzernden Scherben davor; der Notenständer war umgekippt, die zersplitterten Einzelteile und der zerbrochene Bogen von Pamelas Bratsche lagen daneben; selbst der Druck von Ganesha war aus dem Rahmen genommen und zerrissen worden. Am schlimmsten aber war der große, dunkle Fleck auf dem cremefarbenen Teppich: Blut.

Einer der Beamten machte einen rassistischen Witz über Ganesha, und die anderen lachten. Der Elefantengott, so erinnerte sich Banks, sollte eigentlich der Gott der guten Anfänge sein. Oben pfiff jemand »Lara's Theme« aus Doktor Schiwago.

»Wer zum Teufel sind Sie denn?«

Banks drehte sich um und sah den Zivilbeamten aus den Trümmern der Küche kommen.

»Presse?«, fuhr er fort, bevor Banks antworten konnte. »Sie haben hier drinnen nicht zu suchen. Das sollten Sie auch wissen, verflucht nochmal. Raus hier, aber schnell!« Er packte Banks' Arm und lotste ihn in Richtung Tür. »Was hat sich dieser verdammte Constable nur dabei gedacht, Sie hier reinzulassen? Zu nichts nütze, dieser Idiot. Ich werde mir seine verfickten Eier als Dekoration an den Weihnachtsbaum hängen.«

»Einen Augenblick mal.« Endlich schaffte es Banks, zu Wort zu kommen und sich aus dem Griff des Mannes zu befreien. Als er seinen Dienstausweis zeigte, beruhigte sich der Beamte.

»Oh, tut mir Leid, Sir«, sagte er. »Detective Sergeant Waltham. Konnte ich ja nicht wissen.« Dann runzelte er die Stirn. »Was hat denn die Polizei aus North Yorkshire mit dieser Sache zu tun, wenn ich fragen darf?«

Er war etwa Anfang dreißig, hatte ein paar Pfund Übergewicht, kupferrotes Haar und war ungefähr zehn Zentimeter größer als Banks. Er hatte ein vorstehendes Kinn, eine rötliche Gesichtsfarbe und neugierige, katzengrüne Augen. Er trug einen dunkelbraunen Anzug, ein weißes Hemd und eine schlichte grüne Krawatte. Hinter ihm stand ein verlottert aussehender Jugendlicher in einer Lederjacke. Wahrscheinlich sein Constable, vermutete Banks.

»Eins nach dem anderen«, sagte Banks. »Was ist mit der Frau passiert, die hier wohnt?«

»Pamela Jeffreys? Kennen Sie sie?«

»Was ist ihr zugestoßen? Lebt sie noch?«

»Ja, Sir, gerade noch so. Irgendjemand hat sie in die Mangel genommen. Gebrochene Rippen, gebrochene Nase, gebrochene Finger. Mehrere Fleischwunden und Quetschungen. Eigentlich ist alles in Mitleidenschaft gezogen worden. Und es sieht so aus, als hätte sie sich beim Fallen ein Bein gebrochen. Als wir sie gefunden haben, war sie bewusstlos. Der erste Beamte, der hier eintraf, dachte, sie wäre tot.«

Banks spürte, wie eine Welle der Angst und Wut in ihm aufstieg und ihm die Galle hochkam. »Wann ist es passiert?«, wollte er wissen.

»Wir sind uns nicht sicher, Sir. Oben ist eine Uhr eingeschlagen worden und auf zwanzig nach neun stehen geblieben, aber das muss nichts bedeuten. Ein bisschen zu sehr Agatha Christie, wenn Sie mich fragen. Der Doktor meint, gestern Abend, aber wir befragen noch die Nachbarn.«

»Sie glauben also, sie lag fast vierundzwanzig Stunden hier?«

»Könnte sein, Sir. Der Arzt sagt, sie wäre verblutet, wenn sie nicht Blut gehabt hätte, das schnell gerinnt.«

Banks schluckte. »Vergewaltigt?«

Waltham schüttelte den Kopf. »Dem Arzt zufolge gibt es keine Anzeichen für einen sexuellen Übergriff. Als wir sie gefunden haben, war sie vollständig angezogen, an ihrer

Kleidung hat sich keiner zu schaffen gemacht. Ein kleiner Trost, oder?«

»Wer hat sie gefunden?«

»Einer ihrer Musikerfreunde hat sich Sorgen gemacht, als sie heute Morgen nicht zur Probe erschienen ist. Irgendein Streichquartett oder so was. Anscheinend war sie in letzter Zeit ein bisschen bedrückt. Er sagte, dass sie normalerweise verlässlich sei und bisher noch keinen Tag gefehlt hat. Er hat im Laufe des Tages mehrere Male hier angerufen und immer nur den Anrufbeantworter dran gehabt. Nach der Arbeit ist er vorbeigefahren und hat geklopft. Keine Reaktion. Da hat er durchs Fenster geschaut und dann die Polizei angerufen. Er ist frei von jedem Verdacht.«

Banks sagte nichts. Sergeant Waltham lehnte sich gegen das Treppengeländer. Der verlotterte Constable zwängte sich an ihnen vorbei und ging nach oben. Im Wohnzimmer lachte jemand laut los.

Waltham hustete hinter vorgehaltener Hand. »Äh, hören Sie mal, Sir, ist da etwas, das wir wissen sollten? Es wird natürlich Fragen geben, aber wenn wir müssen, können wir auch ganz diskret sein. Was hat es zu bedeuten, dass Sie hier auftauchen, und …«

»Und was, Sergeant?«

»Ja, nun, ich habe Ihre Stimme vom Anrufbeantworter wiedererkannt. Das waren doch Sie, oder?«

Banks seufzte. »Ja, stimmt, das war ich. Aber es gibt keinen Anlass zur Diskretion für Sie. Wahrscheinlich muss ich Ihnen tatsächlich eine Menge erzählen. Scheiße.« Er schaute auf seine Uhr. Fast sieben. »Hören Sie, Sergeant, ich habe glatt vergessen, dass ich mit Inspector Blackstone eine Verabredung zum Essen habe.«

»*Unserem* Inspector Blackstone?«

»Ja. Kennen Sie ihn?«

»Ja, Sir.«

»Könnten Sie vielleicht einen Constable bitten, ihn anzurufen oder aufzutreiben? Wir haben uns im Shabab am Eastgate verabredet.«

Waltham lächelte. »Kenne ich. Ist sehr beliebt bei den Jungs von Millgarth. Ich kümmere mich darum, Sir.«

Er ging zur Tür, sprach mit einem der uniformierten Constables und kam dann zurück. »Er ist schon unterwegs. Hören Sie, Sir, Constable O'Brien hat mir gerade gesagt, dass ein alter Mann von gegenüber glaubt, etwas gesehen zu haben. Wollen Sie mitkommen?«

»Ja. Sehr gerne.« Banks folgte ihm nach draußen durch den kleinen Vorgarten und die Menge der Schaulustigen. Ein paar Reporter wollten Kommentare haben, aber Waltham winkte sie nur beiseite. Constable O'Brien stand vor der niedrigen, dunklen Steinmauer, die zwischen der Straße und den Schrebergärten entlangführte, und sprach mit einem dünnen alten Mann, der ein schmuddeliges, kragenloses Hemd trug. Hinter ihm standen weitere Hobbygärtner im Halbkreis und schauten zu, manche stützten sich auf Schaufeln oder Harken. Wie ein Stilbild Yorkshires, dachte Banks.

»Mr. Judd, Sir«, sagte O'Brien und stellte dann Waltham vor, der seinerseits Banks vorstellte. »Er hat gestern Abend bis zur Dämmerung in seinem Garten gearbeitet.« Waltham nickte und O'Brien ging davon. »Halte mir bitte die verdammten Reporter vom Leibe, O'Brien, ja?«, rief Waltham hinter ihm her.

Banks setzte sich auf die Mauer, holte seine Zigarettenschachtel hervor und bot sie der Runde an. Waltham lehnte dankend ab, aber Mr. Judd nahm eine. »Warum nicht, Junge«, krächzte er und klopfte auf seine Brust. »Jetzt ist es sowieso zu spät, mir Sorgen um meine Gesundheit zu machen.«

Er sah tatsächlich krank aus, dachte Banks. Fahles Fleisch hing von den Knochen seines Gesichts über einem dürren Hals mit Truthahnlappen und runzeliger Haut um seinen Adamsapfel, die wie eine Operationsnarbe aussah. Das Weiße seiner Augen hatte einen gelben Schatten, die dunkelblauen Pupillen funkelten jedoch vor Intelligenz. Mr. Judd war ein Mann, entschied Banks, dessen Beobachtungsgabe er vertrauen konnte. Aber er hielt sich im Hintergrund und überließ Waltham die Befragung.

»Wie lange waren Sie hier draußen?«, fragte Waltham.

»Von sieben Uhr bis ungefähr halb neun«, sagte Judd. »In dieser Jahreszeit komme ich immer abends nach dem Tee raus, je nach Wetter. Hier habe ich meine Ruhe. Meine Frau guckt gerne Fernsehen, aber ich habe keine Geduld dafür. Nichts als dämliche Arschlöcher, die sich wie dämliche Arschlöcher aufführen.« Er nahm einen tiefen Zug von der Zigarette. Banks bemerkte, dass er dabei vor Schmerz zusammenzuckte.

»Waren Sie der Einzige, der noch hier gearbeitet hat?«, fragte Waltham.

»Ja. Die anderen waren um die Zeit schon alle nach Hause gegangen.«

»Können Sie uns erzählen, was Sie gesehen haben?«

»Ja, es muss so kurz vor Feierabend gewesen sein; es wurde gerade dunkel, das weiß ich noch. Und da hielt dieser Wagen vor Miss Jeffreys Haus. Dunkelmetallic war er. Schwarz.«

»Wissen Sie, welche Marke es war?«

»Nee, tut mir Leid, Junge. Ich könnte heutzutage ehrlich gesagt keinen Mini von einem Aston unterscheiden, erst recht nicht, seit es so viele ausländische Autos gibt. Aber es war kein großer Wagen.«

Waltham lächelte. »Gut. Und dann?«

»Tja, zwei Männer sind ausgestiegen und zur Haustür gegangen.«

»Wie haben sie ausgesehen?«

»Wirklich schwer zu sagen. Beide haben Anzüge getragen. Und einer von ihnen war ein Neger, aber das darf man ja heute nicht mehr sagen, oder?«

»Einer der Männer war schwarz?«

»Genau.«

»Und was passierte dann?«

Judd wurde von einem kleinen Hustenanfall geschüttelt und spuckte einen Klumpen rotgrünen Schleim auf den Boden. »Ich habe zusammengepackt und bin nach Hause gegangen. Meine Frau braucht Hilfe, um die Treppe hoch ins Bett zu kommen. Sie ist nicht mehr so gut zu Fuß.«

»Haben Sie gesehen, dass Miss Jeffreys die Tür geöffnet und die Männer hereingelassen hat?«

»So genau habe ich nicht hingeschaut. Erst standen sie noch vor der Tür und dann waren sie verschwunden. Der Wagen war aber noch da.«

»Haben Sie etwas gehört?«

»Nee, zu weit weg.« Er zuckte mit den Schultern. »Ich habe mir nichts dabei gedacht. Versicherungsheinis wahrscheinlich. So sahen sie jedenfalls aus. Oder diese religiösen Typen, Zeugen Jehovas.«

»Sie haben sie also nicht gehen sehen?«

»Nein. Da war ich schon zu Hause.«

»Wo wohnen Sie?«

Judd zeigte auf die andere Straßenseite. »Da drüben. Nummer vierzehn.« Es war fünf Häuser weiter von Pamela Jeffreys entfernt. »Schon über vierzig Jahre jetzt. Als wir eingezogen sind, war das ein richtiges Loch. Feuchte Wände, keine Toilette innen, kein Bad. Aber ich habe es über die Jahre aufgemöbelt, Stück für Stück.«

Waltham hielt inne und schaute Banks an, der ihm zu verstehen gab, dass er gerne ein paar Fragen stellen würde. Waltham war ein geduldiger Fragensteller, war Banks aufgefallen, nicht drängend, unhöflich oder herablassend gegenüber alten Menschen, wie manch anderer. Vielleicht lag es daran, dass ihm ein Inspector über die Schulter geschaut hatte. Und vielleicht war das unbarmherzig gewesen.

»Kannten Sie denn Miss Jeffreys?«, fragte Banks.

Judd schüttelte den Kopf. »Kann ich nicht sagen.«

»Aber Sie kannten sie vom Sehen und Grüßen, oder?«

»Das ja. Sie war ein richtig nettes Mädchen, wenn Sie mich fragen. Und außerdem ein attraktives.« Er zwinkerte. »Sie hat immer gegrüßt, wenn sie mir auf der Straße entgegengekommen ist. Und sie hatte immer diesen Geigenkasten dabei. Ich habe sie mal gefragt, ob sie bei der Mafia ist und ein Maschinengewehr da drin hat, nur so aus Spaß.«

»Aber Sie haben sich nie länger unterhalten?«

»Abgesehen davon und der üblichen Bemerkung übers Wetter nicht. Was hat ein alter Kerl wie ich schon einem jungen Mädel wie ihr zu sagen? Außerdem sind die Leute hier in der Gegend heutzutage auch nicht besonders gesprächig.« Er hustete und spuckte erneut. »Das war nicht immer so, wissen Sie. Als Eunice und ich hier hergezogen sind, war das noch eine richtige Gemeinschaft. In der Guy-Fawkes-Nacht haben wir große Feuer auf der Straße gemacht. Damals gab es noch Kopfsteinpflaster und nicht diesen Asphalt. Jeder ist gekommen. Eunice hat Pfefferkuchen und Karamellbonbons gemacht. Wir haben Kartoffeln in Folie gewickelt und zum Backen ins Feuer gelegt. Aber das hat sich alles verändert. Sehen Sie den Sikh-Tempel dort?« Er zeigt die Straße hinunter. »Das war einmal eine Kapelle der Kongregationalisten. Sonntagmorgens ist da jeder hingegangen. Montags gab es Whistabende, außerdem gab es einen Jugendclub und einen Pfadfinderverein für die Jungen. Und Weihnachten Märchenaufführungen.

Ach ja, das hat sich alles verändert. Die Leute kommen und gehen. Wir haben jetzt zwar eine Toilette im Haus, aber niemand spricht mehr miteinander. Nicht dass ich was gegen die Pakis habe. Wie gesagt, sie ist ein nettes Mädel. Ich habe gesehen, wie sie vor einer Stunde auf einer Bahre rausgetragen wurde.« Er schüttelte langsam den Kopf. »Heutzutage schließt man besser seine Tür fest zu. Wird sie wieder gesund werden?«

»Das wissen wir noch nicht«, sagte Banks. »Aber wir drücken ihr die Daumen. Hat sie viel Besuch bekommen?«

»Ich habe nicht ständig hingeguckt. Ich nehme an, Sie meinen Männerbesuch?«

»Besuch im Allgemeinen. Männer oder Frauen.«

»Eine Frau allein habe ich nie kommen sehen. Ihre Eltern sind hin und wieder da gewesen. Auf jeden Fall nehme ich an, dass es ihre Eltern waren. Und vor ein paar Monaten hat sie ein Kerl ziemlich regelmäßig besucht. Er hat manchmal vor dem Haus geparkt. Aber fragen Sie mich nicht, was für einen Wagen er gefahren hat. Ich kann mich nicht mal mehr an die Farbe erinnern. Irgendwann kam er nicht mehr. Seitdem ist mir niemand mehr aufgefallen.«

»Wie hat der Mann ausgesehen?«

»Eigentlich normal. Blondes Haar, Brille, ein bisschen größer als Sie.«

Keith Rothwell – oder Robert Calvert, dachte Banks. »Sonst noch jemand?«

Judd schüttelte den Kopf und lächelte dann. »Nur Sie und die junge Frau neulich.«

Banks spürte, wie sich Waltham umdrehte und ihn anstarrte. Wenn Judd gesehen hatte, dass Banks und Susan am

Samstag Pamela besucht hatten, dann entging ihm offensichtlich nicht viel – weder vormittags, nachmittags oder abends.

»Es wird gleich jemand kommen und Ihre Aussage aufnehmen, Mr. Judd«, sagte Waltham.

»In Ordnung, mein Junge«, antwortete der alte Mann und wandte sich wieder seinem Garten zu. »Ich werde nirgendwo hingehen, außer zu meinem letzten Ruheplatz, und das hat noch ein paar Monate Zeit, so Gott will. Ich wünschte nur, ich hätte Ihnen mehr helfen können.«

»Sie haben uns sehr geholfen«, sagte Banks.

»Was zum Teufel hatte das denn schon wieder zu bedeuten, Sir?«, wollte Waltham wissen, als sie davongingen. »Sie haben mir nicht gesagt, dass Sie schon einmal hier waren.«

Banks bemerkte Ken Blackstone, der gerade gegenüber dem Sikh-Tempel aus seinem dunkelblauen Peugeot stieg. »Ich hatte keine Zeit dafür«, sagte er zu Waltham und ließ ihn stehen. »Später, Sergeant. Ich werde später alles erklären.«

II

Nach einer kurzen Fahrt von Pamela Jeffreys Haus durch das Tal des Aire saßen Banks und Blackstone in einem indischen Restaurant in der Nähe von Woodhouse Moor, tranken Bier und knabberten Pakoras und Zwiebel-Bhaji, während sie auf ihre Hauptgerichte warteten. Da das Restaurant nicht weit von der Universität entfernt lag, war es voller Studenten. Verführerisch vermischte sich der Duft von Kümmel, Koriander, Nelken und Zimt mit anderen Gewürzen, deren Namen Banks nicht kannte. »Nicht gerade das Shabab«, hatte Blackstone gesagt, »aber nicht übel.« Ein Kompliment in Yorkshire.

In der kurzen Zeit, die sie schon da gewesen waren, hatte Banks so knapp er konnte erklärt, was eigentlich vor sich ging – auf jeden Fall so weit, wie er es selbst verstand.

»Warum wurde also deiner Meinung nach das Mädchen zusammengeschlagen?«, wollte Blackstone wissen.

»Sie müssen entweder geglaubt haben, dass sie weiß, wo Daniel Clegg ist, oder dass sie etwas für ihn versteckt. Sie haben ihre Wohnung gründlich auseinander genommen.«

»Und du glaubst, diese Leute arbeiten für Martin Churchill?«

»Burgess glaubt das. Es ist möglich.«

»Glaubst du, dass es dieselben Männer waren, die Cleggs Sekretärin und seine Exfrau aufgesucht haben?«

»Ja, da bin ich mir sicher.«

»Aber die beiden sind nicht zusammengeschlagen und ihre Wohnungen nicht durchsucht worden. Warum?«

»Keine Ahnung. Als sie zu Pamela kamen, hatten sie vielleicht bereits die Nerven verloren. Machen wir uns doch nichts vor, bis dahin hatten sie nichts herausgefunden. Sie müssen frustriert gewesen sein. Sie hatten das Gefühl, die Leute lange genug mit Samthandschuhen angefasst zu haben; jetzt war es an der Zeit, zur Sache zu kommen. Oder sie haben mit ihrem Boss telefoniert und er hat ihnen gesagt, dass sie härter vorgehen sollen. Außerdem haben sie wahrscheinlich gedacht, dass Pamela lügt oder sie aus irgendeinem Grund hinhält. Vielleicht hat auch etwas an ihrem Verhalten sie gestört. Ich habe keine Ahnung. Möglicherweise sind die beiden Typen auch bloß Rassisten.« Banks schüttelte den Kopf und fühlte einen jähen Schmerz und ohnmächtige Wut. Er konnte das Bild von Pamela Jeffreys in den Händen ihrer Peiniger nicht vertreiben: ihre panische Angst, ihre Schmerzen, die zerschlagene Bratsche. Würden ihre Finger jemals so heilen, dass sie wieder zu spielen vermochte? Aber er kannte Blackstone nicht gut genug, um offen über seine Gefühle zu sprechen. »Vorher waren sie höflich, aber penetrant gewesen«, sagte er. »Vielleicht haben sie einfach die Geduld verloren.«

Das Hauptgericht wurde serviert: eine Platte mit dampfenden Chapatis, Chicken Bhuna und Ziegen-Vindaloo, dazu eine Auswahl Chutneys und Raita. Sie teilten die einzelnen Gerichte und begannen zu essen. Mit den Chapatis schaufelten sie das Essen in den Mund und wischten die Sauce auf. Blackstone bestellte noch zwei Flaschen Bier und einen Krug Eiswasser.

»Es gibt auch eine andere Erklärung«, sagte Blackstone zwischen zwei Bissen.

»Welche?«

»Dass Pamela Jeffreys tatsächlich etwas gewusst hat. Dass sie in ein Doppelspiel mit Clegg verwickelt war. Ich habe mir vorhin das Haus nur kurz anschauen können, aber du hast Recht, es steht außer Frage, dass die Männer etwas gesucht haben. Sergeant Waltham war der gleichen Meinung.«

»Die Möglichkeit habe ich auch schon in Erwägung gezogen, glaube mir«, sagte Banks und häufte vorsichtig etwas von dem scharfen Vindaloo auf ein Stück Chapati. »Aber ich bin mir sicher, dass sie Clegg nicht einmal gekannt hat.«

»Aber nur, weil sie es dir gesagt hat, denke daran.«

»Niemand hat ihrer Aussage widersprochen, Ken. Melissa Clegg nicht, die Sekretärin nicht, nicht mal Mr. Judd.«

»Ach, ich bitte dich, Alan. Der alte Mann kann ja nicht alles gesehen haben. Und die Sekretärin und seine Exfrau können auch nicht alles gewusst haben. Vielleicht hat Clegg sie nie zu Hause besucht. Sie könnten eine geheime Beziehung gehabt und sich heimlich getroffen haben.«

»Warum sollten sie sich heimlich treffen? Sie waren beide nicht verheiratet.«

»Weil sie vielleicht in irgendeine komische Geschichte verwickelt waren. Nicht unbedingt eine sexuelle Sache, aber es wäre nicht gut gewesen, zusammen gesehen zu werden. Vielleicht war sie einfach in die Machenschaften verwickelt, die Clegg und Rothwell am Laufen hatten.«

Banks schüttelte den Kopf. »Clegg war ein Anwalt, Rothwell ein Finanzgenie und Pamela Jeffreys ist klassische Musikerin. Das passt einfach nicht zusammen.«

»Sie könnten aber gemeinsame Geschäftsinteressen gehabt haben.«

»Stimmt. Alles ist möglich. Aber denke daran, Pamela Jeffreys kannte Robert Calvert. Sie hat mir erzählt, dass sie sich zufällig in einem Pub kennen gelernt haben. Vor seiner Ermordung hat sie nie von einem Keith Rothwell gehört, erst als sein Foto in der Zeitung erschien. Sie hatte keinen Grund zu lügen. Sie hat sich sogar selbst in eine schwierige Lage gebracht, als sie uns angerufen hat. Das hätte sie nicht tun müssen. Wir hatten nie von Robert Calvert gehört und ohne sie wüssten wir wahrscheinlich heute noch nichts von ihm. Normalerweise wollen die Leute auf keinen Fall in eine Mordermittlung hineingezogen werden. Das weißt du auch, Ken. Bis wir etwas anderes herausfinden, müssen wir davon ausgehen, dass Calvert eine Figur war, die Rothwell unter Mithilfe Cleggs einzig und allein zum Vergnügen erfunden hat.«

Blackstone schluckte einen Bissen Bhuna herunter. »Manchmal glaube ich, ich könnte auch so eine zweite Identität gebrauchen«, sagte er.

Banks lachte. »Durch Calvert konnte Rothwell eine andere Seite seines Wesens ausleben, eine Seite, die er zu Hause nicht offenbaren konnte. Oder vielleicht half ihm diese

Figur auch dabei, so zu sein, wie er einmal war, etwas wieder aufleben zu lassen, was er verloren hatte. Als Calvert war er ein Spieler, ein Schürzenjäger und wahrscheinlich hat er das alles mit seinen illegalen Einnahmen aus der Geldwäsche finanziert. Und Pamela Jeffreys war ja nicht seine einzige Eroberung. Es gab bestimmt Frauen vor ihr, und sie war überzeugt, dass er eine neue Frau kennen gelernt hatte, eine, in die er richtig verliebt war.«

»Eine neue Liebe ist wie ein neues Leben«, bemerkte Blackstone.

Banks hörte für einen Augenblick auf zu kauen.

»Alan?«, sagte Blackstone. »Alan, alles in Ordnung? Das Curry ist scharf, ich weiß, aber ...«

»Was? Ach so. Du hast da gerade etwas gesagt. Ich wundere mich, dass ich nicht schon früher darauf gekommen bin.«

»Was denn?«

»Wenn es wirklich stimmt, also wenn Calvert wirklich richtig verliebt war, mit Herzklopfen und weichen Knien und allem drum und dran, was würde das dann für Rothwell bedeuten?«

»Verstehe ich nicht. Es war doch derselbe Mensch, oder nicht?«

»Ja und nein. Worauf ich hinauswill, ist: Wie konnte er sein Leben als Rothwell weiterführen, das Leben, das sein wahres Leben sein sollte, auf der Arkbeck Farm mit Mary, Alison und Tom? Entschuldige, ich denke nur laut nach. Vergiss es.«

»Nein, ich verstehe, was du meinst«, sagte Blackstone. »Wenn er richtig verliebt war, dann wäre alles andere unwichtig gewesen, oder?«

»Mmmmh.« Banks beendete sein Essen und versuchte, die würzige Schärfe mit einem Schluck des wässerigen Biers herunterzuspülen. Seine Lippen brannten allerdings immer noch und auf seiner Kopfhaut spürte er den Schweiß prickeln. Ein Zeichen für gutes Curry.

»Wussten die Kerle, die vermutlich Pamela Jeffreys zusammengeschlagen haben, von Rothwell?«, fragte Blackstone.

Banks schüttelte den Kopf. »Weiß ich nicht. Bei uns in der Gegend sind sie nicht gesehen worden; auf jeden Fall passen sie nicht auf die Beschreibung der Mörder, die seine Tochter abgegeben hat.«

»Wie alt ist sie?«

»Alison? Fünfzehn.«

»Sie hat ihre Gesichter nicht gesehen. Könnte sie sich irren?«

»Möglich, aber ich glaube nicht, dass sie sich so sehr irrt. Nichts passt zusammen.«

»Nur ein Gedanke. Ich meine, wenn Rothwell und Clegg gemeinsam in diese Geldwäsche verwickelt waren, und wenn derjenige, für den sie gearbeitet haben, ein paar Schläger losschickt, um Clegg und das Geld zu finden, das er möglicherweise mitgenommen hat, dann würde man doch annehmen, dass sie eigentlich zuerst bei Rothwells Familie vorbeischauen, oder nicht?«

»Vielleicht. Aber nach dem Mord an Rothwell waren wir ja immer in der Nähe der Arkbeck Farm. Sie hätten es nicht gewagt, sich in einem Umkreis von dreißig Kilometern zu zeigen.«

»Und noch etwas: Wenn die Hintermänner Rothwell umbringen ließen, warum engagieren sie dann andere Typen, um Clegg zu jagen? Ist doch ein bisschen übertrieben, findest du nicht?«

»Auch hier kann ich nur Vermutungen anstellen«, sagte Banks. »Ich glaube, dass nicht alles, was passiert ist, so geplant war. Es ist möglich, dass sie Clegg gebeten haben, Rothwell aus dem Wege zu schaffen, und er seine eigenen Leute angeheuert hat. Wie du weißt, untersuchen wir gerade, welche Verbindungen er zu Straftätern gehabt haben könnte.«

Blackstone nickte. »Verstehe«, sagte er. »Und dann ist Clegg zu einem Problem geworden und sie haben ihre eigenen Leute geschickt?«

»So in der Art.«

»Macht Sinn. Mein Constable, der Cleggs Kollegen befragt hat, sagt, dass er ein ziemlicher Weiberheld war«, sagte Blackstone.

»Stimmt. Seine ehemalige Frau, Melissa, hat das Gleiche angedeutet. Hatte er eine Freundin?«

»Ja. Aber anscheinend nichts Ernsthaftes, seit er sich von seiner Frau getrennt hat. Er hat wohl nur ungern etwas anbrennen lassen. In letzter Zeit ist er mit einer Empfangsdame der Norwich-Versicherung gesehen worden. Sie heißt Marci Lapwing. Eine angehende Schauspielerin. Constable Gaitskill hat sich heute Morgen mit ihr unterhalten. Er sagt, sie ist das typische Luder mit plumpen Reizen. Aber dieser Gaitskill ist selbst ein dubioser Kerl, seine Beobachtungen muss man immer mit Vorbehalt betrachten. Auf jeden Fall hatten sich die beiden an dem Samstag vor Cleggs Verschwinden getroffen. Sie sind essen gegangen und waren dann in einem Nachtclub in Harehills. Sie hat die Nacht bei ihm verbracht, und er hat sie am Sonntagnachmittag, nachdem sie im Red Lion zu Mittag gegessen hatten, nach Hause gebracht, nach Seacroft. Seitdem hat sie von ihm nichts mehr gesehen oder gehört.«

»Sagt sie die Wahrheit?«

»Laut Gaitskill ja, und in der Sache vertraue ich ihm.«

»Okay. Danke, Ken.«

»Clegg hatte einen reservierten Parkplatz hinter dem Gericht. Soweit wir herausfinden konnten, hat er jeden Donnerstag nach der Arbeit in einer kleinen Trattoria an der Headrow gegessen. Die Kellner dort erinnern sich an ihn. An seinem Verhalten war nichts merkwürdig. Am letzten Donnerstag ist er so gegen halb sieben oder Viertel vor sieben gegangen, und zwar Richtung Westen, dorthin, wo sein Wagen geparkt war, und danach ist er nicht mehr gesehen worden.«

»Und der Wagen?«

»Ein roter Jaguar. Verschwunden. Wir haben ihn zur Fahndung ausgeschrieben, gemeinsam mit diesem hier.« Blackstone zog ein Foto aus seiner Aktentasche und schob es über die Tischdecke. Es zeigte das Porträt eines Mannes Anfang vierzig, mit entschlossenen blauen Augen, einer leicht schiefen Nase, blondem Haar und einem Mund, dessen erhobener linker Winkel ihm eine grausame Note verlieh.

»Clegg?«

Blackstone nickte und steckte das Foto zurück in seine Tasche. »Außerdem haben wir Cleggs Haus in Chapel Allerton durchsucht. Nichts. Wenn er irgendetwas am Laufen hatte, dann hat er es nur vom Büro aus erledigt.«

»Habt ihr noch etwas über Hamilton und den Wagen herausgefunden?«

»Die Techniker arbeiten noch an dem Wagen. Ich habe mir Hamiltons Akte selbst angesehen, außerdem haben wir uns heute auf dem Revier noch einmal mit ihm unterhalten.« Er schüttelte den Kopf. »Da ist nichts, Alan. Der Kerl ist so dumm wie Bohnenstroh. Ich glaube, von St. Corona hat er noch nicht einmal *gehört* und in der Drogenszene ist er ein ganz kleiner Fisch. Bis er seinen Stoff zum Weiterverkauf bekommt, ist schon jeder Dealer der Stadt darauf herumgetrampelt.«

»Es war nur so eine Idee. Danke, dass du es versucht hast.«

»Kein Problem. Wir versuchen es in ein paar Tagen noch einmal, nur für den Fall. Außerdem werden wir ihn diskret im Auge behalten. Aber noch mal zurück zu dem, was ich vorhin gesagt habe. Wie haben diese Schläger von Pamela Jeffreys gewusst, wenn sie nicht in die Sache verwickelt war?«

In Banks loderte wieder die Wut auf, aber er hielt sie im Zaum. »Ganz einfach«, sagte er. »Sie haben ja auch mich verfolgt gestern. Ich nehme an, sie haben gestern Morgen als Erstes in Cleggs Büro begonnen, dann ist mir einer auf den Fersen geblieben, vielleicht waren es auch beide, bis ich sie am Abend vor Calverts Wohnung gesehen habe. Sie hatten keine Ahnung, wer ich eigentlich bin, und die einzige weitere Person, die ich getroffen habe und mit der sie noch nicht gesprochen hatten, war Pamela Jeffreys. Sie müssen gedacht haben, wir stecken beide in der Sache drin. Ich habe Pamela in der Nähe des Gebäudes getroffen, in dem sie geprobt hat, und einer von den beiden muss draußen gewartet und sie bis nach Hause verfolgt haben. Oder sie haben auf eine andere Weise herausgefunden, wer sie ist und wo sie wohnt.

Sie müssen Pamela für ihre beste Spur gehalten haben. Sie glaubten, sie hätte irgendeine Verbindung zu Clegg und wüsste, wo er steckt, oder bewahrte etwas für ihn auf. Anscheinend hat Clegg etwas, das sie haben wollen. Höchstwahrscheinlich Geld. Wenn er Geld für ihren Boss gewaschen hat, dann sieht es so aus, als könnte er etwas davon eingesteckt und mitgenommen haben. Oder er ist im Besitz von belastendem Material, mit dem die Hintermänner erpressbar sind: Bücher, Kontoauszüge oder so etwas. Und danach haben sie wahrscheinlich gesucht, als sie Pamelas

Wohnung auseinander genommen haben. Womit wir wieder bei deiner Frage sind. Die Schläger haben Pamela in die Mangel genommen, weil sie glaubten, sie wüsste etwas oder hätte etwas, das ihnen gehört. Beides war aber nicht der Fall. Ich mache mir Vorwürfe. Ich hätte verdammt nochmal wissen müssen, dass ich sie in Gefahr bringe.«

»Hör auf, Alan! Wie hättest du das ahnen sollen?«

Banks zuckte mit den Achseln und klopfte eine Zigarette aus der Schachtel. Er war der einzige Raucher im gesamten Restaurant und musste den Kellner extra um einem Aschenbecher bitten. So weit war es schon gekommen, dachte er betrübt. Bald würde er aufhören müssen, er wusste, dass er das Unvermeidliche nur hinauszögerte. Er hatte schon über ein Nikotinpflaster nachgedacht, aber die Idee schnell wieder verworfen. Er wollte die Zigarette zwischen seinen Finger spüren und den würzigen Tabakrauch inhalieren und das Gift nicht langsam durch seine Haut in sein Blut sickern lassen. Zum Teufel mit der Gesundheitsgefährdung.

Er fühlte sich beinahe so, wie St. Augustinus sich gefühlt haben musste, als er in seinen *Bekenntnissen* schrieb: »Gib mir Keuschheit und Enthaltsamkeit – aber nicht sofort!«

»Weißt du, was mir wirklich stinkt?«, sagte Banks, nachdem er seine Zigarette angezündet hatte. »Dirty Dick Burgess ist mir auch den ganzen Tag gefolgt, und es würde mich überhaupt nicht überraschen, wenn er die beiden vor Melissa Cleggs Laden gesehen hat.«

»Woher sollte er wissen, wer sie sind?«

»Oh, ich glaube, er kennt sie genau.«

»Aber selbst dann, was hätte er tun können? Sie hatten gegen keinerlei Gesetz verstoßen.«

Banks zuckte mit den Achseln. »Wahrscheinlich hast du Recht. Jetzt ist es sowieso zu spät«, sagte er. »Wollen wir nur hoffen, sie kommen nicht zurück, um Betty Moorhead oder Melissa Clegg einen erneuten Besuch abzustatten.«

»Keine Sorge. Charlie Waltham wird mittlerweile dafür gesorgt haben, dass die beiden geschützt werden. Er ist ein guter Kerl, Alan. Außerdem wird er Beschreibungen von den beiden Schlägern rausgegeben haben. Sie werden nicht weit kommen.«

»Das will ich hoffen«, antwortete Banks. »Das will ich verdammt nochmal hoffen. Ich würde gerne ein paar Minuten allein mit den beiden in einer stillen Zelle sein.«

III

Zurück im Hotel fühlte sich Banks eingesperrt. Der Zorn brannte in ihm wie die scharfen indischen Gewürze, aber es wäre mehr als ein Renny nötig, um ihn zu zügeln. Was war er doch für ein verdammter Idiot gewesen, nichts zu unternehmen, als er bemerkt hatte, dass er verfolgt worden war. Er hatte praktisch Pamela Jeffreys Todesurteil unterschrieben, und es war nicht seinem Verdienst zuzuschreiben, dass sie die Tortur überlebt hatte. Bisher.

Er schenkte sich einen Schuss Bell's ein und schaltete den Fernseher an. Es gab nur eine Tiersendung, eine dumme Komödie, ein Interview mit einem ehemaligen Politiker und einen alten Dirty-Harry-Film. Für eine Weile schaute er Clint Eastwood zu. Polizeifilme oder -serien hatte er nie besonders gemocht, aber in diesem Moment und an diesem Ort konnte er sich mit Dirty Harry identifizieren, der Gangster jagte und nach seinem Gutdünken mit ihnen verfuhr. Was er zu Blackstone gesagt hatte, hatte er genauso gemeint. Ein paar Minuten allein mit Pamela Jeffreys Peinigern, und sie würden wissen, was Brutalität der Polizei bedeutete.

Aber er hasste sich selbst für diese Gefühle. Zum Glück stellten sie sich selten ein. Schließlich waren Polizisten auch nur Menschen, dachte er. Sie hatten ihr Pflichtgefühl, ihre Begierden, ihre Vorurteile, ihre Leiden, ihre Launen. Das Problem war, dass sie ihre Emotionen im Zaum halten mussten, um ihren Beruf anständig auszuüben.

»Wenn du es in diesem Beruf zu etwas bringen willst, Junge, dann geh nach Hause und kotze in deiner Freizeit«, hatte ihm einer seiner frühen Ausbilder an einem grausigen Tatort gesagt. »Kotz bitte nicht über die Leiche. Und wenn du schlagen willst, dann gehe nach Hause und schlage Löcher in deine Wand und nicht in das Gesicht des Triebtäters.«

Aber er konnte sich nicht konzentrieren, nicht einmal auf Dirty Harry, und schaltete den Fernseher aus. Er konnte nicht stehen, er konnte nicht sitzen, er wusste nicht, was er tun sollte. Und die ganze Zeit zermürbten ihn der Zorn und der Schmerz, und er wusste nicht, wie er davon loskommen sollte.

Er nahm das Telefon, wählte die Vorwahl von Eastvale, legte aber wieder auf, bevor er seine eigene Nummer gewählt hatte. Er wollte mit Sandra sprechen, aber er fürchtete, ihr jetzt seine Gefühle nicht richtig erklären zu können, besonders da sie beide sich in der letzten Zeit so sehr auseinander gelebt hatten. Er wusste, dass sie unter normalen Umständen eine verständnisvolle Frau war, aber mit dieser Sache würde er zu viel von ihr verlangen: Eine Frau, die er begehrt hatte, von der er fantasiert hatte, war fast zu Tode geprügelt worden, und er gab sich die Schuld dafür. Nein, das konnte er Sandra nicht erklären.

Und es war mehr als eine Fantasie gewesen. Wenn alles anders gelaufen wäre, hätte er Pamela Jeffreys noch einmal angerufen und würde wahrscheinlich genau in diesem Moment mit ihr zu Abend essen oder etwas trinken und all seinen Mut zusammennehmen, um sie zu fragen, ob sie noch mit auf sein Hotelzimmer kommen wolle, während der Bell's oben schon griffbereit dastand. Nun, er würde nie erfahren, was dabei herausgekommen wäre; seine Standhaftigkeit war nicht einmal einer Prüfung unterzogen worden. Hatte St. Augustinus nicht auch darüber etwas geschrieben, oder war es jemand anderes gewesen?

Er rief im Krankenhaus an, und nachdem er in übertriebenem Maße auf sein Recht als Polizeibeamter gepocht hatte, bekam er tatsächlich einen Arzt an den Apparat. Ja, Ms. Jeffreys Zustand war stabil, aber sie lag noch immer auf der Intensivstation ... nein, sie hatte das Bewusstsein noch nicht wiedererlangt ... man konnte noch nicht sagen, wann sie zu sich kommen würde ... ob irreparable Schäden zurückblieben, war auch noch nicht abzusehen. Als er auflegte, fühlte er sich kein bisschen besser.

Es war erst kurz nach halb zehn. Er kippte den Rest seines Scotch herunter, nahm seine Jacke und ging hinaus. Vielleicht würde ein kleiner Spaziergang helfen oder die Anonymität eines überfüllten Pubs, auch wenn er an einem Dienstagabend nicht erwartete, dass man die Innenstadt von Leeds mit dem Londoner Westend vergleichen konnte.

Er ging die Wellington Street entlang, vorbei am Hauptbahnhof und dem großen Postgebäude, und gelangte auf den City Square, der bis auf die stummen Nymphen, die mit ihren Fackeln in den Händen die zentrale Statue des schwarzen Prinzen auf seinem Pferd säumten, völlig verwaist war. Irgendwo in der Boar Lane schrie ein Betrunkener in die Nacht, eine Flasche zerschmetterte und eine Frau lachte laut los.

Banks überquerte den City Square. Er ging schnell und versuchte dabei, seine Wut abzureagieren. Bald war er im Bond-Street-Center, wo ihm beim Vorbeigehen nur noch sein Spiegelbild in den Schaufenstern Gesellschaft leistete.

Er hatte nur schwache Erinnerungen an die Innenstadt von Leeds, war sich aber sicher, dass es irgendwo inmitten des Dschungels der renovierten viktorianischen Arkaden und der modernen Einkaufszentren eine Reihe von Pubs in den schmuddeligen Hintergassen gab, die das Herz des alten Stadtzentrums durchzogen.

Und er hatte Recht.

Der erste Pub, den er fand, war ein altes Tetley's Haus, das mit Messing, Spiegeln und dunklem Holz eingerichtet und spärlich besucht war; zudem spielte die Jukebox in erträglicher Lautstärke. Er bestellte ein Pint, lehnte sich seitwärts an die Theke und beobachtete, wie die Leute sich unterhielten und lachten. Es waren vor allem junge Leute. Heutzutage schienen sich nachts nur noch Jugendliche in die Stadtzentren zu wagen. Vielleicht war das der Grund, warum ihre Eltern und Großeltern fernblieben. Die Pubs in Armley und Bramley, in Headingley und Kirkstall waren dagegen voller Einheimischer, wobei sich alle Altersgruppen vermischten.

Während er an der Theke stand, trank und rauchte, nahm niemand Notiz von ihm. Banks war immer froh gewesen, wenn man in ihm nicht sofort einen Polizisten vermutete. Bei Hatchley oder Ken Blackstone gab es da nie einen Zweifel, egal, ob sie im Dienst waren oder nicht. Doch Banks passte in beinahe jede Gesellschaft, ohne zu sehr aufzufallen. Im Laufe der Jahre hatte er das als eine nützliche Eigenschaft erkannt. Er sah nicht nur *nicht* aus wie ein Polizist, was immer das auch bedeuten mochte, aus irgendeinem Grund löste seine Anwesenheit auch nicht die üblichen

Alarmglocken aus. Gleichzeitig saß oder stand er nicht gerne mit dem Rücken zur Tür, und so entging ihm kaum etwas.

Er trank sein Pint schnell aus, bestellte noch eines und zündete sich auch noch eine Zigarette an. Ihm war bewusst, dass er zu viel rauchte, und morgen früh würde er es bereuen. Aber jetzt war noch Abend. Und bis zum Morgen hatte er mit einer Zigarette wenigstens etwas in der Hand, die sich sonst, sich selbst überlassen, zu einer Faust ballen würde.

Sein zweites Bier blieb auch nicht lange stehen. Das Auf und Ab der Gespräche spülte über ihn hinweg. Am lautesten waren zwei Paare mittleren Alters, die hinter dem gravierten Rauchglas und der dunklen Holzwand auf einer Seite der Tür saßen. Neben Banks und dem Barpersonal waren sie die einzigen Gäste über fünfundzwanzig und alle vier hatten schon ein bisschen zu viel getrunken. Die Männer tranken Pints und die Frauen ein seltsam gefärbtes Gebräu, aus dem kleine Schirmchen und Fruchtstücke stakten. So, wie es klang, feierten sie die Verlobung der Tochter des einen Paares, die nicht anwesend war, und aus diesem Anlass wurden all die alten, schlüpfrigen Witze ausgepackt, die Banks schon tausend Mal in seinem Leben gehört hatte.

»Also, da sind drei Frauen, okay?«, sagte einer der Männer. »Die Prostituierte, die Nymphomanin und die Ehefrau. Nach dem Sex sagt die Prostituierte: ›Das war's.‹, ganz sachlich. Die Nymphomanin sagt: ›*Das* war's?‹ Und die Ehefrau sagt: ›Beige, ich glaube, die Decke sollte beige gestrichen werden.‹«

Sie brachen in brüllendes Gelächter aus. Eine der Frauen, eine ziemlich schlampige Wasserstoffblondine, ähnlich der Diana Dor der späten Phase, mit zu viel Make-up und verschwommenem Blick, schaute herüber und zwinkerte Banks zu. Er zwinkerte zurück, und nachdem sie ihrer Freundin einen Stups gegeben hatte, begannen beide zu lachen. Einer der Männer, wahrscheinlich ihr Ehemann, wie Banks vermutete, steckte seinen Kopf um die Trennwand. »Sie können sie haben«, sagte er. »Aber ich warne Sie, in einer Woche sind Sie erledigt. Die kann nicht genug kriegen.« Sie schlug ihn spielerisch, und dann lachten alle los, bis sie Tränen in den Augen hatten. Banks lachte mit ihnen und wandte sich schließlich ab. Die Bardame hob ihre Augenbrauen und fuhr mit einem Finger über ihre Kehle. Banks trank aus und zog weiter.

Der nächste Pub, in einer anderen Seitengasse vom Briggate, war besser besucht. Draußen standen Gruppen junger Leute herum oder saßen auf den Holzbänken. Im Lokal tanzten lange Schatten über die Wände wie in einem alten Orson-Welles-Film. Banks ging mit seinem Pint wieder hinaus in die enge, von weiß getünchten Mauern umgebene Gasse und stellte es auf einer Fensterbank ab, die sich wie eine Theke genau in Ellbogenhöhe befand.

Er dachte an sein letztes Treffen mit Pamela Jeffreys. Sie war in Tränen aufgelöst davongelaufen, und er war wie ein Idiot im Park stehen geblieben und hatte seinem Eis beim Schmelzen zugeschaut. Er hatte sich bei ihr dafür entschuldigen wollen, ihre Gefühle so schäbig behandelt zu haben, aber gleichzeitig wusste eine andere Seite von ihm – die professionelle Seite –, dass er seine Fragen stellen musste und eine Entschuldigung deshalb nie völlig aufrichtig sein würde. Er war eben auch nur ein Mensch und empfänglich für Schönheit. Er fand sie attraktiv, ihm gefiel ihr warmherziger, offener Charakter, ihre Lebensfreude und ihr Sinn für Humor. Außerdem begeisterte ihn, dass sie etwas mit Musik zu tun hatte. Wie viel von alledem würde sie behalten haben, nachdem sie aus dem Krankenhaus kam? Wenn sie überhaupt herauskam.

Während er nun sein Bier in einer Hintergasse von Leeds schlürfte, grübelte er wieder über Blackstones Theorie von ihrer Verwicklung in die Angelegenheit nach; er glaubte jedoch nicht, dass Pamela Jeffreys eine so gute Schauspielerin war. Sie hatte Calvert gemocht, die beiden hatten einfach Spaß miteinander gehabt, ohne gegenseitige Forderungen, ohne Bedingungen und ohne große Verpflichtungen. Und was war daran falsch? Sie mochte verletzt gewesen sein, als er eine andere Frau kennen gelernt hatte, denn schließlich litt jeder an einer Zurückweisung, aber sie hatte ihn so gerne, dass sie ihren Stolz unterdrücken und mit ihm befreundet bleiben konnte. Sie war jung, sie hatte genug Kraft, mit ein paar Rückschlägen fertig zu werden. Wenn ihre Eifersucht sie zu einem Mord getrieben hätte, dann hätte sie Robert Calvert wahrscheinlich in seiner Wohnung in Leeds getötet, und wenn sie gemeinsam mit Rothwell und Calvert in die Geldwäsche verwickelt gewesen wäre, dann hätte sie nicht auf dem Revier in Eastvale angerufen und ihnen von Calvert erzählt.

Mittlerweile war es fast elf Uhr, die meisten Leute waren nach Hause gegangen. Da er nicht fahren musste, sondern zu Fuß unterwegs war, bestellte Banks noch ein letztes Bier. Er war froh, noch weggegangen zu sein. Das Bier hatte ihm geholfen, seine Wut zu vertreiben oder wenigstens für eine Weile zu dämpfen. Außerdem war er vernünftig genug, um zu wissen, dass er morgen wieder der professionelle Polizist sein würde und niemand jemals von seinem Gefühlschaos aus schlechtem Gewissen und Verlangen nach Pamela Jeffreys erfahren würde.

Er trank sein Glas aus, steckte seine Zigaretten zurück in die Jacke und ging die Gasse hinunter. Sie war lang und schmal, raue, weiß getünchte Steinmauern auf beiden Seiten und nur von einer einzelnen Glühbirne hinter Maschendraht erleuchtet. Wenige Meter vor dem Ende traten zwei Männer von der Straße in die Gasse und blockierten den Ausgang. Einer von ihnen bat Banks um Feuer.

Anders als in Fernsehserien finden sich Kriminalbeamte selten in Situationen wieder, in denen plötzlich körperliche Gewalt droht. Banks konnte sich nicht daran erinnern, wann er das letzte Mal in einen Kampf verwickelt gewesen war, und er wollte jetzt auch nicht darüber nachdenken. Eine ganze Kette von Gedanken schoss ihm gleichzeitig durch den Kopf, aber so schnell, dass ein Beobachter ihn nicht für eine Sekunde hätte zögern gesehen.

Erstens wusste er, dass sie ihn unterschätzten: Er war jedoch weder so betrunken oder außer Form, wie sie wahrscheinlich glaubten. Zweitens hatte er bei Kämpfen auf dem Schulhof eine wichtige Lektion gelernt: Man muss zuerst zuschlagen, und zwar schnell, erbarmungslos und hart. Wirkliche Gewalt fand nicht in Zeitlupe statt wie in einem Sam-Peckinpah-Film. Für gewöhnlich war alles schon vorbei, bevor jemand merkte, dass es überhaupt angefangen hatte.

Bevor sie den ersten Schritt unternehmen konnten, trat Banks etwas näher, tat so, als suchte er nach Streichhölzern, packte sich dann den, der ihm am nächsten war, und versetzte ihm eine kräftige Kopfnuss auf die Nase. Der Mann legte seine Hände vor das Gesicht und sank stöhnend auf die Knie, während Blut auf die Vorderseite seines T-Shirts tropfte.

Der andere zögerte einen Moment und schaute hinab auf seinen Freund. Banks packte seinen Arm, wirbelte ihn herum und schleuderte ihn gegen die Mauer. Ehe der Mann wieder zu Atem kam, schlug ihm Banks in den Magen, und als er sich vor Schmerz vornüberbeugte, knallte er sein Knie in das Gesicht des Mannes. Er spürte einen Wangenknochen oder Zähne auf seine Kniescheibe treffen. Der Mann fiel hin und hielt seine Hände vor den Mund, um den Fluss von Blut und Erbrochenem aufzuhalten.

Sein Kumpel hatte sich mittlerweile wieder aufgerappelt und warf sich auf Banks, stieß ihn heftig gegen die Wand und knallte seinen Kopf gegen den rauen Stein. Er versetzte ihm ein paar Boxhiebe, doch bevor er damit Erfolg hatte, schubste ihn Banks weit genug zurück, um ihm ein paar schnelle Hiebe auf seine bereits gebrochene Nase zu geben. Im trüben Licht der Gasse konnte Banks das blutverschmierte Gesicht seines Angreifers sehen, ein Auge war fast geschlossen, Blut tropfte von seinem Kinn. Der Mann wich zurück und sank gegen die Mauer.

In diesem Augenblick kam der andere wieder auf die Beine, doch Banks gab ihm den Rest. Er ließ eine wuchtige Gerade auf die andere folgen, immer auf den Kopf des Gegners, dem er eine Augenbraue und die Lippe spaltete und einen Zahn locker schlug. Der andere stolperte schon zum Ausgang der Gasse. Bei beiden war der Kampfgeist erloschen, aber Banks konnte nicht aufhören. Er schlug weiter auf den Mann vor ihm ein und spürte, wie der Zorn in ihm explodierte und sich entlud. Als der Mann versuchte, sein Gesicht mit den Händen zu schützen, trommelte Banks auf seinen Bauch und seine Rippen ein.

Der Mann wich zurück und flehte Banks an, mit dem Schlagen aufzuhören. Sein Freund hatte mittlerweile taumelnd den Ausgang der Gasse erreicht. »Komm schon, Kev«, schrie er, »hau ab! Das ist ein Wahnsinniger. Der wird uns noch umbringen, verdammte Scheiße!« Und dann strauchelten beide Richtung Commercial Street davon.

Banks schaute ihnen hinterher. Gott sei dank hatte es keine Zuschauer gegeben. Das ganze Debakel konnte nicht länger als ein paar Minuten gedauert haben. Als die beiden außer Sichtweite waren, ließ sich Banks gegen die weiß getünchte Mauer fallen, zitternd, schwitzend, keuchend. Er holte ein paar Mal tief Luft, strich über seine Jacke und ging zurück ins Hotel.

ELF

I

Das Unwetter brach mitten in der Nacht los. Während sich Banks unruhig in dem fremden Hotelbett umherwälzte, blitzte und donnerte es erst in der Ferne, dann krachte es so laut am Himmel, dass die Fenster klapperten.

Einmal entfesselt, kannte die Gestalt seines Zorns keine Grenzen mehr. So, wie sich sein Zorn vorher in Gewalt Bahn gebrochen hatte, verwandelte er sich im Schlaf in unheimliche und entstellte Bilder. Banks erwachte aus einem Albtraum und glitt sofort in einen anderen. Regen peitschte gegen die Fenster und im Hintergrund war ein unablässiges Zischen zu hören, ein Zischen, das es anscheinend in jedem Hotelzimmer gab.

In seinem schlimmsten Albtraum, in dem, an den er sich am deutlichsten erinnern konnte, sprach er am Telefon mit einer Frau, die aus Versehen seine Nummer gewählt hatte. Sie klang verwirrt, und je länger sie sprach, desto länger wurden die Pausen zwischen ihren Worten. Schließlich verstummte sie völlig. Banks rief ein paar Mal hallo, dann legte er auf. Kaum hatte er das getan, wurde er von Panik erfasst. Die Frau war dabei, Selbstmord zu begehen. Er wusste es. Sie hatte eine Überdosis Tabletten genommen und war noch während des Telefonats bewusstlos geworden. Er kannte weder ihren Namen noch ihre Telefonnummer.

Wenn er am Telefon geblieben wäre und nicht aufgelegt hätte, wäre er in der Lage gewesen, sie ausfindig zu machen und ihr Leben zu retten.

Als er aufwachte, fühlte er sich schuldig und deprimiert. Und nicht nur seine Seele war angegriffen. Sein Kopf hämmerte von zu viel Alkohol und der Kopfnuss, die er einem seiner Angreifer verpasst hatte; in seiner Brust spürte er ein Stechen vom Rauchen, seine Fingerknöchel schmerzten, und die Seite, mit der er gegen die Mauer geschleudert worden war, fühlte sich wund an. Sein Mund war so trocken wie der Boden eines Vogelkäfigs und der Geschmack war so sauer wie Monate alte Milch. Als er aufstand, um zur Toilette zu gehen, durchdrang ein stechender Schmerz seine Kniescheibe, und er merkte, dass er humpelte. Er fühlte sich wie ein Neunzigjähriger. Er nahm drei extrastarke Schmerztabletten aus seiner Reiseapotheke und spülte sie mit zwei Gläsern kalten Wassers hinunter.

Den eckigen roten Zahlen der Digitaluhr zufolge war es vier Uhr dreiundzwanzig am Morgen. Autos zischten durch die Pfützen auf der Straße. Hinter den Kanten der Vorhänge konnte er das trübe, bernsteinfarbene Glühen der Straßenlaternen sehen und manchmal einen Blitz in der Ferne. Das Unwetter zog nach Norden ab.

Er wollte nicht wach sein, er schien aber auch keinen Schlaf mehr zu finden. Er konnte nur voller Selbstmitleid daliegen und unaufhörlich daran denken, was für ein verdammter Idiot er gewesen war. Was mit dem Ertränken seines Kummers in Alkohol als kindische Zügellosigkeit begonnen hatte, war in einen ausgewachsenen Anfall von Dummheit ausgeartet, und sowohl seine aufgeschlagenen Knöchel als auch die leere Scotchflasche neben seinem Bett waren hinreichend Beweis dafür.

Nach der Prügelei war er zurück ins Hotel gelaufen und

geradewegs hoch in sein Zimmer geeilt, bevor jemand seine blutigen Knöchel und seine zerrissene Jacke bemerken konnte. Sicher dort angekommen, hatte er sich ein ordentliches Glas eingeschenkt, um sein Zittern zu stoppen. Auf dem Bett liegend und bis zum Sendeschluss fernsehend, hatte er sich noch ein Glas einschenkt und dann noch eines. Bald war die kleine Flasche leer und er eingeschlafen. Jetzt musste er dafür büßen. Er hatte einmal gehört, dass Schuld und Scham untrennbar zu den Leiden eines Katers gehörten, und um vier Uhr zweiunddreißig an diesem Morgen zweifelte er kein bisschen daran.

Um vier Uhr zweiunddreißig am Morgen rutschte man mit seinen Gedanken verdammt leicht in den Sumpf der Traurigkeit und der Selbstanschuldigungen. Wenn man sich um vier Uhr zweiunddreißig krank fühlte, wusste man einfach, dass man Krebs hatte; wenn man um vier Uhr zweiunddreißig deprimiert war, erschien Selbstmord als einziger Ausweg. Vier Uhr zweiunddreißig ist die perfekte Zeit für Angst und Selbstekel, die Zeit der dunklen Seite der Seele.

Aber es hatte keinen Sinn, sagte er sich. Sich selbst zu bemitleiden machte verdammt noch mal keinen Sinn. Er war also nicht perfekt. Er hatte mit dem Gedanken gespielt, Ehebruch zu begehen. Na und? Da war er nicht der Erste und er würde auch nicht der Letzte sein. Er fühlte sich verantwortlich für Pamela Jeffreys Verletzungen. Vielleicht, vielleicht hätte er sich anders verhalten sollen, als er bemerkt hatte, dass er verfolgt wurde, und jeden, mit dem er gesprochen hatte, bewachen lassen sollen. Aber das war ein großes Vielleicht. Er war nicht der allmächtige Gott, er konnte nicht alles vorhersehen.

Meistens stand man bei der Polizeiarbeit sowieso wie ein Idiot im Dunkeln und wartete darauf, dass es langsam hell wurde, so wie es jetzt gerade draußen hell wurde. Nur selten offenbarte sich einem die Wahrheit so schnell wie ein Blitz. Aber das waren wirklich äußerst seltene Gelegenheiten. Und selbst dann hatte man Monate damit verbracht, den richtigen Standort zu finden, bevor einen der Blitz treffen konnte.

Letzte Nacht in der kleinen Gasse hatte er also seine Beherrschung verloren. Na und? Zwei Halbstarke hatten versucht, ihn zu überfallen, und er war auf sie losgegangen und hatte sie fertig gemacht. An das meiste erinnerte er sich jetzt nur noch verschwommen; was er aber noch wusste, reichte aus, um ihm peinlich zu sein.

Es waren eigentlich nur Jugendliche gewesen, höchstens Anfang zwanzig, die Zoff gesucht hatten. Aber einer war schwarz gewesen und einer weiß, wie die Männer, die Pamela Jeffreys ins Krankenhaus gebracht hatten. Banks wusste genau, dass es nicht dieselben gewesen waren, aber als sein Zorn ausbrach und er in Rage geriet, als das Blut zu fließen begann, da waren es genau die beiden Männer, auf die er einschlug. Kein Wunder, dass sie mit vollen Hosen weggelaufen waren. Seine Vernunft war völlig ausgeschaltet gewesen; blind vor Zorn hatte er geglaubt, er würde auf die Männer einschlagen, die er wirklich treffen wollte. Er hatte seine Wut an zwei unvorsichtigen Ersatzleuten ausgelassen. Sie waren einfach zur falschen Zeit am falschen Ort gewesen.

Trotzdem hatten es diese beiden Amateure nicht besser verdient, sagte er sich. Vielleicht hatte er wenigstens zwei Straßenräuberlehrlingen den Mut genommen, ihre geplante Karriere weiterzuverfolgen. Ganz bestimmt würden sie niemandem etwas davon erzählen. Und immerhin hatte er sie nicht umgebracht, sie konnten noch weglaufen und ihre Wunden lecken. Sie würden überleben, um irgendwann wieder zu kämpfen, vorausgesetzt, sie fänden wieder den Mut dafür. Es war nicht das Schlimmste, das er in seinem Leben getan hatte. Und sicherlich würde das Gefühl, ein kompletter Vollidiot zu sein, bald vergehen und er konnte sein Leben normal weiterführen.

Eine Weile döste er vor sich hin und wachte um fünf Uhr einundvierzig wieder auf. Nicht ganz so schlimm wie vier Uhr zweiunddreißig, dachte er auf den ersten Blick. Er stand auf und schaute hinaus in den grauen Morgen. Die Straße und der Gehweg waren noch mit Pfützen bedeckt. Grüne Doppeldeckerbusse fuhren bereits die Menschen zur Arbeit und spritzten das Wasser hoch, das sich in den Rinnsteinen gesammelt hatte. Banks' Zimmer befand sich im fünften Stock, hinter der majestätischen Kuppel der Stadthalle konnte er den grauen Himmel sehen, der aussah, als wäre er mit Blut- und Milchschlieren durchzogen. Aus dem Obdachlosenasyl der Heilsarmee gegenüber trotteten schon die ersten zerlumpten Gestalten.

In dem Zimmer gab es einen Wasserkocher, daneben lagen kleine Beutel löslichen Kaffees. Banks bereitete sich eine Tasse zu und ging damit zurück ins Bett. Er schaltete die Nachttischlampe an und nahm Evelyn Waughs Buch *Mit Glanz und Gloria*, das er mitgebracht hatte, zur Hand. Vielleicht heiterten ihn Guy Crouchbacks Missgeschicke ein wenig auf. Wenigstens hatte er nicht so viel Pech wie der.

Er würde die letzte Nacht einfach hinter sich lassen, beschloss er, als er einen Schluck des dünnen Nescafés trank. Ein Mensch durfte Fehler machen, er sollte sich nur nicht an ihnen festklammern, sonst zogen sie ihn in den Abgrund.

II

Um neun Uhr an diesem Morgen saß Susan Gay allein in der vorletzten Reihe der kleinen, konfessionslosen Kapelle des Krematoriums von Eastvale. Dank eines großen Ventilators unter dem westlichen Buntglasfenster war es kühl in dem Raum, die Beleuchtung war angemessen gedämpft. Es roch nach Schuhcreme und nicht wie sonst in Kapellen nach muffigen Gesangbüchern.

Der Gottesdienst dauerte nicht lange. Der dafür verpflichtete Pfarrer sagte ein paar Worte über Keith Rothwells Hingabe zu seiner Familie und seinem Aufgehen in harter Arbeit und las dann den Psalm 51. Susan fand den ganzen Sermon über das Reinwaschen von der Sünde besonders passend. »Blutschuld« war ein Wort, das sie noch nie gehört hatte, und ohne zu wissen warum, lief ihr dabei ein kleiner Schauer über den Rücken. Die Erwähnung von »Brandopfern« beschwor wieder das grausige Bild von Rothwells Leiche herauf, der Kopf nur noch eine dunkle, formlose Masse, als wäre er tatsächlich verbrannt worden, aber bei der Zeile »Wasche mich, dann werde ich weißer als Schnee« hätte sie beinahe laut losgelacht. Bei diesen Worten musste sie an eine alte Fernsehwerbung für Waschmittel denken und dann an Rothwells Geldwäsche.

Nachdem der Pfarrer ein Stück aus der »Offenbarung des Johannes« über einen neuen Himmel und eine neue Erde und über das Verschwinden aller Trauer, aller Klage und des Todes vorgelesen hatte, war der Gottesdienst vorbei.

Die Rothwells, dem Anlass entsprechend in Schwarz gekleidet, saßen in der ersten Reihe. Während der Zeremonie hatte Mary steif auf ihrem Platz verharrt, Alison hatte die ganze Zeit zwischen dem Buntglasfenster und dem Taufstein hin- und hergeschaut und Tom hatte vornübergebeugt dagesessen. Soweit Susan es von hinten beurteilen konnte, hatte keiner von ihnen nach einem Taschentuch gegriffen.

Als sie beobachtete, wie die drei nach draußen ins Sonnenlicht gingen, konnte sie sehen, dass sie Recht hatte. Alle hatten trockene Augen, keine Träne war zu sehen, Mary Rothwell war beherrscht wie immer und trug ihren Verlust und ihren Kummer mit Fassung.

Niemand nahm Notiz von Susan, außer Tom, der auf sie zukam und sie ansprach. »Sie sind doch die Polizeibeamtin, die bei uns war, als ich aus den Staaten zurückgekehrt bin, oder?«, sagte er.

»Ja. Constable Susan Gay, falls Sie meinen Namen vergessen haben.«

»Ich habe ihn nicht vergessen. Was machen Sie hier?«

»Ich würde gern kurz mit Ihnen sprechen, wenn Sie ein paar Minuten Zeit haben.«

Tom zog eine silberne Taschenuhr aus seiner Weste. Susan sah, dass sie mit einer Kette an einer seiner Gürtelschlaufen befestigt war. Bei einem jungen Menschen wie ihm erschien diese Geste reichlich affektiert. Vielleicht hatte er damit die Amerikaner beeindruckt. Er steckte die Uhr zurück in die Tasche. »In Ordnung«, sagte er. »Aber im Moment geht es nicht. Wir gehen jetzt erst zu Mr. Pratt zum Kaffeetrinken. Ich muss mich dort zeigen.«

»Selbstverständlich. Würde es Ihnen in einer Stunde passen?«

»Okay.«

»Es ist so ein herrlicher Morgen«, sagte Susan. »Wie wäre es, wenn wir uns in dem Café am Fluss treffen, bei der Ausgrabungsstätte?«

»Gut, ich kenne es.«

Susan ging zurück ins Revier und beschäftigte sich eine

Dreiviertelstunde mit Papierkram, bevor sie sich auf den Weg zu ihrer Verabredung machte.

Der Swain führte nach dem Tauwetter des Frühlings noch eine Menge Wasser und hatte eine starke Strömung. Auf der Wiese am Ufer hatte der Besitzer des kleinen Cafés ein paar wackelige weiße Tische und Stühle aufgestellt. Nachdem Susan eine Dose Cola für Tom und eine Kanne Tee für sich gekauft hatte, setzten sie sich damit ans Wasser. Zwei Trauerweiden rahmten das wellige Ackerland dahinter. Am gegenüberliegenden Ufer, im Mittelpunkt des Blickes, lag ein leuchtend gelbes Rapsfeld.

Fliegen summten um ihren Kopf herum, die Susan mit wedelnden Handbewegungen zu verscheuchen versuchte. »Wie war es?«, fragte sie.

Tom zuckte mit den Achseln. »Ich hasse solche Gesellschaften. Und Laurence Pratt geht mir auf die Nerven.«

Susan lächelte. Da hatten sie ja immerhin etwas miteinander gemein. Schweigend betrachtete sie den jungen Mann, der ihr gegenübersaß. Welliges, halblanges braunes Haar bedeckte seine Ohren. Er war sonnengebräunt, schlank, gut aussehend und machte in seinem Traueranzug eine genau so gute Figur wie in zerrissenen Jeans und Jeanshemd. Je länger sie ihn beobachtete, desto sicherer war sie, dass sie Recht hatte mit ihrer Einschätzung über ihn.

Er rutschte auf seinem Stuhl umher. »Hören Sie«, sagte er. »Es tut mir Leid wegen neulich. Ich war unhöflich, ich weiß. Aber ich war müde und durcheinander.«

»Das verstehe ich«, erwiderte Susan. »Ich hatte nur den Eindruck, dass Sie mir etwas sagen wollten.«

Tom schaute hinüber zum Fluss. Sein Gesicht sah zerknirscht aus, aber vielleicht blendete ihn auch nur die Sonne. »Sie wissen es, nicht wahr?«, fragte er. »Sie haben ein Gespür dafür.«

»Dass Sie homosexuell sind? Ich habe es stark vermutet, ja.«

»Sieht man mir das an?«

Susan lachte. »Vielleicht nicht jeder. Aber denken Sie daran, ich bin Kriminalbeamtin.«

Tom gelang ein schwaches Lächeln. »Komisch, oder?«, sagte er. »Man sollte annehmen, dass es eher Männer merken.«

»Keine Ahnung. Frauen sind es gewohnt, auf bestimmte Weise auf Männer zu reagieren. Sie wissen, wenn etwas ...«

»Nicht stimmt?«

»Wenn etwas fehlt, wollte ich sagen. Aber auch das trifft es nicht.«

»Wenn etwas anders ist?«

»Das ist besser. Hören Sie, ich erlaube mir kein Urteil über Sie, Tom. Das müssen Sie mir glauben. Mich geht das nichts an, auf jeden Fall solange Ihre sexuelle Vorliebe nicht auf irgendeine Weise mit der Ermordung Ihres Vaters zu tun hat.«

»Ich verstehe nicht, wie das etwas damit zu tun haben soll.«

»Und da werden Sie wahrscheinlich auch Recht haben. Aber erzählen Sie mir doch von diesem Aston oder Afton. Als Chief Inspector Banks den Namen erwähnte, nahmen Sie an, es handelte sich um einen Mann. Warum?«

»Weil ich es nicht angenommen habe, sondern weil ich verdammt genau weiß, wer er ist. Sein Name ist Ashton. Clive Ashton. Wie könnte ich den Scheißkerl vergessen?«

»Wer ist das?«

»Er ist der Sohn eines Klienten meines Vaters, Lionel Ashton. Wir waren einmal zusammen auf einer Party und ich habe einen Fehler gemacht.«

»Sie haben einen Annäherungsversuch gemacht?«

»Ja.«

»Und der wurde nicht erwidert?«

Tom lachte heiser auf. »Ganz und gar nicht. Er hat es seinem Vater erzählt.«

»Und?«

»Und sein Vater hat es meinem Vater erzählt. Und mein Vater hat mir gesagt, ich wäre widerlich, krank, schwul und sollte gefälligst dafür sorgen, mich heilen zu lassen. Das ist genau das Wort, das er benutzt hat: *heilen*. Er hat gesagt, es würde meine Mutter umbringen, sollte sie es jemals erfahren.«

»Und dann hat er vorgeschlagen, dass Sie auf seine Kosten für eine Weile nach Amerika verschwinden, oder?«

»Genau. Aber das kam erst später. Erst haben wir die Sache ruhen lassen und überlegt, was am besten wäre.«

»Was haben Sie in der Zwischenzeit gemacht?«

Tom sah sie an, nahm die Dose und trank seine Cola aus. Sein Adamsapfel hüpfte auf und ab. Susan wandte sich ab und beobachtete eine Entenfamilie, die auf dem Swain vorbeitrieb. Tom wischte seine Lippen mit dem Handrücken ab. »Ich habe ihn verfolgt«, sagte er dann.

Sie drehte sich wieder zu ihm. »Sie haben Ihren Vater verfolgt? Warum?«

»Weil ich dachte, dass irgendetwas mit ihm nicht stimmte. Er war so oft unterwegs. Er war immer so unnahbar, als wäre er nicht wirklich bei uns, selbst wenn er zu Hause war. Ich dachte, er schadet der Familie.«

»Er ist also nicht immer so gewesen?«

Tom schüttelte den Kopf. »Nein. Ob Sie mir glauben oder nicht, Dad war mal wesentlich lebendiger. Tut mir Leid, ich wollte keinen schlechten Witz machen.«

»Ich weiß. Wie lange hatte er sich schon so verhalten?«

»Schwer zu sagen. Es kam irgendwie schleichend. Aber

in den letzten Jahren ist es schlimmer geworden. Man konnte kaum noch mit ihm reden.« Er zuckte mit den Achseln.

»War das der einzige Grund, warum Sie ihn verfolgt haben, weil Sie glaubten, dass etwas mit ihm nicht stimmte?«

»Keine Ahnung. Vielleicht wollte ich auch etwas gegen ihn in der Hand haben. Eine Art Rache vielleicht. Ich wollte herausfinden, was *sein* Geheimnis war.«

»Und haben Sie es herausgefunden?«

Tom holte tief Luft und atmete dann mit einem nervösen Lachen aus. »Das ist schwerer, als ich dachte. Na gut. Also, ich habe meinen Vater mit einer anderen Frau gesehen.« Er sagte es schnell, ruckartig. »So, das war's. Ich habe es gesagt.«

Susan hielt einen Augenblick inne, um die Information zu verarbeiten. »Wann?«, fragte sie dann.

»Irgendwann im Februar.«

»Wo?«

»In Leeds. In einem Pub. Sie saßen an einem Tisch im Guildford an der Headrow. Händchen haltend. Mein Gott.« Seine Augen hatten sich mit Tränen gefüllt. Er wischte sie mit seinen Handrücken weg und sammelte sich wieder. »Können Sie sich vorstellen, wie man sich da fühlt?«, fragte er. »Seinen alten Herrn mit einer anderen Frau zu sehen? Nein, das können Sie natürlich nicht. Das war wie ein Tritt in die Eier. Entschuldigen Sie.«

»Schon in Ordnung. Hat Ihr Vater Sie gesehen?«

»Nein. Ich hatte mich gut genug versteckt. Aber die beiden hatten sowieso nur Augen für sich.«

»Was ist dann passiert?«

»Nichts. Ich bin gegangen. Ich war so durcheinander, dass ich einfach in den Wagen gestiegen und eine Weile durch die Landschaft gefahren bin. Ich weiß noch, dass ich irgendwo angehalten habe und an einem Fluss entlanggelaufen bin. Es war sehr kalt.«

»War die Frau dunkelhäutig? Eine Inderin oder Pakistanerin?«

Tom schaute sie überrascht an. »Nein.«

Susan holte ihren Notizblock und einen Stift hervor. »Wie hat sie ausgesehen?«

Tom schloss seine Augen. »Ich sehe sie ganz deutlich vor mir«, sagte er, »als wäre es gestern gewesen. Sie war jung, viel jünger als Dad. Wahrscheinlich Mitte zwanzig, schätze ich. Nicht viel älter als ich. Sie hat gesessen, deshalb konnte ich ihre Figur nicht genau erkennen, aber ich hatte den Eindruck, dass sie gut war. Also, die Frau sah nicht dick aus oder so. Sie sah wohlproportioniert aus. Sie trug eine Bluse aus einem glänzenden weißen Stoff und irgend so ein Tuch oder Schal um ihre Schultern, ganz in Blau, Weiß und Rot. Er hatte eines von diesen Freiheitsmustern. Ihre Finger waren lang, das ist mir aus irgendeinem Grund aufgefallen. Bin ich zu schnell?«

»Nein«, antwortete Susan. »Ich habe meine eigene Kurzschrift entwickelt. Reden Sie weiter.«

»Lange, schlanke Finger. Die Nägel waren nicht lackiert, aber sie sahen sehr gepflegt aus, nicht abgekaut oder so. Ihr Haar war blond. Nein, das stimmt nicht ganz. Es war eine Art rötliches Blond. Es war oben aufgetürmt und verknotet, ein paar lose Strähnen fielen auf ihre Wangen und Schultern. Kennen Sie den Look? Auf gekonnte Weise unordentlich.«

Susan nickte. So eine Frisur kostete ein Vermögen.

»Sie war außergewöhnlich gut aussehend«, fuhr Tom fort. »Sehr feine, blasse Haut. Ein makelloser Teint, wie Marmor, fast durchsichtig. Man konnte fast die blauen Äderchen durchschimmern sehen. Und ihre Gesichtszüge sahen aus, als hätte ein Bildhauer sie gemeißelt. Hohe Wangenknochen, eine schmale, gerade Nase. Ihre Augen hatten einen auffallenden Blauton. Vielleicht hat sie Kontaktlinsen getragen, auf jeden Fall waren sie hellblau, aber ein sehr strahlendes Hellbau. Ein Kobaltglanz, würde ich sagen. Verstehen Sie, was ich meine?«

»Ja. Fahren Sie fort.«

»Das war es eigentlich. Keine Schönheitsflecken oder so etwas. Außerdem trug sie lange, baumelnde Ohrringe. Lapislazuli. Keine Ringe, glaube ich.«

»Das ist eine sehr gute Beschreibung, Tom. Glauben Sie, Sie könnten mit einem Polizeizeichner daran arbeiten? Ich nehme an, wir werden uns mit dieser Frau unterhalten müssen, und Ihre Beschreibung könnte uns helfen, sie zu finden.«

Tom nickte. »Kein Problem. Ich könnte sie selbst aus dem Gedächtnis zeichnen, wenn ich das Talent dazu hätte.«

»Gut. Dann arrangieren wir das. Vielleicht heute Abend?«

Tom schaute wieder auf seine Uhr. »Ich denke, ich gehe jetzt besser nach Hause. Mum und Alison brauchen meinen Beistand.«

»Haben Sie Ihren Vater jemals mit Ihrer Beobachtung konfrontiert?«

Tom schüttelte den Kopf. »Einmal war ich kurz davon, als er mir vorgehalten hat, wie enttäuscht er von mir wäre und wie krank ich wäre. Da habe ich ihm gesagt, dass auch ich von ihm enttäuscht bin, aber ich habe nicht erklärt, warum.«

»Was hat er darauf gesagt?«

»Nichts. Er hat so getan, als hätte er nichts gehört.«

»Weiß Ihre Mutter davon?«

Er schüttelte den Kopf. »Nein. Sie weiß es nicht. Da bin ich mir sicher.«

»Glauben Sie, dass sie etwas vermutet?«

»Vielleicht. Wer weiß? Sie lebt in einer Traumwelt. Ich mache mir wirklich Sorgen um sie. Manchmal habe ich das Gefühl, dass sie unter den ganzen Lügen die Wahrheit erkennt, aber sie will sie sich einfach nicht eingestehen. Verstehen Sie, was ich meine?«

»Ja. Was ist mit Alison?«

»Alison ist wirklich ein süßes Ding, aber sie hat nicht die geringste Ahnung. Sie lebt nur in ihren Büchern. Alison ist verrückt nach den Brontës. Sie liest nichts anderes. Außerdem schreibt sie ganze Notizbücher voll mit eigenen Geschichten, alle in winziger Handschrift verfasst, genau so wie die Brontë-Schwestern es als Kinder gemacht haben. Sie hat sich ihre eigene Welt geschaffen. Ich habe immer gedacht, dass sie einmal dort herauswächst, aber ... ich weiß auch nicht ... es scheint noch schlimmer geworden zu sein, seit ... seit Dad ...« Er schüttelte langsam den Kopf. »Nein, sie weiß nichts davon. Ich habe es ihr nicht anvertraut, sondern alles für mich behalten. Können Sie sich das vorstellen? Ich habe es noch niemandem erzählt. Sie sind der erste Mensch, der es erfahren hat.« Er stand auf. »Aber jetzt muss ich wirklich gehen.«

»Gut. Wir melden uns dann wegen des Zeichners.«

»In Ordnung. Und ...«

»Ja?«

»Danke«, sagte er, drehte sich dann abrupt um und eilte davon.

Susan beobachtete, wie er mit den Händen in den Taschen und hängenden Schulter den Weg hinabging. Sie schenkte sich noch eine Tasse des schon etwas bitter gewordenen Tees ein und schaute auf den Fluss. Ein wunderschönes Insekt mit schillernden Flügeln schwebte ein paar Zentimeter über dem Wasser. Plötzlich schoss ein Buchfink aus einem der

Bäume und schnappte sich das Insekt mit dem Schnabel. Susan ließ den lauwarmen Tee stehen und ging los, um Sergeant Hatchley zu treffen. Die Pornojagd wartete.

III

Nachdem Banks im Hotelpool geschwommen war, einen langen Saunagang gemacht hatte und auf seinem Zimmer drei Tassen frisch gebrühten Kaffee sowie einen Teller Eier mit Speck verspeist hatte, fühlte er sich bedeutend besser.

Während er ein paar Telefonate führte, versuchte er sich zu erinnern, was ihm seit den frühen Morgenstunden keine Ruhe gelassen hatte, irgendetwas, das er tun sollte, aber er kam einfach nicht darauf. Ungefähr zur gleichen Zeit, als Susan Gay mit Tom Rothwell sprach, machte er sich auf zu seinem ersten Termin, einem Treffen mit Melissa Clegg.

Der Regen war größtenteils von der Morgensonne getrocknet worden, die Straßendecken hatten den Rest der Feuchtigkeit aufgesogen und besaßen nun die Farbe von Sandstein; nur hier und dort fingen kleine Pfützen das Sonnenlicht ein. Wenn der Wind die Oberfläche ihres Wassers kräuselte, tanzte ein goldenes Licht darin.

Es war nicht mehr so warm wie in den vergangenen Tagen, bemerkte Banks, der seine zerrissene Jacke im Hotel gelassen hatte. Oben herum trug er nur ein hellblaues Hemd, dessen oberen Knopf er offen ließ. Sein Notizbuch, seine Brieftasche, Schlüssel und Zigaretten führte er in seiner Tasche mit sich.

Ein kühler Wind pfiff durch die Straßen, am nördlichen Horizont hinter der Stadthalle ballten sich nun eine Menge dunkler, dichter Wolken. Es sah so aus, als würde der Region ein »unbeständiges« Wetter bevorstehen, wie es die Meteorologen nannten: sonnig mit bewölkten Abschnitten oder bewölkt mit sonnigen Abschnitten.

Er hätte auch seinen Wagen nehmen können, um zu der Verabredung zu fahren, doch das Einbahnstraßensystem war ein Albtraum. Außerdem war das Stadtzentrum nicht besonders groß, und die frische Luft würde dazu beitragen, den Kater zu vertreiben, der seinen Kopf noch immer vernebelte.

Seitdem Banks in Yorkshire lebte, war ihm Leeds ein wenig ans Herz gewachsen. Trotz der neuen »Leedslook«-Architektur aus rotem Backstein und königsblauem Ornament, die überall aus dem Boden spross, und trotz der modernen Einkaufszentren und den Yuppiesiedlungen unten am Aire, hatte die Stadt sich einen leicht schäbigen Charme bewahrt, der ihm gefiel. Leeds war von Natur aus verkommen; selbst kostümiert würde die Stadt nie »gepflegt« aussehen, egal, wie viel Geld man hineinsteckte. Und dann gab es hier natürlich die Opera North.

Um den City Square und den Ort des gestrigen Debakels zu umgehen, nahm er die King Street, ging am erst kürzlich renovierten Metropole Hotel vorbei, einem Mauerwerk aus rotem Backstein und gelbem Sandstein, und entlang der East Parade durch das Geschäftsviertel der Banken und Versicherungsgebäude in ihrer ganzen durcheinander gewürfelten Pracht. Viktorianische Gotik stand hier neben georgianischer Klassik und Beton- und Glasfassaden der sechziger Jahre. Wie in den meisten Städten musste man weit nach oben schauen, um die interessanten Details im oberen Bereich der Gebäude zu entdecken: Giebel, in denen Tauben nisteten, Wasserspeier, Balkone, Säulen.

Als er die Headrow entlangging, vorbei am Stumps und

der Kunstgalerie, spürte er wieder einen stechenden Schmerz in seinem Knie, mit dem er am vergangenen Abend wahrscheinlich einen Wangenknochen angeschlagen oder einen Kiefer gebrochen hatte.

Er erreichte das Merrion-Center ein paar Minuten zu früh. Melissa Clegg hatte ihm am Telefon gesagt, dass sie an diesem Tag sehr viel zu tun hatte. Sie würde eine Reihe wichtiger Lieferungen erwarten und habe Termine mit ihren Großhändlern, könnte ihm jedoch eine halbe Stunde widmen. In der zweiten Etage, die Treppen über dem Eingang der Disco Le Phonographique hinauf, gäbe es ein ruhiges Café mit draußen stehenden Tischen, hatte sie ihm gesagt. Dort würde sie ihn um halb elf treffen.

Ohne Mühe fand Banks das Café und einen freien Tisch. An einem Mittwochmorgen um diese Zeit war das Merrion-Center praktisch menschenleer, besonders die obere Ebene, wo es nichts anderes zu geben schien als kleine Büros und Frisöre.

Melissa Clegg kam pünktlich und mit dem hektischen Gebaren einer gestressten Geschäftsführerin. Als sie sich hinsetzte, klemmte sie ihr Haar hinter die Ohren. Heute trug sie ein pinkfarbenes Kleid mit einem geraden Ausschnitt bis über die Schultern.

Das Letzte, was Banks brauchte, war eine weitere Tasse Kaffee; er bestellte aber einen Espresso, nur um etwas vor sich stehen zu haben. Bei dem Stechen in seiner Brust hätte er eigentlich auch nicht rauchen sollen, er steckte sich jedoch trotzdem eine Zigarette an. Die ersten Züge machten ihn ein wenig schwindelig, dann schmeckte sie gut.

»Sie sehen etwas angeschlagen aus«, sagte Melissa, nachdem sie ihn gemustert hatte.

»Sie sollten die anderen beiden sehen«, erwiderte Banks. An der Art, wie sie lachte, konnte er erkennen, dass sie ihm nicht glaubte, genauso wie er erwartet hatte. Aber als er sich heute Morgen rasiert hatte, hatte auch er die entzündete Quetschung auf seiner linken Wange direkt neben seinem Auge bemerkt. Seine aufgeschlagenen Knöchel versuchte er vor ihr zu verbergen, was das Kaffeetrinken etwas schwierig machte.

»Was kann ich denn dieses Mal für Sie tun, Inspector? Oder war es Chief Inspector?«

»Chief Inspector. Ich nehme an, Sie haben nichts von Ihrem Mann gehört, oder?«

»Exmann, um genau zu sein. Nein, habe ich nicht. Aber er wird sich auch kaum mit mir in Verbindung setzen. Ich verstehe immer noch nicht, warum Sie sich solche Sorgen machen. Ich bin sicher, dass er wieder auftaucht.«

»Das glaube ich nicht, Mrs. Clegg. Erinnern Sie sich, dass ich Sie bei unserem letzten Treffen gefragt habe, ob Sie einen gewissen Robert Calvert kennen?«

»Ja. Und ich habe gesagt, dass ich ihn nicht kenne, und daran hat sich nichts geändert.«

»Ich möchte Sie bitten, das im Moment für sich zu behalten, aber wir glauben, dass Robert Calvert auch Keith Rothwell war.«

»Das verstehe ich nicht. Meinen Sie, er hatte einen falschen Namen, einen Decknamen?«

»So ähnlich. Aber es war noch mehr. Er wohnte in Leeds und hatte eine Wohnung unter dem Namen Robert Calvert. Dort führte er ein völlig anderes Leben. Mary Rothwell weiß nichts davon, deshalb ...«

»Keine Sorge, ich werde nichts sagen, aber Sie bringen mich ganz durcheinander.«

»Das waren wir auch. Aber der Grund, warum ich Ihnen das erzähle, ist, dass Ihr Mann als Referenz für Robert Calverts Bankkonto und Kreditkarte fungiert hat. Außerdem hat Calvert ironischerweise Keith Rothwell als seinen Arbeitgeber angeführt.«

»Das wird ja immer sonderbarer«, meinte Melissa. »Dann muss Daniel also von diesem Doppelleben gewusst haben?«

»Sieht so aus.«

»Nun, ich weiß mit Sicherheit nichts darüber. Wie ich Ihnen schon gesagt habe, ich habe Keith Rothwell nicht mehr gesehen, seit Danny und ich uns vor zwei Jahren getrennt haben.« Sie runzelte die Stirn. »Ich muss sagen, es überrascht mich, dass Daniel etwas so offensichtlich Illegales riskiert. Nicht dass er ein Moralapostel wäre, aber das scheint mir ein zu großes Risiko ohne Gewinn zu sein.«

»Wir wissen nicht, wie groß der Gewinn war«, entgegnete Banks. »Wie nahe stehen Sie und Daniel sich?«

»Wie meinen Sie das?«

»Hat er Ihnen jemals von einer Marci Lapwing erzählt?«

»Himmel, was für ein Name. Nein. Wer ist das? Seine Freundin?«

»Er wurde in letzter Zeit mit ihr gesehen.«

»Tja, warum sollte er mir von ihr erzählen?«

»Warum nicht?«

Sie zuckte mit den Schultern. »Er hat mir nie von seinen Frauen erzählt. Vielleicht glaubt er, ich wäre eifersüchtig.«

»Sind Sie es?«

»Hören Sie, ich verstehe nicht, was das damit zu tun hat, aber ich bin nicht eifersüchtig. Es ist vorbei. *Vorbei*. Wir haben unsere Entscheidungen getroffen.«

»Gibt es jemand anderen?«

Sie errötete ein wenig, aber während sie an den Ausschnitt ihres Kleides über ihrem mit Sommersprossen bedeckten Schlüsselbein fasste, wich sie seinem Blick nicht aus und schaute ihm direkt in die Augen. »Ja, es gibt jemanden. Aber mehr werde ich Ihnen nicht erzählen. Ich möchte nicht, dass er in diese Sache hineingezogen wird. Außerdem geht es Sie auch gar nichts an. Danny ist wahrscheinlich mit seiner Mieze abgehauen.«

»Nein. Marci Lapwing ist noch da. Aber egal. Wechseln wir das Thema. Wie erklären Sie sich die beiden Männer, die Sie aufgesucht haben?«

»Keine Ahnung. Vielleicht hat ihr Ehemann sie geschickt?«

»Welcher Ehemann?«

»Der von der Mieze. Marci Was-weiß-ich.«

»Sie ist nicht verheiratet. Seitdem wir das letzte Mal miteinander gesprochen haben«, sagte Banks und senkte seine Stimme, »haben sich die Dinge auf verschiedene Weise zum Schlimmeren gewendet. Wir sprechen hier wirklich über sehr ernsthafte Angelegenheiten. Es sieht so aus, als wäre Ihr Mann in Mord, Geldwäsche, Diebstahl und Betrug verwickelt und als wäre er zum Teil für das brutale Zusammenschlagen einer jungen Frau verantwortlich.«

»Mein Gott ... ich ...«

»Ich weiß. Sie haben das alles nicht ernst genommen. Und Sie wollten es auch nicht. Werden Sie es jetzt ernst nehmen?«

Sie begann, mit ihrem Kaffeelöffel herumzuspielen. »Ja. Ja, natürlich. Ich nehme an, Sie sprechen von dem Mord an Keith Rothwell?«

»Ja.«

»Und wer ist zusammengeschlagen worden?«

»Eine Freundin von Mr. Rothwell. So, wie es aussieht, haben sowohl Keith Rothwell als auch Ihr Mann Geld für einen Mr. X gewaschen. Wir glauben zu wissen, um wen es sich dabei handelt. Ich kann Ihnen den Namen aber leider nicht verraten. Rothwell hat entweder etwas von dem Geld gestohlen oder damit gedroht, zu reden. Vielleicht auch beides. Und Mr. X hat Ihren Ehemann gebeten, ihn aus dem Wege zu räumen.«

Sie schüttelte den Kopf. »Danny? Nein, das glaube ich nicht. Er könnte niemanden umbringen.«

»Lassen Sie mich ausreden, Mrs. Clegg. Er hat getan, um was er gebeten wurde. Vielleicht war sein eigenes Leben bedroht, wir wissen es nicht. Sofort nachdem er die Beseitigung von Keith Rothwell arrangiert hat, ist er entweder selbst zur Bedrohung geworden oder er hat sich mit einer Menge illegalen Geldes aus dem Staub gemacht, und deshalb hat Mr. X zwei Schläger losgeschickt, um ihn aufzuspüren. Vielleicht hatte er es kommen gesehen und gewusst, was sie tun würden. Von da an können wir nur noch spekulieren.«

»Und das erklärt die beiden Männer?«

»Ja.« Banks beugte sich vor und legte seine Arme auf den Tisch. »Sie haben das Büro Ihres Exmannes aufgesucht, sie haben Sie aufgesucht und dann haben sie eine junge Frau aufgesucht, mit der sie mich sprechen sahen. Sie ist diejenige, die zusammengeschlagen wurde. Jetzt sagen Sie mir bitte noch einmal, Mrs. Clegg, ob Sie jemals eine Pamela Jeffreys gesehen oder von ihr gehört haben? Sie wurde in Yorkshire geboren, ihre Familie kommt aber ursprünglich aus Pakistan. Sie ist ungefähr einen Meter sechzig groß, hat eine schlanke Figur, Mandelaugen und langes schwarzes Haar, das sie manchmal zurückgebunden trägt. Sie hat einen glatten olivfarbenen Teint und einen goldenen Knopf im linken Nasenflügel. Sie ist klassische Musikerin, Bratschistin bei der Northern Philharmonia.«

Während Banks Pamela Jeffreys beschrieb, beobachtete er Melissas Gesicht. Als er geendet hatte, schüttelte sie den Kopf. »Ehrlich«, sagte sie. »Ich habe sie nie gesehen, und Danny hat nie eine solche Frau erwähnt. Sie ist anscheinend eine beeindruckende Person, aber das ist nicht sein Typ.«

»Welcher Typ?«

»Intelligente Frauen. Karrierefrauen. Es hat ihn zu Tode erschreckt, als ich begann, mit meinem Weingeschäft Erfolg zu haben. Am Anfang konnte er sich noch darüber lustig machen und es als mein kleines Hobby ansehen. Sie sagten, sie ist klassische Musikerin?«

»Ja.«

»Er mag klassische Musik nicht. Er mag einzig und allein diesen grässlich traditionellen Jazz. Eine Frau wie die, die sie beschrieben haben, würde Danny zu Tode langweilen. Außerdem scheint sie so großartig zu sein, dass ich mich bestimmt an sie erinnern würde.«

Eine leichte Windböe blies durch das Zentrum und trug den Geruch von Espresso und gebratenen Speck aus dem Café. »Noch zwei Dinge«, sagte Banks. »Erstens: Als Sie noch mit Ihrem Mann zusammengelebt haben, sind Ihnen da jemals Bekannte oder Mandanten von ihm begegnet, die Sie als zwielichtig bezeichnen würden?«

Sie lachte. »Ach, ein Steuerrechtsanwalt hat eine Menge zwielichtiger Mandanten, Chief Inspector. Damit verdient er sein Geld. Aber ich nehme an, das ist nicht das, was Sie meinen, oder?«

»Genau. Wenn Daniel tatsächlich etwas mit Keith Rothwells Tod zu tun hatte, dann hat er den Mord bestimmt nicht selbst begangen. Das haben Sie ja auch gesagt.«

»Stimmt. Der Daniel, den ich kenne, hätte nicht den Mut dazu.«

»Also muss er jemanden angeheuert haben. Normalerweise geht man nicht einfach in seine Stammkneipe und sagt: ›Hey, Leute, ich brauche ein paar Mörder. Könnte mir jemand behilflich sein?‹«

Melissa lächelte. »Man könnte es bei einem Juristenbankett versuchen. Ich bin mir sicher, dass man dort ein paar Willige finden würde. Aber ich verstehe, was Sie meinen.«

»Er muss also jemanden gekannt haben, der bereit war, den Auftrag anzunehmen, und es könnte jemand gewesen sein, den er durch seine Kanzlei kennen gelernt hatte. Ich bezweifle sehr, dass Sie beide gesellschaftlich mit Auftragsmördern verkehrten, aber hat es da vielleicht jemanden gegeben, der Ihnen gefährlich erschien?«

»Wer kann schon sagen, mit wem wir verkehren?«, sagte Melissa. »Wer weiß wirklich etwas über den anderen, wenn es hart auf hart kommt? Spontan fällt mir niemand ein, aber ich werde darüber nachdenken, wenn ich darf.«

»Gut.« Banks gab Alison Rothwells Beschreibung der beiden Männer an sie weiter, besonders die des einen mit dem »Dackelblick«, der das einzige charakteristische Merkmal war. »Ich werde wohl noch für den nächsten Tag im Holiday Inn wohnen, Sie können mir aber auch eine Nachricht bei Detective Inspector Blackstone im Revier in Millgarth hinterlassen.«

»Ist das der, der gestern Abend mit meinem Leibwächter vorbeigekommen ist?«

»Nein, das war Sergeant Waltham. Ehrlich gesagt, glaube ich nicht, dass Sie in Gefahr sind, Mrs. Clegg. Wahrscheinlich sind die Männer schon meilenweit weg, aber wir sollten lieber sichergehen. Sind Sie zufrieden mit der Regelung?«

»Zuerst habe ich die ganze Aufregung eigentlich nicht verstanden, aber nachdem, was Sie mir gerade erzählt haben, werde ich heute Nacht besser schlafen, wenn ich weiß, dass jemand auf mich aufpasst.« Sie schaute auf ihre Uhr. »Tut mir Leid, Mr. Banks, aber die Zeit drängt. Sie wollten mich zwei Dinge fragen.«

»Ja. Die andere Frage ist ein bisschen persönlicher.«

Melissa hob die Augenbrauen. »Ach?«

»Das heißt nicht unbedingt peinlich.«

Sie sah ihn an und runzelte die Stirn. Ein markantes, attraktives Gesicht schaute ihn an, mit einer rötlichen Bräune und Sommersprossen auf der Nase und den oberen Wangen. Jede kleine Falte um ihre graublauen Augen schien von ihrem Leben zu erzählen.

»Wir glauben, dass Daniel Clegg mit einer Menge Geld geflüchtet ist«, begann Banks. »Genug für den Rest des Lebens, sonst hätten diese Schläger nicht alles daran gesetzt, ihn zu finden. Aber es ist eine verdammt große Welt, wenn man nicht weiß, wo man suchen soll. Ich nehme an, in einer bestimmten Phase haben Sie beide Ihre Träume geteilt, wie die meisten verheirateten Paare. Wo würde er Ihrer Meinung nach hingehen? Was war sein Traumziel?«

Melissas Stirn lag immer noch in Falten. »Ich verstehe, was Sie meinen«, murmelte sie. »Eine interessante Frage. Wo liegt Dannys Paradies, sein Eldorado, nicht wahr?«

»Genau. Wir haben doch alle so einen Traum, oder?«

»Tja, Danny war kein großer Träumer, um die Wahrheit zu sagen. Er hatte nicht gerade viel Fantasie. Aber wenn er davon gesprochen hat, den Jackpot zu knacken und alles hinzuschmeißen, dann wollte er immer nach Tahiti.«

»Tahiti?«

»Ja. Er war ein großer Fan von *Meuterei auf der Bounty*. Er hatte jede Filmversion auf Video. Ich glaube, ihm hat die Vorstellung gefallen, dass ihm barbusige Eingeborenenmädchen kühle Drinks in Kokosnussschalen servieren.« Sie lachte und schaute erneut auf ihre Uhr. »Mr. Banks, es tut mir Leid, aber jetzt muss ich wirklich gehen. Mir steht ein unglaublich anstrengender Tag bevor.« Sie schob ihren Stuhl zurück und stand auf.

Auch Banks erhob sich. »Selbstverständlich«, sagte er und schüttelte ihr die Hand.

»Aber falls mir noch etwas einfällt, werde ich mich melden. Ganz bestimmt. Ich hätte nie gedacht, dass Danny zu einem wirklichen Verbrechen fähig wäre, aber wenn es wahr ist, was Sie sagen …« Sie zuckte mit den Achseln. »Ich werde auf jeden Fall noch einmal darüber nachdenken. Ich … einen Moment mal.«

Auf der Mitte ihrer Stirn bildete sich eine Furche, einen Moment lang drehte sie die Augen nach oben, als wollte sie ihre Wimpern untersuchen. Dann schaute sie erneut auf ihre Uhr, biss sich auf die Unterlippe und hockte sich mit zusammengedrückten Knien auf die Stuhlkante. »Da *war* jemand. An den Namen kann ich mich nicht mehr erinnern, aber vielleicht fällt er mir wieder ein, wenn Sie mir etwas Zeit geben. Auf jeden Fall hatte er diesen traurigen Blick, wie ein Hund.«

Banks setzte sich wieder hin. »Unter welchen Umständen haben Sie seine Bekanntschaft gemacht?«

»Wie gesagt, Danny vertritt keine Strafsachen, aber er ist Anwalt, und anscheinend war er der einzige Jurist, den dieser Kerl kannte. Laut Danny haben sich die beiden in einem Pub kennen gelernt und sind bei ein paar Drinks ins Gespräch gekommen. Sie wissen ja, wie das ist. Der Kerl ist in der Armee gewesen, drüben in Nordirland. Als er dann verhaftet wurde, fiel ihm Danny ein.«

»Und dann?«

»Danny hat ihn an jemand anderen weitergeleitet. Ich erinnere mich nur daran, weil der Mann einmal bei uns vorbeigekommen ist. Aus irgendeinem Grund war er nicht ganz zufrieden mit dem Anwalt, den Danny ihm empfohlen hatte. Ich glaube, es lag wohl an dem Honorar oder so. Sie hatten einen kleinen Streit, aber Danny konnte ihn wieder beruhigen. Nachdem sie etwas zusammen getrunken hatten, ist der Mann gegangen. Ich habe ihn nie wiedergesehen oder etwas von ihm gehört. Um was es eigentlich ging, habe ich nicht ganz mitgekriegt.«

»Wie lange ist das her?«

»Etwas mehr als zwei Jahre. Kurz bevor wir uns getrennt haben.«

»Und mehr fällt Ihnen zu dem Mann nicht ein?«

»Nein. Nicht auf Anhieb.«

»In welchem Pub haben sich die beiden kennen gelernt?«

»Das weiß ich nicht mehr. Aber ist das nicht seltsam? Sie haben doch davon gesprochen, einen Mörder im Pub anzuheuern. Und wenn das nun dieser Mann war?«

»Weswegen ist er verhaftet worden?«

»Es hatte mit Körperverletzung zu tun, glaube ich. Eine Schlägerei. Ich weiß nur, dass es nichts wirklich Ernsthaftes war. Auf jeden Fall kein Mord oder so etwas. Hören Sie, ich muss nun wirklich gehen. Ich versuche, mich an mehr zu erinnern, versprochen.«

»Nur noch eine Sache«, sagte Banks. »Können Sie sich an den Namen des Anwalts erinnern, an den Ihr Mann ihn weitergeleitet hat? Dann können wir ihn vielleicht durch unsere Akten aufspüren.«

Einen Augenblick presste sie nachdenklich ihre Lippen zusammen. »Atkins«, sagte sie dann. »Ja, es wird Harvey Atkins gewesen sein. Er und Danny sind gute Freunde und Harvey vertritt auch Strafsachen.«

»Vielen Dank«, sagte Banks, doch sie war bereits davongeeilt.

»Ich melde mich«, rief sie über die Schulter.

Banks ging zur Treppe. Während er mit Melissa Clegg gesprochen hatte, war ihm wieder eingefallen, was ihm den ganzen Morgen keine Ruhe gelassen hatte. Er beschloss, erst seine Neugier zu befriedigen, bevor er sich mit Ken Blackstone traf. Jetzt ging es Schlag auf Schlag.

ZWÖLF

I

»Fahren Sie über die Dörfer«, sagte Sergeant Hatchley. »Wir haben es nicht eilig.«

Statt am Kreisel beim Red Lion Hotel nach Osten zur A1 abzubiegen, fuhr Susan südöstlich am Rand der Dales entlang durch Masham, Ripon und Harrogate.

Während der Fahrt rauchte Hatchley überhaupt nicht, allerdings bestand er auf einer Kaffeepause in einem Café in Harrogate, während der er drei Zigaretten hintereinander rauchte. Es war völlig anders, als mit Banks unterwegs zu sein. Zunächst einmal fuhr Banks gerne selbst, außerdem spielte er immer Musik, manchmal annehmbare, manchmal unausstehliche. Hatchley zog es vor, mit verschränkten Armen dazusitzen und durch die Windschutzscheibe auf die vorbeirauschende Landschaft zu starren, wobei er in seinem dumpfen Geiste bestimmt Visionen von nackten Brüsten hatte.

Sie wünschte, nicht die ganze Zeit mit Männern zusammenarbeiten zu müssen. Egal, ob sie einmal Gefühle zeigte, eine bissige Bemerkung machte oder aus irgendeinem Grund einen Tag frei haben wollte, immer wurde es damit begründet, dass sie wohl »mal wieder ihre Tage« habe. Jeder verlangte von ihr, sich ohne Klagen damit abzufinden und spielend damit fertig zu werden.

Aber vielleicht war sie ein bisschen ungerecht. Hatchley einmal ausgenommen, konnte sie über ihre Arbeitskollegen im Allgemeinen nicht klagen. Phil Richmond, mit dem sie die meiste Zeit verbrachte, war ein feiner Kerl. Aber Phil würde sie bald verlassen.

Superintendent Gristhorpe machte ihr ein wenig Angst, vielleicht weil er sie an ihren Vater erinnerte. In seiner Gegenwart fühlte sie sich immer wie ein dummes, kleines Mädchen.

Banks war dagegen wie ein älterer Bruder. Und genau wie ein Bruder ärgerte er sie gerne, besonders im Zusammenhang mit Musik. Sie war sich sicher, dass er im Auto manchmal absichtlich eine schreckliche Kassette einschob, damit sie sich unwohl fühlte. Als sie sich aber jetzt der verstopften Ringstraße von Leeds näherten, hätte sie eine beruhigende Musik begrüßt.

Susan war gerade dabei, sich eine schöne Sammlung klassischer Musik anzulegen. Jeden Monat kaufte sie ein Magazin, in dem sich eine Gratis-CD mit Ausschnitten der besprochenen Werke befand. Dazu gab es eine exakte zeitliche Aufgliederung der Stellen, auf die man achten sollte. Das klang dann zum Beispiel so: »6:25: Das warme und sonnige Motiv des Frühlingstages wird wieder aufgenommen.« Oder: »4:57: Das zweite Thema ergibt sich aus dem Zusammenspiel der Blechbläser und Holzbläser.« Sie hielt das für sehr hilfreich, und wenn ihr der gehörte Ausschnitt gefiel, kaufte sie sich zuweilen das gesamte Werk – es sei denn, es handelte sich um eine lange und teure Opernaufnahme. Im Moment war ihr Lieblingsstück Beethovens 6. Sinfonie, die »Pastorale«. Sie wusste, dass Banks diese Vorliebe würde zu schätzen wissen, aber es war ihr peinlich, ihm davon zu erzählen.

Unvermittelt musste sie an ihr Gespräch mit Tom Rothwell am Fluss und an die Leiden denken, die er durchgemacht haben musste. Als Homosexueller hatte man es nirgendwo leicht, stellte sie sich vor, aber besonders hart war es wohl in Yorkshire, wo sich die Männer ihrer Männlichkeit rühmten und von den Frauen verlangt wurde, dass sie wussten, wo sie hingehörten, und dort gefälligst zu bleiben hatten.

Ein Paradebeispiel für diese Yorkshirer Mannhaftigkeit saß gerade neben ihr, dachte sie, ein Produkt aus Rugby-Liga-Seligkeit, Roastbeefs und unzähligen Pints Bitter. Sie konnte sich einfach nicht vorstellen, was er an ihrem Parfüm abstoßend fand. Für ihren Geschmack roch es auf jeden Fall mehr als angenehm, außerdem benutzte sie es nur sparsam.

Der Verkehr auf dem Ring kam ins Stocken, und Hatchley saß da mit dem zerfledderten Stadtplan von Leeds und Bradford auf dem Schoß und schielte nach Straßenschildern. Er war einer von den Beifahrern, die »Hier abbiegen!« schrien, während man gerade an der Abzweigung vorbeifuhr. Nach mehreren falschen Richtungsangaben und einigen haarsträubenden Wendemanövern hielten sie schließlich vor Kandidat Nummer eins, einem Zeitungshändler am Rande einer heruntergekommenen Sozialbausiedlung in Gipton.

Zwei verwahrloste Jugendliche stolzierten eben nach draußen, als Susan und Hatchley hineingingen. Das Mädchen hinter dem Tresen war höchstens fünfzehn oder sechzehn. Sie war bleich wie ein Gespenst und dürr wie eine Bohnenstange. Ihr braunes, mit silbernen, roten und grünen Strähnchen durchzogenes Haar wippte unfrisiert auf ihrem Kopf, eine paar wilde Zotteln fielen wie Schlangen auf ihren weißen Hals und das Gesicht und bedeckten eines ihrer zu stark geschminkten Augen.

Es sah so aus, als hätte sie einen kleinen, hübschen Mund unter dem vollen Schmollmund, den sie sich mit einem bräunlichvioletten Lippenstift aufgemalt hatte. Außerdem nahm Susan einen stechenden Parfümgeruch wahr, den sie sofort als billig einstufte, ganz im Gegensatz zu ihrem eigenen. Das Mädchen legte ihre mit Ringen beladenen und in lange, knallrote Nägel mündenden Finger auf den Tresen, streckte den beiden ihre knochigen Schultern entgegen und neigte den Kopf auf die Seite. Sie trug ein ausgeleiertes weißes T-Shirt, auf dem mit schwarzer Schrift »Fick dich!« über ihrer flachen Brust geschrieben stand.

»Ist Mr. Drake in der Nähe, Schätzchen?«, fragte Hatchley.

Obwohl sie ihren Kopf nur geringfügig bewegte, tanzten ihre Haare wie Medusas Schlangen. »Hinten«, nuschelte sie, ohne den Rhythmus ihres Kaugummikauens zu unterbrechen.

Hatchley ging zum Tresen und hob die Klappe.

»Hey!«, rief sie. »Sie können da nicht so einfach durchgehen.«

»Ach, kann ich nicht, Schätzchen? Meinst du, ich muss mich hier ganz offiziell anmelden?« Hatchley zog seinen Dienstausweis hervor und hielt ihn ihr so dicht vor die Augen, dass sie beim Lesen schielte. »Vielleicht möchtest du dein Silbertablett holen?«, fuhr er fort. »Dann kann ich meine Visitenkarte da drauflegen und du kannst sie Mr. Drake bringen und ihn davon unterrichten, dass ein Gentleman ihn sprechen möchte.«

»Leck mich, du Klugscheißer«, sagte sie und ging aufreizend langsam zur Seite, um ihn durchzulassen. »Du bist kein Gentleman. Und nenn mich nicht Schätzchen!«

»Ach, wen haben wir den hier?«, sagte Hatchley. »Eine kleine Feministin?«

»Verpiss dich!«

Ohne weitere Förmlichkeiten gingen sie durch in das Hinterzimmer, eine Art Büro, in dem Susan Mr. Drake an seinem Schreibtisch sitzen sah.

Unter dem fettigen schwarzen Haar schaute das unförmigste Gesicht hervor, das Susan jemals gesehen hatte. Er hatte eine wulstige Stirn, eine Knollennase und ein Kinn in Form eines riesigen Furunkels. Über dieses Gesicht spannte sich eine fettige rote und mit Mitessern übersäte Haut, aus der ein Paar wachsame schwarze Augen schauten, die wie winzige Fische in einem Aquarium nie stillstanden. Drakes Bauch war so dick, dass er zum Schreiben kaum nah genug an den Schreibtisch kam. Ein Geruch nach angebranntem Speck hing in der abgestandenen Luft, in einer Ecke bemerkte Susan eine Kochplatte mit einer Bratpfanne.

Als sie hereinkamen, stieß er seinen Stuhl zurück und knurrte: »Wer hat euch hier reingelassen? Was wollt ihr?«

»Kennst du mich noch, Jack?«, fragte Hatchley.

Drake kniff seine Augen zusammen. Sie versanken in Fettfalten. »Ist das …? Himmel, Arsch und Zwirn, wenn das nicht Jim Hatchley ist.«

Er hievte sich auf die Beine und streckte seine Hand aus, wischte sie aber zuerst an seiner Hose ab. Hatchley beugte sich vor und schüttelte sie.

»Wer ist die Tussi?«, wollte Drake wissen und machte eine leichte Kopfbewegung in Richtung Susan.

»Nicht so ordinär, Jack! Die ›Tussi‹ ist Detective Constable Susan Gay. Ein bisschen Respekt, wenn ich bitten darf.«

»Entschuldigung, Mädel«, sagte Drake und vollführte einen kleinen Diener für Susan. Sie konnte sich das Lachen nur mit Mühe verkneifen. Dass der altmodische Sexismus in Yorkshire nie ausgestorben war, wusste sie, aber dass Sergeant Hatchley sie verteidigte, war eine seltene Ehre. Drake wandte sich wieder an Hatchley. »Und, was willst du, Jim? Das ist doch nicht mehr dein Revier hier, oder?«

»Heute schon.«

Drake hielt seine Hände hoch. »Also, ich habe nichts getan, wofür ich mich schämen müsste.«

»Jack, alter Junge«, sagte Hatchley, »du solltest dich schämen, überhaupt geboren zu sein, aber lassen wir das mal außer Acht. Pornomagazine.«

»Hä? Was ist damit?«

»Bist du noch im Geschäft?«

Drake trat von einem Fuß auf den anderen und warf Susan einen nervösen, schuldbewussten Blick zu. »Du weißt genau, dass ich nichts Illegales mache, Jim.«

»Ob du mir glaubst oder nicht, aber das ist mir im Moment scheißegal. Ich habe es nicht auf dich abgesehen. Und für dich heißt es immer noch *Sergeant Hatchley*.«

»Tschuldigung. Um was geht es dann?«

Hatchley fragte ihn nach dem maskierten Mörder mit den Hundeaugen. Noch bevor er geendet hatte, schüttelte Drake den Kopf.

»Sicher?«, fragte Hatchley.

»Ja. Ich schwöre beim Grab meiner Mutter.«

Hatchley lachte. »Beim Grab deiner Mutter würdest du auch schwören, dass die Nacht ein Tag war, wenn du der Meinung wärst, du würdest mich damit loswerden, nicht wahr, Jack? Nichtsdestotrotz, dieses Mal glaube ich dir. Hast du eine Ahnung, wo wir es versuchen könnten?«

»Was sucht ihr denn?«

»Rasierte Muschis, steife Schwänze. Genau deine Liga, dachte ich.«

Drake rümpfte angeekelt seine missgestalte Nase. »Rasierte Muschis? Also das ist wirklich ziemlich harmlos. Nee,

Jim, die Zeiten haben sich geändert. Heute wollen alle Arschficken oder Peitschen und Ketten.«

»Ich spreche nicht nur von den hiesigen Parlamentsabgeordneten, Jack.«

»Haha. Sehr witzig. Trotzdem.«

Hatchley seufzte. »Ist Benny noch im Geschäft?«

Drake nickte. »Soweit ich weiß. Aber der macht jetzt hauptsächlich in Body-Piercing. Das ist eine ganz eigene Kategorie.« Er schaute Susan an. »Sie wissen schon, Schätzchen, gepiercte Brustwarzen, Schamlippen, Vorhäute, so ein Zeug.«

Susan unterdrückte einen Schauer.

»Bert Oldham?«, fuhr Hatchley fort. »Mario Nelson? Henry Talbot?«

»Ja. Aber man kann das Zeug heute theoretisch über dem Tresen verkaufen, Ji ... Sergeant.«

»Dieses ›theoretisch‹ interessiert mich, Jack. Du weißt, was das Gesetz sagt: keine Penetration, kein Oralverkehr, kein Hardcore. Aber egal, solltest du Wind vom dem Kerl bekommen, dann ruf diese Nummer an.« Er reichte Drake eine Karte.

»Mache ich«, versprach Drake und ließ sich zurück in seinen Stuhl fallen. Susan dachte, dass die Beine brechen würden, aber wundersamerweise hielten sie.

Als sie hinausgingen, schaute das Mädchen nicht von ihrem Magazin auf. »Mach mal eine Pause beim Lesen, Schätzchen«, sagte Hatchley. »Das bekommt dir nicht.«

»Verpiss dich!«, sagte sie und kaute gleichzeitig Kaugummi.

Verfluchter Mist, dachte Susan, das kann ja noch ein schöner Tag werden.

II

Als er auf der Schwelle von Robert Calverts Wohnung stand und die Trümmer der Einrichtung begutachtete, sah Banks, dass er sich nicht getäuscht hatte. Der einzige Unterschied zwischen dieser und Pamela Jeffreys Wohnung war, dass hier kein Mensch verletzt und keine wertvollen Besitztümer zerstört worden waren. Das Polstermaterial der Couch lag über den Teppich verstreut, der teilweise aufgerollt worden war, um die Dielenbretter zu untersuchen. An manchen Stellen war die Tapete abgerissen und der Bildschirm des Fernsehers war eingeschlagen worden.

Sie waren also zurückgekommen. Das erhärtete seine Theorie. Offensichtlich wussten sie nicht, dass Banks Polizist war und dass Calverts Wohnung bereits gründlich von Fachleuten durchsucht worden war. Wenn sie es gewusst hätten, dann wären sie niemals hierher gekommen.

Es war so gewesen, wie er geahnt hatte. Sie hatten seine Verfolgung aufgenommen, als er am Montagmorgen Cleggs Büro am Park Square verlassen hatte. Zuerst mussten sie noch die Ankunft der Polizei beobachtet haben, aber aus ihrer Sicht kam die Polizei einige Zeit nach Banks, und er war ohne Begleitung gegangen, sodass sie keinen Grund hatten, eine Verbindung zu vermuten, auf jeden Fall keine, die den Verdacht nahe legte, dass auch er Polizist war. Nach ihrem Kenntnisstand hätte Banks ein Freund von Betty Moorhead oder ein Kollege von Clegg gewesen sein können.

Da sie weiter nach Hinweisen auf Cleggs Aufenthaltsort suchten, hatten sie Banks bis zu seiner mittäglichen Verabredung mit Pamela Jeffreys verfolgt und entdeckt, dass sie gerade von einer Probe kam. Einer von ihnen musste herausgefunden haben, wo sie wohnte. Von Calverts Wohnung hatten sie nichts gewusst, bis Banks sie dort hingeführt hatte, und sie mussten gedacht haben, die Wohnung hätte etwas mit Clegg zu tun. Als Banks sie schließlich durch das Fenster gesehen hatte, waren sie weggelaufen, aber nur, um später, als die Luft rein war, zurückzukehren und die Wohnung zu durchsuchen.

Wo hielten sie sich jetzt auf? Ihre Steckbriefe waren bereits an andere Polizeikräfte, an Flughäfen und Seehäfen geschickt worden. Wenn die Männer auch nur etwas Gespür besaßen, dann würden sie für eine Weile untertauchen, bevor sie versuchten, das Land zu verlassen. Aber Kriminelle hatten nicht immer ein solches Gespür, wusste Banks. Tatsächlich waren sie häufiger, als man annehmen sollte, einfach dumm.

Und was war mit den Mördern von Rothwell? Wenn der Mann, an den sich Melissa Clegg erinnerte, in die Sache verwickelt war, was sehr in Frage stand, dann war er ein Einheimischer. War er einer von denen, die blieben, oder einer, der sich davonmachte? Und was war mit seinem Partner?

In dem Gebäude war im Moment niemand zu Hause, und es hatte keinen Zweck, den Rest der Wohnung zu untersuchen. Von einer Telefonzelle an der Straßenecke aus rief Banks der Form halber die örtliche Polizei an, um den Einbruch zu melden, aber er wusste, dass sie nichts tun konnten. Er hatte keinerlei Zweifel daran, *wer* die Täter waren; er musste sie nur finden. Banks glaubte, dass Dirty Dick Burgess etwas wusste, aber der würde nur reden, wenn er wollte, und dann nur so viel erzählen, wie er für notwendig erachtete.

Nachdem Banks seinen Anruf erledigt hatte, nahm er am Ende vom Eastgate einen Bus nach Millgarth. An der Strecke auf dem Gelände der abgerissenen Quarry-Hill-Siedlung stand das neue Schauspielhaus von West Yorkshire. *Stadt des Dramas* sagte das Schild. Angesichts der Ereignisse der letzten Tage ein unheimlich passender Titel, dachte Banks. Hinter dem Theater, hoch oben auf einem Hügel, befand sich das Quarry House, das neue Gebäude des Gesundheitsministeriums, das von den Einheimischen schon »Kreml« genannt wurde.

Ken Blackstone saß in seinem Büro, über einen Stapel Papiere gebeugt. Er schob den Haufen beiseite und bedeutete Banks, ihm gegenüber Platz zu nehmen.

»Bevor du dir große Hoffnungen machst – es gibt keine weltbewegenden Neuigkeiten«, verkündete er. »Wir sind bei der Suche nach Clegg oder Rothwells Mördern noch kein Stück weitergekommen, aber es gibt ein paar interessante neue Anhaltspunkte. Erstens wirst du wissen wollen, dass die Jungs im Labor herausgefunden haben, dass der Dreck und der Schotter im Reifenprofil von Ronald Hamiltons Escort mit dem in der Gegend der Arkbeck Farm übereinstimmen. Sie haben eine Menge von Phosphaten und Sulfiden und weiß der Teufel noch erzählt. Ich habe kein Wort davon verstanden, aber es sieht so aus, als hätten die Mörder den Wagen benutzt. Der Rest der Karre war blitzsauber. Außerdem hat der Flughafensicherheitsdienst in Heathrow Cleggs roten Jaguar auf einem Langzeitparkplatz gefunden.«

»Na, welche Überraschung«, sagte Banks.

»Allerdings. Kaffee?«

Da Banks' Magen schon die ganze Zeit von zu viel Koffein rumorte, lehnte er ab. Blackstone ging zu der Kaffeemaschine am anderen Ende des Großraumbüros, schenkte sich einen Becher ein und kehrte in seine abgeteilte Ecke zurück. Ein konstanter Geräuschpegel erfüllte den Raum, Telefone, Drucker, Faxgeräte, Türgeklapper und das übliche Geplänkel einer Abteilung der Kriminalpolizei, doch Blackstone schien sich in seiner Ecke einigermaßen davon abgeschottet zu haben.

Banks erzählte ihm von Calverts Wohnung.

»Interessant«, erwiderte Blackstone. »Wann ist es deiner Meinung nach passiert?«

»Bevor sie zu Pamela gegangen sind, würde ich sagen«, antwortete Banks. »Nachdem sie bei Calvert nichts gefunden haben, waren sie wahrscheinlich in der richtigen Stimmung, es mit der harten Tour zu versuchen und zuzuschlagen. Gibt es Neuigkeiten aus dem Krankenhaus?«

Blackstone schüttelte den Kopf. »Keine Veränderung. Immerhin ist ihr Zustand stabil.« Er sah Banks stirnrunzelnd an und tippte sich an die Wange. »Und was ist mit dir? Als du reingekommen bist, ist mir aufgefallen, dass du humpelst.«

»Ich bin in der Dusche ausgerutscht. Hör zu, Ken, ich habe möglicherweise eine Spur zu einem von Rothwells Mördern.« Und schnell berichtete er Blackstone, was Melissa Clegg über den mysteriösen Mandanten mit dem Hundeblick erzählt hatte, den Clegg an Harvey Atkins weitervermittelt hatte.

Blackstone legte die Spitze eines gelben Bleistifts an seine Unterlippe. »Mmmmh …«, sagte er. »Wir sind gerade dabei, Cleggs Kontakte und Mandanten zu überprüfen. Wir können natürlich in den Gerichtsakten nachsehen. Immerhin haben wir den Namen des Anwalts, das hilft ein bisschen. Harvey Atkins ist hier kein Unbekannter. Kein schlechter Kerl für einen Juristen. Aber das Ganze ist etwas vage, findest du nicht? Es soll über zwei Jahre her sein und vielleicht mit Körperverletzung zu tun haben, sagt sie? Wissen wir, ob der Typ verurteilt worden ist?«

Banks schüttelte den Kopf. »Wir müssen uns wohl leider auf die freundliche Hilfe der Mikrochips verlassen.«

Blackstone machte ein finsteres Gesicht. »Warte mal einen Moment.« Er führte ein kurzes Telefonat und setzte die

Ermittlung in Gang. »Es könnte eine Weile dauern«, sagte er. »Die Liste wird lang sein.«

Banks nickte. »Was weißt du über Tahiti?«, fragte er.

»Tahiti? Im Film sind dort die Leute von Kapitän Bligh desertiert. Ein Teil von Französisch-Polynesien, oder?«

»Ich glaube. Auf jeden Fall liegt es im Südpazifik. Und Gauguin hat dort gemalt.«

»Warum fragst du?«

Banks erzählte ihm, was Melissa Clegg berichtet hatte.

»Mmmmh«, sagte Blackstone. »Es könnte nicht schaden, ein paar Ermittlungen einzuleiten und Flüge zu überprüfen, oder? Besonders, wo wir seinen Wagen in Heathrow gefunden haben. Ein Neuankömmling wird dort ziemlich auffallen. Ich werde sehen, was ich tun kann.«

»Danke. Gibt es sonst noch etwas?«

»Wir haben die Haus-zu-Haus-Befragung in Pamela Jeffreys Straße abgeschlossen. Dabei ist nichts Neues herausgekommen, außer dass wir die Tatzeit genauer festlegen können. Ein Nachbar erinnerte sich, am Montagabend gegen Viertel nach neun Geräusche gehört zu haben. Das stimmt mit der Einschätzung des Arztes und mit Mr. Judds Aussage überein.«

Banks nickte.

»Die Leute auf der anderen Seite waren nicht zu Hause.«

»Diese Nachbarn«, sagte Banks, »die haben also nur *gemeint*, sie hätten Geräusche gehört?«

»Ja.«

»Ken, überlege mal, was das für ein Lärm gewesen sein muss, als sie die ganze Einrichtung zertrümmert haben. Und überlege mal, wie Pamela Jeffreys um Hilfe geschrien haben muss, als ihr klar wurde, was vor sich ging.«

»Ich weiß, ich weiß.« Blackstone schüttelte den Kopf und seufzte. »Ich nehme an, die beiden haben sie geknebelt.«

»Trotzdem ...«

»Hör zu, Alan, laut Constable Hyatt, der mit den Nachbarn gesprochen hat, haben sie gesagt, dass sie zuerst dachten, die Geräusche kämen aus dem Fernseher. Er hat nachgefragt, ob der Fernseher von Pamela Jeffreys normalerweise so laut lief, und sie haben verneint. Dann sagten sie, sie dachten, sie hätte einen Streit mit ihrem Freund gehabt. Er fragte auch hier nach, ob das häufiger vorkommt, und wieder sagten sie nein. Und dann sagten sie, oder deuteten es jedenfalls an, dass dunkelhäutige Menschen komische Sitten hätten und dass wir Weißen uns lieber nicht einmischen sollten.«

»Das haben sie wirklich gesagt?«

Blackstone nickte. »Sinngemäß. Das ist die Sorte Menschen, die nicht mal über die Straße gehen und auf eine Asiatin pissen würde, wenn sie in Flammen stünde. Außerdem wollen sie nicht in die Sache reingezogen werden.«

»Und das war's?«

»Leider ja.« Blackstone schaute auf seine Uhr. »Ich weiß nicht, wie es bei dir aussieht, aber ich könnte was zwischen die Zähne gebrauchen. Was hältst du davon, wenn ich dich zum Essen einlade?«

Banks war nicht besonders hungrig, aber er wusste, dass er etwas essen sollte, wenn er den Tag durchhalten wollte. »In Ordnung, abgemacht«, stimmte er zu. »Aber bitte nicht indisch.«

III

Die anderen Läden unterschieden sich kaum von dem ersten. Meistens waren die Fenster vernagelt oder vergittert und meistens lagen sie in Gegenden wie Hunslet, Holbeck,

Beeston und Kirkstall in der Nähe von verfallenen, mit Graffiti verschmierten Sozialbausiedlungen oder in erhalten gebliebenen Arbeiterkolonien aus der Vorkriegszeit. In einem Moment schien die Sonne, im nächsten sah es nach Regen aus. Während sie hin und her fuhren, Abzweigungen verpassten und nach unbekannten Straßen suchten, blätterte Hatchley durch den Stadtplan, der mittlerweile so zerfleddert war, dass die Seiten herausfielen. Die Gegenden deprimierten Susan; das war eine völlig andere Welt als das hübsche, große Reihenhaus auf dem Hügel in Sheffield, in dem sie aufgewachsen war.

Hatchley dagegen schien diese Aufgabe selbst dann noch zu genießen, als sie nach drei weiteren Besuchen nichts erreicht hatten. Sein Ruf, faul zu sein, dachte sie, war möglicherweise unbegründet. Zweifellos verschwendete er nicht gerne Energie und normalerweise nahm er immer den Weg des geringsten Widerstandes, aber damit stand er kaum allein.

Susan hatte Polizisten kennen gelernt, die wirklich faul waren, und manche von denen hatten es sogar bis zum Sergeant der Kriminalpolizei gebracht, aber keiner von ihnen war mit Hatchley zu vergleichen. Diese Beamten saßen einfach ihre Schicht ab und versuchten, nach Möglichkeit jeder Arbeit aus dem Wege zu gehen. Hatchley dagegen war entschlossen. Wenn er eine Sache verfolgte, dann ließ er nicht locker, bis er Resultate erzielt hatte.

Der fünfte Laden war größer und moderner als die anderen, eine Art Minimarkt, der Milch, Konserven, Brot und allen möglichen Krimskrams sowie Alkohol, Zeitungen und Magazine verkaufte. Er lag in der Beeston Road, nicht weit von der Elland Road, wo sich das Stadion von Leeds United befand, und wurde laut Hatchley von einem gewissen Mario Nelson betrieben, der, wie der Name vermuten ließ, eine italienische Mutter und einen englischen Vater hatte.

Susan war sofort klar, dass Mario seinem Vater nachschlug. Sie wusste zwar, dass es im Norden des Landes auch blonde Italiener gab, aber die sahen nicht so nordisch aus wie Mario. Der große, schlanke Mann in seinem weißen Kittel wirkte viel zu elegant für einen Krämer. Anfang fünfzig, schätzte Susan, war er ein ähnlich gut aussehender Typ wie Robert Redford und machte den Eindruck, sich wohler bei einem Interview an einem Filmset zu fühlen als beim Auspacken eines Kartons Champignonsuppen, was er gerade tat, als sie den Laden betraten. Sobald er Hatchley sah, bemächtigte sich ein besorgter Blick seiner eisblauen Augen. Er war allein in seinem Laden.

»Mario, alter Kumpel«, sagte Hatchley. »Lange nicht gesehen.«

»Von mir aus hätte es auch dabei bleiben können«, brummte Mario und stellte den Karton beiseite. »Was kann ich für Sie tun?«

»Kein Grund, so schlecht gelaunt zu sein. Wie läuft das Geschäft?« Hatchley holte eine Zigarette hervor und zündete sie an.

»Hier drinnen ist das Rauchen verboten.«

Hatchley ignorierte ihn. »Ich habe gefragt, wie das Geschäft läuft.«

Mario starrte ihn einen Augenblick an und schaute dann weg. »Bescheiden.«

»Machst du noch viele Spezialgeschäfte?«

»Ich weiß nicht, wovon Sie sprechen. Hören Sie, wenn Sie nur zum Plaudern hergekommen sind, ich bin beschäftigt.«

Hatchley schaute sich übertrieben ausführlich im Laden um. »Sieht mir nicht so aus, Mario.«

»Einen Laden zu führen bedeutet mehr, als nur Kunden zu bedienen.«

»Sobald du uns ein paar Fragen beantwortet hast, kannst du dich wieder an die Arbeit machen.« Er beschrieb den Mann mit der Kapuzenmütze. »Hast du so jemanden hier gesehen? Gehört er zu deinen Kunden?«

»Ein bisschen schwammig, die Beschreibung.«

»Stimmt, aber konzentriere dich auf die Augen. Der Kerl müsste dir ungefähr bis zum Kinn gehen. Die arme, irregeleitete Seele steht auf rasierte Muschis, und ich weiß, dass du solche Magazine auf Lager hast.«

»Das konnten Sie nie beweisen.«

»Ach, hör auf damit! Du bist nur noch im Geschäft, weil du mir im Laufe der Jahre ein paar Gefälligkeiten erwiesen hast. Das ist der einzige Grund, denke daran. Du bist Pornohändler. Du weißt, dass ich Pornohändler nicht mag, Mario. Ich finde sie noch widerlicher als einen Haufen Hundescheiße an meinen Schuhen.«

Hatchley traf für sich ein paar sehr feine Unterscheidungen, dachte Susan; er fällte ein paar interessante moralische Urteile. Offensichtlich war für ihn die einfache Darstellung von nacktem Fleisch in Ordnung, aber alles, was weiter ging, war Pornografie. Er war eigentlich ein Puritaner, wenn man es genau nahm.

Sie beobachtete, wie Mario von einem Fuß auf den anderen trat. In seinen Augen sah sie nun noch etwas anderes als Misstrauen. Sie sah, dass er in Hatchleys Beschreibung jemanden wieder erkannte oder dass er zumindest eine Vermutung hatte. Auch Hatchley war das aufgefallen. Und sie sah Angst in Marios Blick.

Hatchley ließ seine Zigarette auf den Boden fallen und trat sie aus. »Susan«, sagte er, »würden Sie bitte das ›Geschlossen‹-Schild aufhängen?«

»Das können Sie nicht tun«, protestierte Mario und kam um den Tresen herum, um Susan aufzuhalten. Hatchley verstellte ihm den Weg. Er war ungefähr genauso groß und gut fünfzehn Kilogramm schwerer. Mario blieb stehen. Susan ging zur Tür und drehte das Schild um.

»Sie könnten eigentlich auch gleich den Riegel zuschieben und die Jalousien runterlassen«, meinte Hatchley. »Es ist ja sowieso nichts los hier.«

Susan tat, was er sagte.

»Okay.« Hatchley nahm Mario ins Visier. »Wie heißt er?«

»Wer? Ich weiß nicht, wovon Sie sprechen.«

»Meine Kollegin und ich sind nicht bescheuert. Wir sind Ermittlungsbeamte. Da heißt, wir ermitteln. Und ich habe ermittelt, dass du lügst. Wie lautet sein Name?«

Mario sah blass aus. Auf seiner Stirn sammelten sich Schweißperlen. Er tat Susan fast Leid. Fast. »Ehrlich, Mr. Hatchley, ich weiß nicht, was Sie meinen«, stammelte er. »Ich betreibe hier ein ehrliches Geschäft. Ich ...«

Bevor er ausreden konnte, hatte Hatchley ihn am Kragen seines Kittels gepackt und gegen die Regale gestoßen. Ein Glas Pulverkaffee fiel zu Boden und zersprang, Konservenbüchsen purzelten herunter und rollten durch den Laden, eine Spaghettipackung platzte auf.

»Passen Sie doch auf!«, schrie Mario. »Das kostet alles Geld.«

Hatchley stieß ihn noch härter gegen das Regal und verdrehte den Kragen des Kittels. Marios Gesicht wurde rot. Susan begann sich Sorgen zu machen, er könnte einen Herzinfarkt bekommen. Bei so einer Sache wäre sie lieber nicht dabei gewesen. Sie hatte Angst, dass Gristhorpe es erfahren würde und man sie mit Schimpf und Schande aus dem Polizeidienst entließ. Dann hörte sie, wie jemand von draußen an der Tür rüttelte. Eine innere Stimme flehte sie an, etwas zu unternehmen. »Sir«, sagte sie ruhig, »Vielleicht möchte Mr. Nelson uns etwas mitteilen und hat Schwierigkeiten zu sprechen.«

Hatchley schaute Nelson an und lockerte seinen Griff. »Stimmt das, Mario?«

Mario nickte, so gut er es unter diesen Umständen fertig brachte. Hatchley ließ ihn los. Ein Glas eingelegter Zwiebeln rollte vom Regal, zerbrach und verbreitete den säuerlichen Geruch von Essig.

»Wer ist es?«, fragte Hatchley.

Mario massierte seinen Hals und schnappte nach Luft. »Das ... hätten ... Sie ... nicht ... tun ... dürfen«, keuchte er. »Sie hä-hä-hätten mich umbringen kö-kö-können. Ich habe ein schwa-schwaches Herz. Ich kö-kö-könnte Sie a-a-anzeigen.«

»Aber wir wissen ja beide, dass du es nicht tun wirst, nicht wahr? Wie sieht denn das in einem ehrlichen Geschäft aus, wenn dir ständig die örtliche Polizei die Bude einrennt? Na los, gib uns seinen Namen, Mario!«

»Ich ... ich kenne seinen Namen nicht. Er kam nur gegelegentlich vorbei.«

»Um Pornomagazine zu kaufen? Rasierte Muschis?«

Mario nickte.

Hatchley schüttelte den Kopf. »Ich würde es nicht glauben, wenn ich es nicht mit eigenen Augen sehen würde«, sagte er, »aber du lügst schon wieder. Nach alledem.« Er griff wieder nach Marios Kragen.

»Nein!« Mario machte einen Satz zurück und räumte noch mehr von dem Regal ab. Ein Flasche Gin fiel herunter und zerschellte. Er streckte seine Hände aus. »Nein!«

»Na komm schon!«, sagte Hatchley. »Sag es!«

»Jameson. Mr. Jameson. Mehr weiß ich nicht«, sagte Mario, während er immer noch seinen Hals rieb.

»Seine Adresse will ich auch. Die Magazine werden ihm zugestellt, oder? Ich wette, einer deiner Jungs liefert ihm die Zeitschriften, oder? Na los, rück raus damit!«

»Nein. Ich kenne seine Adresse nicht.«

»Sei vernünftig, Mario. Warum so störrisch? Außerdem kommt es deinem Verhältnis mit der örtlichen Polizei zugute. Wie lautet seine Adresse?«

Mario hielt einen Moment inne, ging dann hinter den Tresen und schaute in das Buch, in dem er die Adressen für die Zeitungszustellung aufbewahrte. »Bridgeport Road 47«, sagte er. »Aber Sie werden ihn dort nicht antreffen.«

»Ach?«

»Er hat seinen Zustellungsauftrag gekündigt.«

»Für wie lange?«

»Drei Wochen.«

»Seit wann?«

»Seit letzten Freitag.«

»Wo ist er hin?«

»Woher soll ich das wissen? Vielleicht macht er Ferien.«

»Verarsch mich nicht!«

»Mache ich nicht. Ehrlich.«

»Ist das alles, was du weißt?« Hatchley machte einen Schritt nach vorn und Mario wich zurück.

»Ich schwöre. Wir sind keine Kumpels oder so. Er ist nur ein Kunde. Und tun Sie mir einen Gefallen: Wenn Sie ihn aufsuchen, erzählen Sie ihm nicht, dass Sie ihn durch mich gefunden haben.«

»Hast du Schiss vor ihm?«

»Er hat den Ruf, ein Schläger zu sein, deshalb. Vor allem, wenn er ein paar intus hat. Ich glaube nicht, dass er es freundlich aufnehmen würde.«

»Okay, geht in Ordnung«, sagte Hatchley. »Susan, wären Sie so nett?«

Susan ging zur Tür und sperrte sie wieder auf. Eine erhitzte alte Frau stürmte herein. »Was ist denn hier los? Ich musste fünf Minuten warten. Meine arme Marmaduke wird noch verhungern, wenn Sie …« Sie hielt inne, schaute auf die Unordnung am Boden und wich dann vor den dreien zurück.

»Kleiner Unfall, Mrs. Bagshot«, sagte Mario, glättete seine Krawatte und lächelte. »Nichts Ernsthaftes.«

Hatchley bückte sich und nahm eine eingelegte Zwiebel vom Boden. Nachdem er sie flüchtig nach Glasscherben untersucht hatte, steckte er sie in den Mund, lächelte Mrs. Bagshot an und ging hinaus.

IV

Nach einem leichten Mittagessen in der Polizeikantine mit Ken Blackstone – ein überbackenes Käsesandwich und ein Tetrapack Orangensaft – ging Banks zurück ins Hotel. Das Wetter hatte sich nicht verändert, der Wind trieb die Wolken vorüber, hin und wieder schaute die Sonne hervor und warf Schatten auf Straßen und Gebäude. Er würde sich etwas wegen seiner Jacke einfallen lassen müssen, dachte er, als er an der Getreidebörse vorbeiging. Vielleicht könnte er sie am Nachmittag nähen lassen. Das Hotel müsste ihm dabei helfen können. Vielleicht sollte er sich aber einfach eine neue kaufen.

Er freute sich auch nicht gerade darauf, seine Abenteuer Sandra zu erklären. Gestern Abend hatte er sie nicht angerufen und wahrscheinlich war sie bis in die Abendstunden unterwegs. Er könnte sie natürlich auch in der Galerie anrufen, aber sie war bestimmt beschäftigt. Außerdem wäre sie nur beunruhigt, wenn er ihr am Telefon von der Schlägerei erzählte. Seine Jacke könnte er vielleicht nähen lassen, aber seine aufgeschlagenen Knöchel und die geschwollene Wange vermochte er vor Sandra nicht zu verbergen, geschweige denn die blauen Flecken, die sich bald an seiner Seite zeigen würden.

Er brauchte ja nur zu sagen, dass zwei Jugendliche versucht hatten, ihn zu überfallen, so einfach war das. Das war vielleicht nicht die ganze Wahrheit, aber es war auch keine Lüge. Andererseits fragte er sich, wen er eigentlich an der Nase herumführen wollte. Wenn er nicht mit Sandra darüber sprechen konnte, was passiert war, mit wem dann? Aber im Moment wusste er einfach nicht, wie er sich verhalten sollte.

Den Massen nach zu urteilen, die aus dem Bahnhof strömten und zu den Bushaltestellen am Park Square und an der Boar Lane hetzten, musste gerade ein Regionalzug angekommen sein. Banks kaufte eine *Yorkshire Evening Post* von einem betagten Straßenverkäufer, der eine Schlagzeile herausschrie, die aus seinem Munde überhaupt keinen Sinn ergab, sich aber beim Lesen als »ZWEI TOTE BEI EINEM BRAND IN HUNSLET« herausstellte. Die Gratispackung Taco-Shells, die Banks zu der Zeitung angeboten wurde, lehnte er ab.

Im Hotel warteten drei Nachrichten auf ihn: Er sollte Melissa Clegg in ihrer Weinhandlung anrufen, Sergeant Hatchley und Susan Gay im Victoria hinter der Stadthalle treffen, und zwar so schnell wie möglich, und er sollte Ken Blackstone in Millgarth anrufen. Er ging in sein Zimmer und rief als Erstes Melissa Clegg an.

»Ach, Mr. Banks«, sagte sie. »Ich wollte nicht, dass Sie sich große Hoffnungen machen, aber ich habe mich an den Namen des Mannes erinnert, den Daniel im Pub kennen gelernt hat.«

»Ja?«

»Tja, ich wusste, dass an dem Namen irgendetwas komisch war. Nachdem wir uns verabschiedet hatten, ging es mir nicht mehr aus dem Kopf. Dann habe ich ein paar Bestellscheine ausgefüllt und da sah ich den Namen geschrieben stehen. Reiner Zufall.«

»Und?«

»Irischer Whiskey. Komisch, wie das Gedächtnis funktioniert, oder?«

»Irischer Whiskey?«

»Sein Name. Er heißt Jameson wie der Whiskey. Da bin ich mir sicher.«

Banks dankte ihr und rief Ken Blackstone an.

»Alan, wir haben ein paar Namen für dich«, verkündete Blackstone. »Leider eine ganze Menge.«

»Egal«, sagte Banks. »Ist ein Jameson darunter?«

Banks hörte, wie Blackstone vor sich hin murmelte, als er die Liste durchging. »Ja. Ja, ist dabei. Arthur Jameson. Alan, was ...«

»Ich habe jetzt keine Zeit, Ken. Kannst du seine Akte nehmen und mich in ungefähr fünfzehn Minuten im Victoria treffen? Ich nehme an, du weißt, wo es ist, oder?«

»Das Vic? Klar. Aber ...«

»Dann in fünfzehn Minuten.« Banks legte auf.

DREIZEHN

I

Susan wusste, dass es töricht war, aber sie hatte ein flaues Gefühl im Magen, als sie von der Courtney Terrace bei Hausnummer 35 auf die Bridgeport Road bog. Es war mitten am Nachmittag und niemand war auf der Straße. Sie fühlte sich völlig allein. Das Klappern ihrer Absätze, das von jedem Gebäude widerzuhallen schien, war das einzige Geräusch, das die Stille durchbrach. Ihre Aufgabe war einfach: Sie sollte so viel wie möglich über Arthur Jameson und seinen Aufenthaltsort herausfinden.

In ihrem blauen Blazer und dem dazu passenden Rock, mit Aktentasche und Klemmbrett sah sie aus wie die Mitarbeiterin eines Marktforschungsinstituts. Eine leichte Brise zerzauste ihre dichten blonden Locken, und die Sonne, die plötzlich durch die Wolken strahlte, blendete sie. In der Luft konnte sie Regen riechen.

Wir wissen, dass er nicht zu Hause ist, sagte sie sich immer wieder. Er hat seine Zeitungen für drei Wochen gekündigt und ist mit dem Lohn für den Mord an Keith Rothwell in einen langen Urlaub verschwunden. Er geht nicht ans Telefon, und die zwei Männer, die das Haus während der letzten Stunde observiert haben, haben nichts beobachtet, was darauf hindeutet, dass sein Haus bewohnt ist. Es gibt also keinen Grund zur Sorge.

Trotzdem war sie beunruhigt. Sie musste daran denken, wie Keith Rothwell in seinem Anzug in der Garage gekniet hatte und sein Kopf zu Brei explodiert war. Sie erinnerte sich an den zerknüllten Schnipsel aus dem Pornomagazin, an das zerrissene Bild eines Frauenkörpers, als hätte der Mörder einen geschmacklosen Witz machen wollen.

Und sie erinnerte sich daran, was Ken Blackstone ihr bei der improvisierten Besprechung im Victoria über Jameson erzählt hatte. Er war aus der Armee geworfen worden, weil er leichtfertig und alle Befehle missachtend in einen Hinterhalt gestürzt war, wobei zwei halbwüchsige Mädchen sowie ein mutmaßliches Mitglied der IRA getötet worden waren. Danach hatte er sich als Söldner durch Afrika und Südamerika treiben lassen. Zurück in der Heimat, hatte er dann in einem Pub einen Iren bewusstlos geschlagen, weil der Belfaster Akzent des Mannes seinen wunden Punkt traf. Seit der Verurteilung wegen schwerer Körperverletzung hatte er nicht viel getan, außer auf Baustellen zu arbeiten und möglicherweise gelegentlich einen Auftragsmord auszuführen – obwohl es dafür keine Beweise gab. Nach vier bestandenen Examen in Maschinenbau an der Universität von Birmingham hatte er sein Studium abgebrochen.

Während Susan die Straße entlangging, schaute sie sich um. Die Bridgeport Road war eine düstere Straße mit schmutzigen Reihenhäusern ohne Vorgärten. Von jedem Haus führten zwei schmale Stufen direkt auf den ausgetretenen Gehweg und der Asphaltbelag der Straße war in schlechtem Zustand. Sie wusste, dass jedes Haus auf der Rückseite einen kleinen, von einer Backsteinmauer umgebenen und mit Unkraut überwucherten Hinterhof mit einem Außenklo besaß. Jeder Häuserreihe stand eine identische Reihe auf der anderen Straßenseite gegenüber. Ein eigenartiger Geruch hing in der Luft, eine Mischung aus ungeklärtem Abwasser und Brauereimalz, glaubte Susan und rümpfte die Nase.

Vor ein paar Häusern hingen an hohen Stangen befestigte Wäscheleinen zum Trocknen. Aus einem Haus kam eine Frau mit einem Eimer und kniete sich auf den Gehweg, um ihre Eingangsstufen zu scheuern. Ohne großes Interesse schaute sie kurz hoch zu Susan und begann dann zu schrubben. Wenn Jameson wirklich unser Mann ist, dachte Susan, dann wird er sich wahrscheinlich nach einem etwas gehobeneren Wohnort umschauen wollen, nachdem er für eine Weile untergetaucht war.

In den ersten beiden Häusern war niemand zu Hause; die scheue Frau in Nummer 39 sagte, sie wisse von keinem Menschen in der Straße etwas, und das karibische Paar in Nummer 43 war gerade erst in die Gegend gezogen und kannte niemanden. Als sie mit dem Löwenkopf aus Messing gegen die Tür von Nummer 47, Jamesons Haus, klopfte, schlug Susans Herz schneller. Sie hatte das Gefühl, die ganze Straße könne ihr Herz und den Türklopfer in einem von den Mauern hallenden, gemeinsamen Rhythmus klopfen hören.

Dabei hatte sie vorher in Gedanken alles durchgespielt. Wenn der Mann mit dem Hundeblick die Tür öffnete, würde sie ihr Klemmbrett zur Hand nehmen und ihm erzählen, sie führe in der Nachbarschaft eine Marktforschungsanalyse über das Kaufverhalten der Anwohner durch. Wie oft suchen Sie den örtlichen Supermarkt auf?, würde sie ihn fragen. Unter keinen Umständen, hatte Banks ihr eingeschärft, solle sie das Haus betreten. Als wenn sie das tun würde! Schon ihre Mutter hatte immer gesagt, sie sei gar nicht so dumm, wie sie aussähe.

Aber das dumpfe Klopfen hallte nur in der Stille wider. Sie lauschte. Drinnen rührte sich nichts. In dem Haus war niemand, sagte ihr Gefühl. Sie beruhigte sich und ging weiter zu Nummer 49.

»Ja?« Eine alte Dame mit trockener, faltiger Haut öffnete die Tür, ohne die Kette zu entriegeln.

Obwohl sie sicher war, dass Jameson nicht zu Hause war, sprach Susan mit gedämpfter Stimme. Sie zeigte ihren Dienstausweis. »Detective Constable Susan Gay von der Polizei North Yorkshire. Ich würde mit Ihnen gerne über Ihren Nachbarn, Mr. Jameson, sprechen, wenn das möglich wäre.«

»Er ist nicht zu Hause.«

»Ich weiß. Haben Sie eine Ahnung, wo er ist?«

Das Gesicht musterte Susan eine Weile. Sie fühlte sich an ein Reptil erinnert; es kam ihr vor, als schauten aus den trockenen Hautfalten die Augenschlitze einer Eidechse hervor.

Der Tür ging zu, die Kette rasselte, dann wurde die Tür wieder geöffnet. »Kommen Sie herein«, sagte die Frau.

Susan gelangte direkt in ein kleines Wohnzimmer, das nach Mottenkugeln und Pfefferminztee roch. Alles war in dunklen Brauntönen gehalten: die Tapete, die Holzverkleidung des Kamins und die dreiteilige Sitzgarnitur. Im Kamin stand ein elektrischer Ofen mit nachgeahmten Kohlen, die von roten Glühbirnen erleuchtet wurden. Alle drei Brennelemente loderten. Draußen wehte zwar eine kühle Brise, aber es war immer noch frühlingshaft warm. Die Temperatur in dem Zimmer war drückend, schlimmer noch als in Pratts Büro. Als die Tür zuging, bekam Susan plötzlich Platzangst, obwohl sie in ihrem ganzen Leben noch nie unter Klaustrophobie gelitten hatte. An einer Messingschiene über der Tür hing ein brauner Vorhang, der mit einem zischenden Geräusch über den Boden strich, als die Tür geschlossen wurde.

»Was hat Arthur denn nun wieder angestellt?«, fragte die Frau.

»Würden Sie mir bitte zuerst Ihren Namen sagen?«

»Gardiner. Martha Gardiner. Was hat er angestellt? Hier, setzen Sie sich doch. Kann ich Ihnen eine Tasse Tee anbieten?«

Susan blieb vor der Tür stehen. »Nein, vielen Dank«, sagte sie. »Ich kann nicht lange bleiben. Es ist sehr wichtig, dass wir herausfinden, wo Mr. Jameson ist.«

»Er ist im Urlaub. Hat er etwas Unrechtes getan?«

»Warum fragen Sie mich das die ganze Zeit, Mrs. Gardiner? Würde Sie das überraschen?«

Die Frau lachte leise in sich hinein. »Mich überraschen? Heutzutage überrascht mich so gut wie gar nichts mehr, Mädchen. Besonders bei ihm nicht. Aber er ist ein recht anständiger Nachbar. Wenn mir mein Hexenschuss zu schaffen macht, geht er für mich einkaufen. Er passt auch auf mich auf, nur für den Fall, dass ich eines Tages tot umfalle. Bei uns alten Leuten geht das schneller, als man denkt.« Sie packte Susans Arm mit einer ihrer dürren Krallen und zischte in ihr Ohr. »Aber ich weiß, dass er im Gefängnis gewesen ist. Und einmal habe ich ihn mit einem Gewehr gesehen.«

»Mit einem Gewehr?«

»O ja. Einer Schrotflinte.« Sie ließ Susan los. »Ich kenne mich aus, ich weiß, was eine Schrotflinte ist, junge Dame. Mein Eric hatte eine, als wir noch auf dem Land gelebt haben, Gott hab ihn selig. Arthur denkt, ich wüsste nichts von der Flinte; doch durch das Fenster an der Rückseite habe ich einmal gesehen, wie er sie gereinigt hat. Aber er ist immer höflich zu mir. Ab und zu bringt er mir Milch vorbei, ohne jemals etwas zu verlangen. Es steht mir also nicht zu, über ihn zu urteilen. Wenn er gerne losgeht und auf Gottes unschuldige Kreaturen schießt, dann ist er nicht schlimmer als viele andere Gentlemen, nicht wahr? Enten, Moorhühner, was auch immer. Obwohl er behauptet, er wäre einer von diesen *Grünen*.«

»Wie lange ist es her, dass Sie ihn mit der Schrotflinte gesehen haben?«

»Kann ich nicht genau sagen. In meinem Alter gehen die Uhren anders. Vor ein paar Monaten vielleicht. Werden Sie ihn verhaften? Weswegen werden Sie ihn verhaften? Und wer geht dann für mich einkaufen?«

»Mrs. Gardiner, zuerst einmal müssen wir ihn finden. Haben Sie eine Ahnung, wo er ist?«

»Woher soll ich das wissen? Mir hat er nur gesagt, er macht Urlaub.«

»Im Ausland?«

Sie schnaubte. »Glaube ich nicht. Arthur hat für Ausländer nichts übrig. Sie sollten ihn schimpfen hören, wie es mit diesem Land den Bach runterginge, weil die Ausländer alle Jobs wegnähmen und ihre Sitten hier einführen würden. Nein, er ist nicht im Ausland; er hat gesagt, für den Rest seines Lebens hat er genug von Ausländern. Er hasst sie alle. ›Das Ausland beginnt in Calais, Mrs. Gardiner, denken Sie daran.‹ Seine Worte. Als müsste er mir das sagen. Mein Eric war im Krieg. In Burma. Danach war er nie wieder wie vorher. England den Engländern, hat Mr. Jameson immer gesagt, und ich kann nicht behaupten, dass ich anderer Meinung wäre.«

Susan verkniff sich einen Kommentar. »Und er hat Ihnen nur erzählt, dass er Urlaub machen will?«

»Genau, das hat er gesagt. Er fährt gerne durch die englische Landschaft. Auf jeden Fall hat er das früher gemacht. Einmal hat er mir eine Postkarte aus dem Lake District geschickt. Er hat mir alles Gute gewünscht und mich gebeten, auf sein Haus aufzupassen. Sie wissen schon, damit niemand einbricht. Das kommt heutzutage häufig vor.« Sie schnaubte erneut verächtlich. »Ausländer, wenn Sie mich fragen.«

»Hat er Ihnen einen Schlüssel dagelassen?«

Sie schüttelte den Kopf. »Er hat mich nur gebeten aufzupassen. Ein Auge auf die Fenster werfen, hin und wieder die Tür überprüfen und nachsehen, ob sie noch verschlossen ist.«

»Wann ist er abgereist?«

»Am späten Donnerstagnachmittag.«

»Wann haben Sie ihn zum letzten Mal gesehen?«

»Kurz bevor er weg ist. So um vier Uhr.«

»Ist er gefahren?«

»Ja, natürlich.«

»Was für einen Wagen fährt er?«

»Einen grauen.«

»Hat er seine Schrotflinte mitgenommen?«

»Ich habe sie nicht gesehen, aber es kann sein. Keine Ahnung. Ich könnte mir aber vorstellen, dass er im Urlaub ein paar Tiere schießen will.«

Hinter ihren Ohren und unter den Armen kitzelte Susan der Schweiß. Sie kriegte kaum noch Luft und würde es nicht mehr lange in Mrs. Gardiners Treibhausatmosphäre aushalten. Aber ein paar Dinge musste sie noch wissen.

»Welches Fabrikat hat der Wagen?«

»Es ist ein Ford Granada. Das weiß ich, weil er es mir erzählt hat, als er den Wagen gekauft hat.«

»Die Nummer kennen Sie wahrscheinlich nicht, oder?«

»Nein. Aber es ist ein neuer Wagen. Er hat ihn erst seit letztem Jahr.«

Dann hatte er also ein M auf der Zulassungsnummer, dachte Susan. »Wie war er angezogen?«, fragte sie.

»Angezogen? Ganz leger. Jeans. Ein kurzärmeliges Hemd.

Ein grünes, glaube ich. Oder ein blaues. Ich war schon immer etwas farbenblind. Und einen Anorak, rot oder orange, würde ich sagen.«

»Und er ist am Donnerstag gegen vier Uhr weggefahren?«

»Ja, wie gesagt.«

»War er allein?«

»Ja.«

»Haben Sie eine Ahnung, wohin er zuerst gefahren ist?«

»Das hat er nicht gesagt.«

Susan musste wissen, ob Jameson möglicherweise hin und wieder Freunde eingeladen hatte, aber wenn sie noch einen Augenblick länger in dem Haus blieb, würde sie ohnmächtig werden. Sie öffnete die Tür. Der angenehme, frische Luftzug machte sie fast schwindelig. Banks würde Mrs. Gardiner sowieso noch einmal befragen wollen. Sie würden eine offizielle Aussage brauchen. Alle anderen Fragen konnten warten. Im Moment hatten sie genug.

»Vielen Dank, Mrs. Gardiner«, sagte sie und zwängte sich durch die Tür. »Ich danke Ihnen vielmals. Es wird bald jemand vorbeikommen, um Ihre Aussage aufzunehmen.«

Und dann eilte sie mit klappernden Absätzen die Straße hinab in Richtung des Tesco-Parkplatzes an der Hauptstraße, wo Banks und die anderen in ihren Wagen warteten.

II

Der Schlosser brauchte lediglich fünfundvierzig Sekunden, um die Tür von Arthur Jamesons Haus für Banks und Blackstone zu öffnen. Da es nicht häufig vorkam, dass vier Kriminalbeamte und zwei Streifenwagen in der Bridgeport Road auftauchten, und da es trotz gelegentlicher Bewölkung ein recht angenehmer Tag geblieben war, hatten sich alle Anwohner, die gerade zu Hause waren, neugierig und tratschend vor ihren Türen versammelt. Sehr schnell war man allgemein der Meinung, dass Mr. Jameson ein Kinderbelästiger war, was wieder einmal zeigte, dass man niemals jemandem mit einem Hundeblick über den Weg trauen dürfte. Und, fügten manche hinzu, solche Dinge würden nicht passieren, wenn die Behörden diese Menschen für immer wegsperren oder ihnen Bromid unter ihre Cornflakes mischen oder, noch besser, sie kastrieren würden.

Wie in Mrs. Gardiners Haus führte Jamesons Eingangstür direkt in das Wohnzimmer. Aber im Gegensatz zur düsteren Einrichtung der Nummer 49 gab es in diesem Zimmer eine mit Klatschmohn gemusterte cremefarbene Tapete und Kornblumen, die sich um ein Gitter rankten. Nachdem Banks die Vorhänge geöffnet hatte, gab das Sonnenlicht der Wohnung eine recht freundliche Atmosphäre. Es roch ein bisschen muffig, aber das konnte man von einem Haus, das seit fast sechs Tagen unbewohnt war, nicht anders erwarten.

Ein Phantombild Jamesons sowie eine Beschreibung seines Wagens waren bereits an die Polizeistationen im ganzen Land gegangen. Die Nummer des Granadas hatten sie recht schnell über die zentrale Zulassungsstelle in Swansea ermittelt. Die Polizeibeamten waren gewarnt worden, sich ihm unter keinen Umständen zu nähern, sondern nur zu observieren und Bericht zu erstatten.

Hatchley und Susan nahmen gerade die Aussage der Nachbarin auf, die sie auf Susans Betreiben dazu überreden konnten, sie zum nächsten Polizeirevier zu begleiten. Tatsächlich war Mrs. Gardiner sogar ziemlich angetan davon, genau wie im Fernsehen gebeten zu werden, »mit aufs Revier zu kommen«. Mit einem majestätischen Gruß war sie draußen unter den aufmunternden Pfiffen und Rufen ihrer Nachbarn in den Wagen gestiegen. Die Dinge nahmen ihren Lauf.

Im Wohnzimmer nahmen Banks und Blackstone ein kleines Bücherregal in Augenschein, das mit Bänden über die Natur, das englische Kulturerbe und die Umwelt gefüllt war, Bücher über die Regenwälder, die Ozonschicht, den Walfang, über die Verschmutzung der Meere und das Erschlagen von Seehunden – das ganze grüne Spektrum. Jameson besaß ausgewählte Bände über Vögel, Blumen und die Tierwelt im Allgemeinen, darunter Gilbert Whites *Naturgeschichte von Selborne* und Kilverts Tagebücher. Außerdem entdeckten sie ein paar großformatige Bildbände über Schlösser und Gebäude unter Denkmalschutz.

Blackstone pfiff durch die Zähne. »Wahrscheinlich ist er auch Mitglied von Greenpeace und dem National Trust«, sagte er. »Das gibt Ärger, wenn wir den verhaften, Alan. Er liebt das britische Kulturerbe, hat was für kleine Pelztiere übrig und will die Seehunde retten. Warte nur ab, man wird ihn den ›grünen Mörder‹ nennen.«

Banks lachte. »Ja, wir haben es nicht oft mit Mördern zu tun, die ein soziales Gewissen haben«, sagte er. »Aber das sagt uns vielleicht auch, dass wir auf der richtigen Spur sind. Er liebt Tiere und Pflanzen, hat aber keine Achtung vor einem Menschenleben.« Unter dem Polster eines ramponierten Sessels zog er ein Pornomagazin hervor. »Ja, es sieht so aus, als hätten wir es hier mit einem echten Naturburschen zu tun.«

Nachdem sie mit dem Wohnzimmer fertig waren, gingen sie in die Küche. Alles war sauber, ordentlich und aufgeräumt. Das Geschirr war abgewaschen, abgetrocknet und weggeräumt, die Spüle und die Arbeitsflächen abgewischt worden. Das einzige Zeichen einer Nachlässigkeit war ein Stück Cheddar, der weit über das Verfallsdatum im Kühlschrank grün geworden war. Die sechs Dosen Tetleys Bitter in dem Fach darüber waren dagegen noch lange haltbar.

Als er in den Ofen schaute, musste Banks an eine Geschichte denken, die er in Toronto von Superintendent Gristhorpes Neffen gehört hatte. Ein Texaner hatte seine geladene Pistole im Ofen versteckt, als er seine Tochter und seinen Schwiegersohn in Kanada besuchte, weil die Waffengesetze in Kanada strenger waren als in den USA. Nach seiner Rückkehr hatte er sie vergessen, bis seine Frau eines Tages für ein Abendessen den Ofen anschaltete. Seitdem hatte er seine Pistole immer im Kühlschrank versteckt. Jamesons Schrotflinte befand sich weder im Ofen noch im Kühlschrank.

Das erste Zimmer war, abgesehen von ein paar Kartons, mit Haushaltsgeräten wie einem Wasserkocher, einem Teekocher und einem Radiowecker, praktisch leer. Die Sachen sahen zu alt und benutzt aus, um Diebesgut zu sein. Es handelte sich wohl eher um Geräte, die kaputtgegangen waren und zu deren Reparatur oder Entsorgung er nicht gekommen war. Außerdem standen ein Bügelbrett und ein gelber Wäscheeimer in dem Zimmer.

Das andere Zimmer, eindeutig das, in dem Jameson schlief, war unaufgeräumt, aber im Grunde sauber. Die Laken lagen durcheinander auf dem Bett, auf dem Boden vor dem Fenster lag ein Haufen Klamotten. Auf der Kommode gegenüber dem Bett stand ein kleiner Fernseher. In dem Schrank befanden sich nur Kleidung und Schuhe. Vielleicht würden die Techniker Dreckreste an den Sohlen der Schuhe finden, die nachwiesen, dass Jameson auf der Arkbeck Farm und in ihrer unmittelbaren Umgebung gewesen war. Schließlich hatten die Experten bei dem Wagen Erfolg gehabt. Die einzige Lektüre auf seinem Nachtschrank war ein Flugblatt der britischen Nationalpartei.

Über eine Luke in der Decke des Ganges gelangte man auf einen kleinen Dachboden. Banks stellte sich auf einen Stuhl und schaute sich um. Er sah nichts als Balken und Sparren, der Boden war nicht ausgebaut worden.

Als Nächstes öffneten sie den Spülkasten und die Verkleidung der Badewanne, aber Jameson hatte diese allseits bekannten Verstecke vermieden.

So blieb nur noch der Keller.

Banks hatte sich in Kellern, ja überhaupt allen unterirdischen Orten nie wohl gefühlt. Er rechnete immer damit, dort schaurige Entdeckungen zu machen; und als er noch in London gearbeitet hatte, war das auch oft der Fall gewesen. Es handelte sich meistens um dunkle, feuchte, schmutzige und übel riechende Orte, und dieser Keller war keine Ausnahme. Sobald sie die gewundenen Stufen hinabstiegen, packte sie die kalte Luft, und Banks konnte Schimmel und feuchten Kohlenstaub riechen. Dieser Geruch musste seit Jahren in diesem Gemäuer hängen, dachte er, denn der Keller war wie fast überall im Land eine rauchfreie Zone. Gott sei Dank gab es elektrisches Licht.

Als Erstes sahen sie ein in seine Einzelteile zerlegtes Fahrrad neben einer Werkbank und einigen Holzbrettern, die an der Mauer lehnten. Daneben hingen eine Gasmaske und ein Helm aus dem Zweiten Weltkrieg.

Dunkle, fleckige Backsteinmauern umgaben eine Reihe kleiner Räume, in denen früher die Kohlen gelagert worden waren. Jetzt standen sie leer. Das einzig Interessante war Jamesons Werkbank, die mit einem Schraubstock und teurem Werkzeug ausgestattet war. Auf der Bank lagen eine Schachtel Schrotkugeln und eine herausgerissene und zerknüllte Seite eines Magazins. Als Banks mit seinem Zeigefinger über die raue Holzoberfläche fuhr, konnte er durch den Latexhandschuh kleine Pulverkörnchen spüren. Er hob seinen Finger und schnüffelte. Schießpulver.

Unter der Werkbank befand sich eine Schublade, die Banks aufzog. Inmitten einer willkürlichen Ansammlung von Schrauben, Nägeln, Isolierband, Schmelzdraht und benutztem Sandpapier entdeckte er eine halb leere Schachtel Munition für eine 9-mm-Pistole.

»Okay, Ken«, sagte er. »Ich glaube, wir haben den Kerl, Greenpeace hin oder her. Es wird Zeit, die Spurensicherung zu rufen.«

III

Banks ließ sich von Blackstone nach Millgarth mitnehmen, wo Susan und Hatchley gerade Mrs. Gardiner nach Hause fahren wollten, bevor sie nach Eastvale zurückkehrten. Sie hatten von ihr keine weiteren Informationen erhalten, berichtete Hatchley, der abfahrbereit vor der Tür stand. Anscheinend war Jameson ein Einzelgänger. Er hatte keine regelmäßigen Besuche bekommen, weder männliche noch weibliche, und Mrs. Gardiner hatte niemanden gesehen, der der vagen Beschreibung seines Partners entsprach. Den Ergebnissen der Haus-zu-Haus-Befragung zufolge war der Mann auch von keinem anderen Nachbarn gesehen worden.

Banks erkundigte sich nach Pamela Jeffreys Zustand und erhielt die Auskunft, dass es ihr etwas besser ginge, sie sich aber immer noch auf der Intensivstation befände.

Mein Gott, dachte Banks, als er gegenüber Blackstone Platz nahm, das war ein langer Tag. Er fühlte sich ausgelaugt, besonders angesichts seiner Dummheit der vergangenen Nacht, die jetzt Lichtjahre weit weg zu sein schien. Er schaute auf seine Uhr: zehn vor sechs. Er wollte nach Hause fahren, wusste aber, dass er es heute Abend nicht mehr schaffen würde, wenn sich in den nächsten Stunden etwas entwickelte. Immerhin konnte er ins Hotel zurückgehen und ein langes Bad nehmen, Sandra anrufen, Klassikradio hören und Jamesons Armeebericht sowie den seines Bewährungshelfers lesen, während er wartete. Wenn sich bis ungefähr acht Uhr nichts ereignete, würde er sich vielleicht noch auf den Weg nach Eastvale machen.

Er steckte die Berichte in seine Tasche und entschied sich erneut dafür, zu Fuß zurück ins Hotel zu gehen. Es war die Stunde zwischen der abendlichen Rushhour und der Ausgehzeit. Das Stadtzentrum war praktisch menschenleer, die Geschäfte hatten geschlossen, die Angestellten waren nach Hause gegangen, und nur in den wenigen Cafés und Restaurants, die in den Arkaden und Fußgängerzonen an der Vicar Lane und dem Briggate noch geöffnet waren, saßen ein paar Leute. Die Sonne hatte letztlich den tagelangen Kampf gegen die Wolken gewonnen, die staubigen Straßen und Gehwege waren in ein goldenes Licht getaucht, der Regen der letzten Nacht war nur noch eine schwache Erinnerung. Die Abendsonne warf schwarze Schatten, die langsam an den Fassaden der Gebäude emporkrochen; die Strahlen spiegelten sich hart in den Schaufenstern und glitzerten auf den Quarzkörnern in den Steinen.

Im Hotel holte er seine Jacke ab, die er zum Nähen abgegeben hatte, bevor er ins Vic gegangen war. Es gab eine Nachricht für ihn: »Bitte kommen Sie ins Zimmer 408, sobald Sie zurück sind. Sie werden dort einige nützliche Informationen erhalten.« Die Nachricht war nicht unterzeichnet.

Seltsam. Informanten gingen normalerweise nicht so vor.

Auf jeden Fall stiegen sie nicht in Hotelzimmern ab, um ihre Informationen weiterzugeben.

»Wer wohnt in Zimmer 408?«, fragte Banks und schlüpfte in seine Jacke. Nach der obligatorischen Weigerung seitens des Hotelangestellten, eine solche Auskunft zu geben, und dem Zücken eines Dienstausweises seitens Banks, stellte sich heraus, dass der Bewohner des besagten Zimmers ein Mr. Wilson war. Wirklich sehr seltsam. Das war ein sehr geläufiger Name, aber auf Anhieb konnte sich Banks an keinen Mr. Wilson erinnern.

Er war versucht, die Nachricht zu ignorieren und sich seinen Vorhaben zu widmen, aber wie immer gewann seine Neugier die Oberhand.

Als der Aufzug in der vierten Etage hielt, steckte er erst seinen Kopf durch die Tür, um zu schauen, ob jemand auf dem Flur war. Er war leer. Banks folgte dem Pfeil zu Zimmer 408, holte tief Luft und klopfte an. Er erwog, vorsichtshalber zur Seite zu treten, dachte dann aber, dass nur in Hollywoodfilmen Löcher durch Hoteltüren geschossen wurden. Trotzdem ertappte er sich dabei, ein Stückchen wegzurücken, damit er durch den Spion in der Tür nicht gesehen werden konnte.

Ruckartig sprang die Tür auf. Banks spannte sich an, dann atmete er erleichtert auf. Vor ihm stand Dirty Dick Burgess.

»Sie schon wieder? Was ist denn jetzt, verdammt noch mal?«, fragte Banks aufgebracht. Aber bevor er das Zimmer betreten konnte, hatte Burgess seine Lederjacke angezogen und packte ihn am Ellbogen.

»Wird aber auch Zeit, Banks«, sagte er. »Ich habe die Schnauze voll davon, hier oben in der Bude zu hocken. Es hat sich was getan. Kommen Sie, lassen Sie uns was trinken gehen.«

VIERZEHN

I

Trotz Burgess' Einwand, dass es voll mit Handelsreisenden und gastierenden Rugbyteams sein würde, bestand Banks darauf, im Wig and Pen, der Holiday-Inn-Version eines traditionellen englischen Pubs, etwas zu trinken. Der Grund dafür war, dass sein Wagen in der Nähe stand und er immer noch die Hoffnung hatte, am Abend zurück nach Eastvale fahren zu können. Und wie sich herausstellte, schien Burgess von dem Lokal ganz angetan zu sein.

Mit einem Pint McEwans saß er Banks am Tisch gegenüber, zündete sich eine Tom Thumb an und schaute sich in dem ruhigen Pub um. »Nicht übel«, sagte er und klopfte seine Zigarre auf den Rand des Aschenbechers. »Wirklich nicht übel. Diese Lokale mit Balken an der Decke und Bettpfannen an der Wand habe ich nie gemocht.«

»Bettwärmer«, verbesserte Banks ihn,

»Wie auch immer. Aber was halten Sie denn von den beiden da drüben als mögliche Bettwärmer? Glauben Sie, die stehen auf uns?«

Banks schaute hinüber und sah zwei attraktive Frauen Ende zwanzig oder Anfang dreißig, die, ihrer Kleidung nach zu urteilen, nach ihrem Arbeitstag in einem der Bürogebäude in der Wellington Street kurz auf einen Drink vorbeigekommen waren. Es bestand kein Zweifel daran, dass die mit dem kurzen schwarzen Haar und den wohlgeformten Beinen Burgess schöne Augen machte und ihrer Freundin etwas ins Ohr flüsterte.

»Ich glaube, die stehen auf uns«, sagte Burgess.

»Haben Sie nicht gesagt, dass sich etwas getan hat?«

»Was? Ach so, ja.« Burgess wandte seinen Blick von den Frauen ab, beugte sich vor und senkte die Stimme. »Zunächst einmal ist das Betrugsdezernat der Meinung, in Daniel Cleggs Büchern und Akten definitive Beweise gefunden zu haben, dass Clegg und Rothwell für Martin Churchill Geld gewaschen haben.«

»Das kann kaum als große Neuigkeit betrachtet werden«, entgegnete Banks. »Das war ja bereits unsere Arbeitshypothese.«

»Ja, aber jetzt ist es mehr als eine Hypothese, oder? Man musste erst die Jungs vom Betrugsdezernat ranlassen, so langweilige kleine Wichser das auch sind, und die haben die Sache von allen Seiten aufgerollt.«

»Haben Sie eine Ahnung, warum Churchill ein paar Provinzheinis wie Rothwell und Clegg damit beauftragt hat?«

»Gute Frage«, sagte Burgess. »Aber zufälligerweise weiß ich die Antwort. Daniel Clegg und Martin Churchill waren zusammen in Cambrigde, beide haben dort Jura studiert. So einfach ist das. Die alten Seilschaften. Ich schätze, die beiden haben sofort voneinander geahnt, dass sie Gauner sind.«

»Sind Sie über die Jahre in Kontakt geblieben?«

»Offensichtlich. Denken Sie daran, Clegg ist Steueranwalt. Er hat St. Corona seit Jahren als Steuerexil für seine Mandanten benutzt. Da war es wohl nur natürlich, dass Churchill auf ihn gekommen ist, als er fachmännische Hilfe brauchte. Der Geldwäsche kann man von fast überall nachgehen. Für Baby Doc hat ein schweizerischer Anwalt gearbeitet und er hat viele Geschäfte in Kanada abgewickelt. Die Ein- oder Ausfuhr des Geldes kann in normalem Reisegepäck durch Kuriere über Heathrow oder Gatwick erfolgen. Oder man tauscht es in Wechselstuben, lässt es sich überweisen, wie auch immer. Die Regierungen ergreifen zwar restriktivere Maßnahmen, aber das sind alles nur Tropfen auf den heißen Stein. Wenn man weiß, wie es läuft, ist es eine einfache Sache, und ein Anwalt für Steuerrecht und ein Finanzberater, die was von Buchhaltung verstehen, wissen ganz bestimmt, wie es funktioniert.«

»Aus welchem Grund hat Clegg Rothwell als Partner ausgewählt?«

»Woher soll ich das wissen? Sie können von mir nicht erwarten, dass ich Ihren Job erledige, Banks. Aber auf jeden Fall haben sie sich irgendwie gekannt. Clegg muss gewusst haben, dass Rothwell ein außerordentlich fähiger Finanzberater war und sich nicht besonders darum scherte, woher das Geld stammte. Ein Gauner erkennt den anderen, wie man so schön sagt.«

Burgess schaute erneut hinüber zu den beiden Frauen, die sich eine neue Runde Drinks geholt hatten, und lächelte sie an. Die Schwarzhaarige schlug ihre Beine übereinander und lächelte schüchtern zurück. Die andere legte eine Hand vor den Mund und kicherte.

»Ich glaube, heute ist mein Glückstag«, sagte Burgess, schlug in die Hände und verstreute Zigarrenasche über seinem Bauch. Er hatte die nervtötende Angewohnheit, eine Ewigkeit still dazusitzen und dann eine plötzliche, ruckartige Bewegung zu machen. »Eines muss ich dem Norden lassen«, fuhr er fort, »ihr habt ein paar verdammt einladende Frauen hier oben. *Verdammt* einladend. Hören Sie, warum holen Sie uns nicht noch ein paar Pints und ich erzähle Ihnen noch etwas, das Sie interessieren wird? Und denken Sie daran, ich nehme ein Lager und nicht dieses beschissene Ale.«

Banks ließ es sich durch den Kopf gehen. Zwei Pints. Doch, damit konnte er noch nach Eastvale zurückfahren, sollte er die Möglichkeit dazu haben. »In Ordnung«, sagte er und ging zur Bar.

»Okay«, sagte Burgess nach seinem ersten Schluck. »Diese zwei Männer, der Weiße und der Schwarze, die Sie verfolgt haben, Sie wissen schon, oder?«

Banks zündete sich eine Zigarette an. »Was ist mit ihnen? Wissen Sie, wer die beiden sind?«

»Ich muss zugeben, dass ich bei unserem letzten Treffen nicht ganz ehrlich zu Ihnen war.«

»Wann sind Sie das jemals gewesen?«

»Das ist ungerecht.«

»Sie haben also gewusst, wer die beiden sind, als wir das letzte Mal miteinander gesprochen haben?«

»Vermutet. Jetzt haben wir die Bestätigung bekommen. Es sind Mickey Lanois und Gregory Jackson, zwei von Churchills Topleuten. Sie sind letzten Freitag in Heathrow angekommen. So wie es aussieht, hat Churchill Clegg gebeten, Rothwell loszuwerden, und nachdem er es getan hatte, ist er mit einer Menge Geld abgehauen, weil er sich wahrscheinlich ausgerechnet hat, dass er als Nächster dran ist. Churchill hat von Cleggs Flucht ziemlich schnell erfahren und seine Schläger zur Schadensbegrenzung losgeschickt. Wissen Sie, was Ihre Lieblingsfolter ist, Banks?«

Banks schüttelte den Kopf. Er wollte es nicht wissen, aber er wusste, dass Burgess es ihm trotzdem erzählen würde.

»Sie nehmen ein paar von diesen kleinen Glasröhrchen, in denen Ärzte Flüssigkeiten aufbewahren. Wie nennt man die, Ampullen, oder? Auf jeden Fall ist das richtig dünnes Glas. Und sie stopfen dem Opfer diese Ampullen in den

Mund, und zwar eine Menge Ampullen. Dann kleben sie den Mund mit Klebeband fest zu und schlagen ihm ein bisschen ins Gesicht. Oder ihr. Churchill hat sich das ausgedacht. Er schaut gerne dabei zu. Stellen Sie sich das mal vor.«

Banks stellte es sich vor, schluckte und spürte, wie sich seine Kehle zusammenzog. »Das hat man Sie bestimmt bei Scotland Yard ausprobieren lassen, oder?«, wollte er wissen.

Burgess lachte. »Nein, noch nicht. Es laufen immer noch Tests in Belfast. Egal, Hauptsache, wir wissen, wer die beiden sind.«

»Nein, das ist ganz und gar nicht die Hauptsache«, entgegnete Banks. »Die Hauptsache wäre es, zu wissen, wo die beiden jetzt sind und was Sie gegen sie unternehmen werden.«

Burgess schüttelte den Kopf. »Das ist eine völlig andere Sache. Wir reden hier über internationale Politik, über politisch empfindliche Angelegenheiten. Es liegt nicht mehr in Ihren Händen, Banks. Akzeptieren Sie das. Sie müssen nur wissen, dass uns bekannt ist, wer die beiden sind, und dass wir sie im Auge behalten.«

»Hören Sie mir auf mit diesem politisch empfindlichen Scheiß«, fuhr Banks empört auf und drückte seine Zigarette so heftig aus, dass die Funken aus dem Aschenbecher sprühten. »Diese beiden Männer haben hier vor wenigen Tagen eine Frau fast umgebracht. Erst erzählen Sie mir, dass diese Typen den Leuten gerne Glasampullen in den Mund stopfen, und dann wollen Sie, dass ich Ihnen vertraue, weil Sie die Typen ›im Auge behalten‹. Das ist absoluter Schwachsinn!«

Burgess seufzte. »Irgendwie habe ich gewusst, dass Sie Schwierigkeiten machen würden, Banks. Ich habe es einfach gewusst. Können Sie es nicht sein lassen? Die beiden werden nicht unbehelligt bleiben, keine Sorge.«

»Wissen Sie, wo die beiden jetzt sind?«

»Sie werden nicht unbehelligt bleiben«, wiederholte Burgess.

Banks trank einen Schluck Bier und unterdrückte seine Wut. Irgendetwas in Burgess' Ton deutete darauf hin, dass er noch etwas in petto hatte. »Was wollen Sie mir außerdem erzählen?«, fragte er.

»Dass wir sie kriegen werden. Oder jemand anderer. Aber das wird ruhig ablaufen, ohne Aufhebens, ohne Öffentlichkeit.«

Banks dachte einen Augenblick nach. Er traute Burgess immer noch nicht. »Kann ich mit ihnen reden?«, fragte er und merkte, dass er mit zusammengebissenen Zähnen sprach und immer noch versuchte, seine Wut im Zaum zu halten.

Burgess kniff die Augen zusammen. »Das hat Sie mitgenommen, wie? Was die beiden mit dem Mädchen angestellt haben. Ich habe Fotos von ihr gesehen, davor und danach. Scheußlich. Hübsche, dunkelhäutige Puppe, fast kaffeebraun; die hat wahrscheinlich eine Menge von diesen Kamasutra-Tricks auf Lager. Genau Ihr Typ.«

Banks spürte, wie sich seine Hand um das Bierglas klammerte. Warum musste er sich das immer von Burgess gefallen lassen? Der Scheißkerl hatte ein Talent dafür, genau seinen wunden Punkt zu treffen. Jedes Mal das Gleiche. »Ich wäre nur gerne dabei, wenn Sie die beiden verhören, das ist alles«, sagte er ruhig.

Burgess zuckte mit den Achseln. »Kein Problem. Wenn es sich machen lässt, werde ich es arrangieren. Ich sage nur, keine Publicity bei der Churchill-Angelegenheit, okay? Wenn Ihre liberal-humanistischen Ansichten diese Sache versauen, dann stecken Sie tief in der Scheiße, Banks, und zwar ganz tief.«

»Was ist mit der Presse?«

»Mit der kann man klarkommen. Haben Sie mal darüber nachgedacht, dass für jeden Skandal, über den Sie lesen, tausend andere unter den Tisch fallen? Glauben Sie etwa, die gesamte Presse sei links? Seien Sie nicht so verdammt naiv!«

»Ach, hören Sie doch auf! Sie können vielleicht ein paar Münder zukleben, aber selbst Sie können nichts dagegen unternehmen, dass sich ein paar sensationsgeile Journalisten auf diese Sache stürzen werden wie Fliegen auf die Scheiße.«

Burgess zuckte erneut mit den Achseln. »Vielleicht werden sie hören, dass Churchill bei einem Staatsstreich getötet wurde. Vielleicht werden sie sogar die Leiche zu sehen bekommen.«

»Vielleicht wäre es wirklich für jeden das Beste, wenn er bei einem Staatsstreich umkäme. Das wäre für alle wesentlich weniger peinlich.«

Burgess saß für einen Moment schweigend mit seinem Glas in der Hand da. »Und vielleicht hat er eine Lebensversicherung«, sagte er dann langsam.

»Ich nehme an, das werden Sie genau wissen. Dann kann man nur noch hoffen, dass es auf St. Corona einen guten plastischen Chirurgen gibt.«

»Ich schlage Ihnen vor«, sagte Burgess, »wir lassen die Sache auf sich beruhen. Ich will nur von Ihnen, dass Sie mir versprechen, der Presse nichts über Churchills Rolle in diesem Fall zu erzählen.«

Banks zündete sich eine Zigarette an. Was konnte er schon tun? Wenn Burgess die Wahrheit erzählte, würden Mickey Lanois und Gregory Jackson gefasst und für ihre

Verbrechen bestraft werden. Damit konnte er leben. Und damit musste er leben. So, wie die Sache aussah, hatte Burgess sicherlich bessere Möglichkeiten, sie zu fassen als er selbst. Vielleicht waren sie bereits inhaftiert.

Mit etwas Glück würden außerdem Arthur Jameson und sein Komplize für den Mord an Keith Rothwell zur Rechenschaft gezogen werden. Aber sagte Burgess die ganze Wahrheit? Banks hatte keine Ahnung. Er wusste nur, dass er dem Kerl nicht vertrauen konnte. Das klang alles zu einfach. Aber welche Wahl hatte er?

»In Ordnung«, sagte er.

Burgess langte herüber und tätschelte seinen Arm. »Gut«, sagte er. »Gut. Ich wusste, ich kann mich darauf verlassen, dass Sie denn Mund halten, wenn es darauf ankommt.«

Banks zog seinen Arm weg. »Treiben Sie es nicht zu weit! Und wenn ich herausfinde, dass Sie mich diesmal wieder verarscht haben, ist mein Versprechen null und nichtig, verstanden?«

Burgess hob seine Hände in gespielter Kapitulation. »Okay, okay.«

»Da ist noch etwas.«

»Was denn?«

»Rothwells Mörder. Lanois und Jackson haben es nicht getan.«

Burgess schüttelte den Kopf. »Interessiert mich nicht. Der Mord ist nicht meine Sache.«

»Und was passiert, wenn wir Jameson fassen?«

»Jameson?«

»Arthur Jameson. Einer von Rothwells Mördern.«

»Interessiert mich nicht die Bohne. Das ist Ihre Sache. Es ist unwahrscheinlich, dass dieser Jameson, wer immer das ist, etwas über Churchills Rolle in der Angelegenheit weiß. Er war wahrscheinlich nur ein von Clegg angeheuerter Mörder und Clegg ist praktischerweise mit einem Haufen Bargeld verschwunden.«

»Haben Sie eine Ahnung wohin?«

Burgess schüttelte den Kopf und fuchtelte dann mit erhobenem Zeigefinger vor Banks herum. »Aber eines kann ich Ihnen sagen. Wo auch immer er sein mag, lange wird er dort nicht unbehelligt bleiben. Churchill hat ein Gedächtnis wie ein Elefant, die Reichweite einer Giraffe und die Beharrlichkeit eines Pitbulls. Er hat nicht umsonst ein ganzes Land geschröpft. Dazu braucht man ein besonderes Talent. Unterschätzen Sie den Mann nicht, nur weil er ein Schlächter ist.«

»Also schreiben wir Clegg ab?«

»Ich glaube, er hat sich bereits selbst abgeschrieben, als er mit Churchill ein falsches Spiel getrieben hat.«

»Und Jameson?«

»*Falls* er vor Gericht kommt und *falls* er redet – dahinter stehen übrigens große Fragezeichen –, dann kann er nur sagen, dass Clegg ihn angeheuert hat, um Rothwell umzubringen. Ich bezweifle, dass Clegg ihm den Grund dafür verraten hat. Er mag zwar ein unehrlicher Anwalt sein, aber ich bin mir sicher, er kennt trotzdem den Wert der Vertraulichkeit. Er wird bestimmt nicht gewollt haben, dass sein Auftragsmörder genau weiß, um wie viel Geld es ging, oder? Das hätte auch ihn verwundbar gemacht. Wie auch immer, ich vertraue darauf, dass Sie genug Beweismaterial haben werden, um diesen Jameson strafrechtlich zu verfolgen, wenn es soweit ist. Wenn nicht, können wir vielleicht ein paar Beweise für Sie fabrizieren. Ich tue immer gerne einen Gefallen.« Er hob seine Hände. »War nur ein Witz.«

Burgess schaute wieder hinüber zu den beiden Frauen, die sich noch eine Runde neuer Drinks geholt hatten und jetzt schon ein bisschen beschwipst lachten. »Hören Sie«, sagte er, »wenn ich nicht bald die Initiative ergreife, sind die beiden hinüber. Sind Sie sicher, dass Sie nicht mitkommen wollen? Es wird bestimmt lustig und Ihre Frau muss ja nichts davon erfahren.«

»Nein«, sagte Banks. »Nein, danke. Ich fahre nach Hause.«

»Wie Sie meinen.« Burgess streckte seine Schultern und zog seinen Bauch ein. »Hauptsache, es kommt etwas Schwung in so einen jämmerlichen Abend in Leeds«, sagte er. »Tja, dann will ich's mal anpacken.« Und dann stolzierte er lächelnd und mit seinem Pint in der Hand hinüber zum Tisch der beiden. Banks sah, wie sie Platz für ihn machten, schüttelte den Kopf, trank aus und ging.

II

»Um Himmels willen, was ist denn mit dir passiert?«, wollte Sandra wissen, als er gegen zehn Uhr am Abend das Wohnzimmer betrat.

»Ich hatte eine kleine Meinungsverschiedenheit mit ein paar Möchtegernräubern«, antwortete Banks. »Keine Sorge, mir fehlt nichts.« Und dabei beließ er es. Sandra hob ihre dunklen Augenbrauen, stellte aber keine weiteren Fragen. Er wusste, dass sie das nicht tun würde. Sie war nicht der bemutternde Typ und sie zeigte nie übermäßiges Mitleid, wenn er sich eine Grippe zugezogen hatte oder über eine schlimme Erkältung klagte.

Banks ging hinüber zur Hausbar und schenkte sich ein ordentliches Glas Laphroaig Single Malt Whisky ein. Sandra sagte, sie hätte einen Drambuie mitgebracht. Ein gutes Zeichen. Dann legte er seine neue CD mit Aram Chatschaturjans Klavierkonzert ein und ließ sich aufs Sofa fallen.

Während er der Musik lauschte, betrachtete er Sandras gerahmte Fotografie auf dem Kaminsims. Ein dunstiger Sonnenuntergang in Hawes, von der Talseite über der Stadt aufgenommen, in gedämpften Grau- und Orangetönen mit ein paar schmalen zinnoberroten Streifen. Der ungewöhnliche Kirchturm, quadratisch mit einem kleinen Mauertürmchen an der einen Seite, überragte die grauen Schindeldächer; aus manchen Schornsteinen quoll Rauch. Banks nippte an dem torfigen Malt Whisky und fuhr mit der Zunge über seine Lippen.

Sandra saß neben ihm. »Woran denkst du?«, fragte sie.

Banks erzählte ihr von seinem Treffen mit Dirty Dick Burgess. »Irgendwie werde ich nie ganz schlau aus ihm«, sagte er. »Ich weiß nicht genau, was er diesmal im Schilde führt, aber ich kann nichts anderes tun, als abwarten. Das ist wirklich alles, was wir im Moment tun können: abwarten.«

»Schicksal.«

»Außerdem habe ich auf der Rückfahrt über die Rothwells nachgedacht. Wie kann ein Mann fern von seiner Familie ein vollkommen anderes Leben führen, unter einem anderen Namen?«

»Ist das der Fall gewesen?«

»Ja.« Banks berichtete von Robert Calvert und seiner Wohnung in Leeds, seiner Vorliebe für das Glücksspiel, Frauen und Tanzen. »Und Pamela Jeffreys war sich völlig sicher, dass er nicht verheiratet war. Sie sagte, wenn er verheiratet gewesen wäre, hätte sie es gemerkt.«

»Tatsächlich? Wer ist denn Pamela Jeffreys?«

»Sie war seine Freundin. Spielt keine Rolle.«

Sandra nippte nachdenklich an ihrem Drink. »Für zwei Menschen, die nach außen hin zusammenleben, ist es wahrscheinlich weniger schwierig, als man meint, zwei völlig getrennte Leben zu führen, von denen der jeweils andere nichts weiß. Mein Gott, so viele Paare haben sich dermaßen auseinander gelebt, dass sie nicht einmal mehr miteinander reden.«

Banks spürte, wie sich seine Brust zusammenzog. »Sprichst du von uns?«, fragte er und musste daran denken, was Ken Blackstone über *seine* Ehe gesagt hatte.

»Glaubst du, dass es bei uns so ist?«

»Ich weiß es nicht.«

Sandra zuckte mit den Achseln. »Ich weiß es auch nicht. Es war nur eine Bemerkung. Aber es stimmt, da gibt es Parallelen. So selten, wie wir uns sehen oder miteinander reden, Alan, könnten wir beide auch Doppelleben führen. Meistens sehen wir uns nur noch zwischen Tür und Angel. Seien wir ehrlich, du könntest die meiste Zeit sonst etwas treiben. Woher sollte ich davon wissen?«

»Die meiste Zeit arbeite ich.«

»Genau wie dieser Rothwell?«

»Das ist etwas anderes. Er war häufig unterwegs.«

»Und die letzten Nächte? Du hast nicht angerufen, oder?«

Banks beugte sich vor. »Ich bitte dich! Ich habe es versucht. Du warst nicht zu Hause.«

»Du hättest etwas auf den Anrufbeantworter sprechen können.«

»Du weißt, dass ich das hasse. Außerdem wusstest du ja, wo ich war. Du hättest mich ohne Probleme kontrollieren können. Und es kommt äußerst selten vor, dass ich für eine Nacht oder länger weg bin.«

»Ein Doppelleben muss nicht unbedingt in der Nacht stattfinden.«

»Das ist doch lächerlich.«

»Findest du? Wahrscheinlich. Ich will auch nur sagen, dass wir nicht genug miteinander reden, um es zu wissen.«

Banks ließ sich wieder an die Sofalehne fallen und nippte

an seinem Whisky. »Das stimmt wohl«, sagte er. »Aber ist das mein Fehler? Früher bist du offenbar immer sehr gut damit klargekommen, wenn ich weg war. Du hattest mehr Verständnis für meinen Beruf als die meisten Frauen von Polizisten, die ich kennen gelernt habe.«

»Ich weiß nicht«, sagte Sandra. »Vielleicht hat es bei uns nur länger gedauert, bis das Problem zutage trat. Vielleicht ist es aber nur schlimmer geworden, weil ich jetzt auch oft beschäftigt bin.«

Er legte seinen Arm um sie. »Ich weiß auch nicht, was mit uns in letzter Zeit passiert ist«, sagte er, »aber vielleicht könnten wir ja ein paar Tage verreisen, wenn diese Sache vorbei ist.«

Er spürte, wie sich Sandra neben ihm steif machte. »Das sind doch bloß Versprechungen«, sagte sie. »Das sagst du schon seit Jahren.«

»Wirklich?«

»Das weißt du genau. Seit wir nach Eastvale gezogen sind, haben wir keinen Urlaub mehr gemacht.«

»Jetzt mach mal halb lang. Mir steht noch etwas Urlaub zu, vielleicht überrasche ich dich ja diesmal.«

»Was glaubst du, wie lange der Fall noch dauern wird?«

»Schwer zu sagen.«

»Da haben wir es.«

Er streichelte ihre Schulter. »Versprich mir, dass du es dir überlegst.«

»Das werde ich. Tracy kommt am Sonntag zurück.«

»Ich weiß.«

»Freust du dich nicht, sie zu sehen? Wirst du überhaupt mitkommen, um sie vom Flughafen abzuholen?«

»Natürlich.«

Sandra entspannte sich ein wenig und rückte näher an ihn heran. Ein sehr gutes Zeichen. Der Drambuie zeigte Wirkung. »Das solltest du auch«, sagte sie. »Sie hat vorhin angerufen und lässt dir liebe Grüße ausrichten.«

»Wie geht es ihr?«

Sandra lachte. »Ganz so wie *Ein Jahr in der Provence* ist es anscheinend nicht, aber es gefällt ihr. Ihr ist noch kein John Thaw über den Weg gelaufen.«

»Wer?«

»John Thaw. Der Schauspieler, der in *Ein Jahr in der Provence* mitgespielt hat. Mir hat er als Morse besser gefallen.«

»Als wer?«

Sie stieß ihm den Ellbogen in die Seite. »Du weißt ganz genau, von wem ich spreche. Dir hat Morse auch gefallen. John Thaw hat vor Jahren auch in *The Sweeney* mitgespielt, und als wir noch in London wohnten, hast du die Serie immer angeschaut. Weißt du noch, damals, als du noch ein Macho warst? Bist du mit ihm nicht sogar einmal etwas trinken gegangen?«

»Was soll das heißen, ›damals‹?« Banks spannte seinen Bizeps an.

Sandra lachte und rückte näher. »Kein Streit«, sagte sie. »Bitte nicht. Wo wir uns so lange nicht gesehen haben.«

»Ich will auch keinen Streit«, sagte Banks.

»Ich glaube, wir müssen einfach ein paar Probleme lösen. Wir müssen mehr miteinander reden.«

»Das werden wir. Frieden?« Er drückte sie an sich.

»Mmmh. Na gut.«

»Ich muss noch im Revier anrufen und fragen, ob sich etwas Neues ergeben hat«, sagte er.

Aber er rührte sich nicht. Er fühlte sich momentan einfach zu wohl. Seine Glieder waren angenehm schwer und müde und die Wärme des Malt Whiskys strömte durch seine Adern. Der langsame zweite Satz des Klavierkonzerts begann auf eindringliche, fast sinnliche Weise. Als in der

Kadenz die neue Tonart einsetzte, lief ihm ein Schauer über den Rücken. Das war vielleicht ein billiger Effekt, aber wenn man gerade in der richtigen Stimmung war, konnte er sehr wirkungsvoll sein.

Banks trank sein Glas aus und stellte es auf den Tisch neben dem Sofa. Sandra legte ihren Kopf an seine Brust. Eindeutig ein gutes Zeichen. »Erinnerst du dich an diesen blöden Film, den wir vor einer Weile im Fernsehen gesehen haben?«, fragte er. »Der, wo das Paar Sex hat, während sie Ravels *Bolero* hören?«

»Ja. Er heißt *10 – Die Traumfrau*, mit Dudley Moore und Bo Derek. Und wirklich zugehört haben sie nicht, glaube ich. Sie haben es eher als Hintergrundmusik benutzt.«

»Ich habe den *Bolero* nie gemocht. Das Stück ist zu mechanisch und geordnet. Für meinen Geschmack ist es zu vorhersehbar. Zu diesem Stück von Chatschaturjan kann man viel besser Sex machen, finde ich. Wesentlich besser. Es ist abwechslungsreicher. Man weiß nie, was als Nächstes passiert. Am Anfang ist es langsam und verträumt und dann steigert es sich unversehens.«

»Hört sich gut an. Schon mal probiert?«

»Nein.«

Sandra hob ihren Kopf, bis ihre Lippen nur wenige Zentimeter von seinen entfernt waren. Er strich eine Haarsträhne von ihrer Wange und legte seine Finger auf ihre kühle Haut. »Ich dachte, du musst auf dem Revier anrufen«, sagte sie.

»Später«, entgegnete er und streichelte ihre Wange. »Später. Sind die Vorhänge zu?«

III

Langeweile. Die wird einem bei den Bewerbungsgesprächen verschwiegen, dachte Constable Grant Everett, als er das Fenster des Streifenwagens herunterkurbelte und sich eine Zigarette anzündete. Sein Partner, Constable Barry Miller, hatte nichts gegen das Rauchen. Er war zwar selbst kein Raucher, aber er hatte Verständnis dafür, dass sich Grant hin und wieder eine ansteckte, besonders in einer so ruhigen Nacht wie dieser.

Sie standen auf einem Rastplatz zwischen Princes Risborough und High Wycombe. Im Rückspiegel konnte Grant den schwachen Lichtstreifen der nächsten Stadt im Süden sehen, während im Norden nur vereinzelte Lichter von verstreuten Bauernhöfen und Häusern aufblinkten. Um sie herum breitete sich die dunkle, wellige Landschaft der Chilterns aus. An einem schönen Tag war es eine reizvolle Gegend, besonders wenn im Frühling die Hyazinthen und Kirschbäume blühten. Im Dunkeln erschien sie jedoch irgendwie düster und unwirtlich.

Eine leichte Brise wirbelte den Rauch aus dem Wagen. Grant nahm einen tiefen Zug. Es hatte gerade erst aufgehört zu regnen, und er liebte es, wie sich der Geruch des Regens mit dem Tabak zu vermischen schien und die Zigarette noch besser schmeckte. In solchen Momenten wusste er, warum er trotz aller Gesundheitswarnungen rauchte. Wenn er sich allerdings nach einem Abend im Pub mit viel zu vielen Zigaretten am nächsten Morgen eine halbe Stunde lang die Seele aus dem Leib hustete, wusste er es nicht mehr.

Neben ihm mampfte Barry einen Marsriegel. Grant musste lächeln. Bei einer Größe von einem Meter fünfundachtzig und hundert Kilo Gewicht haute sich der Blödmann noch

Schokoladenriegel rein. Aber was soll's, dachte Grant und zog wieder an seiner Zigarette. Jedem das Seine.

Grant war müde und die Zigarette hielt ihn wach. Er hatte sich nie an den Schichtdienst gewöhnen können, sein Biorhythmus oder was auch immer kam nicht damit zurecht. Wenn er sich morgens ins Bett legte, während die Nachbarskinder zur Schule gingen, der Postbote seine Runden drehte und jeder andere auf dem Weg zur Arbeit war, konnte er nie einschlafen. Besonders dann nicht, wenn die Sonne schien. Janet versuchte zwar ihr Bestes, so leise wie möglich durchs Haus zu schleichen, doch Sarah, gerade erst sechs Monate alt, schrie, weil sie gefüttert werden wollte oder weil ihre Windel voll war. Aber die Rechnungen mussten eben bezahlt werden ... Gott, bloß nicht weiter daran denken. Wenigstens kam er durch den Job für eine Weile aus dem Haus und konnte so lange die Probleme vergessen.

Ein Lastwagen rumpelte vorbei. Grant schnippte den Stummel seiner Zigarette aus dem Fenster und hörte ihn zischend in eine Pfütze fallen. Hin und wieder drangen Stimmen durch das Knistern des Polizeifunks, aber die Meldungen waren nicht für sie bestimmt.

»Anschnallen und abhauen?«, fragte Barry. Er zerknüllte die Verpackung seines Marsriegels und steckte sie in seine Tasche. Immer korrekt, der Kerl, dachte Grant mit einem liebevollen Lächeln. Barry wollte sich nicht einmal eine kleine Umweltverschmutzung zuschulden kommen lassen.

»Von mir aus.« Grant griff nach seinem Gurt. In diesem Moment hörten sie quietschende Reifen auf dem nassen Asphalt. »Was ist denn das für ein Scheiß?«

Ein in nördlicher Richtung fahrender Wagen kam mit erhöhter Geschwindigkeit in der Kurve ins Schleudern und fing sich dann wieder.

»Sollen wir?«, meinte Barry.

»Mit Vergnügen.«

Grant liebte es, wenn das Blaulicht rotierte und die Sirene heulte. Als er Gas gab, wurde er erst von der Schubkraft in den Sitz gedrückt; dann hatte er das Gefühl, abzuheben und auf wundersame Weise von den Beschränkungen der Straße befreit zu sein, und zwar nicht nur von den Verkehrsregeln, sondern auch von den Naturgesetzen. Manchmal hatte Grant wirklich das Gefühl, dass sie abhoben und die Räder den Kontakt zum Boden verloren.

Aber in diesem Fall entwickelte sich keine Verfolgungsjagd; es war schon vorbei, bevor es richtig begann. Der Wagen war ungefähr zweihundert Meter vor ihnen, als dem Fahrer klar wurde, dass sie es ernst meinten. Als sie näher kamen, bremste er und spritzte beim Halten am Straßenrand Wasser auf. Sein Nummernschild war zu verdreckt, um lesbar zu sein.

Grant hielt hinter ihm an, und Barry stieg aus und näherte sich dem Wagen.

Wahrscheinlich ist es keine große Sache, dachte Grant, als er die frische Nachtluft durch das offene Fenster roch. Vielleicht ein Betrunkener, vielleicht standen noch ein paar Strafzettel offen. Immerhin vertrieb dieser Vorfall für ein paar Minuten die Langeweile.

Ganz deutlich konnte er hören, wie Barry den Fahrer bat, den Motor auszuschalten und ihm Führerschein und Fahrzeugpapiere zu zeigen. Der Fahrer kam der Aufforderung nach. Barry kontrollierte die Papiere und gab sie ihm zurück. Als Nächstes fragte er den Mann, ob er getrunken habe. Grant konnte die Antwort des Mannes nicht verstehen, aber sie schien Barry zufrieden zu stellen. Grant wusste, dass er darauf achten würde, ob der Fahrer eine Fahne hatte oder unartikuliert sprach.

Danach fragte Barry den Mann, wo er gewesen sei und

wo er hinwolle. Grant meinte zu hören, dass der Mann Princes Risborough erwähnte.

Keine anderen Wagen fuhren vorbei. Die Nacht war ruhig und Grant konnte den Geruch von Buchenblättern und Kirschholz in der feuchten Luft wahrnehmen. Er glaubte, in der Ferne leise Kühe zu hören und noch weiter weg eine Nachtigall.

Dann bat Barry den Mann, auszusteigen und sein Nummernschild zu säubern. Grant hörte, wie er geduldig erklärte, dass es ein Vergehen sei, mit einem Nummernschild, das »nicht mühelos erkennbar ist«, zu fahren, und musste über die gestelzte Lehrbuchphrase lächeln. Aber dieses Mal würde der Mann mit einer Verwarnung davonkommen. Barry schien mit seinem Verhalten zufrieden zu sein.

Der Mann stieg wieder in seinen Wagen, und Grant hörte, dass Barry in sein Handfunkgerät sprach.

»465 an Zentrale.«

»465 kommen.«

»Zehn neun, Kraftfahrzeugüberprüfung, bitte.«

Die Stimmen knisterten unnatürlich durch die nächtliche Landluft.

»Geben Sie die Nummer durch.«

»Mike, vier, drei, sieben, Tango Zulu Delta.«

»Bleiben Sie dran.«

Grant wusste, dass es drei oder vier Minuten dauern würde, bis die Kollegin in der Zentrale die Nummer am Computer überprüft hatte. Wenn dann alles in Ordnung war, könnten sie weiterfahren.

Barry und der Fahrer schienen sich ganz freundschaftlich zu unterhalten, während sie warteten. Grant schaute auf das frisch geputzte Nummernschild und griff träge nach dem Papier neben ihm, dass ihnen nach der Einsatzbesprechung im Revier ausgehändigt worden war. Irgendetwas kam ihm an der Nummer bekannt vor, etwas, an das er sich erinnern sollte.

Er ging mit seinem Finger die Liste der gestohlenen Autos durch. Nein, da war sie nicht dabei. An diese Nummern konnte er sich auch gar nicht erinnern, es waren einfach zu viele. Es musste sich um etwas Wichtigeres handeln, vielleicht um einen Wagen, der bei einem Einbruch benutzt worden war. Dann fand er die Nummer: M437 TZD, grauer Granada.

Plötzlich war ihm kalt. Der Besitzer wurde im Zusammenhang mit einem Mord in North Yorkshire gesucht. Möglicherweise bewaffnet und gefährlich. Scheiße. Mit einem Mal kam es ihm so vor, als würde Barry eine Ewigkeit da draußen brauchen.

Eine Reihe von Gedanken schossen durch Grants Kopf. Als Erstes bedauerte er, dass man hier nicht nach der amerikanischen Methode verfuhr. Den Kerl aus dem Wagen holen, Hände aufs Dach, Beine auseinander, abtasten. »Nimm Position ein, verdammt!« Warum tat man immer noch so, als würde man in einer friedlichen Gesellschaft leben, in welcher der Wachtmeister Freund und Helfer ist? Gott, wie sich Grant wünschte, eine Waffe zu haben.

Sollte er hinausgehen und versuchen, Barry mit einer Ausrede zurück in den Wagen zu lotsen? Er könnte sagen, dass sie einen Notruf erhalten hatten. Würde er es schaffen, zu gehen ohne zu stolpern und zu sprechen ohne zu stottern? Seine Beine fühlten sich wie Wackelpudding an und seine Kehle war zugeschnürt. Er fühlte sich so ohnmächtig. Er konnte nur hoffen, dass die Kollegin in der Zentrale Barrys Dilemma verstand und dem Kerl einen Freifahrtschein ausstellte. Den Informationen auf der Liste zufolge, wusste der Mann, Arthur Jameson, nicht einmal, dass er gesucht wurde.

Aus dem Funkgerät ertönte wieder ein Knistern.

»Zentrale an 465.«

»Kommen, over.«

»Äh ... Mike, vier, drei, sieben, Tango Zulu Delta ... Nicht als gestohlen gemeldet. Äh ... Benötigen Sie weitere Informationen zum Fahrzeughalter? Over.«

»Positiv.«

Knistern. Grant saß angespannt und mit einer Hand am Türgriff auf seinem Sitz. Das waren zu viele Pausen.

»Fahrzeughalter ist Arthur Jameson, Bridgeport Avenue 47, Leeds. Äh ... ist der Halter bei Ihnen? Over.«

»Positiv. Gibt es ein Problem?«

Sie vermasselte es, spürte Grant. Irgendjemand, wahrscheinlich der Superintendent, stand hinter ihr und versuchte ihr dabei zu helfen, dass sie in aller Ruhe dafür sorgte, dass Barry zurück zum Wagen ging und der Fahrer weiterfuhr. Aber sie war nervös und unsicher. Das dauerte alles zu lange, und wenn der Verdächtige nicht bald merkte, dass etwas nicht stimmte, dann war er ein Idiot.

»Nicht als gestohlen gemeldet.«

»Das haben Sie mir bereits durchgegeben, Schätzchen«, sagte Barry. »Stimmt irgendetwas nicht?«

»Entschuldigen Sie ... äh ... 465 ... bleiben Sie dran.«

Grant zog am Türgriff. Jetzt reichte es. Er würde nicht sitzen bleiben und seinen Partner im Stich lassen, der bei der Einsatzbesprechung wahrscheinlich gepennt hatte und dem die Nummer anscheinend nicht das Geringste sagte.

Aber bevor er die Tür halb geöffnet hatte, sah er Barry, den Kerl von einem Meter fünfundachtzig und hundert Kilo, auf die nasse Straße fallen, eine Hand am Hals, aus dem eine Blutfontäne schoss und sich im hohen Bogen auf den Boden ergoss. Dann hörte er die Schüsse, zwei dumpfe Knalle, die durch die dunkle Landschaft hallten.

Mit dem rechten Fuß schon auf der Straße und dem linken noch im Wagen, zögerte Grant einen Augenblick. Das war ein Fehler. Sein letzter Gedanke war, dass es so verflucht ungerecht und sinnlos und erbärmlich war, auf diese Weise am Straßenrand unweit High Wycombes zu sterben. Dann zerschmetterte eine Kugel die Windschutzscheibe und traf ihn genau im Gesicht und verteilte Blut, Zähne und Knochenfragmente über den ganzen Wagen. Kurz darauf raste der Granada mit aufheulendem Motor in die Nacht, und in der leeren Stille, die der Wagen zurückließ, sang erneut die Nachtigall.

FÜNFZEHN

I

Der Himmel war eine einzige schiefergraue Fläche, nur hier und dort trieb ein kühler Wind schmutzige Schleierwolken über die bewaldeten Berghänge. Wie Überreste der nächtlichen Dunkelheit versammelten sich lärmende Krähen in den Bäumen am Straßenrand. Selbst das Grün der dichten Buchenwälder sah schwarz aus.

Banks und Sergeant Hatchley, die mit halsbrecherischer Geschwindigkeit von Eastvale die Nacht durchgefahren waren, standen schweigend vor dem Streifenwagen mit der zerschmetterten Windschutzscheibe. Ungefähr zwei Meter davor war der Umriss der Leiche auf den Asphalt gezeichnet, neben dem dunkles Blut in seichten Pfützen auf der Straßendecke geronnen war. Und nicht weit davon entfernt ging Detective Superintendent Jarrell von der Thames Valley Polizei in seinem schäbigen, ihm um die Beine flatternden beigen Trenchcoat nervös auf und ab.

Die Straße war abgeriegelt worden; mehrere Streifenwagen, deren Blaulichter wie wahnsinnige Leuchttürme rotierten, schützten den Tatort, an dem die Spurensicherung noch arbeitete. Der örtliche Verkehr war umgeleitet worden.

»Da hat jemand Mist gebaut«, knurrte Jarrell. Seitdem sie aus Banks' Cortina gestiegen und zu ihm gegangen waren, starrte er die beiden Männer aus Yorkshire zornig an. »Gewaltigen Mist.«

Jarrell suchte verzweifelt nach jemandem, dem er die Schuld in die Schuhe schieben konnte, und es ärgerte ihn maßlos, dass sie, auch wenn er sich auf den Kopf stellte, auf seinen eigenen Schultern lastete. Die zwei Constables mochten den Fehler gemacht haben, sich bei der Besprechung die Nummer des Granadas nicht eingeprägt zu haben, und die Beamtin in der Zentrale hatte die Sache eindeutig vermasselt, aber wie in allen hierarchischen Strukturen trug auch bei der Polizei der Vorgesetzte die Verantwortung, wenn ein Untergebener einen schweren Fehler machte. Man gibt nicht dem einfachen Soldaten die Schuld, man gibt dem General die Schuld, und dann wird von oben nach unten *jedem* in den Arsch getreten.

Banks wusste, dass Ken Blackstone in West Yorkshire völlig korrekt verfahren war, als er ein Foto, eine Beschreibung und Einzelheiten zu Arthur Jameson an alle Abteilungen herausgegeben hatte. Und der Punkt, den er am meisten hervorgehoben hatte, lautete: »Möglicherweise bewaffnet. Nur observieren. UNTER KEINEN UMSTÄNDEN VERSUCHEN FESTZUNEHMEN.«

Jarrell hatte eines dieser unseligen Gesichter, dessen einzelne Züge nicht miteinander harmonisierten. Lange Nase, kleine Knopfaugen, buschige Augenbrauen, ein schmaler Schlitz von einem Mund, vorstehende Wangenknochen, fliehendes Kinn, fleckige Haut. Doch irgendwie löste es sich nicht in einem totalen Durcheinander auf; der Mann besaß eine tiefer liegende Einheit, die wie ein Magnetfeld alles zusammenhielt.

»Gibt es Neuigkeiten über den verletzten Beamten, Sir?«, fragte Banks.

»Was? Ach so.« Jarrell hörte einen Moment auf, hin und

her zu rennen, und blieb vor Banks stehen. Er hatte eine aufrechte, militärische Haltung. Plötzlich schien die Wut aus ihm zu weichen wie Luft aus einem Reifen. »Miller war sofort tot, wie Sie wissen.« Er deutete mit dem Arm auf den Umriss und den ihn umgebenden, befleckten Asphalt, als würde er auf ein Füllhorn zeigen. »Er hat hier mehr als drei Liter Blut verloren. Everett hält noch durch. Geradeso. Die Kugel drang durch seine Oberlippe ein, genau unter der Nase, und ist anscheinend durch Knorpel und Knochen abgebremst oder abgelenkt worden. Auf jeden Fall konnte sie das Gehirn nicht ernsthaft schädigen. Der Arzt meint, er hätte eine gute Chance. Der verdammte Idiot.«

»Entschuldigen Sie, wenn ich das sage, Sir«, sagte Banks, »aber es sieht so aus, als wären die beiden in eine Situation geraten, mit der sie nicht umgehen konnten. Wir hatten keinen Grund zur Annahme, dass Jameson wusste, dass wir ihm auf der Spur waren. Wir hatten außerdem keinen Grund zur Annahme, dass er blindlings um sich schießt. Wir suchen ihn wegen eines Auftragsmords, den er kaltblütig ausgeführt hat. Er muss in Panik geraten sein. Ich weiß, dass uns das jetzt nicht weiterhilft, Sir, aber die Männer waren unerfahren. Sie waren wahrscheinlich fast nur in der Verkehrsüberwachung eingesetzt, nicht wahr?«

Jarrell fuhr sich mit einer Hand durch sein Haar. »Sie haben natürlich Recht. Die beiden haben ihn wegen einer routinemäßigen Verkehrskontrolle angehalten. Als Miller die Fahrzeugnummer durchgab, rief die Beamtin in der Zentrale den Dienst habenden Vorgesetzten. Er hat versucht, sie zu beruhigen, aber ... Verdammt, sie ist neu im Dienst. Sie hatte Angst. Es war nicht ihr Fehler.«

Banks nickte und rieb seine Augen. Neben ihm schien Hatchleys Blick auf den blutigen Asphalt fixiert zu sein. Als Banks um zwei Uhr in der Nacht den Anruf erhalten hatte –

seit Tagen seine erste Nacht zu Hause –, hatte er erst daran gedacht, Susan Gay mitzunehmen, dann aber ohne jegliche Böswilligkeit – und wenn, dann mit liebevoller Böswilligkeit – entschieden, dass es für Sergeant Hatchley Zeit war, sich die Füße nass zu machen. Er wusste, wie sehr Hatchley seinen Schlaf liebte. Folglich hatten sie auf dem Weg kaum gesprochen. Banks hatte Mitsuko Uchidas Liveaufnahmen von Mozarts Klaviersonaten gespielt und Hatchley hatte anscheinend zufrieden auf dem Beifahrersitz gedöst und gelegentlich geschnarcht.

Banks wusste, dass die meisten Chief Inspectors nicht selbst gefahren wären, aber er hatte seinen eigenen Wagen benutzt, den alten Cortina, der nicht mehr hergestellt wurde und fast schon eine Art Oldtimer war. Und außerdem fuhr er nun einmal gerne selbst.

»Genug gesehen?«, fragte Jarrell.

»Ich glaube ja.«

»Ich auch. Gehen wir.«

Jarrell fuhr sie die Straße hinunter. »Ob Sie es glauben oder nicht«, sagte er, »aber unter den richtigen Umständen ist das hier eine sehr schöne Gegend.«

Ungefähr einen Kilometer weiter in Richtung Princes Risborough bog Jarrell nach links auf einen matschigen Ackerweg und holperte weiter, bis sie zu einem Gatter auf der rechten Seite kamen, vor dem er anhielt. Eine mit Weißdorn durchzogene Hecke verdeckte die Sicht auf die Wiese und ihren Zaun. Auf der nächsten Wiese muhten Kühe.

Das Gatter stand offen, und als Banks und Hatchley Jarrell auf die Wiese folgten, versanken beide fast bis zu den Knöcheln im Matsch. Zu spät wurde Banks klar, dass er nicht die richtige Ausrüstung mitgenommen hatte. Seine Gummistiefel lagen wie immer im Kofferraum seines Wagens. Wie die meisten Polizisten legte er Wert auf sauber polierte Schuhe, die jetzt mit Schlamm und, bedachte man die vielen Kühe, wahrscheinlich Schlimmerem verdreckt waren. Er fluchte und Jarrell lachte. Hatchley hielt sich am Gatterpfosten fest und versuchte, seine Schuhe an den Grasbüscheln abzuwischen. Banks schaute auf die matschige, mit Kuhfladen gesprenkelte Wiese und ging einfach weiter. Die Schuhe würden sowieso nur gleich wieder schmutzig werden.

Auf der Wiese untersuchte eine Gruppe Männer in weißen Overalls und schwarzen Gummistiefeln einen im Matsch stecken gebliebenen Wagen, dessen Türen offen standen. In der Luft lag der scharfe Geruch von Kuhdung.

Einer der Männer hatte auf einen Stein vor der Hecke ein Kofferradio gestellt, es lief das regionale Frühstücksmagazin, in dem gerade ein Oldie gespielt wurde: Cilla Black sang *Anyone Who Had A Heart*. Einer der Beamten der Spurensicherung sang bei der Arbeit mit. Die Kühe muhten noch lauter und zeigten damit einen bemerkenswert guten Geschmack, fand Banks. Sie waren nicht weit weg, sondern lagen in Gruppen über das ganze Feld verteilt. Wenn Kühe sich hinlegten, bedeutete es Regen, hatte seine Mutter immer gesagt. Aber es hatte bereits geregnet. Hieß das, sie lagen schon seit Stunden in der gleichen Position? Oder hieß es, dass es erneut regnen würde?

Er ließ die Bauernregeln Bauernregeln sein und schaute sich stattdessen den verlassenen Granada an, dessen untere Karosserie mit Schlamm und Kuhdung überzogen war. Der Wagen war erst vor einer Stunde gefunden worden, sagte Jarrell. Zu der Zeit waren Banks und Hatchley noch unterwegs gewesen.

»Was gefunden?«, rief Jarrell zum Spurensicherungsteam herüber.

Einer der Männer in Weiß schüttelte den Kopf. »Nichts,

außer dem üblichen Müll, Sir«, sagte er. »Verpackungen von Süßigkeiten, alte Straßenkarten, solche Sachen. Er muss alles Wertvolle oder Nützliche mitgenommen haben. Von Waffen keine Spur.«

Jarrell wandte sich knurrend ab.

»Er wird kaum seine Waffen im Wagen gelassen haben, oder?«, meinte Banks. »Jetzt ist er ja offiziell auf der Flucht. Wahrscheinlich hatte er einen Rucksack oder so etwas im Wagen. Hören Sie, Sir, Sie kennen sich in der Gegend besser aus als ich. Wohin würden Sie an seiner Stelle gehen?«

Als suchte er nach Inspiration, schaute Jarrell einen Moment hoch zum finsteren Himmel und rieb sich dann mit dem Zeigefinger den inneren Winkel seines rechten Auges. »Er hat ein paar Möglichkeiten«, antwortete er. »Entweder geht er unverzüglich in die nächste Stadt, fährt von dort nach London und nimmt das erste Schiff oder Flugzeug außer Landes. Oder er taucht einfach unter.« Er zeigte auf die Hügel. »Wenn man weiß, wie man sich durchschlägt, kann man sich dort eine ganze Weile verstecken.«

»Dann decken wir besser beide Möglichkeiten ab«, sagte Banks. »Er war in der Armee, es könnte also sein, dass er Überlebenstraining gehabt hat. Und wenn er nach London geht, wird er wahrscheinlich jemanden kennen, der ihm weiterhilft.«

»Aber egal, was er tut, zuerst wird er wahrscheinlich querfeldein gehen müssen«, sagte Jarrell. »Er wird clever genug sein, zu wissen, dass es zu riskant wäre, einen Wagen zu stehlen oder an der Straße entlangzugehen.« Er schaute auf seine Uhr. »Die Schießerei ereignete sich gegen halb eins. Jetzt ist es halb sieben. Er hat also sechs Stunden Vorsprung.«

»Wie weit kann er Ihrer Meinung nach gekommen sein?«

»In diesem Gelände und bei diesen Bedingungen wird er

ungefähr fünf Kilometer in der Stunde schaffen«, fuhr Jarrell fort. »Vielleicht ein bisschen weniger.«

»Wo befindet sich der nächste Bahnhof?«

»Das ist das Problem«, sagte Jarrell langsam. »Wir sind hier nicht weit vom Londoner Einzugsgebiet. Ganz in der Nähe liegen Princes Risborough, Saunderton und High Wycombe an der Chiltern-Strecke. Wenn er nach Osten geht, kann er in Tring, Berkhamsted oder Hemel Hemstead in einen der Züge steigen, die aus Northampton kommen. Und wenn er nach Amersham geht, kann er sogar die U-Bahn benutzen. Zu unserem Pech gibt es hier in der Gegend haufenweise Zugverbindungen nach London und die Züge fahren alle früh los.«

»Nehmen wir einmal an, er hat ungefähr fünfundzwanzig Kilometer geschafft«, sagte Banks. »Was wäre das günstigste Ziel für ihn?«

»Wahrscheinlich die Chiltern-Strecke. Da verkehren eine Menge Züge und man hat eine gute Verbindung zur U-Bahn. Er könnte mittlerweile schon in London sein.«

Sie gingen zurück zum Wagen. »Eines kann ich Ihnen versichern«, meinte Banks. »Wo auch immer er ist, seine Schuhe werden verdammt dreckig sein.«

II

Wenn. Wenn. Wenn. Als Banks ungefähr eine Stunde später Superintendent Jarrell in das von Jameson gemietete Cottage folgte, begannen alle seine Gedanken mit einem *Wenn. Wenn* Everett und Miller Jameson gestern Nacht nicht angehalten hätten. *Wenn* Jameson nicht in Panik geraten wäre und die beiden erschossen hätte. *Wenn.*

Im Idealfall hätten sie Jamesons Spur durch einen Kontrollabschnitt oder eine eingekreiste Adresse in einem Reiseführer bis zu diesem Cottage verfolgt. Wenn sie sicher gewesen wären, dass er drinnen war, hätten sie in aller Ruhe das Haus umstellt und ihn dann, vielleicht wenn er gerade hinaus zu seinem Wagen gegangen wäre, verhaftet, ohne dass ein Schuss abgegeben worden wäre. Denn er hätte nichts geahnt. Das war der springende Punkt: Er hätte nicht gewusst, dass sie hinter ihm her waren. Jetzt lagen die Dinge allerdings anders. Jetzt war er ein gefährlicher Mann auf der Flucht.

Wie sich herausstellte, wurde die Tatsache, dass Jameson über einen Makler in Aylesbury ein Cottage östlich von Prince Risborough gemietet hatte, entdeckt, kurz nachdem das Büro um halb neun an diesem Donnerstagmorgen öffnete. Polizisten hatten das Foto von Jameson herumgezeigt und in jedem Maklerbüro, Hotel und in jeder Pension in Buckinghamshire die gleichen Fragen gestellt, und die beiden Constables, denen der Makler in Aylesbury zugeteilt worden war, hatten einfach zufällig Glück gehabt. So wie Everett und Miller Pech gehabt hatten. Schicksal. So spielte das Leben.

Jameson war kurzerhand von Leeds aus in den Urlaub aufgebrochen. Als Naturfreund war er aufs Land gefahren. Warum in die Chilterns? Das wussten die Götter. Es hätten genauso gut die Cotswolds oder die Malverns sein können, vermutete Banks.

Dem Makler zufolge hatte der Mann eines Nachmittags vorbeigeschaut und sich nach Miethäusern in der Gegend erkundigt. Er hatte bar im Voraus gezahlt und war eingezogen. Es gab keinen Grund zur Täuschung oder Heimlichtuerei. Arthur Jameson musste sich vor nichts und niemandem fürchten. Auf jeden Fall hätte er sich vor nichts fürchten müssen, wäre da nicht seine Schwäche für Pornografie, ein flüchtiger Kontakt mit Daniel Cleggs Exfrau Melissa und Sergeant Hatchleys Netzwerk von Informanten gewesen. Was den Papierschnipsel in der Patrone anbelangte, so war Jameson entweder unvorsichtig gewesen oder er hatte es für einen Spaß gehalten. Was wirklich der Fall war, wussten sie noch nicht. Während der letzten Jahre war bei keiner anderen Straftat ein solches Markenzeichen registriert worden.

Letzte Nacht war er wahrscheinlich zum Essen nach High Wycombe gefahren, hatte sich Zeit für Nachtisch und Kaffee gelassen und vielleicht seinen neu gewonnenen Reichtum mit einem doppelten Cognac gefeiert, war dann zurück in sein gemietetes Cottage gefahren und hatte dabei die Kurve etwas zu schnell genommen.

Das Cottage lag ziemlich abgelegen. Es stand direkt an einem gewundenen, ungefähr drei Kilometer langen Feldweg gegenüber einem kleinen, fast kreisrunden Hügel. Nach etwa einem Kilometer kam ein weiteres Bauernhaus, dann schlängelte sich der Weg zurück zur Hauptstraße.

Den Schlammspuren auf dem Boden nach zu erteilen war Jameson nach den Schüssen hier gewesen. Vielleicht etwas riskant, aber das Cottage war nicht weit von seinem zurückgelassenen Wagen entfernt. In der Küche weichte das Geschirr des gestrigen Mittagessens in kaltem Wasser ein, die Arbeitsfläche war mit Brotkrumen, Käserinde und kleinen, gelb gewordenen Brokkoliblüten übersät.

Im Wohnzimmer hatte Jameson den Inhalt seines Koffers verstreut, auf dem Tisch lagen eine Reihe regionaler Naturführer sowie ein Pornomagazin. Hatchley nahm das Magazin und blätterte es schnell durch, wobei er die Mittelfalte neigte, um einen besseren Blick zu erhalten. Dann folgten sie alle den Schlammspuren nach oben.

Auf dem Boden des Kleiderschranks, kaum verborgen

durch die Decken, unter denen es Jameson offensichtlich verstecken wollte, lagen eine in ein öliges Tuch gewickelte Schrotflinte Kaliber 12 und eine kleine Segeltuchtasche. Vorsichtig beugte sich Banks nach vorn und öffnete die Klappe der Tasche mit der Spitze eines Kugelschreibers. Sie war leer, aber auf dem Boden neben den Decken lagen ein paar gebrauchte Zehnpfundscheine. Banks stellte sich vor, wie der gejagte Mann hastig die Scheine in seine Taschen gestopft hatte, bis sie voll waren, und der Rest auf den Boden fiel. Die Schrotflinte war ihm offensichtlich zu groß und zu unhandlich gewesen, um sie mitzunehmen, aber er war noch mit der Pistole bewaffnet.

Banks zeigte auf die Flinte und die Tasche. »Können wir dieses Zeug in unser Labor bringen?«, fragte er Jarrell. »Die Schrotflinte ist wahrscheinlich ein Beweisstück in einem Mordfall.«

Jarrell nickte. »Kein Problem.«

Während Hatchley sich bückte, um die Flinte aufzuheben, und darauf achtete, nur den Öllappen anzufassen, und Banks nach der Segeltuchtasche griff, knisterte eine Nachricht für Jarrell durch sein Sprechfunkgerät.

»Jarrell hier. Over.«

»Zentrale, Sir. Der Verdächtige, Arthur Jameson, ist um neun Uhr dreiundfünfzig auf dem Bahnhof in Aylesbury gesichtet worden. Der Verdächtige hat eine Fahrkarte nach London gekauft. Steht jetzt auf dem Bahnsteig. Die Beamten vor Ort erwarten Anweisungen. Over.«

»Hat er sie gesehen?«

»Sie sagen nein, Sir.«

»Sie sollen in sicherer Entfernung bleiben.« Jarrell schaute auf seine Uhr. »Wann fährt der nächste Zug?«, fragte er.

»Zehn Uhr zwölf, Sir.«

»Welche Strecke?«

»Über Amersham nach Marylebone, London.«

»Danke. Bleiben Sie dran.« Jarrell wandte sich an Banks und Hatchely. »Wir können den Zug in Great Missenden oder in Amersham erwischen, wenn Sie wollen«, sagte er.

Banks schaute erst Hatchley an, dann wieder Jarrell.

»Warum nicht?«, sagte er. »Gehen wir.«

III

Um zehn Uhr zweiunddreißig bestiegen Banks und Hatchley in Amersham getrennt voneinander den Zug. Da sie sich in seinem Zuständigkeitsbereich befanden, hatte Superintendent Jarrell nur widerwillig zugestimmt, zurückzubleiben und seinen Teil der Operation vom Revier aus zu koordinieren.

Weder Banks noch Hatchley sahen an diesem Morgen wie Polizisten aus. Nachdem er von dem Anruf mitten in der Nacht geweckt worden war, hatte Banks eine Jeans, ein helles Baumwollhemd und ein hellbraunes Sportjackett angezogen. Darüber hatte er seinen Columbo-Trenchcoat geworfen. Obwohl er sich bemüht hatte, mit einem feuchten Lappen den Matsch von seinen Schuhen zu wischen, waren sie noch dreckig.

Sergeant Hatchley trug seinen glänzenden blauen Anzug, ein weißes Hemd, aber keine Krawatte. Er sah aus, als hätte man ihn rückwärts durch eine Hecke gezogen, aber das war nicht ungewöhnlich.

Von den Beamten der Bahnhofspolizei, die Jameson entdeckt hatten, war ihnen gesagt worden, dass der Verdächtige, wenn man von einem Dreitagebart absah, noch immer seinem Foto glich. Er sah wie ein Wanderer aus. Er trug graue Hosen aus einem leichten Material, die an den Knöcheln in seine Wanderstiefel gesteckt waren, ein grünes, am Hals offenes Hemd und einen orangefarbenen Anorak. Nett von ihm, dachte Banks, sich so anzuziehen, dass man ihn leicht ausmachen konnte. Außerdem hatte er einen schweren Rucksack dabei, in dem sich unter anderem zweifellos seine Pistole und das Geld befanden.

Rumpelnd verließ der Zug den Bahnhof. Banks ergatterte einen Platz neben einer jungen Frau, die ihn kurz anlächelte, als er sich hinsetzte, und sich dann wieder ihrem Computermagazin widmete. Banks hatte seine ramponierte braune Aktentasche dabei, die vor allem seine Taschenbuchausgabe von Waughs *Mit Glanz und Gloria* und seinen Walkman enthielt. Er schlug das Buch bei dem Lesezeichen auf und begann zu lesen, schaute aber immer wieder zu dem Mann in dem grünen kurzärmeligen Hemd, der vier Reihen vor ihm auf der linken Seite saß. Der Rucksack und der orange Anorak lagen im Gepäcknetz über ihm.

Das Rumpeln des Zuges war beruhigend, aber Banks konnte nichts gegen seine Anspannung tun. Den Walkman ließ er in der Tasche, denn er war zu abgelenkt, um Musik zu hören.

Sie könnten Jameson wahrscheinlich auch auf der Stelle festnehmen, dachte er. Er und Jim Hatchley. Sie könnten sich ihm ruhig von hinten nähern, wie Passagiere, die zur Toilette wollten, und jeder einen Arm greifen. Die Pistole war mit Sicherheit im Rucksack auf dem Gepäcknetz.

Aber es war das Risiko nicht wert. Es könnte etwas schief gehen. Jameson könnte das gesamte Abteil als Geisel nehmen. Man durfte gar nicht daran denken. Dieser Weg war sicherer und würde mit etwas Geduld, Geschick und Glück zum Erfolg führen.

Banks und Hatchley waren allein deshalb in den Zug gestiegen, um Jameson im Auge zu behalten. Auf dem Revier hatte Superintendent Jarrell mit Scotland Yard telefoniert, und es war ihm versprochen worden, dass in Marylebone eine Reihe Zivilbeamter, unter die Leute gemischt, warten würden. Diese Männer waren Fachleute in der Observation und würden Jameson unbemerkt verfolgen, bis er sein endgültiges Ziel erreicht hatte, sei es ein Hotel oder ein Wohnhaus.

Einige Beamte waren als Taxifahrer getarnt und mit etwas Glück würde Jameson in einen ihrer Wagen steigen. Banks hatte die feste Absicht, die Verfolgung zu Ende zu führen; aber es war ein beruhigendes Gefühl, zu wissen, dass jemand anderes Jameson schnappen würde, wenn er ihn aus den Augen verlieren sollte. Für den Fall, dass er unterwegs ausstieg, befanden sich außerdem Zivilbeamte auf jedem Haltebahnhof; aber Jameson hatte eine Fahrkarte nach London gelöst, und man konnte davon ausgehen, dass er auch dorthin wollte. Bei seiner Vergangenheit hatte er wahrscheinlich Bekannte dort, die ihm helfen konnten, das Land zu verlassen. Einer der Hauptgründe aber, warum Banks davon absah, ihn sofort festzunehmen, war, dass er hoffte, Jameson würde sie zu seinem Komplizen bei dem Mord an Rothwell führen.

Als der Zug den Bahnhof von Rickmansworth verließ, stand Jameson auf und ging an Banks vorbei zur Toilette. Banks schaute hinab auf sein Buch, ohne die Worte wahrzunehmen, auf die seine Blicke fielen. Während Jameson weg war, starrte er auf den khakifarbenen Rucksack und musste sich zurückhalten. Wie leicht es doch wäre, dachte er, einfach den Rucksack zu nehmen und dann Jameson zu packen, wenn er zurückkam. Aber er musste wie ein Polizeibeamter denken und durfte diesem einzelgängerischen Impuls nicht nachgeben, egal, wie stark er war. Mit ein wenig Geduld würden sie vielleicht einen größeren Fang machen.

Und es gab noch einen anderen Grund. Vielleicht war die Pistole doch nicht in dem Rucksack. Jameson trug eine dieser weiten Hosen mit vielen Taschen, die von Wanderern bevorzugt wurden. Als er an ihm vorbeigegangen war, hatte Banks einen schnellen Blick auf die Hose geworfen und weder die Umrisse noch das Gewicht einer Pistole erkennen können, aber Jameson konnte sie trotzdem in seiner Hose mit sich führen, und es waren zu viele Zivilisten anwesend, um ein Risiko einzugehen. Lieber warten. Er überlegte, wie viel Geld sich wohl in dem Rucksack befand, und musste bei dem Gedanken lächeln, wie paradox es wäre, wenn ihn jemand stehlen würde, während Jameson beim Pinkeln war.

Jameson kam zurück. Sie passierten Harrow, gelangten in die Außenbezirke Londons und durchfuhren eine Landschaft aus Werksgeländen mit Reifenhaufen, orangefarbenen Ölfässern und Paletten, Lagerhäusern, Schulhöfen voller schreiender Kinder, trostlosen Wohnsiedlungen und Betonüberführungen. Bald wurde der Zug langsamer, und während er rumpelnd in den Endbahnhof Marylebone einfuhr, standen die Leute im Abteil auf, um ihre Jacken und Taschen zu nehmen, denn jeder wollte als Erster aussteigen.

Banks entdeckte Hatchley vor ihm, dessen Kopf die meisten Leute in der Menge überragte, die durch die Fahrkartenkontrolle trotteten. Jameson trug jetzt seinen Anorak und war leicht im Auge zu behalten. Banks bemerkte, wie er sich hin und wieder mit der Zunge über die Lippen fuhr und sich mit traurigem, grausamem Hundeblick auf dem Vorhof des Bahnhofs umschaute.

Aber es gab nichts zu sehen, auf jeden Fall nichts Außergewöhnliches. Die uniformierte Bahnhofspolizei ging ihrem normalen Dienst nach, an den Bücherständen blätterten

Leute durch Magazine, andere gingen zu einem Stehimbiss, schauten auf die Anzeigetafeln oder liefen zu ihren Zügen. Wagen mit Gepäck oder Postsäcken schlängelten sich durch die Menge, Ansagen über bevorstehende Abfahrten ertönten im üblichen monotonen Widerhall über die Lautsprecheranlage am Dach, wo Tauben nisteten. Für Banks roch der Bahnhof nach Dieselöl und Ruß, obwohl das Zeitalter der Dampflokomotiven längst vorbei war.

Jameson bahnte sich seinen Weg zum Ausgang und nahm sich ein Taxi. Das war der erste Glücksfall. Wenn alles nach Plan lief, dann war der Fahrer ein Polizeibeamter, wenn nicht, dann wäre es selbst für einen einbeinigen Greis ein Kinderspiel, einem Taxi durch den stockenden Verkehr Londons zu folgen.

Banks öffnete die Tür des nächsten Taxis, Hatchley war mittlerweile neben ihm. Gerade als Banks in den Wagen springen und sagen wollte: »Folgen Sie dem Taxi!«, beugte sich der Fahrer herüber, versuchte, die Tür wieder zuzuziehen und hielt einen Polizeiausweis hoch. »Tut mir Leid, Kumpel«, sagte er. »Polizeieinsatz. Hinter mir steht ein anderes Taxi.« Im nächsten Moment zog Banks seinen eigenen Ausweis hervor. »So ein Zufall«, sagte er. »Und jetzt machen Sie die verdammte Tür auf.«

»Entschuldigen Sie, Sir«, sagte der Fahrer, die Augen auf die Straße gerichtet, und folgte Jamesons Taxi durch den dichten Verkehr der Marylebone Road. »Das konnte ich nicht wissen. Niemand hat mir gesagt, dass ein Inspector in meinen Wagen springen würde.«

»Vergessen Sie es«, sagte Banks. »Ich nehme an, dass das Taxi vor uns auch ein Mann von uns fährt, oder?«

»Ja, Sir. Constable Formby. Ein guter Mann. Keine Sorge, der Kerl geht uns nicht durch die Lappen.«

Mit quälender Langsamkeit bewegten sich die Taxis in

Richtung Kensington, entlang der verstopften High Street und durch eine Seitenstraße mit fünf- oder sechsgeschossigen weißen Gebäuden hinter schwarzen Metallzäunen. Jamesons Taxi hielt vor einem dieser Häuser, das auf dem Milchglas über den riesigen, glänzenden schwarzen Türen als HOTEL gekennzeichnet war. Auf dem Gerüst vor dem Gebäude auf der anderen Straßenseite standen Bauarbeiter, der Lärm von Bohrern dröhnte herüber. Die Luft war von dem herüberwehenden Staub trocken, außerdem stank es nach Abgasen. Jameson stieg aus, schaute sich schnell um und ging dann in das Hotel. Sein Taxi fuhr davon.

»Gut«, sagte Banks. »Sieht so aus, als hätten wir den Dreckskerl. Jetzt warten wir auf Verstärkung.«

IV

Im Vergleich zu dem Hotelmanager war selbst Premierminister John Major eine schillernde Erscheinung. Sein Anzug war grau, sein Haar war grau, seine Stimme war grau. Mit seinem fliehenden Kinn, den schlechten Zähnen und den abstehenden Ohren hatte er eines dieser Gesichter, die in der Schule Hänseleien und Prügel provozierten. Im Moment war auch sein Gesicht grau.

Er erinnerte Banks an Parkinson, einen ziemlich abstoßenden Jungen mit riesiger Nase, der in der vierten Klasse Zielscheibe des Spottes und Empfänger gelegentlicher Schläge gewesen war. Parkinson hatte Banks immer Leid getan – ein paar Mal hatte er ihn sogar verteidigt –, bis er ihn Jahre später zufällig wieder getroffen hatte. Er hatte sich in einen selbstgerechten, arroganten und humorlosen Parlamentsabgeordneten der Labour-Partei verwandelt, und in diesem Moment hatte Banks das Gefühl beschlichen, dass Parkinson damals wahrscheinlich nicht genug Prügel bezogen hatte.

Offensichtlich hatte der Manager nie mehr so viele wüst aussehende, schlecht angezogene Polizisten auf einem Haufen gesehen, seit im Fernsehen keine Wiederholungen mehr von *The Sweeney* gezeigt wurden. Wohin er blickte, nur Jeans, Lederjacken, Anoraks, Blousons, T-Shirts und dreckige Turnschuhe. Nicht eine Uniform, Krawatte oder ein polierter Schuh war zu sehen, und der einzige Anzug war der blaue Polyesteranzug von Sergeant Hatchley, der so glänzte, dass man sich darin spiegeln konnte.

Außerdem ließ sich nicht verbergen, dass einige der Beamten bewaffnet waren und dass zwei von ihnen kugelsichere Westen über ihren T-Shirts trugen.

Da die Verantwortlichen der Polizei nicht wollten, dass die Öffentlichkeit sah, wie ein Großaufgebot von Beamten verschiedener Einsatzkommandos in einem ruhigen Hotel in Kensington an einem Donnerstag zur Mittagszeit eine Großoffensive inszenierte, waren diese beiden wahrscheinlich das Beste, was man kriegen konnte. Weste Nummer eins, der Größere, hieß Spike, wahrscheinlich wegen seines geschorenen Kopfes, und sein kleinerer, etwas behaarterer Kollege hieß Shandy. Spike war der Wortführer.

»Hören Sie, Herr des Hauses«, sagte er zu dem mit großen Augen dastehenden Hotelmanager, »unser Boss hat uns gesagt, wir sollen kein großes Aufhebens um die Sache machen. Wir werden nicht die ganze Gegend evakuieren oder so einen Zirkus machen, wie man es im Fernsehen sieht. Wir gehen rein, entwaffnen ihn ganz ruhig, und schon ist die Sache gelaufen und wir verschwinden wieder. Okay? So haben wir keine Probleme und das Hotel keine schlechte Publicity.«

Der Manager, der es eindeutig nicht gewohnt war, »Herr des Hauses« genannt zu werden, schluckte; sein enormer Adamsapfel hüpfte hoch und runter, er nickte.

»Was wir allerdings tun müssen«, fuhr Spike fort, »ist, den Flur räumen. Ist außer diesem Jameson sonst noch jemand da oben?«

Der Hotelmanager schaute auf das Schlüsselbrett. »Nur in Zimmer 316«, sagte er. »Es ist Mittagszeit. Die meisten Gäste sind zum Essen gegangen.«

»Was ist mit den Zimmermädchen?«

»Die sind schon fertig.«

»Gut«, sagte Spike und wandte sich dann an einen der anderen in Turnschuhen, Jeans und Lederjacke. »Smiffy, geh und hol den Gast aus 316 runter. Aber leise, okay?«

»Okay, Boss«, sagte Smiffy und ging zum Treppenhaus.

Spike trommelte mit seinen langen Fingern auf die Rezeptionstheke und wandte sich an Banks. »Sie kennen diesen Kerl, diesen Jameson, richtig, Sir?«

Banks war überrascht, dass er anscheinend seinen Dienstgrad nicht vergessen hatte und ihn mit Sir anredete. »Nicht persönlich«, sagte er und setzte ihn ins Bild.

»Er hat einen Polizisten erschossen, richtig?«

»Ja. Er hat auf zwei Polizisten geschossen. Einer ist tot, der andere liegt auf der Intensivstation und wartet darauf, herauszufinden, ob sein Gehirn noch da ist.«

Spike packte einen Streifen Wrigley's Spearmint aus und steckte ihn in den Mund. »Was schlagen Sie vor?«, fragte er zwischen zwei Kaubewegungen.

Banks wusste nicht, ob ihn Spike aus Höflichkeit oder Respekt um seine Meinung bat, aber er hatte keine Möglichkeit mehr, es herauszufinden. Als Smiffy mit einer ziemlich benommenen alten Frau, die ihren rosafarbenen Bademantel fest um den Hals zog, die Treppe herunterkam, klingelte das

Telefon in der Rezeption. Der Manager nahm den Hörer und wurde beim Zuhören noch grauer. »Ja, Sir«, sagte er dann in die Sprechmuschel, »natürlich, Sir. Sofort, Sir.«

»Und?«, wollte Spike wissen, als der Manager aufgelegt hatte. »Was ist los?«

»Das war *er*. Der Mann aus Zimmer 324.«

»Was hat er gewollt?«

»Er möchte ein Roastbeef-Sandwich und eine Flasche Bier aufs Zimmer.«

»Wie hat er geklungen?«

»Geklungen?«

»Ja. War er misstrauisch, nervös?«

»Ach so. Nein, ganz normal.«

»Na gut«, sagte Spike und grinste Banks an. »Gute Gelegenheit.« Er wandte sich wieder an den Manager. »Haben die Türen diese Gucklöcher, durch die man sehen kann, wer anklopft?«

»Nein.«

»Ketten?«

»Ja.«

»Kein Problem«, sagte Spike. »Gehen wir, Shandy. Der Rest bleibt hier und passt auf, dass keiner rein- oder rausgeht. Ist der Hinterausgang abgesichert?«

»Ja, Sir«, sagte einer der Beamten.

»Feuertreppe?«

»Auch, Sir.«

»Gut.« Spike schaute Banks an. »Ich nehme an, Sie sind nicht bewaffnet, oder?«

Banks schüttelte den Kopf. »Nie.«

Spike runzelte die Stirn. »Dann bleiben Sie besser hier unten, Sir. Tut mir Leid, aber die Verantwortung kann ich nicht übernehmen. Aber Sie kennen die Vorschriften wahrscheinlich besser als ich.«

Banks nickte. Er gab Spike und Shandy eine Etage Vorsprung, dann wandte er sich an Sergeant Hatchley. »Bleiben Sie hier, Jim«, sagte er. »Ich möchte Sie nicht zu irgendwas anstiften.«

Ohne auf eine Antwort zu warten, schlüpfte er ins Treppenhaus. Einer der Beamten von Scotland Yard in der Lobby bemerkte es, aber er unternahm nichts, um ihn aufzuhalten. Im ersten Stock hörte Banks hinter ihm jemanden keuchen und drehte sich um.

»Keine Sorge, ich bin nicht taub«, sagte Hatchley. »Ich dachte nur, Sie hätten trotzdem gerne etwas Gesellschaft.«

Banks grinste.

»Dürfte ich fragen, was Sie vorhaben?«, flüsterte Hatchley, als sie in die nächste Etage stiegen.

»Sehen, was passiert«, erwiderte Banks. »Ich habe so ein komisches Gefühl. Dieser Spike hat da etwas Merkwürdiges gesagt.«

»Sie wissen ja, was Neugier für Folgen haben kann.«

Sie erreichten die dritte Etage. Banks spähte vorsichtig um die Wand des Treppenhauses herum und hielt Hatchley mit ausgestrecktem Arm zurück.

Als er noch einmal um die Ecke blickte, sah er, wie Spike auf seine Uhr zeigte und seine Lippen eine Anweisung für Shandy formten. Shandy nickte. Sie zogen ihre Waffen und gingen langsam den Flur entlang zu Jamesons Zimmer.

Der ausgetretene Teppich auf dem Boden konnte nicht verhindern, dass die alten Dielenbretter bei jedem Schritt knarrten. Banks sah, wie Spike an die Tür klopfte, und hörte ein gedämpftes Brummen von drinnen.

»Zimmerservice«, sagte Spike.

Die Tür ging knarrend auf, es hörte sich so an, als wäre die Kette eingehängt. Spike oder Shandy stieß einen lauten Fluch aus, dann sah Banks, dass Shandy wie ein wild gewordenes Pferd einen Schritt zurück machte und die Tür eintrat. Die Kette brach aus der Verankerung. Spike und Shandy stürmten hinein und Banks hörte zwei schnell aufeinander folgende Schüsse. Nach einer Pause von drei oder vier Sekunden folgte ein weiterer Schuss, nicht ganz so laut wie die ersten.

Für einen Moment blieben Banks und Hatchley, wo sie waren – außer Sichtweite. Als Banks dann Spike aus dem Zimmer kommen und sich gegen den Türpfosten lehnen sah, gingen er und Hatchley in den Flur. »Es ist vorbei«, sagte Spike, als er sie kommen sah. »Sie können jetzt reingehen, wenn Sie wollen. Der Dummkopf musste es einfach versuchen.«

Sie betraten das Zimmer. Banks konnte den Kordit von den Schüssen riechen. Jameson war rückwärts gegen die Wand gefallen, auf den Boden gerutscht, wo er jetzt mit gespreizten Beinen saß, und hatte auf der Tapete eine dicke rote Blutspur hinter sich hergezogen. Seine Hundeaugen waren geöffnet, sein Gesicht war völlig ausdruckslos. Über dem Herzen war sein grünes Hemdes aufgerissen, die Stofffetzen hatten sich mit Gewebe und Blut vermischt, das sich schnell ausbreitete. Ein paar Zentimeter darüber, nahe seiner Schulter, gab es einen ähnlichen Fleck. Seine Hände lagen an seiner Seite, eine hielt seine Pistole. Zwischen seinen Beinen breitete sich ein weiterer dunkler, feuchter Fleck aus. Urin.

Banks musste an den Stuhl auf der Arkbeck Farm denken, wo dieser Mann Alison Rothwell so verängstigt hatte, dass sie in die Hose gemacht hatte. »Himmel Herrgott«, flüsterte er.

»Wir hatten keine Wahl«, sagte Spike hinter ihm. »Er hatte seine Pistole in der Hand, als er an die Tür kam. Sie sehen es ja selbst. Er hat zuerst geschossen.«

Zwei schnell aufeinander folgende Schüsse, dann ein weiterer, der etwas anders klang. Zwei tödliche Schüsse. »Unser Boss hat uns gesagt, wir sollen kein großes Aufhebens um die Sache machen.«

Banks schaute die beiden Polizisten an und seufzte. »Grüßen Sie Dirty Dick von mir«, sagte er.

»Wer ist das?«, entgegnete Shandy, nicht besonders überzeugend.

Spike rieb grinsend den Lauf seine Pistole gegen seinen Oberschenkel. »Wird gemacht, Sir«, versprach er.

SECHZEHN

I

Krankenhäuser hatte Banks schon immer gehasst. Die antiseptischen Gerüche, die gestärkten Kittel, die unheimlichen und beunruhigenden, glänzenden Gerätschaften in jedem Winkel, die aussahen wie moderne Skulpturen oder Folterinstrumente aus Chrom – bei alledem lief ihm ein kalter Schauer über den Rücken. Am schlimmsten aber war, wie die Ärzte und Schwestern in den Fluren und vor den Türen zusammenstanden und im Flüsterton über den Tod sprachen. Auf jeden Fall kam ihm das immer so vor.

Es war Samstagnachmittag, der 21. Mai, als Banks das Krankenhaus von Leeds betrat. Der Mord an Rothwell war gerade erst eine Woche her und die Erschießung von Jameson zwei Tage.

Donnerstagnacht hatte er in London verbracht und war dann am nächsten Morgen zurück nach Amersham gefahren, um seinen Wagen abzuholen. Nachdem sie kurz mit Superintendent Jarrell gesprochen hatten, waren Banks und Hatchley am Freitagabend wieder nach Eastvale aufgebrochen und kurz nach neun Uhr angekommen.

Am Samstagmorgen musste er nach Leeds, um sich mit Ken Blackstone zu besprechen und ein paar Dinge zu klären. Nach einem gemeinsamen Mittagessen hatte er sich etwas Zeit genommen, noch ein paar CDs im Klassikplattenladen zu kaufen und einen Krankenbesuch abzustatten, bevor es zurück nach Eastvale zu Richmonds Abschiedsfeier ging. Sandra war mit dem Fotoklub unterwegs, um Felsformationen in Brimham Rocks zu fotografieren, so war er tagsüber sich selbst überlassen.

Banks blieb stehen, orientierte sich anhand der Schilder und bog dann nach links. Schließlich fand er den richtigen Flur. Pamela Jeffreys teilte sich das Zimmer mit einer Patientin, die gerade beim Röntgen war, als Banks anklopfte. Er zog einen Stuhl neben das Bett und legte die mitgebrachte braune Papiertüte auf den Tisch. Pamela betrachtete sie mit ihrem gesunden Auge. Das andere war mit einem Verband bedeckt.

»Weintrauben«, sagte Banks verlegen. »Die bringt man doch mit, wenn man Krankenbesuche macht, oder?«

Pamela lächelte, doch dann tat es ihr wohl zu sehr weh, sodass sie ihr Gesicht wieder entspannte.

»Ach ja«, sagte Banks und zog eine Kassette aus seiner Tasche. »Ich habe Ihnen ein paar Klavierkonzerte von Mozart aufgenommen. Ich dachte, die heitern Sie vielleicht auf. Haben Sie einen Walkman?«

»Ich würde nirgendwo ohne ihn hingehen«, sagte Pamela aus dem Mundwinkel. »Es ist allerdings ein bisschen schwierig, die Kopfhörer mit einer Hand aufzusetzen.« Sie lenkte seinen Blick dorthin, wo die bandagierte rechte Hand auf der Decke lag.

Er stellte die Kassette neben die Weintrauben auf den Nachttisch. »Der Arzt sagt, dass Sie wieder in Ordnung kommen«, berichtete er.

»Mmmh«, murmelte Pamela. »Das hat man mir auch gesagt.« Man konnte sie nur schwer verstehen, aber Banks wusste, was sie gesagt hatte.

»In null Komma nichts können Sie auch wieder Bratsche spielen, hat er gesagt.«

»Etwas länger könnte es schon dauern.«

»Aber Sie *werden* wieder spielen können.«

Sie gab einen Ton von sich, der ein Lachen oder ein Schluchzen hätte sein können. »Sie haben mir zwei Finger der rechten Hand gebrochen«, sagte sie. »Meine Bogenhand. Es ist nur gut, dass die beiden nicht die geringste Ahnung von Spieltechnik hatten. Wenn sie mir mein Handgelenk gebrochen hätten, dann hätte das wirklich das Ende meiner Karriere bedeuten können.«

»Solche Leute werden in der Regel nicht nach ihrer Intelligenz ausgewählt«, erwiderte Banks. »Aber die Hauptsache ist, dass Ihre Finger und Ihr Auge nicht dauerhaft geschädigt sind.«

»Ich weiß, ich weiß«, murmelte sie. »Ich sollte mich glücklich schätzen.«

»Und wie geht es Ihnen?«

»Ach, es geht schon. Ich langweile mich vor allem. Ich habe die Kassetten und das Radio, aber man kann nicht den ganzen Tag Musik hören. Sonst kann man nur noch fernsehen, aber das vertrage ich noch weniger. Lesen strengt noch zu sehr an mit nur einem gesunden Auge. Und das Essen schmeckte scheußlich.«

»Tut mir Leid«, sagte Banks. »Und es tut mir Leid wegen der Sache im Park.«

Sie schüttelte vorsichtig und langsam ihren Kopf. »Nein. Es war mein Fehler. Sie mussten diese Fragen stellen. Ich habe überreagiert. Ist dies ein offizieller Besuch? Haben Sie die Männer gefunden? Die beiden, die mich verletzt haben?«

»Nein. Aber wir wissen, wer sie sind. Sie werden nicht ungeschoren davonkommen.«

»Warum sind Sie gekommen?«

»Ich ... das ist eine gute Frage.« Banks lachte nervös,

wandte seinen Blick ab und schaute nach draußen auf die schwankenden Baumwipfel. »Um Sie zu sehen, nehme ich an«, sagte er. »Um Ihnen ein paar Weintrauben und etwas Mozart zu bringen. Ich war zufällig gerade in der Gegend, wissen Sie, und habe CDs gekauft.«

»Was denn für welche?«

Banks zeigte sie ihr: Schostakowitschs 24 Präludien und Fugen, gespielt von Keith Jarrett; Waltons Bratschenkonzert, gespielt von Nobuko Imai. Sie hob die Augenbrauen. »Interessant.« Dann tippte sie auf die Walton-CD. »Sehr schön, wenn man es richtig spielen kann«, sagte sie. »Aber unglaublich schwierig. Sie macht es sehr gut.«

»In den Anmerkungen steht, dass die Bratsche ein introvertiertes Instrument ist, eine poetische Philosophin. Erkennen Sie sich darin wieder?«

»Mein Lehrer hat mir immer gesagt, dass ich aufpassen muss, nicht im Orchester unterzugehen. Das kann Bratschen leicht passieren. Aber ich kann mich ganz gut behaupten.«

»Wie lange müssen Sie noch hier bleiben?«

»Ich denke noch eine Woche oder so. Ich würde auf der Stelle aufstehen und nach Hause gehen, aber ich glaube, mein Bein ist gebrochen.«

»Stimmt. Das rechte.«

»Mist. Das schönere.«

Banks lachte.

»Haben Sie die Männer gefasst, die Robert getötet haben?«, fragte sie. »Waren es dieselben?«

Banks erzählte ihr im Wesentlichen, was mit Jameson passiert war, ließ aber die grausigeren Einzelheiten aus.

»Einer ist also davongekommen?«, sagte sie.

»Bisher.«

»Dann ist es ja nicht schlecht gelaufen.«

»Nicht schlecht«, stimmte Banks ihr zu. »Eine Erfolgsquote von fünfzig Prozent. Das ist besser als der Polizeidurchschnitt.«

»Werden Sie dafür befördert werden?«

Er lachte. »Das bezweifele ich.«

»Schauen Sie nicht so besorgt«, sagte sie und legte ihre bandagierte Hand auf seine. »Ich werde wieder gesund. Und geben Sie sich nicht die Schuld ... Sie wissen schon ... für das, was mir passiert ist.«

»Ich werde es versuchen.« Banks Augen begannen zu brennen. Er konnte ihr Namensarmband und die Kanüle sehen, die in der Vene ihres Handgelenkes steckte. Bei dem Anblick wurde ihm übel; es war schlimmer, als Jamesons Leiche gegen die Wand des Hotelzimmers gelehnt zu sehen. Es war merkwürdig, er konnte spielend mit dem Schauplatz eines Mordes fertig werden, aber beim Anblick eines einfaches Tropfes in einem Krankenhaus wurde ihm ganz anders.

Pamela hatte Recht. Sie würde gesund werden. Ihre Wunden würden heilen und ihre Schönheit würde wiederhergestellt werden. In weniger als einem Jahr würde sie sich wieder regeneriert haben. Aber würde sich ihre Seele jemals vollständig erholen? Wie würde sie damit zurechtkommen, allein in ihrem Haus zu sein? Würde sie jemals wieder hören können, wie jemand auf ihre Wohnungstür zugeht, ohne vor Angst zusammenzuzucken? Er wusste es nicht. Manchmal erholte sich auch die Psyche von selbst. Wir sind oft wesentlich widerstandsfähiger, als wir glauben.

»Werden Sie mich wieder besuchen?«, fragte sie. »Ich meine, wenn alles vorbei ist und ich wieder zu Hause bin. Werden Sie mich besuchen?«

»Aber sicher werde ich das tun«, sagte Banks und musste mit schlechtem Gewissen an die Gefühle denken, die er für Pamela gehabt hatte.

»Wirklich?«

Er schaute in ihr unverletztes Mandelauge und sah in der Tiefe der schwarzen Pupille Angst schimmern. Er schluckte. »Ja, wirklich«, versprach er. Und er meinte es ernst. Er beugte sich zu ihr hinab und berührte mit seinen Lippen ihre gesunde Wange. »Ich gehe jetzt besser.«

II

Why was he born so beautiful?
Why was he born so tall?
He's no bloody use to anyone,
He's no bloody use at all.

Das von Sergeant Hatchley und einem Katzenchor ausgewählter Constables in schiefen Harmonien vorgebrachte Yorkshire-Kompliment nahm Richmond sehr gut auf, dachte Banks, besonders für einen, der sonst Musik hörte, die wie Gheorghe Zamfir auf Valium klang.

»Eine Ansprache! Eine Ansprache!«, rief Hatchley.

Verlegen warf Richmond seiner Verlobten Rachel neben ihm einen Blick zu, stand dann auf und räusperte sich. »Vielen Dank«, sagte er. »Ich danken Ihnen allen vielmals. Und einen besonderen Dank für die CD-ROM. Sie wissen, dass ich kein großer Redner bin, aber ich möchte Ihnen sagen, dass es eine Freude war, mit Ihnen allen zusammenzuarbeiten. Mir ist klar, dass Sie mich wahrscheinlich für einen Verräter halten, wenn ich nun in den Süden gehe ...« Hier unterbrach ein Chor von Buhs seine Rede. »Aber sobald ich den Haufen da unten auf Vordermann gebracht habe«, fuhr er fort, »werde ich zurückkommen, und bis dahin sollten Sie alle lieber dafür sorgen, dass Sie ein Diskettenlaufwerk von einem Loch im Boden unterscheiden können.«

Er setzte sich wieder hin und die Leute kamen zu ihm, klopften ihm auf die Schulter und verabschiedeten sich. Alle jubelten, als sich Susan Gay vorbeugte und ihm einen scheuen Kuss auf die Wange gab. Und als Richmond sie unbeholfen in den Arm nahm, wurde sie rot.

Die Feier fand am Samstagabend im Hinterzimmer des Queen's Arms statt. Banks lehnte mit einem Pint Theakston's an der polierten Theke, Sandra auf der einen Seite neben ihm, Gristhorpe auf der anderen. Jemand hatte Ballons an die Decke gehängt, und Cyril hatte zu diesem Anlass die alte Jukebox angeschlossen, aus der gerade Gerry and the Pacemakers mit *Ferry Across the Mersey* ertönten.

Banks wusste, dass er jetzt, wo der Rothwell-Fall zu Ende war, eigentlich zufriedener sein sollte, aber es quälten ihn immer noch Zweifel, die er nicht los wurde. Als würde es ihn an einer Stelle jucken, die er mit der Hand nicht erreichen konnte, um sie zu kratzen. Jameson hatte Rothwell getötet. Gut. Nun war auch Jameson tot. Nach alter Sitte war Gerechtigkeit verübt worden. Auge um Auge. Also sollte er den Fall vergessen.

Konnte er aber nicht. Die zwei Männer, die Pamela Jeffreys zusammengeschlagen hatten, waren noch nicht gefasst worden. Mit Jamesons Komplizen liefen also noch drei Männer frei herum. Damit lag die Erfolgsquote nur bei fünfundzwanzig Prozent, und das war ganz und gar nicht zufrieden stellend.

Aber nicht nur das quälte ihn. Irgendwie sah das alles nach einer abgekarteten Sache aus. Eine abgekartete Sache, die es Martin Churchill ermöglichen würde, eines Nachts mit einem neuen Gesicht und einem sauberen, gewaltigen

Bankkonto ins Land zu schlüpfen und sich unbehelligt in Cornwall zur Ruhe zu setzen, wo er die Geheimnisse der Machthaber bis ins Grab hüten würde. Und vielleicht dauerte es bis dahin gar nicht mehr lange. Aber es würde Banks auch nicht überraschen, wenn jemand vom MI6 oder sonst einer Organistion eines Nachts in Cornwall auftauchte und sowohl Churchill als auch seine Versicherung einen scheußlichen Unfall haben würden.

Susan kam von Richmonds Tisch herüber und deutete an, dass sie gerne mit ihm sprechen würde. Banks entschuldigte sich bei Sandra und ging mit Susan in eine ruhige Ecke.

»Entschuldigen Sie, dass ich Sie von den Feierlichkeiten weghole, Sir«, sagte Susan, »aber ich hatte noch keine Gelegenheit, mit Ihnen zu sprechen, seit Sie zurück sind. Es gibt da ein paar Dinge, die Sie bestimmt interessieren werden.«

»Ich höre.«

Susan erzählte ihm von ihrem Gespräch mit Tom Rothwell nach der Beerdigung, von seiner Homosexualität und davon, dass er seinen Vater mit einer anderen Frau gesehen hatte, als er ihm nach Leeds gefolgt war. »Mittwochabend kam der Zeichner ins Revier, Sir, und am Donnerstag haben wir ein Phantombild in die Zeitungen gesetzt, während Sie im Süden waren.«

»Und? Glück gehabt?«

»Ja und nein.«

»Na los, machen Sie es nicht so spannend.«

»Wir haben herausgefunden, wer die Frau ist. Sie heißt Julia Marshall und wohnt in Adel. Das liegt im Norden von Leeds. Sie ist Lehrerin. Wir haben ein paar Anrufe von Kollegen erhalten. Anscheinend war sie ein ruhiger Mensch, scheu und zurückgezogen.«

»War?«

»Tja, das sollte ich eigentlich nicht sagen, Sir, aber Tatsache ist, dass sie verschwunden ist. Mehr wissen wir bisher nicht. Ich denke nur, dass wir sie finden und mit ihren Freunden sprechen sollten. Ich weiß nicht genau, warum. Es ist nur so ein Gefühl. Sie könnte etwas wissen.«

»Ich glaube, Sie haben Recht«, sagte Banks. »Das ist eine offene Frage, die auch ich geklärt wissen will. Für meinen Geschmack sind in diesem Fall zu viele Leute verschwunden. Gibt es sonst noch etwas?«

»Nein. Aber es ist noch nicht vorbei, oder, Sir?«

»Nein, Susan, das glaube ich auch. Danke, dass Sie es mir erzählt haben. Wir werden uns der Sache morgen gleich als Erstes widmen. Aber jetzt gehen wir lieber zurück auf die Feier, sonst denkt Phil noch, wir hätten etwas gegen ihn.«

Banks kehrte an die Theke zurück und zündete sich eine Zigarette an. Jetzt spielte die Jukebox *Hippy, Hippy Shake* von den Swinging Blue Jeans und einige jüngere Mitglieder der Abteilung tanzten.

Banks dachte an Tom Rothwell und seinen Vater. Es war klug von Susan gewesen, diese Sache zu verfolgen. In Anbetracht Rothwells *sonstiger* Interessen ergab es keinen Sinn, dass ihn die Entscheidung seines Sohnes, nicht Steuerberater oder Anwalt zu werden, derartig aufgebracht haben sollte. Andererseits war einem erklärten heterosexuellen Schwerenöter vielleicht nichts mehr ein Gräuel als ein schwuler Sohn.

»Woran denkst du?«, wollte Sandra wissen.

»Was? Ach, an nichts. Jedenfalls nichts Besonderes.«

»Es ist vorbei, Alan. Belass es dabei. Wieder ein Fall abgeschlossen. Du kannst nicht die Probleme der ganzen Welt lösen.«

»Abgeschlossen? Genau, und irgendjemand hat den Schlüssel weggeschmissen. Ich glaube, ich nehme noch ein Bier.« Er drehte sich um und bestellte noch ein Pint. Sandra trank einen Gin Tonic. »Du hast natürlich Recht«, sagte er und stellte das Glas auf die Theke. »Wir haben getan, was wir konnten.«

»Du hast *alles* getan. Dich bringt vor allem auf die Palme, dass dich Dirty Dick überrumpelt hat, oder?«, bemerkte Sandra höhnisch. »Ihr beide habt so eine Art Machofehde am Laufen, nicht wahr?«

»Vielleicht. Keine Ahnung. Ich kann nicht behaupten, dass es ein gutes Gefühl ist, zu wissen, dass der Dreckskerl sein Ziel erreicht hat.«

»Du hast getan, was du konntest, oder?«

»Ja.«

»Aber du denkst trotzdem, dass Burgess dieses Mal gewonnen hat, und das macht dich sauer, oder?«

»Vielleicht. Ja. Ja, es macht mich sauer, verdammt noch mal. Sandra, der Mann hat jemanden erschießen lassen.«

»Einen kaltblütigen Mörder. Außerdem weißt du das gar nicht.«

»Du meinst, ich kann es nicht beweisen. Wir sind nicht hier, um Selbstjustiz zu üben. Wenn Burgess Jameson erschießen ließ, dann kann man verdammt noch mal davon ausgehen, dass er nicht einfach Auge um Auge einen Mord gesühnt hat. Er hat dafür gesorgt, dass Jameson nicht aussagen kann.«

»Männer«, sagte Sandra und nahm mit einem leidgeprüften Seufzer ihren Drink. Gristhorpe, der neben ihnen zugehört hatte, lachte und knuffte Banks in die Rippen. »Höre lieber auf sie«, sagte er. »Ich kann verstehen, wie du dich fühlst, aber du kannst nichts mehr machen, und es gibt keinen Grund, eine Art Wettstreit daraus zu machen.«

»Ich weiß. Darum geht es auch nicht. Es geht ... ach, vielleicht hat Sandra Recht und es ist nur Machogehabe. Keine Ahnung.«

In dem Moment schob sich Sergeant Rowe, der im Revier gegenüber die Stellung gehalten hatten, durch die Gäste.

»Telefon für Sie, Sir«, sagte er zu Banks. »Es ist wichtig, hat er gesagt. Er muss mit Ihnen persönlich sprechen.«

Banks stellte sein Bierglas auf die Theke. »Scheiße. Hat er auch seinen Namen genannt?«

»Nein.«

»Na gut.« Er wandte sich an Sandra und deutete auf sein Glas. »Gut drauf aufpassen. Bin gleich zurück.«

Er konnte den Anruf nicht ignorieren, vielleicht war es ein Informant mit wichtigen Neuigkeiten. Dennoch war er verwirrt, als er die Market Street überquerte und das Polizeirevier mit seiner Tudorfassade betrat.

»Sie können ihn hier entgegennehmen, Sir«, sagte Rowe und zeigte in ein leeres Büro im Ergeschoss.

Banks ging hinein und nahm den Hörer ab. »Hallo. Hier ist Banks.«

»Hallo Banks«, sagte die vertraute Stimme. »Hier ist Superintendent Burgess. Kennen Sie mich noch? Was wollen Sie zuerst hören, die gute oder die schlechte Nachricht?«

Wenn man vom Teufel spricht ... Banks spürte, wie sein Kiefer steif wurde und sein Magen zu rumoren begann. »Mir egal«, sagte er, so ruhig er konnte.

»Okay. Es geht um die beiden Schläger, die diese farbige Puppe zusammengeschlagen haben.«

»Und? Haben Sie die beiden?«

»Tja, nicht ganz.«

»Was soll das heißen?«

»Sie sind uns durch die Lappen gegangen. Das ist die schlechte Nachricht.«

»Wo sind Sie hin?«

»Natürlich nach Hause, zurück nach St. Corona. Das ist die gute Nachricht.«

»Was ist so gut daran?«

»Anscheinend haben sie nicht mitgekriegt, dass sie dort

personae non gratae geworden sind, oder wie der Plural davon heißt.«

»Und?«

»Ich weiß aus zuverlässiger Quelle, dass die beiden Glas gefressen haben.«

»Sind sie tot?«

»Natürlich sind sie tot, Mensch. So eine Kur haben sie bestimmt nicht überlebt.«

»Woher wissen Sie das?«

»Wie gesagt, aus zuverlässiger Quelle. Todsicher. Es besteht kein Grund, die Quelle anzuzweifeln.«

»Warum?«

»Uns steht nicht zu, nach dem Warum zu fragen, Banks. Sagen wir einfach, dass die beiden bei ihrem stümperhaften Trip durch England Aufmerksamkeit auf sich gezogen haben, die ihnen nicht gerade gut getan hat. Die Stimmung kann eben schnell umschlagen.«

»Wussten Sie im Voraus, dass die beiden in Ungnade fallen würden? Haben Sie die beiden im Wissen, was passieren würde, außer Landes reisen lassen? Haben Sie überhaupt versucht, sie zu finden?«

»Ach, Banks. Sie enttäuschen mich. Wie können Sie so etwas auch nur von mir denken?«

»Ganz einfach. Genauso wie ich denke, dass Sie Spike und Shandy nach Kensington geschickt haben, um dafür zu sorgen, dass Arthur Jameson nicht überlebt und vor Gericht irgendwelche peinlichen Aussagen machen kann.«

»Ich habe Ihnen gesagt, dass Jameson nicht zu meinem Auftrag gehörte.«

»Ich weiß, was Sie mir gesagt haben. Ich weiß aber auch, was in diesem Hotelzimmer passiert ist. Die beiden haben den Kerl niedergeschossen, Burgess, und Sie sind dafür verantwortlich.«

»*Superintendent* Burgess für Sie. Und soviel ich gehört habe, hat er zuerst geschossen. Das ist jedenfalls die offizielle Version, und ich sehe keinen Grund, daran zu zweifeln. Es war ein ›gerechter Kampf‹, wie unsere Verwandten auf der anderes Seite des Teiches sagen würden.«

»Schwachsinn. Sie haben zweimal auf ihn geschossen, dann einmal seine Waffe abgefeuert, damit es so aussah, als hätte er zuerst geschossen. Mal abgesehen von den Schüssen, wissen Sie, was Spike und Shandy verraten hat?«

»Nein, aber Sie werden es mir bestimmt erzählen.«

»Sie haben die Waffe in seiner Hand gelassen, damit ich sie sehen kann. Nach den Bestimmungen wird der Verdächtige zuallererst entwaffnet, egal, ob man glaubt, er ist tot oder nicht.«

»Bravo, Sherlock! Glauben Sie nicht, dass die beiden in der Hitze des Gefechts ein wenig achtlos geworden sein könnten?«

»Nein. Nicht bei ihrer Ausbildung.«

»Aber es spielt ja auch keine Rolle, oder? Sie waren gar nicht dabei, offiziell meine ich. Ihnen war befohlen worden, im Erdgeschoss zu bleiben. Aber ich glaube, wir müssen das ganze ermüdende Zeug nicht durchkauen, oder? Wollen Sie sich wirklich mit mir anlegen? Ob Sie es glauben oder nicht, Banks, ich mag Sie. Das Leben wäre wesentlich langweiliger ohne Sie. Ich möchte nicht miterleben müssen, wie Sie wegen dieser Sache Ihre Karriere ruinieren. Sie können mir glauben, dass *niemand* freundlich darauf reagieren wird, wenn Sie für Unruhe sorgen. Das offizielle Urteil ist das einzige, das zählt.«

»Nicht für mich.«

»Hören Sie auf, Banks. Es ist vorbei.«

»Warum erzählt mir das jeder?«

»Weil es stimmt. Eine Sache noch. Und unterbrechen Sie

mich nicht. Wir haben in Jamesons Klamotten ein Adressbuch gefunden und dadurch sind wir auf einen alten Armeekumpel von ihm gestoßen, Donald Pembroke. Sagt Ihnen der Name etwas?«

»Nein.«

»Egal. Laut seinem Nachbarn hat dieser Pembroke anscheinend gerade eine Menge Geld geerbt. Als Erstes hat er sich einen schnellen Sportwagen gekauft, und zwar in bar, wie der Verkäufer sagt. Zwei Tage später hat er auf einer Nebenstraße in Kent bei hundertdreißig oder hundertvierzig Sachen die Kontrolle über den Wagen verloren und ist gegen einen Baum gerast.«

»Und?«

»Er ist tot, was glauben Sie denn? Und was noch besser ist, es gibt keine Möglichkeit, dass Sie mir die Sache anhängen können. Also sagen Sie nicht, es gäbe keine Gerechtigkeit auf der Welt, Banks. Wiedersehen. Noch ein schönes Leben.« Burgess legte abrupt auf und Banks starrte den Hörer an. Dann knallte er ihn so heftig auf die Gabel, dass Sergeant Rowe seinen Kopf durch die Tür steckte. »Alles in Ordnung, Sir?«

»Ja, bestens«, sagte Banks. Er holte tief Luft und fuhr mit einer Hand durch sein kurzes Haar. »Alles bestens.« Er saß in dem leeren Büro und versuchte sich zu beruhigen. Susans Worte kamen ihm in den Sinn. *»Es ist noch nicht vorbei, Sir, oder?«* Nein, verflucht, es war noch nicht vorbei.

SIEBZEHN

I

Banks saß in einer Taverne am Kai, trank ein eisgekühltes Beck's und rauchte eine zollfreie Benson and Hedges Special Mild. Nachdem er seine Zigarette ausgedrückt hatte, steckte er sich erst ein gefülltes Weinblatt in den Mund und dann eine schwarze Olive. Ein paar der Einheimischen, vor allem Fischer mit Schnauzbärten und sonnengegerbten Gesichtern, schauten in ihren Gesprächspausen gelegentlich zu ihm herüber.

Er befand sich auf einer kleinen Insel; nur ein Dorf schmiegte sich an den zentralen Bergkamm, und auch wenn in der Saison Touristen kamen, legte hier keines der großen Kreuzfahrtschiffe an. Banks war vor ungefähr einer halben Stunde mit der regelmäßigen Fährverbindung aus Piräus angekommen und brauchte eine Weile, um seine Gedanken zu sammeln und seine Beine nach der Überfahrt wieder ans Land zu gewöhnen. Ihm stand ein schwieriges Gespräch bevor, vermutete er. Die griechische Polizei hatte er bereits kontaktiert. Hilfe war ihm angeboten worden, und die Rechtsmaschinerie war bereit, auf ein Wort hin in Kraft zu treten. Aber Banks wollte zuerst noch etwas anderes versuchen.

Es war verdammt heiß, selbst im Schatten. Die Sonne brannte von einem wolkenlosen Himmel, dessen Blau so intensiv und gesättigt war, wie es Banks noch nie zuvor gesehen hatte, besonders im Kontrast zu den weißen Häusern, Läden und Tavernen am Kai. In dem kleinen Hafen lagen ein paar Segelboote und Fischerboote vor Anker und schaukelten sanft im ruhigen Wasser. Es war schwer, die Farbe des Meeres zu beschreiben; vor allem bestand es auf Grün- und Blautönen, Aquamarinblau, Ultramarinblau, aber an manchen Stellen war es auch blau wie Tinte, fast violett. Vielleicht hatte Homer Recht gehabt, als er das Meer »dunkel wie Wein« beschrieben hatte, dachte Banks und musste an sein Gespräch mit Gristhorpe kurz vor seiner Abreise denken. Banks hatte die *Odyssee* nie gelesen, aber wahrscheinlich würde er es tun, wenn er zurück war.

Er bezahlte sein Essen und das Bier und ging hinaus in die Sonne. Auf seinem Weg schaute er wie versprochen kurz im örtlichen Polizeirevier nahe dem Hafen vorbei und ging dann den staubigen Weg den Berg hinauf.

Die Hauptstraße war schon schmal genug, aber alle paar Meter zweigte eine noch schmalere Seitenstraße ab, an der dann weiße quadratische Flachdachhäuser mit zumeist blau gestrichenen Fensterläden standen. Einige Häuser waren wie in Whitby mit roten Dachschindeln gedeckt, und manche Bewohner hatten Blumenkörbe auf ihre kleinen Balkone gehängt, eine Blütenpracht in Violett, Rosa, Rot und Blau. Quer über die schmalen Wege hingen Wäscheleinen und am Straßenrand wuchs Mohn und zarter Lavendel, der wie Schlingpflanzen aussah.

Mit dem Duft der Blumen vermischten sich die Gerüche von Tabak und wilden Kräutern. Banks meinte, Thymian und Rosmarin zu erkennen. Insekten mit roten Körpern und durchsichtigen Flügeln flogen um ihn herum. Die Sonne brannte erbarmungslos. Banks war kaum zwanzig Meter gegangen, da klebte sein weißes Baumwollhemd schon am Rücken. Er wünschte, er würde statt seiner Jeans eine kurze Hose tragen.

Banks schaute nach vorn. Auf halber Höhe am Berghang standen die letzten weißen Häuser; jenseits davon waren nur noch Gestrüpp und Felsen zu sehen. Das Haus, das er suchte, befand sich auf der rechten Seite, so war ihm gesagt worden, ein großes Gebäude mit einem schattigen Hof hinter einer weißen Mauer und einem hohen Tor. Man konnte es nicht verfehlen, kurz vor Ende des Weges lag es nun ungefähr fünfzig Meter vor ihm.

Schließlich hatte er es geschafft. Das ockerfarbene Tor war nicht verschlossen, und in dem Hof dahinter entdeckte Banks eine Menge junger Bäume, Töpfe mit Kräutern und Hängegewächsen, durch die sich ein Pfad aus schwarzen und weißen Kieselsteinen zur Haustür schlängelte. Die gesamte Anlage machte keinen billigen Eindruck. Die Tür war angelehnt, von drinnen konnte er Stimmen hören. So affektiert, wie sie klangen, handelte es sich wohl um die Nachrichten des Auslandsprogrammes der BBC. Er hielt einen Moment inne, um Atem zu schöpfen, ging dann zur Tür und klopfte an.

Drinnen hörte er Schritte, die Stimmen verstummten und nach wenigen Sekunden wurde die Tür geöffnet. Banks schaute in das Gesicht, von dem er so lange geglaubt hatte, dass es in tausend Stücke zerfetzt worden sei.

»Mr. Rothwell?«, fragte er, zog seinen Dienstausweis aus der Brieftasche und hielt ihn hoch. »Mr. Keith Rothwell?«

II

»Da sind Sie also«, stellte Rothwell einfach fest.

»Ja.«

Er schaute über Banks' Schulter. »Allein?«

»Ja.«

»Dann kommen Sie mal herein.«

Banks folgte Rothwell in ein helles Zimmer, an dessen Decke ein Ventilator rotierte und durch dessen geöffnete blaue Fensterläden eine leichte Brise blies. Es war spärlich eingerichtet. Die Wände waren weiß verputzt, der Boden gefliest und hier und dort mit Läufern bedeckt, und die Decke war mit dunklem Holz vertäfelt. Draußen konnte er Vögel singen hören, was für welche, wusste er nicht.

Er setzte sich in den Korbstuhl, den Rothwell ihm angeboten hatte, und war überrascht, durch das Fenster unten das Meer sehen zu können. Nun war er am Ende seiner Reise, er war hundemüde und fühlte sich mehr als nur ein bisschen schwindelig. Er hatte einen langen Weg von Eastvale hinter sich, dazu den Marsch bergauf unter der prallen Sonne. Schweiß tropfte von den Augenbrauen in seine Augen, die zu brennen begannen. Er wischte ihn mit seinem Unterarm ab. Wenigstens war es im Zimmer kühler.

Rothwell bemerkte, dass er sich unbehaglich fühlte. »Heiß, nicht wahr?«, sagte er. »Kann ich Ihnen etwas anbieten?«

Banks nickte. »Danke. Irgendetwas Kaltes.«

Rothwell ging zur Küchentür, und als er sie gerade öffnen wollte, drehte er sich mit einem Lächeln um. »Keine Sorge«, sagte er. »Ich werde nicht weglaufen.«

»Das können Sie auch gar nicht«, entgegnete Banks.

Wenig später kam Rothwell mit einem Glas Eiswasser und einer Flasche Grolsch zurück. »Ich würde das Wasser zuerst trinken«, riet er. »Sie sehen ein bisschen ausgetrocknet aus.«

Banks trank das Glas in einem Zug leer und öffnete den Kronkorken des Bieres. Es schmeckte gut. Natürlich importiert. Aber Rothwell konnte es sich ja leisten. Banks betrachtete ihn. Das zurückgehende blonde Haar mit den leichten Geheimratsecken war von der Sonne gebleicht. Für einen so hellhäutigen Menschen hatte er eine gesunde Bräune. Hinter seiner Drahtgestellbrille schauten ruhige Augen hervor, die nicht viel über seinen Seelenzustand verrieten. Er hatte einen leicht femininen Mund, den Mund eines Mädchens, und seine Lippen waren blassrosa. Er sah überhaupt nicht so aus wie das Foto von Daniel Clegg.

Er trug ein pfirsichfarbenes, kurzärmeliges Hemd, weiße Shorts und braune Ledersandalen. Seine Fußnägel hätten mal wieder geschnitten werden müssen. Er war ein paar Zentimeter größer als Banks, schlank und in guter Verfassung. Und das war neben seiner Haarfarbe, seiner Blutgruppe und der Blinddarmnarbe auch schon alles, was er mit Clegg gemein hatte. Als er die Getränke geholt hatte, war Banks aufgefallen, dass er sich mit der Anmut und dem geringen Kraftaufwand eines Athleten bewegte. An seiner Haltung erinnerte nichts an einen Schreibtischhengst.

»Sind Sie allein?«, fragte Banks.

»Julia ist einkaufen gegangen«, erwiderte er und schaute auf seine Uhr. »Sie müsste bald wieder da sein.«

»Ich würde sie gerne kennen lernen.«

»Wie haben Sie mich gefunden?«, wollte Rothwell wissen. Er saß ihm gegenüber und öffnete eine Dose Pepsi-Cola. Die Kohlensäure zischte heraus und die Cola schäumte über den Rand. Rothwell hielt die Dose am ausgestreckten Arm, bis das Sprudeln aufgehört hatte, nahm dann ein Taschentuch aus der Packung vom Tisch neben ihm und wischte die Dose damit ab.

»So schwierig war es nicht«, sagte Banks. »Auf jeden Fall,

nachdem ich einmal wusste, wen ich suchte. Zum Teil haben wir Sie durch Julia gefunden.« Er zuckte mit den Achseln. »Danach war es nur noch eine Frage von routinemäßiger Ermittlungsarbeit, vor allem viel langweilige Lauferei. Wir haben Reisebüros überprüft und durch Interpol Kontakt zur örtlichen Polizei aufgenommen. Dann hat es nicht mehr lange gedauert, bis uns von zwei fremden Engländern berichtet wurde, die auf die Beschreibung passten und die hier das Haus eines Kapitäns gemietet haben. Haben Sie wirklich geglaubt, dass wir Sie nicht finden würden?«

»Muss ich wohl«, sagte Rothwell. »Dumm von mir, aber so war es. Es gibt immer Unwägbarkeiten, aber ich dachte, ich hätte genug falsche Fährten gelegt und meine Spuren gut verwischt. Ich hatte alles sehr sorgfältig geplant.«

»Haben Sie eigentlich eine Vorstellung, was Sie Ihrer Familie angetan haben?«

Rothwells Lippen wurden zu einem geraden Strich. »Es war keine Familie. Es war reine Heuchelei. Eine Lüge. Eine Fassade. Wir haben die glückliche Familie gespielt. Ich konnte es nicht mehr ertragen. Es gab keine Liebe in dem Haus. Mary und ich hatten seit Jahren nicht mehr miteinander geschlafen und Tom ... tja ...«

Banks ging im Moment nicht weiter auf Tom ein. »Warum haben Sie sich nicht scheiden lassen wie jeder andere? Wozu dieser ausgetüftelte Plan?«

»Da Sie hier sind, wissen Sie das meiste, nehme ich an?«

»Erzählen Sie es mir trotzdem.«

Rothwell warf Banks einen kurzen Blick zu. »Hören Sie«, sagte er. »Es sieht zwar nicht danach aus, aber Sie sind doch nicht ›verkabelt‹, wie die Amerikaner sagen, oder?«

Banks schüttelte den Kopf. »Ich gebe Ihnen mein Wort.«

»Es ist eine Sache zwischen uns beiden? Im Vertrauen?«

»Für den Moment. Aber ich bin offiziell hier.«

Rothwell trank einen Schluck Pepsi und rieb dann die Dose zwischen seinen Händen. »Vielleicht hätte ich Mary irgendwann um die Scheidung gebeten«, sagte er, »aber das war alles noch neu für mich, die Freiheit und dieses Gefühl eines anderen Lebens. Ich bin mir nicht einmal sicher, ob sie mich so einfach hätte gehen lassen. Aber so wie sich die Dinge entwickelt hatten, musste ich den Eindruck erwecken, tot zu sein. Wenn er glauben würde, dass ich noch lebe, gäbe es keine Ruhe und keinen sicheren Fluchtort.«

»Martin Churchill?«

»Ja. Er hat herausgefunden, dass ich mir mehr genommen habe, als mir zustand.«

»Und wie haben Sie herausgefunden, dass er es wusste?«

»Dank einer zuverlässigen Quelle. Wenn man solche Spiele spielt, wie ich es getan habe, Mr. Banks, dann zahlt es sich aus, so viele Informationen zu haben, wie man kriegen kann. Sagen wir, jemand von der Insel hat mir verraten, dass Churchill es gewusst hat und dass er Daniel Clegg unter Druck gesetzt hat, etwas dagegen zu unternehmen.«

»Und so ist es dann passiert?«

»Ja. Es war nur folgerichtig. Mir war aufgefallen, dass sich Daniel in der letzten Zeit seltsam benommen hatte. Irgendetwas hat ihn nervös gemacht. Er konnte mir nicht mehr in die Augen schauen. Da hatte ich eine Erklärung. Der Scheißkerl plante, mich hinrichten zu lassen.«

»Stattdessen haben Sie ihn umbringen lassen?«

Rothwell schaute für einen Moment stumm durch das Fenster auf das Meer und den Berghang. »Ja. Entweder er oder ich. Ich bin ihm einfach zuvorgekommen, das ist alles. Jemand musste auf brutale Weise sterben, jemand, der unter bestimmten Umständen für mich gehalten werden konnte. Wir sahen uns einigermaßen ähnlich.«

»Ohne Gesicht, meinen Sie?«

»Ich … ich habe es mir nicht angesehen … in der Garage … Ich konnte es nicht.«

»Das kann ich mir vorstellen. Fahren Sie fort.«

»Wir waren ungefähr gleich alt, ähnlich gebaut und hatten die gleiche Haarfarbe. Ich wusste, dass er keinen Blinddarm mehr hatte. Ich wusste sogar, dass seine Blutgruppe *0* war, genau wie meine.«

»Woher wussten Sie das denn?«

»Er hat es mir erzählt. Wir sprachen einmal über Blut, das mit dem HI-Virus verseucht ist. Er fragte sich, ob die Möglichkeit einer Infektion durch eine Bluttransfusion bei ihm größer war, weil er die gleiche Blutgruppe hatte wie vierzig Prozent der männlichen Bevölkerung.«

»Was haben Sie getan, nachdem Sie die Idee hatten, ihn für sich auszugeben?«

»Wenn wir uns beide zusammen sonntagmittags im Eagle die Ed O'Donnell Band angehört haben, haben wir ab und zu einen Mann getroffen, der damit geprahlt hat, Söldner zu sein und für Geld alles zu machen. Arthur Jameson war sein Name. Ein wandelnder Widerspruch, der Mann. Er liebte die Natur und die Tiere, aber er jagte auch gerne und schoss Enten. Ein Menschenleben schien ihm keinen Pfifferling wert zu sein. Ich fand ihn faszinierend. Faszinierend und ein bisschen beängstigend.

Es war perfekt. Daniel kannte ihn natürlich auch, und er hat mir erzählt, dass Jameson ihn sogar einmal um Rechtsbeihilfe gebeten hatte, kurz nachdem wir ihn kennen gelernt hatten. Ich dachte, wenn Sie überhaupt etwas herausfinden, dann das. Vielleicht hatte Daniel sogar noch mehr in seinen Akten. Man weiß ja, dass Rechtsanwälte allen Papierkram horten. Aber von Jameson zu *mir* gab es keine Verbindung. Ich dachte, alles würde nur die Vermutung erhärten, die Sie bereits hatten, dass nämlich Daniel *mich* ermorden ließ und nicht andersherum. Dass ich dabei war, als Daniel Jameson kennen gelernt hatte, konnten Sie nicht wissen, auch nicht, dass ich mich bei einigen späteren Gelegenheiten mit Jameson unterhalten habe.«

»Sie und Clegg waren also Kumpels? Sie haben privat miteinander verkehrt, oder?«

Rohtwell überlegte. Ein Muskel neben seinem Kinn zuckte. »Nein. Ganz so war es nicht«, antwortete er leise. »Daniel war ein Geschäftspartner, der mich in der Hand hatte; manchmal wollte er aber anscheinend so tun, als wären wir dicke Kumpels. Ich verstand das nicht, aber so konnten wir wenigstens für eine Weile unsere Differenzen beilegen und uns amüsieren. Am nächsten Tag war er dann meistens wieder kalt und förmlich. Im Grunde war Daniel ein fürchterlicher Snob. Er hat in Cambridge studiert.«

»Wie viel haben Sie Jameson gezahlt?«

»Fünftausend Pfund und ein Flugticket nach Rio. Das ist eine Menge, ich weiß, aber ich dachte, je mehr ich ihm zahle, desto wahrscheinlicher wird er zu seinem eigenen Wohl damit verschwinden und nicht gefasst werden.«

»Erster Fehler.«

»Wie haben Sie ihn gekriegt?«

Banks erzählte ihm von dem Papierschnipsel in der Patrone und von Jamesons Einstellung zu der Welt jenseits von Calais.

Rothwell lachte und starrte dann wieder aufs Meer. »Ich wusste, dass es ein Risiko war«, sagte er. »So, wie er manchmal über die Iren und die Franzmänner hergezogen hat, hätte ich es wohl wissen müssen. Aber wenn man einen Traum hat, muss man Risiken in Kauf nehmen und einen Preis zahlen, nicht wahr?«

»Sie müssen Ihr Verhalten nicht vor mir rechtfertigen«, sagte Banks. Er war mittlerweile ruhig und abgekühlt genug, um sich eine Zigarette anzustecken. Er bot Rothwell die Schachtel an, der eine nahm. »Ich war derjenige, der Ordnung in das von Ihnen veranstaltete Chaos bringen musste. Und Jameson hat bei seinem Fluchtversuch einen Polizisten getötet und einen weiteren schwer verletzt.« Der Ventilator sog ihren Rauch nach oben und blies ihn dann in Richtung der Fenster.

»Tut mir Leid.«

»Ja, ganz bestimmt.«

»Was Jameson getan hat, war nicht mein Fehler, oder? Dafür können Sie nicht mir die Schuld geben.«

»Kann ich nicht? Kommen wir noch einmal auf Ihre Beziehung zu Daniel Clegg zu sprechen. Wie sind Sie in die Sache verwickelt worden?«

»Wir haben uns im George Hotel in der Great George Street kennen gelernt. Das ist ungefähr vier Jahre her. Auf jeden Fall ungefähr ein Jahr, nachdem ich Hatchard und Pratt verlassen hatte. Mit den Renovierungen an der Arkbeck Farm hatte ich hohe Ausgaben, und obwohl ich hart gearbeitet habe, hat das Geschäft nicht gerade geblüht. Donnerstags gibt es im George Jazzkonzerte und ich war gerade geschäftlich in Leeds. Ich dachte, statt im Hotelzimmer fernzusehen, schaue ich mal kurz dort vorbei. Es stellte sich heraus, dass wir beide Jazzfans waren. Wir haben nur geredet, mehr nicht.

Ich habe ihm am Anfang nicht viel erzählt, nur dass ich freier Finanzberater bin. Das schien ihn zu interessieren. Auf jeden Fall haben wir Visitenkarten ausgetauscht und er hat mir ein paar Aufträge zugeschanzt, Offshore-Banking und solche Sachen. Erst später habe ich herausgekriegt, dass manches ein bisschen zwielichtig war. Ich hätte die Aufträge wahrscheinlich auch angenommen, wenn ich es gleich gewusst hätte. Jedenfalls ist Daniel dann später darauf zu sprechen gekommen.«

»Er hat Sie unter Druck gesetzt?«

»Ganz genau.« Rothwell hielt inne und schaute Banks direkt in die Augen. »Der gute Danny war eine aalglatter Erpresser. Ich nehme an, Sie wissen von meinem Pech bei Hatchard und Pratt?«

»Ja.«

»Das ist jetzt fünf Jahre her. Wir waren damals gerade auf die Arkbeck Farm gezogen und konnten sie uns eigentlich nicht leisten. Die Hypothek war gar nicht mal so hoch, aber der Hof war eine Ewigkeit lang vernachlässigt worden. Es musste so viel getan werden und ich bin kein Heimwerker. Aber Mary wollte unbedingt dort wohnen, also haben wir dort gewohnt. Das Ergebnis war, dass ich die Abrechnungen ein bisschen frisieren musste. Wenn ich nicht mit der Tochter des Chefs verheiratet und gut mit Laurence Pratt befreundet gewesen wäre, hätte die Sache in der Kanzlei ziemlich übel für mich ausgehen können. Nachdem ich gegangen war, hatte ich zuerst nicht viele Aufträge, und Mary ... aber das ist eine andere Geschichte. Sagen wir einfach mal, sie ist nicht gerade ein versöhnlicher Mensch. Eines Abends habe ich nach ein paar Gläsern Daniel gegenüber angedeutet, was passiert war und warum ich mich von Hatchard und Pratt getrennt hatte.

Später hat Daniel das, was er über mich wusste, als Druckmittel benutzt, um mich mit ins Boot zu holen. Sein alter Unifreund Martin Churchill suchte damals nach Wegen, seine Finanzen umzustrukturieren. Das ist etwas mehr als drei Jahre her. Verstehen Sie, er wusste, dass er diese Aufgabe nicht selbst erledigen konnte und dass er meine Sachkenntnis brauchte. Er hat mir gesagt, er könnte mich immer noch den Behörden melden, es wäre noch nicht zu spät dazu. Tja, vielleicht hätte man ihn angehört, vielleicht auch nicht. Wer kann das jetzt noch sagen? Ehrlich gesagt, mir war es egal. Ich wusste bereits ein bisschen über Geldwäsche Bescheid. Für mich sah das wie eine Lizenz zum Gelddrucken aus. Warum sollte ich nicht mitmachen? Ich glaube, Daniel hatte einfach seinen Spaß daran, Menschen zu manipulieren, Macht über sie zu haben. Deshalb habe ich seine Illusion nicht zerstört. Aber trotz Cambridge war der gute Danny gar nicht so furchtbar clever.«

»Hört sich ein bisschen nach Frankenstein und seinem Monster an, oder?«

Rothwell lächelte. »Ja, vielleicht. Und man muss wohl sagen, dass das Monster seinen Schöpfer bei weitem übertroffen hat, obwohl man kaum behaupten kann, dass der gute Doktor selbst frei von Sünde war.«

»Wie haben Sie das alles organisiert? Den Mord, die Flucht?«

Rothwell trank seine Dose aus, stellte sie auf den Tisch und lehnte sich zurück. Der Stuhl knarrte. Draußen schrien die Möwen, die über dem Hafen kreisten und nach Fischen Ausschau hielten. »Noch ein Grolsch?«, fragte er.

Die Flasche war noch nicht ganz leer. »Nein«, sagte Banks. »Noch nicht.«

Rothwell seufzte. »Man muss achtzehn Monate zurückgehen, um es zu verstehen. Damals begann ich damit, in die Rolle von Robert Calvert zu schlüpfen. Daniel und ich wuschen Churchills Geld und machten unsere Sache sehr gut. Er zahlte uns dafür einen anständigen Anteil. Ich wurde schnell reich. Eigentlich hätte ich zufrieden sein sollen, aber ich war es nicht. Ich weiß nicht mehr genau, wann es mir zum ersten Mal bewusst geworden ist, aber das Leben schien seinen Reiz verloren zu haben, seinen Spaß. Es begann mich zu bedrücken. Ich hatte das Gefühl, ich würde innerlich austrocknen, sterben oder vor meiner Zeit altern. Nennen Sie es eine Midlifecrisis, auf jeden Fall konnte ich keinen *Sinn* mehr in diesem ganzen verfluchten Geld sehen.

Mary wollte nichts weiter als ihren Bridge Club, weitere Renovierungen, Anbauten am Haus, Schmuck, teure Urlaube. Gott, auch wenn ich sie geschwängert habe, ich hätte wirklich nicht die Frau des Chefs heiraten sollen. Ein kleiner Fehler und dazu meine eigene verfluchte Schwäche. Hat nicht einmal ein Philosoph gesagt, ein erigierter Penis hat kein Gewissen? Das mag so sein, aber bestimmt kann er bereuen und bedauern. Ein erbärmlicher, unbequemer Fick auf dem Rücksitz eines Escort auf halbem Wege nach Crow Scar hat mich geradewegs in die Hölle geschickt. Ich übertreibe nicht. Einundzwanzig Jahre. Das Ergebnis war, dass mich meine Frau hasste, meine Kinder mich hassten und ich begann, mich selbst zu hassen.«

Banks bemerkte, dass Rothwell die leere Dose genommen hatte und sie zerdrückte, bis sie in seiner Hand ganz verbeult war.

»Und plötzlich hatte ich mit Millionen von Pfund zu tun – buchstäblich Millionen –, und mein Job bestand im Grunde darin, es zu waschen und für den zukünftigen Gebrauch zu verstecken. Es war nicht schwierig, ein paar eigene Verstecke zu finden. Erst nur kleine Summen, und dann, als niemand das Geld zu vermissen schien, immer mehr. Scheinfirmen, Nummernkonten, Grundbesitz. Mir hat das Spaß gemacht. Die Manipulation großer Geldsummen hat mich fasziniert und erregt wie nichts anderes. Oder wie fast nichts anderes. Die meiste Zeit einfach um der Sache selbst willen, ohne bestimmte Absichten. L'art pour l'art.

Ich begann, häufiger ›geschäftlich‹ unterwegs zu sein. Es interessierte sowieso niemanden. Meine Familie hat mich nie gefragt, wo ich gewesen war. Sie wollten nur mehr Geld für eine neue Küche oder ein Sonnendach oder eine Markise.

Wenn ich zu Hause war, bin ich wie ein Zombie umhergelaufen, der öde, langweilige Steuerberater. Die meiste Zeit bin ich in meinem Büro geblieben oder hin und wieder auf eine Zigarette und ein Bier kurz in den Pub gegangen. Ich hatte viel Zeit, um auf mein Leben zurückzuschauen, und obwohl mir eine Menge von dem, was ich sah, nicht gefiel, erinnerte ich mich daran, dass ich nicht immer so verdammt gelangweilt oder langweilig gewesen war. Früher bin ich Tanzen gegangen, ob Sie es glauben oder nicht. Ab und zu habe ich mein Glück bei Pferdewetten versucht. Ich hatte Freunde. Manchmal habe ich mit den Jungs einen über den Durst getrunken und bin singend nach Hause getorkelt und hätte die ganze Welt umarmen wollen. Das war, bevor mein Leben einem Aktenordner glich. Soll und Haben, Gewinn und Verlust, und immer zu viel auf der Verlustseite.« Er seufzte. »Sind Sie sicher, dass Sie nicht noch ein Bier wollen?«

»Na gut, warum nicht«, sagte Banks. Seine Flasche war mittlerweile leer.

Rothwell kam mit einer Pepsi für sich und einem weiteren Grolsch für Banks zurück. Seine Brille war die Nase heruntergerutscht und er schob sie wieder zurück.

»Deshalb habe ich Robert Calvert erfunden«, sagte Rothwell nach einem Schluck Pepsi.

»Wie sind Sie auf den Namen gekommen?«

»Ich hatte ihn aus einer Zeitschrift, die ich damals gerade gelesen habe. Eine willkürliche Wahl. *The Economist*, glaube ich.«

»Fahren Sie fort.«

»Ich mietete eine Wohnung, kaufte neue Kleidung, lässigere Sachen. Gott, Sie können sich nicht vorstellen, wie komisch ich mich am Anfang fühlte. Gut, aber komisch. In manchen Momenten habe ich wirklich geglaubt, ich werde wahnsinnig und zu einer gespaltenen Persönlichkeit. Es wurde zu einer Art Zwang, einer Sucht, wie das Rauchen. Ich bin zu den Buchmachern gegangen und habe gewettet, ich habe ganze Tage auf der Rennbahn verbracht und Jazzkonzerte in verrauchten Clubs besucht, im Adelphi, im George, im Duck and Drake. Das hatte ich alles nicht mehr getan, seit ich zwanzig war. Ich bin in Jeans und Sweatshirt herumgelaufen. Und auf der Arkbeck Farm hat mich nie jemand gefragt, wo ich gewesen bin oder was ich getan habe, solange ich hin und wieder in meinem Anzug aufgetaucht bin und das Geld für eine neue Gefriertruhe, eine Erstausgabe der Brontës oder einen Weihnachtsurlaub auf Hawaii da war. Nach einer Weile ist mir klar geworden, dass ich nicht verrückt werde, sondern dass ich wieder ich selbst werde, dass ich wieder so werde, wie ich war, bevor ich mein Leben in diese Tretmühle manövriert habe.

Und der Geldfluss war tatsächlich völlig zuverlässig. Mir kam es vor, als hätte ich einen endlosen Vorrat angezapft. So habe ich zeitweilig meine Rolle in der Familie gespielt und ansonsten begonnen, mein neues Ich als Robert Calvert zu erforschen. Damals hatte ich keine Ahnung, wohin das führen würde. Ich habe lediglich ein paar Fluchtwege ausprobiert. Eines Abend, als wir ein paar getrunken hatten, habe ich Daniel Clegg davon erzählt, und er dachte, es wäre eine verrückte Idee. Ich musste es jemandem erzählen, und meiner Familie oder Pratt oder einem von zu Hause konnte ich es nicht erzählen – warum sollte ich es also nicht meinem Erpresser erzählen, meinem Vertrauten? Er half mir, als Calvert ein Bankkonto und eine Kreditkarte zu bekommen, wodurch er glaubte, mich noch mehr in der Hand zu haben. Und er hätte immer behaupten können, er wäre getäuscht worden.«

»Was ist mit der Flucht?«

»Jetzt greifen Sie ein bisschen vor, aber da ich bereits erfolgreich Robert Calvert geschaffen hatte, war es nicht besonders schwierig, mit dieser Erfahrung eine dritte Identität zu schaffen: David Norcliffe. Rothwell war tot und als Calvert konnte ich nicht weggehen. Ich musste ihn zurücklassen, das war Teil des Plans. Also habe ich über einen Zeitraum von mehreren Wochen noch mehr Geld auf verschiedene Bankkonten in verschiedenen Orten verteilt. Schließlich ist es das, was ich am besten kann. Ich habe für Churchill und seine Frau Millionen gewaschen und versteckt.«

»Und wie viel für Sie selbst?«

»Drei oder vier Millionen«, sagte er achselzuckend. »Genau weiß ich es nicht. Auf jeden Fall genug für den Rest unseres Lebens. Und in Eastvale habe ich außerdem eine Menge für meine Familie zurückgelassen. Sie sind durch mein Testament und die Lebensversicherung bestens versorgt. Darum habe ich mich gekümmert. Glauben Sie mir, für meine Familie ist es besser, wenn ich weg bin.«

»Und was ist mit Daniel Clegg? Und mit Pamela Jeffreys?«

»Pamela? Was ist mit ihr?«

Banks erzählte es ihm.

Rothwell legte den Kopf in seine Hände. »Oh, mein Gott«, sagte er. »Ich hätte Pamela niemals etwas antun lassen ... Das habe ich nicht gewollt.«

»Wie haben Sie sie kennen gelernt?«

Rothwell trank noch einen Schluck Pepsi und rieb mit dem Handrücken über seine Stirn. »Ich habe Ihnen ja schon gesagt, dass sich die Verwandlung in Calvert am Anfang komisch anfühlte. Erst bin ich nur in Jeans und Sweatshirt durch Leeds gelaufen. Ab und zu bin ich in einen Pub gegangen und habe es genossen, jemand anderes zu sein. Manchmal kam ich mit Leuten ins Gespräch, wie das in einem Pub eben so ist. Ich werde nie vergessen, wie erschrocken und aufgeregt ich war, als mich jemand nach meinem Namen fragte und ich das erste Mal ›Robert Calvert‹ sagte. Sie müssen das verstehen, ich wusste natürlich immer noch, wer ich war. Sie sprechen hier nicht mit einer gespaltenen Persönlichkeit. Ich war immer noch Keith Rothwell, ich spielte nur eine Rolle. Vielleicht versuchte ich auch, mich selbst zu finden. Das gab mir ein erregendes Gefühl von Freiheit.

Aber wie gesagt, ich bin hin und wieder in Pubs gegangen, meistens im Stadtzentrum oder in Headingley, in der Nähe der Wohnung. Eines Abends sah ich Pamela im Boulevard, diesem aufgemotzten Hotel an der Headrow. Das schien mir ein guter Ort zu sein, um Frauen kennen zu lernen. Am Wochenende ist der Laden bis Mitternacht geöffnet, außerdem gibt es dort eine kleine Tanzfläche. Pamela war mit ein paar Freunden dort. Sie hatten irgendetwas in der Stadthalle aufgeführt, ein Oratorium von Händel oder so etwas. Auf jeden Fall hatten wir Blickkontakt und da ist irgendwie der Funke übergesprungen.

Sie war nicht mit jemand Bestimmten da. Also, ich meine, von diesen Freunden schien keiner ihr Liebhaber zu sein. Als sie das nächste Mal an die Bar ging, richtete ich es so ein, dass ich dort stand, genau neben ihr, und so kamen wir ins Gespräch. Ich bin kein großer Fan von klassischer Musik, aber Pamela ist ein bodenständiger Mensch und kein intellektueller Snob. Ich fragte sie, ob sie tanzen wollte, und sie sagte ja. Wir haben uns einfach gut verstanden. Ab und zu haben wir miteinander geschlafen, aber wir wussten beide, dass es eigentlich nur eine lockere Beziehung war. Wenn ich das sage, will ich unsere Beziehung nicht schlecht machen. Wir hatten eine wundervolle Zeit. Ich war sehr erstaunt, dass ich ihr gefiel. Das hat mir geschmeichelt. Es war das erste Mal während meiner gesamten Ehe, dass ich etwas mit einer anderen Frau hatte, und ich fühlte mich kein bisschen schuldig dabei. Es hat Spaß gemacht, mit ihr zusammen zu sein, wir hatten eine großartige Zeit, aber wir waren nicht ineinander verliebt.«

»Was hat Sie beide auseinander gebracht?«

»Was? Wir sind Freunde geblieben. Wenigstens glaube ich, dass es so war. Für Pamela steht ihre Arbeit an erster Stelle. Sie fordert alles von ihr und es war deshalb immer schwierig, Zeit für uns zu finden. Und dann war Pamela eher ein kontaktfreudiger Mensch. Sie umgab sich gerne mit Menschen und ging gerne aus. Sie wollte, dass ich ihre Freunde kennen lerne, und sie wollte meine kennen lernen.«

»Aber Sie hatten keine?«

»Ganz genau. Außerdem wollte ich nicht, dass mich zu viele Leute kennen. Es war ein Risiko, Calvert zu spielen, immer ein Risiko.«

»Machen Sie weiter. Was passierte dann?«

»Ich lernte Julia kennen.«

»Wie?«

»Wir haben uns in einem Bus kennen gelernt, können Sie sich das vorstellen? Es hatte geregnet, ein plötzlicher Schauer, und ich war ohne Schirm unterwegs. Deshalb bin ich in einen Bus Richtung Stadt gesprungen. Dann hörte der Regen auf und die Sonne kam wieder heraus. Ich hatte sie die ganze Zeit aus dem Augenwinkel beobachtet. Sie war so schön wie ein Model, und hatte so feine und zart geformte Züge. Ich dachte mir, dass sie wahrscheinlich arrogant wäre und mit so jemandem wie mir nicht sprechen würde. Auf jeden Fall hat sie dann ihren Regenschirm vergessen. Ich sah ihn, packte ihn mir und rannte hinterher. Als ich sie eingeholt hatte, schien sie zuerst erschrocken zu sein, dann gab ich ihr den Regenschirm und sie wurde rot. Sie wirkte ganz durcheinander, deshalb habe ich sie gefragt, ob wir einen Kaffee trinken wollen. Sie sagte ja. Am Anfang war es schwierig, etwas aus ihr herauszubekommen, aber nach und nach erfuhr ich, dass sie Lehrerin war und in Adel wohnte und dass sie griechische Geschichte und Literatur liebte.

Glauben Sie an Liebe auf den ersten Blick, Mr. Banks? Glauben Sie daran? Denn eigentlich ist das der Grund für alles, was passiert ist. Es hat nicht nur etwas mit dem Geld zu tun. Ich wollte nicht einfach mein altes Leben hinter mir lassen und mir etwas Neues suchen. In dem Moment, wo ich sie sah, war ich verliebt in Julia, das ist die ganze Wahrheit. Es mag Ihnen idiotisch und sentimental erscheinen, aber ich habe noch nie in meinem Leben solche Gefühle gehabt. Die Glocken läuteten, die Erde hat geschwankt, alle Klischees trafen zu. Und ihr geht es genauso. Sie ist alles, was ich jemals wollte. Nachdem ich Julia kennen lernte, war alles andere unwichtig geworden. Ich wusste sofort, dass wir weggehen und unser Paradies finden mussten. Ich brauchte ein neues Leben, eine neue Identität. Alles war ein totales Chaos und brach zusammen. Ich wollte nicht, dass jemand zu Schaden kommt.«

»Außer Daniel Clegg.«

Rothwell schlug mit der Faust auf seine Stuhllehne. »Ich habe es Ihnen doch erklärt! Es war nicht mein Fehler. Es musste so aussehen, als wäre ich brutal ermordet worden. Von Daniel selbst, oder von jemandem, den er angeheuert hatte. Und genau das wäre auch passiert, wenn ich nicht einen Tipp bekommen hätte und andere Pläne hätte machen können. Aber Julia wusste von alledem nichts. Sie ist völlig unschuldig. Von den Dingen, über die wir gerade gesprochen haben, weiß sie nichts.«

»Und dann haben Sie Clegg in die Calvert-Wohnung eingeladen, damit man dort seine Fingerabdrücke findet, habe ich Recht?«

»Ja. Am Montag. Ich sagte ihm, ich müsste etwas mit ihm besprechen, was nicht warten könnte, und er kam vorbei.

Ich habe ihm die Wohnung gezeigt und ihn alles berühren lassen. Vorher habe ich die Wohnung gründlich geputzt. Daniel war ein Mensch, der immer alles anfassen musste. Egal, was er sah, er musste es in die Hand nehmen und anschauen. CDs, meine Brieftasche, die Kreditkarten auf Calverts Namen, Münzen, Bücher, einfach alles. Und er hat mit den Fingern über die Möbel gestrichen, als würde er sie für sich beanspruchen. Er hat einfach alles in der Wohnung angefasst. Und gleichzeitig habe ich aufgepasst, dass ich keine Abdrücke mehr hinterlasse.« Rothwell lachte leise. »Er war wirklich ein Idiot. Jedes Mal, wenn ich mir von ihm bei etwas Illegalem helfen ließ, wie bei dem Bankkonto und den Kreditkarten auf Calverts Namen, hat er gedacht, er würde noch mehr Macht über mich erhalten.«

»Sie müssen also gewusst haben, dass wir auf Calvert, Pamela, Clegg und die Geldwäsche kommen würde.«

»Natürlich. Wie ich schon gesagt habe, ich musste Calvert zurücklassen. Es gehörte zu meinem Plan, dass Sie die Sache mit dem Doppelleben herausfinden sollten. Eine weitere Sackgasse. Aber bitte, glauben Sie mir, Pamela sollte kein Teil des Plans sein, außer vielleicht, um die Identität von Calvert zu bestätigen. Auf jeden Fall dachte ich mir, dass sie sich vielleicht mit der Polizei in Verbindung setzen würde, wenn sie mein Bild in der Zeitung sieht. Das hätte auch jemand anderes tun können, jemand, der glaubte, mich wieder zu erkennen. Damit wollte ich Sie verwirren, mehr nicht. Ich habe sorgfältig eine Spur für Sie gelegt. Ich dachte, die führt Sie auf den falschen Weg. Mir war klar, dass die Polizei am Ende meine Dateien im Computer entschlüsseln und interpretieren würde und dass herauskommt, dass ich Geld für Martin Churchill gewaschen habe. Außerdem habe ich einen Brief an Daniel Clegg in einer verschlüsselten Datei abgespeichert, weil ich wusste, dass Sie ihn irgendwann finden würden.«

»Das war so ein Detail, das mir zu schaffen gemacht hat«, bekannte Banks. »Im Nachhinein war es viel zu einfach. Und unter Cleggs Papieren haben wir den Brief nie gefunden. Er könnte ihn natürlich weggeschmissen haben, aber mich hat die Sache stutzig gemacht. Anwälte neigen dazu, alles aufzubewahren.«

»Ich habe den Brief nie abgeschickt«, sagte Rothwell. »Ich habe die Datei nur angelegt, damit Sie auf Daniel kommen, falls Sie nicht bereits auf ihn gekommen wären. Auf diese Weise konnte ich Ihnen seinen Namen verraten. Zu leicht konnte ich es jedoch auch nicht machen. So aber haben Sie angenommen, dass er mich töten ließ und mit dem Geld verschwunden ist.«

»O ja, das haben wir angenommen«, sagte Banks. »Das haben wir.«

»Warum sind Sie dann hier?«

»Unter anderem, weil ich ein hartnäckiger Schnüffler bin. Es gab zu viele offene Fragen, ungeklärte Details. Damit konnte ich mich nicht zufrieden geben. Zunächst einmal sind da zwei verschiedene Schlägertrupps durchs Land gezogen. Das konnte man natürlich erklären, aber es blieb seltsam. Außerdem vermochten wir keine Spur von Clegg zu finden, egal, wie sehr wir uns bemüht haben. Seine Exfrau sagte, er hätte eine Vorliebe für Tahiti, aber dort hatten wir kein Glück. Woanders hatten wir auch kein Glück. Konnten wir ja auch gar nicht. Wir haben nach dem falschen Mann gesucht. Aber ich glaube, vor allem ist Ihnen die Verbindung zu Julia zum Verhängnis geworden.«

»Wie haben Sie von ihr erfahren?«

»Pamela Jeffreys hat sie als Erste erwähnt. Ihrer Meinung nach waren Sie verliebt. Das war nur so ein Gefühl von ihr. Dann begann ich mich zu fragen, was es für Auswirkungen haben würde, wenn Sie sich als Robert Calvert verlieben. Wie würden Sie damit umgehen? Und zu Ihrer Beerdigung kam dann Tom aus Amerika zurück.«

»Ach, Tom. Meine Achillesferse.«

»Die Tragweite des Ganzen hat er nicht begriffen. Aber Sie haben ihn wütend gemacht. Einmal ist er Ihnen nach Leeds gefolgt. Er sah, wie Sie mit einer Frau zu Mittag gegessen haben. Julia Marshall. Das wussten Sie nicht, oder? Doch das Ausmaß Ihrer Pläne konnte sich Tom nicht vorstellen. Er war nur ein Junge, der seinen Vater mit einer anderen Frau erwischt hat. Die Art, wie Sie ihn behandelt haben, hatte ihn bereits wütend gemacht und verwirrt. Er wollte etwas gegen Sie in der Hand haben, aber was er sah, hat ihn so durcheinander gebracht, dass er nicht anders konnte, als es für sich zu behalten.«

»Himmel«, murmelte Rothwell. »Das wusste ich nicht. Er hat es Mary nicht erzählt?«

»Nein. Er wollte sie schützen.«

»Mein Gott.« Rothwell strich mit einer Hand über sein Gesicht. »Sie denken wahrscheinlich, dass ich zu heftig reagiert habe, nicht wahr, Chief Inspector? Ich weiß, wir leben in liberalen Zeiten, alles ist erlaubt. Es ist wohl altmodisch von mir, aber ich glaube zufällig immer noch, dass Homosexualität eine Verirrung ist, eine Fehllenkung der Natur und nicht bloß ein ›alternativer Lebensstil‹, wie es die Liberalen gerne sehen würden. Und wenn man dann herausfindet, dass der eigene Sohn …«

»Haben Sie deshalb beschlossen, dass es das Beste wäre, Tom fortzuschicken?«

»Ja. Für uns beide schien es das Beste zu sein, wenn er weggeht, und zwar weit weggeht. Er war für die Reise bestens versorgt. Er wollte durch Amerika reisen und versuchen, dort auf eine Filmschule zu kommen. Zu dem Zeitpunkt wusste ich bereits, dass auch ich weggehen musste; also war es am klügsten, ihn ziehen zu lassen. So hatte er wenigstens eine reelle Chance. Ich mag zwar seine Homosexualität verabscheut haben, aber ich bin kein Tyrann. Schließlich war er immer noch mein Sohn.«

»Tom hat uns eine exakte Beschreibung von Julia gegeben«, fuhr Banks fort. »Er ist ein sehr aufmerksamer junger Mann. Wir haben das Bild des Zeichners in der *Yorkshire Post* veröffentlicht, woraufhin sich erst eine Frau namens Barbara Ledward bei uns gemeldet hat und dann Julias Familie. Kein Mensch lebt in einem Vakuum. Als wir den Telefonanrufen nachgegangen sind, haben wir herausgefunden, dass Julia plötzlich ihre Anstellung als Lehrerin gekündigt und jedem erzählt hat, dass sie weggehen wolle, dass sich ihr eine einmalige Gelegenheit im Ausland geboten habe, sie aber keine Einzelheiten preisgeben dürfe. Sie sagte, sie würde sich melden, und ist dann ungefähr drei Tage vor dem scheinbaren Mord an Ihnen einfach verschwunden. Ihre Familie und ihre Freunde haben sich Sorgen um sie gemacht. So unverantwortlich hat sie sich normalerweise nicht verhalten. Aber weil sie allen erzählt hatte, dass sie weggehen würde, hat niemand sie als vermisst gemeldet.

Wir waren vielleicht ein bisschen schwer von Begriff, aber wir sind nicht dumm. Alle Freunde und Kollegen von Julia haben ausgesagt, sie sei von den antiken Griechen fasziniert gewesen. Sie hat sogar versucht, den Kindern in der Schule die Klassiker beizubringen, obwohl mir erzählt wurde, dass der Schulleiter damit nicht einverstanden war. Er wollte, dass die Kinder stattdessen lernen sollten, mit Computern umzugehen und Autos zu reparieren. Wir mussten annehmen, dass Sie glaubten, wir würden nicht von Julia erfahren. Sie werden wahrscheinlich vermutet haben, dass wir herausfinden, dass es *jemanden* gegeben hat, aber Sie haben nicht damit gerechnet, dass wir versuchen würden, sie zu finden, nicht wahr?«

»Stimmt«, gab Rothwell zu. »Warum sollten Sie auch? Ich habe auch nicht damit gerechnet, dass Sie Zeit und Geld verschwenden würden, durch Untersuchungen herauszufinden, ob es sich bei der Leiche in meiner Garage wirklich um meine Leiche handelt. Ein weiteres Risiko. Ich war eindeutig tot, hingerichtet, weil ich in ein internationales Verbrechen verwickelt war. Was spielte es da für eine Rolle, ob ich oder Calvert eine Freundin hatte? Ich habe nicht einen Moment daran gedacht, dass Sie so intensiv in meinem Privatleben herumschnüffeln würden.«

»Dann hätten Sie uns die Identität Calverts nicht enthüllen dürfen«, sagte Banks. »Wenn wir von dem Doppelleben nichts gewusst hätten, hätten wir wahrscheinlich geglaubt, Sie wären ein langweiliger, sanftmütiger Steuerberater gewesen, der zufällig in eine Sache geraten war, die ihm eine Nummer zu groß war. Aber Calvert hat Fantasie bewiesen. Calvert hat Ihrem Charakter eine Dimension hinzugefügt, die ich in Betracht ziehen musste. Und deshalb musste ich mir die Frage stellen, was passieren würde, wenn sich Calvert verliebte.«

»Ich konnte Calvert nicht loswerden«, sagte Rothwell. »Das wissen Sie. Mir fehlte die Zeit dazu. Zu viele Leute hatten ihn gesehen. Ich musste mir schnell einen Weg überlegen, wie ich ihn zu meinem Vorteil nutzen konnte. Ich dachte, er wäre eine falsche Fährte.«

»Falsch. Eine Fehleinschätzung.«

»Offensichtlich. Aber ich hatte keine Wahl. Was hätte ich sonst tun sollen?«

»Und wie haben Sie die Sache mit dem Mord angepackt?«

»Noch ein Bier?«

»Gerne.«

Banks schaute über die rosafarbenen und violetten Blumen in den Fensterkästen hinaus auf den kargen Berghang und das blaue Meer darunter. Dass Rothwell die gerichtsmedizinischen Tests erwähnt hatte, ärgerte ihn maßlos. Er wusste, sie hätten alles versuchen müssen, um die Identität des Verstorbenen ohne jeden Zweifel festzustellen. Die Techniker hätten die Zähne rekonstruieren und mit dem Zahnschema überprüfen müssen. Das war eine Nachlässigkeit gewesen. Angesichts der Art, wie Rothwell scheinbar hingerichtet worden war, und angesichts des Zustandes der Zähne war es entschuldbar, aber es war dennoch eine Nachlässigkeit.

Das Labor war natürlich wie immer mit Arbeit überlastet gewesen und jeder Test kostete Geld. Und als die Fingerabdrücke in Calverts Wohnung mit denen der Leiche übereingestimmt hatten, hatten sie eine weitere Untersuchung nicht für nötig gehalten. Außerdem hatten sie die Blinddarmnarbe, die richtige Blutgruppe und das Pastagericht im Magen gefunden, und Mary Rothwell hatte die Kleidung, die Uhr und die Tascheninhalte des Toten identifiziert.

Ein rotes fliegenden Insekt ließ sich auf seinem nackten Arm nieder. Sanft verscheuchte er es. Als Rothwell mit einem Grolsch und einer Pepsi zurückkam, bewegte er sich nicht mehr mit dem gleichen Selbstvertrauen und der gleichen Grazie wie vorher.

»Ich habe Jameson Anweisung gegeben, Alison so lange festzuhalten, bis wir zurück waren«, begann er, »ihr aber auf keinen Fall wehzutun.«

»Sehr rücksichtsvoll von Ihnen. Das hat er auch nicht. Was ist mit seinem Komplizen, Donald Pembroke?«

Rothwell schüttelte den Kopf. Er hielt die Pepsi an seine Shorts. Auf der Dose perlten Wassertropfen, und Banks beobachtete, wie sich auf der weißen Baumwolle ein feuchter

Fleck ausbreitete. »Ich habe ihn nie kennen gelernt. Das war Jamesons Sache. Er sagte, er bräuchte Hilfe, und ich überließ es ihm. Natürlich hat er mir vorher vollste Diskretion garantiert. Ich höre den Namen des Mannes zum ersten Mal, das ist die Wahrheit. Pembroke, sagen Sie? Was ist mit ihm passiert?«

Banks erzählte es ihm.

Rothwell seufzte. »Ich schätze, am Ende holt uns alle das Schicksal ein, nicht wahr? Die östlichen Religionen haben einen Begriff dafür. Karma, oder?«

»Zurück zum Mord.«

Rothwell überlegte einen Moment, ehe er fortfuhr. »Sie hielten Alison fest. Als dann Mary und ich nach Hause kamen, fesselten die beiden auch sie und führten mich hinaus in die Garage. Sie hatten die Anweisung, Clegg nach seinem Abendessen zu schnappen. Ich wusste, dass er nicht gerne für sich kochte und dass er donnerstags immer eine Trattoria in der Nähe seines Büros besuchte, um schnell eine Pasta zu essen, bevor er nach Hause ging. Deshalb hatte ich auch diesen Tag ausgewählt. Zudem wollten Mary und ich anlässlich unseres Hochzeitstages essen gehen und ich hatte einen Tisch bei Mario's reserviert. Wie Sie sehen, habe ich an alles gedacht. Er hatte selbst den gleichen Mageninhalt wie ich.

Jameson und sein Partner hatten Clegg vorher bereits bewusstlos geschlagen und gefesselt. Ich habe Jameson sogar gesagt, dass er die Fesseln nicht zu fest anlegen sollte, damit man später keine Spuren der Seile an Cleggs Handgelenken sieht. So schnell wie möglich haben wir ihm dann meine Sachen angezogen. Er begann schon wieder zu sich zu kommen. Er war auf allen vieren, erinnere ich mich, schüttelte den Kopf, als wäre er groggy, und wachte gerade wieder auf, als Jameson die Schrotflinte an seinen Hinterkopf setzte. Ich

… ich habe mich weggedreht. Der Knall und der Geruch waren fürchterlich. Dann gingen wir durch den Wald davon und sie fuhren mich nach Leeds. Mit Cleggs Jaguar bin ich nach Heathrow gefahren, natürlich habe ich Handschuhe getragen. Und schließlich habe ich das Land als David Norcliffe verlassen. Ich hatte bereits einen Pass und ein Bankkonto auf diesen Namen. Hier habe ich Julia getroffen. Alles war im Voraus geplant. Es musste so ausgeklügelt sein, weil man annehmen sollte, dass ich ermordet worden bin. Vor einer Weile hatte ich von einem ähnlichen Fall in der Zeitung gelesen und ihn zu imitieren erschien lohnenswert.«

»Tja, Sie wissen ja, was man sagt. Noch der beste Plan …«

»Aber Sie können mir nichts beweisen«, wandte Rothwell ein.

»Seien Sie kein Idiot. Natürlich können wir das. Wir können beweisen, dass Sie leben und Daniel Clegg in Ihrer Garage ermordet wurde.«

»Aber Sie können nicht beweisen, dass ich dabei war. Ihr Wort steht gegen meins. Ich könnte sagen, dass die beiden mich hinausgeführt haben, um uns beide zu töten. Ich konnte fliehen und mich hier verstecken. Sie haben Daniel getötet, aber ich bin entkommen.«

»Die beiden haben Clegg in *Ihren* Sachen getötet?« Banks schüttelte den Kopf. »Das wird man Ihnen nicht abkaufen, Keith.«

»Aber das sind alles nur Indizien. Jameson und Pembroke sind beide tot. Ein guter Anwalt könnte mich frei bekommen, und das wissen Sie.«

»Sie träumen. Selbst wenn Sie von der Anklage des vorsätzlichen Mordes freigesprochen werden, was ich für höchst unwahrscheinlich halte, bleiben noch die Geldwäsche und der Rest.«

Rothwell schaute sich mit zusammengepressten Lippen im Zimmer um. »Ich werde nicht zurückgehen«, sagte er. »Sie können mich nicht zwingen. Ich weiß, dass es europäische Auslieferungsverträge gibt. Man muss bestimmten Verfahrensweisen folgen. Das dauert. Sie können mich nicht einfach wie ein Kopfgeldjäger mitnehmen.«

»Natürlich nicht«, sagte Banks. »Das war auch nie meine Absicht.« Er hörte, wie das Tor geöffnet wurde, und ging hinüber zum Fenster.

Eine blasse, schöne Frau in einem gelben Sommerkleid war in den Hof gekommen und blieb stehen, um nach den Blumen und den eingetopften Pflanzen zu sehen. Ihr rotblondes Haar hatte sie aufgetürmt und auf dem Kopf verknotet. In der Armbeuge trug sie einen Korb mit frischem Brot und anderen Nahrungsmitteln. Sie streckte ihren freien Arm aus und bückte sich, um für einen Augenblick eine rosafarbene Blüte vorsichtig zwischen ihren Fingern zu halten; dann inspizierte sie die Kräuter. Die Sonne hob die blonden Strähnchen in ihrem Haar hervor. »Sieht so aus, als wäre Julia zurückgekommen«, sagte Banks. »Sie wird nicht so schnell braun, oder?«

Rothwell sprang auf und schaute hinaus. »Julia weiß von nichts«, sagte er schnell und sprach leise, damit sie ihn nicht hören konnte. »Das müssen Sie glauben. Ich habe ihr gesagt, dass ich geschäftliche Probleme gehabt hätte und dass ich eine Menge Brücken abbrechen müsste, damit wir zusammen sein können. Außerdem habe ich ihr erklärt, dass wir bestens versorgt sind, aber nicht zurückkehren können. Niemals. Sie war einverstanden damit. Ich weiß nicht, ob Sie das verstehen können, aber ich liebe sie, Banks. So wie sie habe ich noch nichts und niemanden in meinem Leben geliebt. Und das meine ich ernst. Es ist das erste Mal, dass ich … Aber das habe ich Ihnen ja bereits erzählt. Ich liebe sie. Sie weiß von nichts. Machen Sie mit mir, was Sie wollen, aber lassen Sie Julia in Ruhe.«

Banks sagte nichts.

»Sie werden mir nie etwas beweisen können«, fügte Rothwell hinzu.

»Vielleicht will ich dieses Risiko auch gar nicht eingehen«, sagte Banks. Mittlerweile konnten sie beide Julia leise summen hören und sehen, wie sie die Blätter eines eingetopften Basilikums zwischen ihren Fingern rieb und dann daran roch. »Vielleicht will ich Sie lieber dazu bringen, dass Sie sich die ganze Sache von der Seele reden«, fuhr er mit gedämpfter Stimme fort. »Ein Geständnis. Vielleicht wird sich das sogar zu Ihren Gunsten auswirken, man kann nie wissen. Besonders die Liebesgeschichte. Geschworene mögen Liebesgeschichten.«

Julia stand auf. Ein paar ihrer aufgetürmten Strähnen hatten sich gelöst und fielen auf ihre Wangen. Der Weg hier hoch hatte sie erhitzt, so dass ein paar Haare auf ihrem verschwitzten Gesicht kleben blieben.

»Sie müssen verrückt sein, wenn Sie glauben, dass ich das alles hier freiwillig aufgebe«, sagte Rothwell.

»Das Paradies kann man sich nicht mit Blut erkaufen«, sagte Banks. »Kommen Sie nach Hause. Erzählen Sie uns alles über Martin Churchills Finanzen, alles, was Sie über den Kerl wissen. Lassen Sie uns an die Öffentlichkeit gehen, lassen Sie uns einen Riesenkrach schlagen und lauter singen als ein Männerchor. Wir können dafür sorgen, dass er nie einen Fuß auf unser Land setzt, selbst wenn er daherkommt und aussieht wie Mr. Bean. Wir können Ihnen Schutz anbieten und danach vielleicht eine neue Identität, ein neues Leben. Für eine gewisse Zeit werden Sie natürlich ins Gefängnis müssen, aber ich möchte darauf wetten, wenn Sie wieder herauskommen, wird Martin Churchill nur noch eine unangenehme Episode der Geschichte sein. Und Julia wird auf Sie warten.«

»Sind Sie wahnsinnig? Bevor ich tue, was Sie da vorschlagen, würde ich Sie eher umbringen.«

»Nein, das würden Sie nicht, Keith. Außerdem würden nach mir andere kommen.«

Rothwell ging zur Tür, hielt auf halbem Wege inne und starrte Banks mit weit aufgerissenen Augen und wütenden Blicken an. Seine Ruhe hatte er völlig verloren. »Wissen Sie, was passieren wird, wenn ich zurückkehre?«

»Das wird nicht halb so schlimm sein wie das, was passieren wird, wenn ich Churchill wissen lasse, dass Sie noch am Leben sind«, sagte Banks. »Man sagt, dass ihm niemand entkommt und dass er widerliche Rachemethoden hat.« Julia hatte die Tür fast erreicht. »Die werden vor Ihnen nicht Halt machen«, sagte Banks.

Rothwell erstarrte. »Das würden Sie nicht tun. Nein. Nicht einmal *Sie* würden so etwas tun.«

In diesem Moment hasste sich Banks wahrscheinlich mehr als jemals zuvor. Rothwell tat ihm Leid und er war drauf und dran nachzugeben.

Doch dann musste er an Mary Rothwell denken, die in einem Nebel aus Beruhigungsmitteln dahindämmerte, er musste an Alison denken, die ihren Kopf in ihren Büchern vergrub und immer mehr den Kontakt zur Realität verlor, und an Tom, der sich mit seinem eigenen Sumpf aus Schuld und Verwirrung herumschlug. Diesen Menschen hätte Rothwell helfen können. Dann dachte er an Pamela Jeffreys, die gerade aus dem Krankenhaus entlassen worden war, körperlich zwar geheilt, aber immer noch bei jedem Klopfen an ihrer Tür erschrak und nicht wusste, ob sie jemals das Selbstvertrauen zurückgewinnen würde, wieder auf ihrer Bratsche zu spielen.

Dafür, dass dieser Mann sich das Paradies erspielt hatte, lag Daniel Clegg mit weggeblasenem Kopf in seinem Grab, war Barry Miller mitten in der Nacht auf einer nassen Straße gestorben und würde Grant Everett die nächsten Jahre seines Lebens damit zubringen, wieder Gehen und Sprechen zu lernen. In gewisser Weise waren selbst Arthur Jameson und Donald Pembroke Rothwells Opfer.

Und viel weiter weg, aber nicht weniger darin verwickelt, gab es einen Diktator, der fett geworden war, während sein Volk verhungerte, ein Mann, der gerne dabei zusah, wie Menschen Glas fressen mussten, ein Mann, der nun, wenn Banks es irgendwie vermeiden konnte, niemals einen friedlichen Ruhestand in der englischen Landschaft genießen würde, egal, was er gegen einige mächtige Mitglieder des Establishments in der Hand hatte.

Und je länger Banks über diese Menschen nachdachte, über die Opfer wie die Täter, desto weniger taten ihm die gefallenen Liebenden Leid.

»Wetten?«, sagte er.

Rothwell starrte ihn zornig an, dann schien alles Leben aus ihm zu weichen, bis er nur noch einem müden Steuerberater mittleren Alters glich. Banks fühlte sich schmutzig und gemein, und trotz seiner Entschlossenheit war er sich nicht sicher, ob er mit seiner Drohung durchkommen würde. Aber Rothwell glaubte ihm nun, und das war alles, was zählte. Dieser Kerl hatte bereits genug Ärger verursacht. Für Mitleid gab es keinen Platz mehr. Banks spürte, wie sein Puls raste und sein Kiefer zuckte. Dann ging die Tür auf und Julia schwebte herein, ganz in Blond und Gelb, mit einem strahlenden Lächeln für Rothwell.

»Hallo, Liebling! Oh«, sagte sie, als sie Banks bemerkte, »wir haben Besuch. Wie schön.«

DANKSAGUNG

Lange überfällig ist mein Dank an Cynthia Good, meine Lektorin von Anbeginn der Alan-Banks-Reihe. Außerdem muss ich meinem Agenten, Dominick Abel, für seinen Rat und seine Unterstützung danken. Besonders dieses Buch hätte nicht vollendet werden können ohne die Hilfe vieler Menschen, die mir großzügig ihre Zeit und Sachkenntnis zur Verfügung stellten. Zu Dank verpflichtet bin ich vor allem Keith Wright von der Nottinghamer Kriminalpolizei, der nicht nur Kriminalbeamter, sondern auch Romancier ist; Douglas Lucas, dem Direktor des Zentrums für Kriminaltechnik in Toronto; Mario Possamai für sein Buch *Money on the Run*; dem Bilanzbuchhalter Ken McFarland; dem Journalisten John Picton sowie Rick Blechta, der mich über Bratschisten informiert hat. Für alle Fehler bin ausschließlich ich selbst verantwortlich, sie wurden einzig und allein zum Wohle der erzählten Geschichte begangen.